JAZMÍN

ANNE WEALE
NUEVAS OPORTUNIDADES

Editado por Harlequin Ibérica.
Una división de HarperCollins Ibérica, S.A.
Avenida de Burgos, 8B - Planta 18
28036 Madrid

© 2024 Harlequin Ibérica, una división de HarperCollins Ibérica, S.A.
N.º 572 - 12.4.24

© 2002 Anne Weale
Nuevas oportunidades
Título original: A Spanish Honeymoon

© 2002 Cara Colter
Un amor por Navidad
Título original: Guess Who's Coming for Christmas?

© 2003 Cheryl Kushner
Siempre será él
Título original: He's Still the One
Publicadas originalmente por Harlequin Enterprises, Ltd.
Estos títulos fueron publicados originalmente en español en 2003

I.S.B.N.: 978-84-1180-609-1
Depósito legal: M-4851-2024
Impreso en España por: BLACK PRINT
Fecha impresión para Argentina: 9.10.24
Distribuidor exclusivo para España: LOGISTA
Distribuidor para México: Distibuidora Intermex, S.A. de C.V.
Distribuidores para Argentina: Interior, DGP, S.A. Alvarado 2118.
Cap. Fed./Buenos Aires y Gran Buenos Aires, VACCARO HNOS.

CAPÍTULO 1

La mujer sin hombre es como el fuego sin leña

ALGUNAS noches Liz no podía dormir. Los recuerdos, arrepentimientos, dudas, los deseos no satisfechos, la euforia de ser libre y el pánico de la imprudencia silbaban en su cerebro como los cohetes que los chicos lanzaban en las fiestas. Cuando esto ocurría se levantaba, se preparaba una infusión y, a menos que estuviera lloviendo, lo que casi nunca ocurría en ese clima tan bueno, subía a la terraza donde tendía la ropa y tomaba el sol.

Allí estaba una noche, observando las montañas del pequeño pueblo español de Valdecarrasca, cuando escuchó unos ruidos. Venían de la gran casa que tenía la entrada principal una calle más arriba. La vivienda se llamaba La Higuera, y desde sus ventanas se divisaban las terrazas de las casas más pequeñas. La Higuera había estado vacía desde que Liz llegó, seis meses atrás, y por eso había olvidado que algún día el propietario regresaría y su propia terraza no tendría la misma intimidad.

El primer indicio de que alguien había llegado fue el ruido de las persianas al subirse. La primera reacción de Liz fue levantarse de la tumbona, bajar corriendo las escaleras y meterse en la casa antes de que se dieran cuenta de su presencia. Se quedó en la cocina a oscuras, preguntándose si las persianas del piso superior se subirían igual que las de abajo. Tal vez no fuera Cameron Fielding, el propietario, quien había llegado. Le habían dicho que a veces prestaba la casa a sus amigos.

Para muchos extranjeros que vivían en el pueblo, Cameron Fielding era un nombre muy conocido. Liz nunca había oído hablar de él hasta que empezó a vivir en Valdecarrasca, pero lo que le contaron no le gustó.

Quien hubiera llegado a La Higuera debió de haberlo hecho sin avisar a Alicia, una corpulenta española a quien se le pagaba por vigilar la casa cuando estaba vacía y por limpiarla antes de que alguien la usara. Según se comentaba en el pueblo, se suponía que debía hacerlo una vez al mes, pero en realidad solo lo hacía un día o dos antes de que llegara el señor Fielding o alguno de sus invitados.

Pero parecía que esa vez la habían pillado desprevenida. Hasta donde Liz sabía, Alicia no había puesto un pie en la casa desde hacía meses, lo que significaba que todo debía de tener una espesa capa de polvo y olor a cerrado.

Alguien subió una de las persianas del piso superior. Era un hombre, pero estaba a contraluz y solo pudo ver que era alto y ancho de espaldas, con el cabello oscuro. De hecho, parecía un español. Entonces apareció una segunda persona, una mujer que lo abrazó por detrás. Él se volvió para devolverle el abrazo, inclinó la cabeza hacia la de la chica y se dieron un apasionado beso.

Aún se besaban cuando el hombre extendió una mano y las cortinas taparon la ventana, como si un sexto sentido le hubiera dicho que no tenían tanta intimidad como hubiera esperado en un pueblecito español a la una de la madrugada.

Liz se sintió culpable y echó las cortinas de la cocina, encendiendo después la luz. Se preparó otra infusión y se la llevó al dormitorio, con la intención de seguir leyendo un libro. Pero lo que había visto despertó todos los anhelos que hasta entonces se había esforzado en ocultar.

Sentía curiosidad por saber si el hombre de La Higuera era en realidad ese mujeriego cuyas hazañas amorosas siempre estaban en boca de todos. «Cada vez que viene se trae una novia diferente», había escuchado Liz. «No es precisamente guapo, pero sí terriblemente atractivo, y sin moral. Pero, al no estar casado, ¿se le puede culpar por aprovechar las oportunidades?». Ese era otro de los comentarios que recordaba.

La infancia y la adolescencia de Liz las había arruinado un hombre de la misma calaña que sí había estado casado, por eso ella tenía propensión a odiar a los mujeriegos. No tenía tiempo para la gente que pensaba que el sexo era un juego. Los despreciaba.

Al día siguiente se levantó temprano, como siempre. Mientras se lavaba los dientes pensó en su aspecto. Cuando llegó al pueblo estaba pálida y demacrada después de pasar un invierno frío y húmedo y de agarrar varios resfriados en el trayecto desde su casa en las afueras hasta su lugar de trabajo, en el centro de Londres. Pero ese día, aún después de una noche inquieta, tenía tres veces más vitalidad de la que nunca había tenido en Inglaterra. Nunca había sido una belleza. Los ojos de color azul oscuro y la piel ligeramente bronceada eran su mejor baza, pero también tenía una nariz desastrosa y una barbilla poco femenina.

Antes solía peinarse según la moda aunque adoptando una versión conservadora, pero en el pueblo, para ahorrar dinero, había decidido dejarse el cabello largo para poder recogérselo. Su color natural era castaño, pero tenía reflejos creados por ella misma frotándose algunos mechones con un limón partido por la mitad. Siempre tenía un limón a mano, gracias al limonero que crecía en el jardín de atrás.

Se duchó y se vistió con una camiseta blanca, una falda de algodón de color azul marino y zapatillas de deporte. Poco después se dirigía en coche al mercado que ponían una vez a la semana en un pueblo algo más grande, a unos cuantos kilómetros. Justo después de desayunar había decidido que pasaría media hora trabajando en el jardín cercado de La Higuera.

La antigua propietaria de la casa de Liz, una anciana

inglesa llamada Beatrice Maybury, se había comprometido a cuidar el jardín mientras vivía allí, y Liz había ocupado su lugar. Siempre le había gustado la jardinería, y el sueldo que le pagaban por una hora de trabajo a la semana completaba sus limitados ingresos. Pero cuando aceptó hacerlo no sabía a quién pertenecía la casa. Beatrice nunca le había hablado de las tendencias depredadoras de Fielding.

Después de lo que pudo haber seguido a ese beso apasionado, no era probable que los habitantes de La Higuera se levantaran antes del mediodía. Liz decidió quitar la maleza y regar un poco antes de que se despertaran. Entró por una puerta en un lateral que llevaba al jardín «secreto» de la parte de atrás. La mayoría de las casas grandes no tenían jardines, solo patios. En Valdecarrasca, las casas que eran demasiado pequeñas para tener un patio disponían de un pequeño jardín. Pero el de La Higuera era del tamaño de una pista de tenis.

Estaba de rodillas junto a un muro revestido de hiedra cuando oyó la voz de un hombre.

–Hola… ¿quién es usted?

Sobresaltada, lanzó un pequeño grito e intentó mantener el equilibrio. El hombre la agarró del brazo para ayudarla a levantarse.

–Lo siento… No pretendía asustarla. Supongo que pensó que la casa aún estaba vacía. Volví anoche. Soy Cam Fielding, el propietario. ¿Y usted es…?

Ella había sabido quién era inmediatamente. Lo de «terriblemente atractivo» no era una exageración. Era sin lugar a dudas el hombre más atractivo que había conocido.

Por la noche había pensado que era un español porque tenía alguna de sus características: pestañas y cabello negros, piel bronceada y unos rasgos que indicaban ascendencia árabe. Pero aunque no todos los españoles tenían los ojos marrones, nunca había visto a uno que los tuviera del color del acero.

–Soy Liz Harris –dijo, consciente de que bajo el albornoz blanco él estaba completamente desnudo. Tenía el pelo húmedo. Seguramente se habría dado una ducha, habría bajado a hacer café y la habría visto por la ventana de la cocina.

–¿Es la hija de la señora Harris… o su nuera?

–Ninguna de las dos. Soy la señora Harris –dijo, deseando que le soltara el brazo para poder separarse un poco. Sentía que su magnetismo era muy fuerte.

Él arqueó una ceja.

–Esperaba que fuera mucho mayor. Cuando Beatrice Maybury me dijo que una viuda iba a comprar la casa, pensé que sería de la misma edad que ella. ¿Cuántos años tiene?

–Treinta y seis –contestó aliviada al ver que la soltaba y podía dar un paso atrás–. ¿Cuántos tiene usted?

–Treinta y nueve. ¿Su marido era mucho mayor que usted… o murió muy joven?

–Era un año mayor. Murió hace cuatro años –nunca había conocido a nadie que hiciera preguntas tan personales sin conocerla de nada. La mayoría de la gente evitaba mencionar cualquier cosa que tuviera que ver con su viudedad.

–¿Qué ocurrió?

–Se ahogó tratando de rescatar a un niño en el mar. No nadaba muy bien y los dos se perdieron –contestó con voz neutra. El heroísmo de Duncan todavía era un misterio para ella. Solía ser un hombre precavido que no corría ningún riesgo, y ese último acto de su vida no casaba con su carácter.

–Fue muy valiente. ¿Vivían en España cuando ocurrió?

–No, en Inglaterra. Solíamos venir a España con sus padres, que alquilaban un chalé para pasar el invierno. El hermano de Beatrice Maybury, a quien ella se ha ido a cuidar, conoce a mi suegro, y pensó que tal vez les gustaría comprar la casa. Vinimos a verla y a mis suegros no les gustó, pero a mí sí.

–¿Y qué tal lo lleva? ¿Trabaja en algo más a parte de cuidar el jardín?

—Soy diseñadora de moda, y normalmente trabajo para revistas femeninas. El trabajo lo puedo hacer en cualquier parte, gracias al correo electrónico.

La distrajo cierto movimiento en la terraza. La chica que había visto por la noche bajaba para unirse a ellos. También llevaba un albornoz, como Fielding, pero estaba diseñado para ser decorativo más que práctico. Estaba hecho de capas irregulares de gasa de los colores de la puesta del sol, y flotaba alrededor de la chica, que tenía una figura propia de una actriz de Hollywood.

—Cam... la nevera está vacía, no hay zumo de naranja —dijo lastimeramente bajando las escaleras.

—Ya lo sé. Esperaba que te levantaras más tarde —las presentó—: Señora Harris, esta es mi invitada, Fiona Lincoln. Fiona, esta es mi vecina. La señora Harris se ocupa de cuidar el jardín.

Liz se quitó el guante de la mano derecha y no se sorprendió al comprobar que Fiona le daba una mano lacia. Las mujeres glamorosas no solían dar un fuerte apretón de manos, por lo que Liz había podido comprobar. Tal vez pensaban que era poco femenino.

—Creí que tenías una criada que se ocupaba de todo —le dijo Fiona a Cam.

Liz se dio cuenta de que, aunque Fiona no se había vestido, estaba completamente maquillada.

—Hay una mujer que viene a limpiar, pero no parece que haya estado aquí últimamente. ¿La conoce usted, señora Harris? ¿Está enferma?

—Es una mujer que se llama Alicia, pero no solemos coincidir. Yo vengo normalmente antes de desayunar o por la tarde temprano, y supongo que ella viene a mediodía.

—Sé dónde vive, iré a verla. Ahora la dejaremos tranquila mientras nos organizamos un poco. La veré más tarde —mientras se volvían, Cam rodeó la cintura de la mujer y ella se apoyó en él.

Liz sintió un pinchazo de envidia. Lo habría dado todo por tener un hombre en su vida en quien poder apoyarse. Pero también sabía que una relación como la de Cameron y Fiona no era seria, y seguramente terminaría con indiferencia, igual que empezó. Eso no la satisfacía. Ella nunca podría tener un amante solo por el placer físico.

Mientras miraba a Cameron, Liz se preguntó cómo era posible que ciertos hombres como él y su padre fueran felices haciendo el amor con mujeres por las que no sentían ningún afecto. Para ella, la idea de irse a la cama con alguien a quien no amara era repugnante.

Se había casado muy joven y no había disfrutado de la libertad sexual que conoció su generación. Duncan había sido su primer novio y su único amante, y era bastante improbable que se casara otra vez. Pero, ¿quería casarse por segunda vez? El matrimonio era un gran riesgo. Suspiró y volvió a las plantas.

Después de comer, Liz salió a dar un paseo por los caminos que atravesaban los viñedos. Cuando llegó al pueblo unos meses atrás las uvas eran diminutas, y las había visto crecer hasta que estuvieron listas para recoger. En el camino de vuelta tomó un camino desde el que tenía una vista general de Valdecarrasca. Sobresalían la iglesia y la fila de cipreses del cementerio, donde los ataúdes se metían en nichos y se distinguían por las fotografías de sus ocupantes, así como por los nombres y fechas.

El resto de la tarde lo pasó trabajando en el diseño de un mantel y servilletas a juego para un artículo que se iba a publicar el siguiente verano. A las seis bajó para prepararse un gin-tonic y la ensalada que se comería a las siete. Todavía seguía llevando el horario al que siempre había estado acostumbrada.

Estaba a punto de partir un aguacate en dos cuando alguien llamó a la puerta. Para su sorpresa, vio que era Cameron Fielding.

—Espero no venir en un mal momento. ¿Tiene cinco minutos?

—Por supuesto. Pase.

Se apartó mientras él agachaba la cabeza para evitar golpearse con el dintel, que era demasiado bajo. Dos de las cosas por las que sus suegros no habían comprado la casa habían sido que no había un recibidor y que en la habitación que daba a la calle entraba poca luz. Solo tenía una ventana pequeña con una reja.

—Pase a la cocina —dijo Liz después de cerrar la puerta.

Fielding la esperó para que lo guiara. Liz pensó que a lo mejor era la primera vez que estaba en la casa, pero un momento después él dijo:

—Ha cambiado la cocina. Ahora está mucho mejor, más ligera.

—A Beatrice no le gustaba cocinar, pero a mí sí —contestó Liz—. Estoy tomando un gin-tonic, ¿quiere uno?

—Gracias. Con hielo pero sin limón, por favor.

Liz preparó la bebida y le señaló la silla de mimbre del rincón.

—¿Para qué quería verme?

—Siempre he sospechado que nadie limpiaba la casa cuando estoy fuera, y esta visita inesperada lo ha confirmado. Evidentemente, nadie ha tocado la casa desde la última vez que estuve aquí. Bueno, es algo normal que ocurre en un montón de países donde los extranjeros tienen casas de vacaciones. Normalmente a los emigrantes se les considera unos idiotas que tienen más dinero que sentido común. ¡Salud! —dijo levantando el vaso.

—¡Salud! —respondió. ¿Le iba a pedir que también se hiciera cargo de la casa? Seguramente no.

—Alicia trabaja bien cuando realmente lo hace, pero necesita que la vigilen —siguió—. Me preguntaba si usted podría supervisarla… asegurarse de que hace lo que tiene que hacer. También quisiera tener a alguien de confianza que llenara la nevera y tal vez dispusiera algunas flores. ¿Está usted demasiado ocupada con su propio trabajo como para ocuparse de algo más?

Liz había estado preparando una fría respuesta en caso de que le pidiera que se hiciera cargo de la limpieza. No porque considerara que el trabajo doméstico era indigno de ella, sino porque la molestaba que él pensara que su propio trabajo no era más que un hobby.

Mientras pensaba qué decir, él continuó:

—Por cierto, es evidente que está haciendo mucho más en el jardín de lo que hacía Beatrice. Creo que no le estoy pagando suficiente. Si estuviera dispuesta a supervisar el trabajo de Alicia, estaría encantado de subirle el sueldo.

Le sugirió una cantidad en pesetas. Era un aumento tan considerable que al principio Liz pensó que se había equivocado al convertirlo en libras. Aunque llevaba viviendo allí seis meses, aún seguía pensando en libras esterlinas, excepto para las pequeñas operaciones diarias.

—Si cree que no es suficiente, podemos negociar —dijo Cameron mirándola con sus penetrantes ojos grises.

—Es suficiente… más que suficiente. Pero tengo que pensarlo. No estoy segura de querer hacer las dos cosas. Mi español es muy básico. Me entiendo bien con el hombre del banco, que también es extranjero, pero la gente del pueblo tiene problemas para entender mi acento. ¿Usted habla español?

Él asintió con la cabeza.

—Pruébelo conmigo —le sugirió que tradujera algunas frases y después continuó—. Lo está haciendo bastante bien. Ahora que hay supermercados por todas partes los extranjeros que viven cerca de la costa pueden vivir sin aprender nada de español, y eso es lo que hace la mayoría.

—¿Cómo lo aprendió usted?

—Mis abuelos vinieron aquí cuando se jubilaron. Mis padres viajaban mucho y yo solía venir durante las vacaciones de verano. Los niños aprenden mucho más rápido que los adultos.

–¿La Higuera era la casa de sus abuelos?

–No, vivían en la costa, antes de que se masificara. Cuando murió mi abuelo me dejó la casa, pero estaba rodeada de chalets con piscinas, así que la vendí y compré La Higuera para cuando me jubile.

–¿Qué tiene en contra de las piscinas? –preguntó.

–En un país como este, donde siempre hay sequía, son una extravagancia. Pero la culpa es de los urbanistas, que no han creado ninguna ley para que sea obligatorio que todas las casas nuevas tengan cisternas que se llenan con agua de lluvia –apuró la bebida y se levantó–. Me quedaré hasta el sábado por la tarde. Cuando se haya decidido, llámeme. El número está en la guía.

Cuando se hubo marchado, Liz regresó a la cocina y se sintió incómoda al darse cuenta de que le habría gustado que se quedara un poco más. Pero ese hombre era como su padre, una persona encantadora pero despreciable cuyas infidelidades habían sido una angustia para su madre. Charles Harris había descuidado las responsabilidades paternas para dedicarse a sus numerosas aventuras.

Liz lavó el vaso de Fielding y lo guardó en un armario, como si ese gesto la ayudara a quitárselo de la cabeza. Pero aunque hizo lo posible por concentrarse en otras cosas, el impacto de su personalidad y el sueldo extra que le había ofrecido continuaron colándose en sus pensamientos durante la solitaria cena. Era el salario que la gente de Londres solía pagar por las tareas domésticas, y sin duda él podía permitírselo. La gente que trabajaba en la televisión ganaba muchísimo. ¿Era correcto que lo aceptara? La verdad era que le podía venir muy bien.

A las ocho de la tarde, cuando las tarifas telefónicas eran más baratas, se dirigió a la habitación que usaba como despacho. Después de mirar el correo electrónico entró en internet y fue a su página favorita. La red le servía para escapar de los problemas del mundo real. A veces sentía que se estaba convirtiendo en una adicta, pero al menos era una adicción inofensiva, no como otras viudas, que se daban al alcohol.

El viernes por la tarde lo llamó por teléfono.

—Cam Fielding.

Aunque no hubiera dicho su nombre, Liz habría reconocido el timbre de voz.

—Soy Liz Harris. Si su oferta todavía sigue en pie, me gustaría aceptarla.

—Estupendo. Si viene, le daré un juego de llaves y le enseñaré la casa.

—¿Ahora?

—Si no tiene inconveniente.

Cinco minutos más tarde Fielding le abrió la puerta. Llevaba una camisa de lino color coral y un pantalón caqui. La casa tenía una espaciosa entrada y en las escaleras había una balaustrada de hierro forjado que parecía antigua.

—Fiona está en el jardín echándose una siesta —dijo mientras cerraba la puerta—. Anoche fuimos a un club nocturno en la costa. Espero que no la molestáramos al llegar.

—Ni siquiera un camión podría haberme despertado —contestó.

Fielding le enseñó la planta baja. Las ventanas que daban a la calle eran pequeñas y con rejas de hierro, pero las del sur eran grandes y sin nada que impidiera admirar las montañas. Había una cocina grande con una mesa de tamaño familiar al fondo. Se separaba del comedor, lleno de estanterías con libros y cuadros, por una puerta plegable. También había un estudio con más libros y, al lado, un baño.

—Este es el aseo de la planta baja, pero arriba hay más habitaciones y más baños. Déjeme ofrecerle una taza de café y luego comentaremos el sueldo.

A Liz, que había sido hija y mujer de hombres sin

ninguna capacidad doméstica, la sorprendían los hombres que se manejaban bien en la cocina sin ayuda femenina. Sin embargo, dudaba que Fielding pudiera hacer algo más que café, aunque era posible, teniendo en cuenta que su trabajo lo llevaba a lugares problemáticos donde no siempre podía encontrar un hotel.

—Espero volver más a menudo durante el año que viene —dijo poniendo las tazas y los platitos en una bandeja—. ¿Con qué frecuencia cree que habría que limpiar la casa?

Liz se apoyó en la encimera de mármol rosado que dividía la zona de trabajo de la del comedor.

—La cocina y los baños necesitan más atención que las otras habitaciones. No sé lo eficiente que es Alicia, pero creo que lo más sensato es que yo venga a echar un vistazo cada dos semanas y que le sugiera lo que tiene que hacer.

Él sonrió.

—Ha dicho «sugiera» y no «diga». Creo que tiene buenas dotes de dirección.

Liz era consciente del encanto de Fielding, pero se resistió.

—La mayoría de la gente prefiere que les pidan las cosas, no que se las ordenen. Solo es sentido común. Por lo que está dispuesto a pagarme, me aseguraré de que la casa siempre esté lista para ser ocupada, aunque también debería avisarme, para llenar la nevera.

—Intercambiemos las direcciones de correo electrónico, así podremos mantenernos en contacto. Hay un bloc de notas y lápices al lado del teléfono, en la otra habitación —dijo señalando el comedor.

Liz tomó el bloc y escribió la dirección. Fielding también anotó la suya, mientras esperaban a que el agua comenzara a hervir. Después echó unas cucharadas de café molido en las tazas, añadió agua y llevó la bandeja a la mesa.

—No creí la explicación de Alicia de por qué la casa estaba hecha un desastre cuando llegué —dijo—. Pero todo cambiará cuando usted comience a vigilarla, y si no es así, habrá que buscar a otra persona. Tal vez usted podría preguntar. Ahora las mujeres jóvenes tienen coche y prefieren trabajar fuera, pero para las mayores, que no tienen medio de transporte, el trabajo doméstico sigue siendo la única opción.

–Estaré atenta. Pero tengo que decir que no es muy divertido limpiar una casa vacía. Alicia se animaría mucho si usted viniera más a menudo, y si yo reconozco sus esfuerzos. El trabajo de una casa es horriblemente repetitivo y las mujeres que lo hacen necesitan sentirse apreciadas –estaba pensando en su madre, cuyo trabajo nunca se había visto alabado.

Él cambió de tema.

–¿Tiene relación con otros extranjeros? ¿Han sido amables con usted?

–Mucho. Y también la gente de aquí –pero, como ya se había dado cuenta en Inglaterra, había muchas diferencias entre la vida de una esposa y la de una viuda. El mundo social estaba hecho para parejas, no para solteros.

La puerta de la terraza se abrió y entró Fiona, que llevaba un minúsculo bikini plateado.

–¿Es eso café? ¿Puedo tomar una taza? –preguntó antes de lanzarle un simple «hola» a Liz.

Liz intentó iniciar una conversación:

–¿Lo pasaron bien anoche en la ciudad?

–Estuvo bien –contestó Fiona encogiéndose de hombros indolentemente.

Seguramente la mayoría de los hombres la encontraban enormemente sexy cuando estaba desnuda, pensó Liz. ¿Pero lo haría también un hombre exigente? Lo más probable era que el sexo fuera la única razón por la que Fiona estaba allí.

Liz apuró su taza.

–Será mejor que me vaya. Hoy tengo mucho trabajo.

–Espere un minuto –dijo Fielding mientras le tendía a Fiona una taza de café. Después sacó una billetera del bolsillo trasero–. Debería tener algo de dinero, para pagar a Alicia y para usted.

–No es necesario. Podemos arreglar las cuentas la próxima vez que venga.

–Sí que lo es. ¿Qué pasaría si un terrorista me volara la cabeza? –le dio unos veinte billetes de mil pesetas–. Mañana por la mañana llamaré al banco para que modifiquen la cantidad que transfieren a su cuenta. También necesita un juego de llaves. Están en un cajón de la entrada.

Liz lo siguió hasta la salida y dijo:

–Hasta luego, Fiona.

–Adiós –contestó sin preocuparse de ocultar su indiferencia con una sonrisa.

Debía de ser fantástica en la cama para que él la aguantara, pensó Liz mientras bajaba la calle. Llevaba el dinero en el bolsillo y las llaves de La Higuera en la mano.

Cuando Cam volvió a la cocina, le dijo Fiona:

–Debería retocarse la nariz.

–¿Qué le pasa a la nariz?

–Es demasiado grande.

–La mía también –dijo frotándose la nariz heredada de su bisabuelo, el Capitán «Halcón» Fielding. Su antepasado tenía rasgos parecidos a los de los afganos contra los que luchó en la frontera del noroeste, muriendo como un héroe en Kabul al principio del reinado de la Reina Victoria. Cam pensaba a veces que algún gen de ese bisabuelo aventurero lo había llevado a elegir su propia carrera.

–Es diferente –dijo Fiona–. A los hombres les quedan bien las narices grandes, pero a las mujeres no.

–Solo me he fijado en sus ojos. Son del color de las verónicas –se dio cuenta de que Fiona nunca había visto una verónica y añadió–: Son pequeñas flores silvestres de un azul intenso.

—No le gustas. Y yo tampoco. Pero eso no le ha impedido aceptar tu dinero.

—¿Por qué crees que no le gustamos? —Cam podía adivinar la razón, pero no creía que Fiona la supiera.

—Supongo que te envidia. Eres rico y famoso, pero ella no es nadie, no tiene dinero y vive en una casucha de mala muerte. Y no creo que vuelva a casarse.

—Eres deliciosa, pero no tienes corazón, ¿verdad, Fifi? —dijo secamente—. Yo creo que a la señora Harris le gusta su casita, no va de compras como una posesa y todavía está de luto.

A Fiona no le gustaba que la llamaran Fifi. En realidad, había varias cosas en Cam que no le gustaban. Era sarcástico y a veces no sabía de qué estaba hablando, pero le encantaba que otras mujeres la envidiaran. Y Cam no esperaba que ella hiciera todo el trabajo en la cama, al contrario que otros hombres que había conocido. De hecho, acostarse con él era un trato, y ahora le apetecía hacerlo.

Le dedicó una sonrisa seductora.

—Voy a darme una ducha. ¿Vienes conmigo?

Por la noche Cam se levantó y bajó a beber agua sin despertar a Fiona. Desde que tenía veinte años y hasta principios de la década de los treinta había bebido mucho alcohol, pero ya lo hacía cada vez menos. Sabía lo que les pasaba a los periodistas que seguían pegados a la botella a los cuarenta años.

Estaba en forma, y quería seguir así. Esa semana con Fiona había bebido más de lo que solía, y sabía por qué. Porque ella lo aburría, incluso en la cama le parecía sosa. Había sido un error llevarla allí. A Fiona le gustaba ir de compras, los restaurantes elegantes y las discotecas. Era una chica de compañía, pero él ya no era un playboy; tenía que reconocerlo y replantearse su vida.

Bebió un vaso de agua y se subió otro a la habitación. El dormitorio estaba iluminado por la luz de la luna y veía con claridad la cara de Fiona y sus curvas voluptuosas perfiladas bajo la sábana arrugada.

Se dirigió a la ventana y miró al exterior. Más allá del muro de su jardín se extendía una fila de tejados, pero solo había uno plano, el de Beatrice Maybury. Al pensar en su sucesora, la retraída señora Harris, supo que había hecho bien al contratarla. Parecía el tipo de persona que se ganaba cada peseta que estaba dispuesto a pagarle, y estaba cuidando el jardín mucho mejor de lo que lo había hecho Beatrice.

Pensó que estaba loca al encerrarse en un sitio como Valdecarrasca. Evidentemente, todavía estaba de luto por un marido que había desperdiciado su vida y arruinado la de ella en un gesto de locura. Si hubiera seguido vivo habría sido un héroe, pero estaba muerto y había condenado a Liz a un futuro solitario. No le había preguntado, pero estaba seguro de que no tenía hijos.

El hecho de que hubiera aceptado su oferta, aunque en el terreno personal no lo aprobara, sugería que el otro trabajo no le proporcionaba suficiente dinero. Ella le había demostrado su desaprobación abiertamente, pero el trabajo de Cam le había enseñado a captar ciertas vibraciones. Como la mayoría de las «buenas» mujeres, tenía un estricto código moral que dejaba fuera a personas como él y Fiona. Esas mujeres querían que todos vivieran como ellas lo hacían y que los hombres tuvieran un trabajo respetable con horario de nueve a cinco.

Pero su carrera le exigía hacer las maletas rápidamente y presentarse en el lugar de la noticia, por lo general incómodo y donde existía la posibilidad de que no regresara. Había muchas bajas entre los corresponsales de guerra y los fotógrafos. No era una vida para compartir con mujer e hijos, y los compañeros que lo habían intentado habían acabado divorciándose. Lo que Cam quería era casarse cuando se hubiera retirado.

Durante casi veinte años había recorrido los peores

lugares de violencia del mundo, de los que había escapado con solo un arañazo de bala en el brazo. Tal vez en el futuro no tuviera tanta suerte. Era hora de cambiar el trabajo por el de un tranquilo presentador o buscarse otra forma de ganarse la vida.

Tenía el presentimiento de que internet podía ser la llave de su futuro, y si ese presentimiento era acertado, podría vivir donde quisiera, tal vez en ese mismo pueblecito apartado de las zonas en guerra.

Una semana después de que Cam y Fiona se hubieran ido, Liz abrió el correo electrónico y encontró un mensaje de Cameron Fielding. En el espacio reservado para el asunto había escrito «Felicidades por su página web». La dirección de correo electrónico que ella le había dado terminaba en «com» pero se sorprendió de que él se hubiera molestado en comprobar que esa parte conducía a una página web. Leyó el mensaje:

Querida señora Harris (¿o puedo llamarte Liz?)
Le he echado un vistazo a tu página web. Estoy impresionado. Tal vez deberías cambiar el diseño de moda por el de páginas web, me han dicho que hay mucha demanda de buenos diseñadores. ¿Qué tal si empezaras diseñando una página para mí? Estaría encantado de pagarte por ello si quisieras intentarlo. Piénsalo.
Recuerdos, Cam.

Liz imprimió el mensaje y lo guardó en el bolso para releerlo más tarde. Era el día de la semana en el que bajaba a la costa para la reunión del Club Informático el Peñón, en Calpe. Según los ancianos que habían conocido España antes de la invasión turística, Calpe había sido un pueblecito de pescadores, pero se había convertido en un centro vacacional lleno de bloques de apartamentos.

A Liz no le gustaba Calpe, pero disfrutaba en las reuniones del club, aunque la mayoría de los miembros eran lo suficientemente viejos como para ser su padre o su abuelo. Un par de ancianos solían comérsela con los ojos, pero podía soportarlo.

Después de la reunión fue a comer a un restaurante chino con Deborah, una divorciada cuarentona que estaba en contacto con sus hijos por correo electrónico. El restaurante estaba cerca del Peñón de Ifach, una enorme roca de unos trescientos metros que salía del mar y a la que acudían escaladores de toda Europa.

–¿Has hecho alguna vez el camino que lleva a la otra parte del Peñón? –le preguntó Liz.

Deborah sacudió la cabeza.

–Me dan miedo las alturas. ¡Ni siquiera podría vivir en el último piso de un bloque de apartamentos!

–A mí me ocurre lo mismo. Me marearía al asomarme a uno de esos balcones tan pequeños. Pero estaría bien vivir en un ático con una gran terraza. Las vistas serían maravillosas.

Después de la comida volvió a Valdecarrasca donde, ya que no tenía garaje, debía dejar su coche de siete años en el aparcamiento que estaba cerca del edificio que antes era un lavadero.

Después de ponerse la ropa de estar por casa, se sentó para responder a Cameron Fielding. No le importaba que la llamara Liz, pero no estaba segura de querer llamarlo Cam, al menos todavía. Sin embargo, empezar con «Querido señor Fielding» era demasiado formal, sobre todo después del mensaje que él le había enviado, así que escribió:

Querido Cam,
Me alegro de que te gustara mi página web y me halaga que quieras confiarme el diseño de la tuya. Nunca he diseñado ninguna para otras personas, así que no sé cuál es la tarifa. Pero me puedo enterar y podríamos hablar del asunto la próxima vez que vengas; tendría

que hacerte un montón de preguntas antes de diseñar una página con la que los dos estemos contentos. ¿Cuál sería el propósito de la página?

Liz.

Después de haber enviado el mensaje la asaltaron las dudas. Tal vez no era buena idea involucrarse más con Cam Fielding. Desde que lo conoció había estado en guardia, así que a lo mejor era una locura aceptar ese encargo, que la haría estar más en contacto con él. ¿Habría sido más sensato declinar su oferta alegando que tenía más trabajo del que podía realizar?

CAPÍTULO 2

En la variedad está el gusto

HASTA que Cam no le hubo hablado de ello, a Liz no se le había ocurrido que el diseño de páginas web se podía pagar mejor que lo que ella hacía. Una web encargada por un nombre tan conocido como el de Cameron Fielding sería sin duda un espléndido comienzo.

Liz leyó la respuesta de Cam cuando se conectó:

Liz,
Dentro de un par de horas estaré volando a Oriente Medio para cubrir el último estallido de las hostilidades. Espero regresar la próxima semana, y mientras tanto pensaré en el tipo de página que quiero. Tal vez pueda ir a V. un día o dos, y así podríamos juntar las cabezas y fijar lo más básico.
Cuídate, Cam.

La expresión «juntar las cabezas» conllevaba un grado de intimidad con el que no se sentía cómoda. Pero al mismo tiempo, sentía mucha curiosidad por verlo en su faceta profesional.

Beatrice Maybury no tenía televisión, consideraba que era una pérdida de tiempo. Liz tenía una en Inglaterra, pero no la había llevado a España ni había comprado una nueva. Prefería leer.

Y no iba a preguntar a ninguno de los extranjeros que conocía si podía ver en su televisión el programa de noticias para el que trabajaba Cam. Eso levantaría una oleada de cotilleos del tipo: «Liz Harris se ha prendado del ídolo de La Higuera. ¿Cuánto tiempo tardará en llevarla a la cama?». El solo hecho de pensar en ello la estremeció.

Fue en mitad de otra noche de insomnio cuando cayó en la cuenta de que el canal de televisión para el que trabajaba podía tener una página web donde encontrar información sobre Cameron Fielding. Se sentó en la cama y se puso la bata acolchada. Los días todavía eran cálidos, pero la temperatura descendía considerablemente por las noches.

Se puso las zapatillas, se dirigió al estudio y se conectó. Encontró enseguida la página que buscaba, así como una lista de los presentadores y periodistas del canal. Cuando pinchó en el nombre de Cam aparecieron una biografía y una fotografía, y al verlo en la pantalla tuvo la misma sensación que cuando lo miró a los ojos por primera vez en el jardín.

Con un reflejo automático desplegó con el ratón un menú que incluía la opción de guardar la fotografía en el disco duro. La guardó en la carpeta «Mis Documentos», donde permanecería hasta que decidiera borrarla. La biografía junto a la foto decía:

Cameron Fielding es posiblemente el corresponsal internacional más conocido. Se le ha concedido el premio CBE por su trabajo como periodista.

En su carrera de casi veinte años, Fielding ha trabajado para la BBC, CNN, ITN y Sky News. Sus reportajes han merecido la alabanza de los críticos y numerosos premios, incluyendo el Premio a la Prensa de Amnistía Internacional, el Premio al Periodista del Año en el Festival de Nueva York de Radio y Televisión, el Premio James Cameron a los reportajes de guerra y el Premio One World Broadcasting Trust. También ha ganado el prestigioso Emmy, *otorgado por la Academia Nacional Americana de Artes y Ciencias.*

También había una entrevista a base de preguntas y respuestas:

P: ¿Dónde creció?

R: En todas partes. He viajado mucho debido al trabajo de mi padre. Mi pasaporte es británico, pero nací en Hong Kong y me eduqué en Tokio, Roma, Madrid y Washington, así que me considero ciudadano del mundo.

P: ¿Cuál fue su primer trabajo?

R: Me uní a la unidad de Asuntos Mundiales de la BBC después de estudiar Historia Moderna en la universidad.

P: ¿Cuál ha sido el evento más memorable que ha cubierto?

R: He cubierto muchos: la plaza de Tiananmen en 1989; Bagdad y la Guerra del Golfo en 1991; la hambruna en Somalia en 1993; los disturbios de Soweto en 1996. Cada año hay un desastre. Me gustaría que los medios de comunicación se centraran más en los logros de la humanidad en vez de en las guerras. Creo que las malas noticias deprimen a la gente.

P: ¿Cuál es su mejor virtud y cuál es la peor?

R: La peor es que soy impaciente, sobre todo con la burocracia. La mejor: probablemente la tolerancia.

P: Si pudiera viajar hacia atrás en el tiempo, ¿qué época visitaría?

R: Me gustaría haber estado en la nao Santa María de Cristóbal Colón cuando, al intentar alcanzar el Este navegando hacia el Oeste, descubrió el Nuevo Mundo.

P: ¿Qué es lo que le entusiasma y lo que le deprime?

R: Me entusiasma internet. Creo que puede conseguir que la vida de todos sea mejor. Me deprimen los políticos interesados.

Mientras releía las respuestas, Liz tuvo que admitir que, de no haber sabido nada de su vida personal, la entrevista la habría impresionado.

La infancia de Cam parecía mucho más emocionante que la suya. Ella siempre había deseado viajar, pero se lo habían impedido una madre posesiva, la falta de dinero y haberse enamorado de Duncan. Sus ansias de conocer mundo ya se habían apagado. Según lo que había leído, el turismo masivo y la popularidad del excursionismo habían conseguido que los destinos exóticos fueran mucho menos exóticos de lo que habían sido cuando ella tenía dieciocho años. Ya se había pasado el tiempo de ver mundo. Como solía decirle su abuela: «La oportunidad solo se presenta una vez».

Liz apagó el ordenador y volvió a la cama. Después de apagar la luz empezó a pensar en su abuela. «Todavía no has madurado lo suficiente. No tienes experiencia en la vida… ni con otros hombres. Hay más peces en el mar aparte de Duncan».

Aunque sabía que su abuela no había tenido un matrimonio feliz, había desechado el consejo. Pero su último pensamiento, antes de dormirse, no fue sobre su abuela. Vio los rasgos marcados del hombre cuyo rostro estaba grabado en el ordenador.

Las instrucciones que Cam le había dado por correo electrónico para que Alicia hiciera la cama en la habitación que había sobre el garaje la sorprendieron. Pero cuando Liz fue a La Higuera se dio cuenta de que el dormitorio en el que lo había visto besando a Fiona era un acogedor cuarto de invitados, y la habitación sobre el garaje era el propio dormitorio de Cam.

Lo primero que le llamó la atención fue un retrato situado entre las dos ventanas, puesto ahí para que no le diera la luz. Era un óleo antiguo de un hombre con uniforme, cuyos rasgos se parecían enormemente a los de Cam. En la parte baja había una placa: «Capitán Nugent Fielding, Primera Infantería Ligera de Bombay». Sin lugar a dudas, era un antepasado de Cam.

Había fotografías de familia por toda la habitación y otros objetos personales. Le parecía interesante que él durmiera en esa habitación cuando estaba solo, pero que usara el cuarto de invitados cuando llevaba a una de sus chicas. ¿Qué diría un psicólogo de ese comportamiento? ¿Que no quería que una mujer invadiera su espacio privado? ¿Que para él las mujeres eran solo objetos sexuales y por tanto debían estar en ciertas zonas, pero no en esa?

A la una menos cuarto, cuando se disponía a lavar la fruta que tomaría en la comida, sonó el teléfono.

—¿Diga?

—Soy Cam. Acabo de llegar. ¿Qué vas a hacer en las próximas dos horas?

—Nada en particular, pero…

—Entonces saldremos a comer, tenemos muchas cosas de las que hablar. Te recogeré en diez minutos, ¿de acuerdo?

Supuso que ella estaría de acuerdo y colgó. Liz subió corriendo a su habitación, se quitó la ropa de estar por casa y se puso unos pantalones grises de tela de gabardina, una blusa a rayas grises y blancas y unos zapatos de ante. Eligió sus pendientes de oro favoritos, se puso algo de maquillaje rápidamente y se cepilló el cabello antes de recogérselo con una cinta negra. Solo cuando estuvo lista se preguntó qué estaba haciendo. ¿Se estaba esforzando por parecerle bonita a un hombre que ni siquiera le gustaba?

Bajó al piso inferior pero volvió a subir corriendo para agarrar un chal rojo, recordando que una vez que el verano había pasado podía hacer frío en el interior de los restaurantes. Estaba bajando las escaleras cuando llamaron a la puerta. Creía que Cam tocaría el claxon del coche para avisarla, pero cuando salió a la calle vio que él la estaba esperando abriéndole la puerta del copiloto. Seguramente los modales impecables formaban parte de la actitud de un mujeriego, pensó Liz mientras él se inclinaba para agarrar la hebilla del cinturón y se lo tendía a ella.

—Gracias —intentó recordar la última vez en la que un

hombre había sido tan cortés con ella, pero no pudo recordarla.

–¿Hay algo nuevo en Valdecarrasca? –preguntó mientras se sentaba a su lado.

–Nada, que yo sepa. ¿Qué tal tu viaje?

–He estado recorriendo el mundo y cubriendo reportajes caóticos durante demasiado tiempo –dijo comprobando los espejos–. Ya no me emociona, lo que significa que va siendo hora de buscar otra cosa.

–¿Has pensado en algo?

–Sería divertido ser otro Gerald Seymor.

–Me suena el nombre, pero no logro situarlo.

–Era un corresponsal de guerra, pero ahora escribe novelas de suspense.

–Sí… ahora me acuerdo. A mi marido le gustaban sus libros –Duncan nunca había sido un ratón de biblioteca, pero cuando iban de vacaciones solía comprar una novela en el aeropuerto y la leía durante el vuelo.

–Desgraciadamente, no tengo la imaginación de Seymor. Y, aunque hay excepciones, los autores de obras más serias no suelen ganar lo suficiente. Por cierto, la casa está perfecta. Evidentemente, tu relación con Alicia va bastante bien.

–También estoy mejorando mi español –dijo Liz–. Es difícil hacer que hable despacio, pero nos vamos arreglando. Y he empezado a comprar *El Mundo* los sábados. Tiene unos suplementos interesantes de salud e historia y, aunque me lleva toda la semana leerlos, me ayudan a ampliar el vocabulario.

–Hay algunas novelas en español en el cuarto de estar. Si quieres tomarlas prestadas, o cualquier otro libro, hazlo sin problemas –le dijo Cam.

–Muchas gracias. Los cuidaré bien.

–Si lo dudara, no lo habría sugerido –desvió un momento la mirada de la carretera para sonreírle–. No le ofrezco a todo el mundo mi biblioteca.

La insinuación de que los dos eran el mismo tipo de

persona, al menos en lo referente a los libros, abrió una brecha en las defensas de Liz.

–Todavía no conozco bien los restaurantes de por aquí –continuó Cam–. Pero Vista del Coll tiene buenas vistas y la comida no está mal. ¿Lo conoces?

–He pasado por allí, pero nunca he entrado a comer.

–La clientela es una extraña mezcla de extranjeros de edad avanzada y de trabajadores españoles. Los fines de semana y las fiestas se llena de familias españolas. Aunque las parejas jóvenes están reduciendo el número de hijos, todavía se pueden ver a las diferentes generaciones de una misma familia saliendo juntas.

Liz no hizo ningún comentario. No tenía hijos y probablemente nunca los tendría. Había aprendido a vivir con ello, pero a veces sentía un extraño dolor cuando veía a otras mujeres con niños.

–¿Prefieres comer dentro o fuera? –preguntó Cam mientras subían los escalones del restaurante.

–Hace un día muy bueno y sería una pena no aprovecharlo –dijo Liz, que había dejado el chal en el asiento trasero del coche.

–Yo pienso lo mismo. ¿Qué tal allí? –preguntó señalando una mesa para cuatro en la que los dos podrían sentarse de cara a las montañas.

El propietario se acercó a saludarlos. Evidentemente conocía a Cam, y los dos hombres comenzaron a hablar en español. Después le dedicó una sonrisa a Liz y le dio una de las dos cartas que llevaba.

–¿Quieres beber algo mientras elegimos? ¿Vino blanco, tal vez?

–Prefiero un vaso de agua con gas –quería mantener la cabeza despejada.

Cam enarcó una ceja, pero no intentó convencerla de lo contrario.

El menú estaba presentado en varios idiomas. Liz leyó la página en español, con un dedo en la página inglesa por si había algunas palabras que no supiera traducir.

Con la botella de agua con gas trajeron un vaso de vino blanco para Cam, una cesta de pan crujiente y un plato con alioli para extender en el pan.

—Cuando era un adolescente el alioli era casero —le dijo—. Pero hubo un aumento de salmonelosis y las normas de higiene se volvieron más estrictas. Ahora ya no tiene el mismo sabor.

Liz dio un sorbo al agua con gas y miró a las montañas. Sin duda era más agradable comer al sol con una compañía interesante que quedarse sola en casa.

—¿Tu padre y tu abuelo también eran periodistas? —preguntó Liz recordando lo que había leído sobre él.

La pregunta pareció divertirlo.

—La verdad es que no, y ninguno de los dos aprobó mi elección. Querían que, como ellos, me dedicara a la diplomacia, pero el destino no lo quiso. ¿Crees en el destino?

—No lo sé. ¿Tú sí?

—No. En realidad creo en las casualidades. La que me llevó a romper con la tradición familiar ocurrió en Addis Abeba. ¿Sabes dónde está?

—Claro. Es la capital de Etiopía, en el noreste de África.

—Tus conocimientos de geografía están por encima de la media. Te sorprendería saber cuánta gente tiene solo una idea confusa de los lugares que están fuera de su país. Ocurrió durante unas vacaciones, cuando aún estudiaba en la universidad. Estaba en Etiopía cuando un depósito de municiones estalló, matando a un periodista de televisión. Convencí al cámara y al documentalista de que me dejaran ocupar su lugar. Fue la suerte del principiante. Hicimos un reportaje lo suficientemente bueno como para que me incluyeran en la plantilla nada más acabar los estudios. ¿Y tú cómo empezaste?

—Como chica de los recados. Llegué a ser ayudante personal del editor de la revista. Las labores de aguja eran mi hobby, y como siempre les faltaban buenos proyectos tomaron algunas de mis ideas. Poco después me propusieron para un puesto más alto. Podría haberlo conseguido, pero después… llegó un momento en el que me di cuenta de que odiaba hacer un trayecto tan largo dos veces al día, y tampoco me gustaba la gran ciudad. Y estaba cansada de los fríos inviernos y de los veranos variables.

—Así es como yo me siento. Me gustaría estar aquí nueve o diez meses al año y trabajar el resto del tiempo a través de internet en Londres, Nueva York o donde sea necesario para mantener mis contactos. Es decir… —se interrumpió cuando llegó el propietario para tomarles nota. Cam le explicó que todavía no habían decidido y el hombre se volvió para atender a otros clientes—. Deberíamos decidirnos. ¿Qué te apetece?

—Empezaré con una ensalada y después tomaré cordero asado.

—Tomarás algo de vino, ¿verdad?

Liz asintió con la cabeza.

—Me gusta el vino, pero no puedo beber tanto como algunos de los expatriados que conozco.

—Siempre se puede encontrar ese tipo de gente donde hay comunidades extranjeras. La gente que vive fuera de su país se divide en dos grupos: los que prosperan en una cultura que no es la suya y los que nunca llegan a integrarse. ¿Conoces a los primeros residentes extranjeros en Valdecarrasca, los Dryden?

—He oído hablar de ellos, pero no los conozco personalmente. Él es americano, ¿verdad?

—Todd es uno de esos americanos cosmopolitas que han pasado más tiempo fuera que dentro de los Estados Unidos. Tenía un cargo importante en algo relacionado con el petróleo, pero cuando tenía unos cuarenta años sufrió un ataque al corazón y casi no lo cuenta. Decidieron cambiar el ritmo de vida y vinieron a España, donde Leonora descubrió que tenía un don para arreglar fincas abandonadas y transformarlas en atractivas residencias para exiliados con dinero.

–Creo que viven cerca de la iglesia, en esa casa que tiene campanillas azules y buganvillas púrpuras que cuelgan del muro.

–Eso es. Leonora la compró hace años, cuando vivían en la costa. En realidad compró muchas propiedades, antes de que subieran los precios. Espero que te inviten a su fiesta de Navidad, donde le dan el visto bueno a todos los nuevos residentes. A los que pasan la inspección los invitan de nuevo, pero a los demás no. Leonora no soporta a los tontos y se aburre con facilidad.

–Parece bastante exigente –dijo Liz.

–Es muy dinámica y no tiene paciencia con la gente que no lo es. La impresionará el valor que tuviste al venir aquí sola.

–No fue valor, sino desesperación. Estaba estancada y tenía que salir de allí.

El camarero volvió y les tomó nota. Cuando les preguntó qué querían beber Cam se dirigió a Liz:

–¿Prefieres vino tinto o blanco? También tienen un buen rosado.

–Me da lo mismo.

Cuando hubieron pedido, Cam retomó el tema de sentirse estancado.

–Yo me siento igual. No sé si la idea de que el cuerpo pasa por ciclos de siete años antes de querer cambiar tiene una base científica, pero creo que es bueno renovar el estilo de vida cada diez años más o menos. No quiero vivir la década de los cuarenta años como la de los treinta y los veinte. Ha sido muy divertido, pero ya es hora de cambiar.

Cuando les sirvieron el vino, Cam le dio las gracias al camarero y le dijo a Liz:

–Por nosotros, por una fugitiva y por un aspirante a fugitivo.

Liz le respondió con una sonrisa amable, aunque se sentía algo incómoda. Y se sintió más incómoda aún cuando, después de que los dos hubieran probado el vino, él propuso un segundo brindis:

−Y por tu nueva ocupación como diseñadora de páginas web… conmigo como tu primer cliente.

−Creo que eso tendremos que discutirlo antes de hacer un brindis. Por eso estamos aquí, para hablar de negocios −le recordó ella.

−Es verdad, pero los negocios salen mejor cuando se combinan con algo de placer, ¿no crees? Yo lo paso mucho mejor comiendo con una mujer atractiva y elegante que con un adolescente que lo sepa todo sobre tecnología de la información, pero nada más.

Liz decidió que era hora de poner las cartas sobre la mesa.

−Siempre que se tenga claro dónde empiezan y dónde terminan los negocios. Cam, tienes fama de ser un… −hizo una pausa buscando el término más educado− un hombre que frecuenta a las mujeres y, durante los últimos cuatro años me he dado cuenta de que hay muchos hombres que piensan que una viuda es un blanco fácil. Yo quiero dejar claro que no lo soy −en cuanto hubo pronunciado esas palabras se dio cuenta de que había ido demasiado lejos y de que posiblemente había arruinado la comida−. Lo siento si he sido un poco maleducada, solo quiero evitar cualquier… malentendido. No es que me considere muy atractiva. Comparada con Fiona Lincoln…

Mientras ella hablaba, Cam se había echado hacia atrás en la silla, mirándola con una expresión que Liz no pudo interpretar. Luego comenzó a sonreír.

−Tiene que ser muy molesto que alguien se te insinúe sin que lo hayas animado a hacerlo −dijo suavemente−. Te aliviará saber que yo nunca lo hago. Solo me insinúo a las mujeres que me dejan claro que les gustaría tener una relación más íntima… y no siempre. Así que no tienes que preocuparte.

En ese momento llegó el primer plato. La ensalada de Liz era más imaginativa que las ensaladas que solían ofrecer en los restaurantes. A la suya le habían añadido, además de la lechuga, el tomate, la cebolla y las aceitunas, que era lo normal, huevo duro, zanahoria rallada, maíz y lombarda picada. Cam había pedido canelones, y se los presentaron en una cazuela redonda de barro que habían calentado en el horno o, más probablemente, en el microondas.

El aceite y el vinagre estaban en el otro lado de la mesa, y Cam se los pasó a Liz, junto con la pimienta y la sal.

–Gracias –a Liz le encantaba el aceite de oliva, especialmente el de la primera prensada.

–Cuando mis abuelos vinieron a España era fácil contratar cocineros y sirvientas –dijo Cam–. Tenían una cocinera estupenda que se llamaba Victoria que también preparaba platos típicos de otras provincias –hablaba como si no hubiera pasado nada que perturbara la conversación. Tomó un trozo de pan y lo mojó en la salsa que recubría los canelones–. Ahora vamos a hablar de negocios. En un mensaje me preguntaste por el propósito de la página. Supongo que lo que quiero es un currículum, pero también algo más…

Siguieron discutiendo todos los detalles hasta el final de la comida. Él también había elegido cordero como segundo plato y cuando se lo sirvieron dijo Liz:

–Una de las cosas que me encantan de vivir aquí es subir a la terraza y ver a un pastor con su rebaño y un perro.

–¿Te has fijado en cómo guían al rebaño? Cuando era niño conocí a un pastor que odiaba llevar a las ovejas al matadero.

–Por lo menos disfrutan cuando están vivas, no como otros animales que se crían en condiciones poco naturales. ¿Sales mucho a comer cuando estás aquí? Estoy segura de que Alicia podría cocinar para ti.

–Yo puedo hacerlo. Victoria me enseñó a preparar caldo y tortilla –dijo mientras llenaba el vaso de Liz. Ella se dio cuenta de que había bebido más de lo que quería y decidió hacer que esa última copa le durara–. Lo que no hago son pasteles.

–Yo tampoco, tienen demasiadas calorías. ¿Tú por qué no los comes?

–Me gusta más el queso, y en España hay quesos estupendos. El cabrales es muy bueno, pero es raro encontrarlo en restaurantes y en supermercados –recorrió a Liz con la mirada–. No parece que tengas problemas de peso.

–No, pero creo que los tendría si no me cuidara. Doy un paseo por los viñedos todos los días, pero eso, junto con algo de jardinería, no es mucho ejercicio. La mayor parte del tiempo estoy sentada.

–Hablando del jardín, ¿por qué no volvemos y nos tomamos el café allí? Tengo algunas ideas para mejorarlo y me gustaría saber cuál es tu opinión –dijo mientras hacía una seña para que les llevaran la cuenta.

Sabiendo que Cam no solía insinuarse a las mujeres si ellas no lo animaban y suponiendo que era un hombre de palabra, Liz no tenía razones para sentirse incómoda yendo a tomar café a su casa en pleno día. Pero estaba algo nerviosa, tal vez porque su compañía era agradable y ella no estaba segura de no sucumbir a su encanto si se veían demasiado.

Cuando llegaron a la casa y entraron al garaje, Liz pudo ver que dentro había una bicicleta de montaña y varios pares de botas para caminar. Cam abrió la puerta de la terraza y ella bajó los escalones que llevaban al jardín, sentándose en uno de los bancos con armazón de hierro y asiento de madera, donde a veces se sentaba después de arreglar el jardín. Se preguntó qué cambios querría hacer Cam, y luego sus pensamientos volaron hacia la casa adosada en la que había vivido con Duncan durante trece años.

Cam entró llevando una mesa plegable que situó frente al banco. Poco después volvió a aparecer con una bandeja en la que, además del café, había dos vasos de licor y una botella.

—No puedo quedarme mucho. ¿Qué ideas tienes para el jardín?

—¿Qué prisa tienes? ¿Por qué no te relajas? —miró su reloj de pulsera de acero inoxidable—. Solo son las tres y media.

—Me gustaría pasar a ordenador lo que hemos hablado de la página web, antes de que se me olvide.

—Puedes ahorrarte el trabajo, te enviaré una copia de mis notas. ¿Te lo puedo mandar como adjunto o crees que los mensajes con archivos adjuntos son tan inseguros como el sexo sin protección?

Liz supo que Cam la consideraba una mojigata, y tal vez lo era porque, viniendo de él, cualquier referencia al sexo la hacía sentirse incómoda.

—Nunca abriría un adjunto que viniera de un extraño o que se titulara «Gratis», «Gane un millón de dólares» o cosas así. Pero estoy segura de que tu ordenador está bien protegido contra los virus.

—Está protegido, pero no sé hasta qué punto. Los piratas informáticos inventan nuevos virus con mucha rapidez.

Mientras hablaban, Cam había servido el café. Después de servirle una taza, le dio también un vaso y agarró la botella.

—Para mí no, gracias —dijo Liz.

—¿No te gustan los licores o no te gusta este en particular?

—Nunca lo he probado, pero creo que si bebo más tendré dolor de cabeza.

—Solo has bebido tres vasos de vino. No es mucho, teniendo en cuenta que has comido carne y verdura. Venga, deja que te ponga un poco.

—No lo quiero, Cam. No me presiones, por favor.

—No se me ocurriría presionarte para que hicieras algo que no quieres hacer —tomó el vaso y lo puso al lado del suyo, sirviéndose una generosa cantidad de licor—. Pero tu nerviosismo me hace preguntarme qué es lo que te han contado de mí. ¿Se me acusa de seducir a mujeres respetables en mi jardín y de emborracharlas con licor antes de intentar propasarme con ellas?

Liz agarró el bolso, que había colgado en el respaldo del banco. Se levantó y dijo enfadada:

—Si vas a adoptar esa táctica, me voy a casa ahora mismo.

Ya estaba llegando a los escalones cuando él la agarró del codo y la paró. Liz se dio la vuelta para mirarlo.

—Estás armando un escándalo por nada, solo estaba bromeando —dijo él.

—Pues no me divierte —replicó ella acaloradamente.

Y en ese momento, mirándose de frente, desapareció su indignación, que se vio reemplazada por una sensación diferente y desconocida. Durante unos instantes vio que la sonrisa de Cam se transformaba en una mirada que no sabría definir ni describir. Cam la soltó y dijo con suavidad:

—Siéntate, tómate el café y hablemos del jardín.

Aturdida y trastornada por lo que había sentido, Liz volvió al banco. Cam comenzó a explicarle sus ideas como si no hubiera pasado nada.

—La última vez que vine fui a una fiesta en un jardín en el que había un espejo enorme. Lo habían situado de tal manera que parecía un arco recubierto de hiedra que conducía a otro jardín. ¿Crees que podemos hacer lo mismo aquí?

Liz bebió un sorbo de café mientras lo pensaba.

—Podrías probar con un espejo pequeño. Yo voy al mercadillo de Benimoro casi todos los sábados, podría comprar uno por poco dinero.

—¿De verdad? Sería estupendo —también le explicó las otras ideas. Una de ellas consistía en poner unas macetas grandes para arbustos junto a la terraza.

Al final la conversación terminó de manera natural y cuando Liz se levantó él no intentó detenerla. Antes de irse Cam le dio un número de la revista *Time* que había pensado que a Liz le gustaría leer.

Al dar la vuelta a la esquina para dirigirse a su casa se

encontró con una mujer a la que conocía de vista y que llevaba un bebé encantador. El niño tenía unos enormes ojos oscuros y una mata de pelo negro. Mientras Liz le acariciaba la suave mejilla la invadió un sentimiento de tristeza.

Consiguió controlarse hasta que llegó a la casa, pero una vez dentro se echó a llorar. No solía hacerlo, tal vez era por el estrés de haber comido con Cam. Pero en realidad sabía que era porque no podría tener un bebé si pasaban algunos años más.

Dos años después de casarse quiso formar una familia. Cuando tenía veinticinco, y después de haberse realizado algunas pruebas, el médico le aseguró que no había ninguna razón por la que no pudiera quedarse embarazada. Cuando le sugirió a Duncan que se hiciera la prueba, descubrieron que solo podrían tener niños si los adoptaban, pero su marido no quiso.

Se estaba secando los ojos cuando llamaron a la puerta. Esperaba que fuera la mujer de enfrente que le traía algún paquete. Cuando Liz no estaba en casa y llegaba el cartero, la mujer le guardaba el correo para dárselo más tarde. Pero al abrir la puerta se encontró a Cam.

—Te olvidaste del chal —dijo dándoselo.

—Oh… gracias. Siento que te hayas tenido que molestar en traérmelo. Muchas gracias.

¿Se le había corrido el rímel? ¿Se habría dado cuenta de que había estado llorando? Cerró la puerta nerviosa.

Cam volvió a La Higuera preguntándose qué la habría hecho llorar. Estaba seguro de que no tenía nada que ver con el enfado del jardín; se habría necesitado mucho más para que llorara. En cualquier caso, cuando se marchó estaba tranquila.

Recordó que en la comida ella le había hablado de la posibilidad de llegar a ser editora. Había empezado a decir «Pero después…», se había detenido y luego había continuado con «llegó un momento en el que me di cuenta…».

«Pero después de la muerte de mi marido» era lo que

probablemente había querido decir, pero cambió de opinión. Aunque habían pasado cuatro años, todavía se entristecía al pensar en él.

Cam nunca se había enamorado de verdad, y en su mundo los matrimonios no solían durar. Pero recordaba lo perdido que se sintió su abuelo cuando su abuela murió. Podía imaginarse la enorme pérdida que había sido para Liz.

Era demasiado joven y atractiva para vivir sola, y aunque le había dejado claro que no estaba disponible, su cuerpo estaba preparado para el sexo. La prueba estaba en su manera de reaccionar cuando él la había detenido en el jardín.

«No me divierte», le había dicho, y después ambos habían sentido un chispazo que él reconoció como deseo mutuo. Pero no creía que ella supiera lo que era. Había estado viviendo como una monja durante cuatro años, y seguramente había olvidado la sensación de la atracción física.

Un antiguo filósofo griego, probablemente Aristóteles, había dicho que los seres humanos se regían por el hambre, la sed y el deseo. Liz era el tipo de mujer que rechazaría el deseo si no estaba unido al amor. Seguramente le repugnaba la idea de desear a un hombre en quien no confiara, pero durante unos segundos lo había deseado, y él a ella. Pero Cam no iba a hacer nada al respecto. Liz era su jardinera, vigilaba a Alicia y estaba diseñando su página web; no podía correr el riesgo de tener una relación más personal con ella. Y no porque no quisiera. Podía imaginar lo bonita que estaría si sus ojos azules brillaran llenos de vitalidad en vez de estar ensombrecidos por la tristeza. Pero, al menos de momento, era más importante establecer una amistad, conseguir que al bromear con ella no se pusiera nerviosa.

Un día después de que Cam se marchara, Liz salió a dar su paseo por los viñedos. El aire era frío y las montañas se perfilaban con más claridad que cuando hacía calor. Aunque a veces las montañas parecían fundirse unas con otras, desde el pueblo podían distinguirse varias. Liz estaba empezando a conocer sus nombres y a reconocer sus formas.

Desde donde estaba no podía ver las casas más pequeñas, pero La Higuera sobresalía por encima de todas ellas. Cuando las persianas estaban bajadas, las ventanas parecían ojos cerrados. Se preguntaba cuánto tiempo pasaría antes de que Cam volviera, y si se mantendría en contacto por correo electrónico o, ahora que ella sabía el tipo de página web que quería, si dejaría que ella se pusiera en contacto con él. No lo había vuelto a ver desde que le devolvió el chal. Se había despedido con un breve mensaje, y cuando ella lo leyó él ya estaba camino del aeropuerto de Valencia.

Lo que había sentido en el jardín continuaba inquietándola. Nunca había tenido una sensación parecida, excepto cuando un libro o una película la habían emocionado. Pero en ese momento ella estaba enfadada con Cam. ¿Cómo era posible que el enfado se transformara en emoción en cuestión de segundos? No le gustaba la sensación de que, aunque fuera brevemente, había perdido el control de la situación y tal vez no se habría resistido si él hubiera…

Dejando de pensar en lo que podría haber pasado, se prometió a sí misma que se aseguraría de que todos los encuentros que tuviera con él en un futuro serían estrictamente profesionales.

CAPÍTULO 3

En la batalla del amor, el que huye es el vencedor

CUANDO Cam volvió un mes después el valle había cambiado. Las vides no tenían tantas hojas y algunos de los árboles habían sido arrancados. Y durante los paseos Liz se había dado cuenta de que había algunas garcetas blancas.

Cam la había avisado de su llegada veinticuatro horas antes y había añadido: «Creo que he tenido una idea brillante. Estoy deseando hablarte de ella». Durante su ausencia Liz había hecho progresos con la página web, pero no sabía si estaría a la altura de sus expectativas. Podía haberle enviado los documentos, pero quería estar presente y ver su reacción.

La tarde en la que se suponía que Cam iba a llegar, Liz fue a ver una película en inglés que ponían a las ocho en el cine de Gata de Gorgos, una ciudad cerca de la costa. Le gustaba ir al cine de vez en cuando, pero en esa ocasión no quería estar en casa, por si él la llamaba y le proponía que cenaran juntos para discutir su idea.

Liz sabía que en España se cenaba tarde y que podía haber gente en la calle hasta medianoche, pero eso no ocurría en Valdecarrasca. Cuando volvía a casa, vio que la plaza estaba desierta y que todas las casas de la calle principal tenían las ventanas cerradas o las persianas bajadas.

Mientras esperaba a que hirviera la tetera, comprobó el correo electrónico. Había un mensaje de Cam: «Si estás libre mañana por la mañana, ¿podrías pasarte a las diez?». Liz contestó con una sola palabra: «Sí». Al apagar el ordenador se dio cuenta de que el día siguiente iba a ser mucho más emocionante que cualquier otro día desde la última visita de Cam. Le molestaba que fuera así, pero no podía negarlo.

A la mañana siguiente se lavó el pelo aunque no lo necesitaba. Después de desayunar y de leer con la ayuda de un diccionario una página de una de las novelas de Cam, fue al piso de arriba. No sabía qué ponerse. ¿Vaqueros y una sudadera o el tipo de ropa que solía llevar cuando trabajaba? Al final se decidió por algo intermedio y eligió los mismos pantalones de gabardina que se había puesto para comer con él y un suéter de cachemir azul oscuro. Como toque final se anudó un pañuelo azul y gris al cuello.

—Hola… buenos días —dijo Cam mientras abría la puerta.

Liz había aprendido a usar el doble saludo con los españoles que se encontraba en sus paseos, y que en su mayoría eran hombres mayores que, de jóvenes, seguramente habían rezumado machismo, igual que Cam.

—Buenos días —contestó al entrar.

—Estoy preparando café —hizo un gesto para que entrara en la cocina—. Gracias por llenar la nevera. Esto es lo que te debo —señaló unos billetes sobre la encimera de la cocina, donde ella había dejado el ticket del supermercado.

—Gracias —al ver que era más de lo que había gastado, sacó el monedero del bolso—. Te daré el cambio.

—No es necesario. Olvidaste incluir la gasolina y el tiempo que empleaste.

—No se me ocurriría cobrarte por eso —dijo mientras ponía el cambio en la encimera, antes de recoger los billetes—. Yo también tengo que hacer la compra, no me importa comprar unas cuantas cosas más para ti de vez en cuando.

—Muy bien, si insistes. Pero, ¿cuánto ha costado ese enorme trozo de espejo?

—Solo mil pesetas, pero si no es lo que buscas, puedo devolverlo.

—Es exactamente lo que busco, y el lugar donde lo

has colocado es perfecto –le dio un billete de mil–. Ha debido de ser difícil traerlo hasta aquí... ¿o te han ayudado?

–Lo traje en el maletero sin problemas. Y el hombre que vive ahí abajo, Roberto, me vio sacarlo del coche y me ofreció su ayuda. No sabía si invitarlo a tomar algo, pero luego pensé que tal vez se ofendería.

–Yo lo invitaré y le daré las gracias la próxima vez que vaya al bar –dijo Cam.

–¿A qué bar vas? –preguntó, sorprendida de que frecuentara alguno de los dos bares del pueblo. Los locales, con las máquinas tragaperras y la televisión siempre en funcionamiento, no parecían los lugares a los que Cam estuviera acostumbrado.

–De vez en cuando tomo algo en cualquiera de los dos. Hay mucho ruido, pero los cotilleos son divertidos. Muchos extranjeros no se dan cuenta, pero el pueblo es un hervidero de politiqueo y rivalidades.

–Debe de ser estupendo poder hablar valenciano y castellano con fluidez. Yo no creo que pueda conseguirlo y, aunque lo hiciera, perece que las mujeres no suelen ir a los bares.

–¿Echas de menos la compañía de las mujeres de tu edad?

–En absoluto. Hay muchas organizaciones creadas por y para los extranjeros, pero solo voy al Club Informático el Peñón. No soy como la gente que se ha retirado, no tengo mucho tiempo libre.

–No, pero todos necesitamos compañía agradable. ¿El club es divertido?

–Está muy orientado a los hombres –dijo, antes de darse cuenta de que podía ser un comentario polémico si lo dirigía a alguien tan masculino como Cam.

–¿En qué sentido?

–Los hombres tienen una afinidad con las máquinas que no creo que tengamos las mujeres. A los chicos del club les encanta juguetear con el interior de los ordenadores. Yo preferiría no saber lo que hay dentro, sino usarlos igual que uso la lavadora o la nevera. Y si algo va mal, quiero llamar a alguien que lo arregle, no tener que arreglarlo yo.

—Seguro que los chicos del club se pelearían entre ellos por venir a arreglarte el ordenador. ¿O son ellos los que se han insinuado indebidamente? —preguntó Cam.

—No he tenido problemas informáticos graves desde que estoy aquí. Pero si los tuviera, no esperaría que alguien que vive en la costa viniera hasta aquí.

—Tiene que haber jóvenes en el pueblo que podrían solucionarte casi todos los problemas. Pregunta a Alicia si conoce a alguno.

—Seguro que los hay, pero la barrera del lenguaje sería aún peor con las cuestiones técnicas.

—No necesariamente. Como los coches, los ordenadores funcionan prácticamente igual en todas las partes del mundo. ¿Tomamos el café en la terraza?

Al salir, Liz vio que Cam había dispuesto dos sillas de lona, una sombrilla de color verde oscuro y un taburete para la bandeja.

—Espero que te guste sentarte en la sombra. Después de una semana aguantando el tiempo de Londres, necesito tomar el sol. ¿Te importa que me quite la camisa?

—Claro que no —Liz estaba empezando a preguntarse si no tendría calor con el suéter, aunque estaba a la sombra. En su casa hacía mucho más fresco que allí. Tenía que haberse puesto una blusa.

Cam se estaba desabrochando la camisa. Ella fijó la mirada en las montañas del sur y dijo:

—Estoy deseando escuchar esa idea brillante. ¿Tiene que ver con la página web?

—Sí, si crees que es factible.

—Cuéntamela.

Aunque no miraba, Liz sabía que Cam se estaba sacando la camisa de los pantalones cortos. Ya se había fijado en que tenía las piernas bronceadas, lo que sugería que, ya que no había estado en España mucho tiempo ese año, habría tomado el sol en otra parte.

–Tomé la idea de un anuncio de televisión que echaban el año pasado, o tal vez el anterior. Puede que lo hayas visto. No recuerdo lo que anunciaba, pero era una parodia de una cena y entre los invitados estaban Marilyn Monroe, Albert Einstein y otras celebridades que no recuerdo.

–No lo he visto –dijo Liz–. Pero recuerdo un anuncio de un coche en el que Steve McQueen aparecía conduciéndolo años después de haber muerto. Es espeluznante que se pueda resucitar a la gente de esa manera con la tecnología.

–Sí que lo es, pero también es inteligente. Mi idea no tiene nada que ver con resucitar famosos. Lo que se me ha ocurrido es entrevistar a seis u ocho personas interesantes sobre un tema en concreto y presentar las respuestas como si las comentaran en una cena, escritas en hipertexto, es decir, con ilustraciones, enlaces y tal vez sonidos. El título podría ser «Las veladas de Cam Fielding», cada una con un subtítulo para cada tema.

–Creo que es una idea estupenda –dijo Liz con entusiasmo–. Y no es difícil de hacer. ¿Has empezado a hacer una lista de invitados y a elegir temas?

–Todavía no. Quería que me dijeras si lo ves viable. Hice una búsqueda rápida por internet para ver su alguien había tenido la misma idea, pero solo encontré recetas y consejos para una buena cena.

–Si no hay nadie que ya esté trabajando con la misma idea, entonces sí es factible. Lo único que me preocupa es que tal vez deberías buscar un profesional, y no una amateur como yo.

Ella lo miraba mientras hablaba, y era consciente de que Cam estaba desnudo de cintura hacia arriba y de que ella estaba frente al torso masculino más atractivo que había visto. Cualquier escultor estaría encantado de esculpir sus hombros y su pecho, llenos de fuerza y elegancia. Se sintió tentada de acercarse y acariciar la suave piel morena que cubría esa estructura ósea tan perfecta.

–Creo que la mayoría de los que dicen ser profesionales en este campo relativamente nuevo son en realidad unos timadores –contestó Cam–. ¿Has traído tus ideas para el diseño?

–Sí.

–Bien… cuando terminemos el café puedes hacerme una demostración en mi portátil.

Diez minutos después, con el portátil dispuesto sobre la mesa de la cocina, dos sillas una junto a la otra y las persianas bajadas para que la luz no cayera en la pantalla, todo estaba preparado para que Liz le enseñara en qué había estado trabajando.

Estaba acostumbrada a usar un ratón exterior, pero el portátil lo tenía incorporado en el teclado y, aunque había probado algunos en el club de informática, no se había acostumbrado a ellos. Cam, que se había puesto la camisa al entrar en la casa, no se la había abrochado, de manera que Liz aún podía ver su cuerpo desnudo.

Ella insertó el disquete en el que guardaba el trabajo y transfirió la información al disco duro, desde donde era más rápido trabajar. Estaba sentada a la izquierda de Cam, con los bordes de las sillas casi tocándose y sus muslos muy juntos bajo la mesa. Antes de comenzar a enseñárselo, dijo:

–Como verás, he diseñado zonas en las que, si te gustan y quieres mantenerlas, habría que escribir algo de texto. Aquí está…

Liz pensaba que Cam movería el portátil para que la pantalla quedara justo frente a él, pero en vez de eso era ella quien estaba frente a la pantalla. Cam pasó el brazo izquierdo por el respaldo de la silla de Liz y se acercó más a ella para estudiar el diseño.

Sabiendo que no estaría cómoda con esa postura durante el tiempo que tardaría en enseñarle la página, Liz dijo:

–Si te parece bien, haré algo más de café.

–Claro –mientras se levantaba, Liz lo miró preguntándose si sospecharía la verdadera razón que la había hecho apartarse.

Desde la encimera, junto a la cafetera, vio que Cam estaba absorto con lo que veía en la pantalla, pero Liz no sabía qué estaba pensando mientras inspeccionaba cada sección. Según pasaban los minutos, comenzó a ponerse tensa. En realidad, había muchas cosas que dependían de si le gustaba o no. Si le gustaba, podría ser el principio de una nueva fase en su vida. Pero si no, habría perdido muchas horas de trabajo. Bueno, no las habría perdido totalmente, porque había disfrutado haciéndolo. Pero no tendría muchas posibilidades de trabajar para alguien tan famoso como él.

El agua comenzó a hervir y Liz hizo dos tazas más de café, añadiendo a la taza de Cam la cantidad de leche que se había dado cuenta que él solía ponerse. Le llevó el café a la mesa, y él se lo agradeció sin levantar la vista.

Se sorprendió al ver que Cam estaba mirando el código que solía quedar oculto. Después lo cerró y se echó hacia atrás en la silla.

—No creo que haya nada que pueda mejorarse. Es brillante, mucho mejor de lo que había esperado y de lo que yo mismo había imaginado.

—¿De verdad? —preguntó, aliviada y encantada.

—Sí, de verdad. Entonces, ¿cuál es el siguiente paso?

—Creo que habrá que registrar tu dirección y decidir quién quieres que sea el servidor.

—¿Puedes hacer el registro por mí?

—Si me confías uno de los números de tus tarjetas de crédito.

Cam frunció el ceño.

—Mmm… no estoy seguro de eso —durante un momento ella pensó que lo decía en serio, pero instantes después Cam le dedicó una sonrisa encantadora—. Te confiaría todos mis números de tarjetas. El mundo está lleno de estafadores, pero no creo que seas uno de ellos. Te lo anotaré —dijo levantándose y agarrando el bloc de notas—. Aquí tienes. Ahora dime cuál es el servidor de tu página web.

Liz se lo dijo, explicándole las razones por las que lo había elegido. Cam la escuchaba atentamente. Cuando hubo terminado de explicárselo, él dijo:

–Si son lo suficientemente buenos para ti, también lo son para mí. ¿Puedo dejarlo también de tu cuenta?

–Por supuesto.

–Entonces lo único que queda por fijar es cuánto voy a pagarte. Me he estado enterando de las tarifas y, para ser franco, creo que algunas de las que piden son exorbitantes. Seguro que hay mucha gente con una mínima parte de tu talento que pretende sacar dinero a costa de quienes no conocen bien internet.

Entonces le propuso una cantidad mensual que era el doble de lo que ella había pensado que estaría dispuesto a pagar.

–Teniendo en cuenta la naturaleza experimental de este proyecto, creo que deberíamos probarlo durante seis meses y ver cómo funciona. Después podremos llegar a un acuerdo más formal. Mientras tanto, ¿te parece bien seguir de manera informal?

–Sí, está muy bien, y eres muy generoso. Lo haré lo mejor posible para merecer tu confianza.

–Entonces, démonos la mano –dijo tendiéndole la suya.

El firme apretón de sus dedos y el efecto que el contacto físico le provocó le recordaron a Liz que estaba haciendo un trato con un hombre cuyos valores y hábitos estaban muy lejos de los suyos.

Durante la hora siguiente discutieron la página detalladamente, tomando notas. Ella se sentía bien al ver que en ese nivel podían trabajar bien juntos. Casi se había olvidado del nivel personal hasta que el reloj de la iglesia comenzó a dar las doce y Cam dijo:

–Creo que deberíamos celebrar nuestra asociación adecuadamente. ¿Te parece si cenamos esta noche?

El sistema de alarma de Liz se puso inmediatamente en alerta roja.

–Esta noche voy a salir –mintió.

–¿Estás libre el jueves?

–El jueves tengo la clase de conversación de español –la clase empezaba a las seis y terminaba a las siete, pero no consideró necesario decírselo. Y temiendo que le preguntara si estaba libre el viernes, se apresuró a añadir–: Creo que sería prematuro celebrarlo ahora. ¿Por qué no esperamos hasta que la página esté en funcionamiento?

–Puede que tengas razón. Entonces, tenemos una cita. Cuando la página esté lista, lo celebraremos.

El reloj de la iglesia dio las doce por segunda vez.

–¿Por qué hace eso? –preguntó Liz aliviada de cambiar el tema de la conversación.

–No lo sé, tengo que preguntarlo.

–Tal vez Alicia lo sepa –dijo preparándose para marcharse–. De lo que no sabe mucho es de plantas. Le pregunté cómo se llamaba esa trepadera con flores amarillas que tienes en el jardín, pero no lo sabía.

Cam la sorprendió al contestar:

–Su denominación botánica es *Senecio angulatus* y viene de Sudáfrica, según me dijo un amigo botánico. Te acompañaré hasta la esquina. Tengo que ir al banco.

Se separaron al final de la calle, desde donde él se dirigió a la Plaza Mayor y ella hacia su casa. Liz se preguntó si no había sido una estupidez negarse a cenar con él. Después de todo, le había asegurado que no se propasaba con las mujeres y, además, ¿qué podía atraerle de una mujer de casi cuarenta años que nunca había sido una belleza, cuando había un montón de chicas exquisitas como Fiona deseando acostarse con él?

Por la tarde Cam llamó a Liz por teléfono. Pensaba disculparse en español por haberse equivocado si ella contestaba. Sin embargo, la línea estaba ocupada, lo que significaba que Liz estaba en casa. Claro que existía la posibilidad de que Liz hubiera tenido que cancelar su cita en el último momento, pero lo más probable era que hubiera mentido para evitar cenar con él.

Podía haber dos razones: no le gustaba Cam o no confiaba en su promesa de no asaltarla. Cam no esperaba gustarle a todas las mujeres, pero sabía que la atracción era mutua. Entonces, ¿por qué ni siquiera quería cenar con él? Tal vez sintiera que al hacerlo le estaba siendo infiel a su marido.

Pero alguien tenía que demostrarle que tanto dolor no era normal para alguien de su edad, era demasiado joven para vivir de los recuerdos de una felicidad pasada. ¿Por qué había ido a España, si no era para comenzar una nueva vida?

Después de calentar una de las pizzas preparadas que Liz le había puesto en la nevera, encendió el portátil y le echó otro vistazo a la página web. Era asombroso que Liz hubiera representado con tanta exactitud sus propias ideas.

Estaba leyendo en la cama cuando lo llamaron desde Londres. Cam escuchó, asintió y llamó al aeropuerto de Valencia para reservar una plaza en el primer vuelo a Schipol, donde recogería otro billete. No tenía que hacer la maleta. Durante años había vivido con una bolsa de viaje que contenía todo lo necesario para sobrevivir donde lo enviaran. Pero en cuanto terminara su contrato al final del año, sería un agente libre. No sabía si era demasiado tarde para cambiar una vida nómada por otra sedentaria, pero lo estaba intentando.

Puso el despertador para levantarse a tiempo y apagó la luz.

A la mañana siguiente Liz encontró un mensaje de Cam: «He tenido que irme y no sé cuándo volveré. Intentaré mantenerme en contacto. Cam». Tendría que sentirse aliviada al saber que la amenaza para su tranquilidad se había ido, pero en realidad se sentía abatida.

La noche anterior había leído que morían más de sesenta periodistas al año. No pudo evitar pensar lo espantoso que sería que a Cam lo abandonara la suerte justo cuando estaba pensando retirarse.

Pasó una semana sin tener noticias de él. Ya había hecho todo lo que le había encargado de la página web y no podía seguir hasta verlo de nuevo.

Una mañana decidió explorar uno de los senderos que llevaban a las montañas, en vez de pasear entre los viñedos. Se llevó una naranja y algo de chocolate. Después de caminar en subida durante una hora, se sentó y se los comió frente a una vista panorámica de todo el valle. Como estaba mirando el paisaje en vez del camino, pisó una roca poco firme, resbaló y cayó. Si no hubiera estirado el brazo en un gesto instintivo para recuperar el equilibrio, solo se habría hecho algunos rasguños, pero la mano recibió todo el peso de su cuerpo y el impacto fue tan grande que pensó que se iba a desmayar. Durante unos momentos se quedó tumbada, convencida de que se había roto el brazo y preguntándose cómo iba a bajar. Afortunadamente, solamente se había lastimado la muñeca, así que se levantó y comenzó a andar.

Cuando volvió al pueblo el dolor era alarmante. Había oído que en Valdecarrasca había un practicante, un ayudante médico que ponía inyecciones y cambiaba vendajes, pero no sabía dónde encontrarlo, y la consulta médica solo abría por las mañanas. Podía preguntar en la farmacia, pero iba necesitar una taza de té y tal vez algo de brandy antes de poder explicar la situación en español.

Cuando le dio la vuelta a la esquina de su calle, quedó sorprendida al ver a Cam hablando con la mujer que vivía enfrente, y se sintió tan aliviada que le entraron ganas de llorar.

—Has vuelto —dijo mientras intentaba sonreír.

—Tu vecina me estaba contando que te fuiste hace varias horas… —se detuvo al ver que se sujetaba una mano contra el pecho—. ¿Qué ha pasado? ¿Tienes algo en la muñeca?

–Iba caminando y me caí. Creo que puede estar rota. ¿Te importa explicarlo en la farmacia? Yo no sé las palabras para…

–La farmacia no abre hasta las cuatro y media. Te llevaré a Denia. Si realmente está rota, tendrán que hacerte radiografías y escayolarla. Pero antes hay que aplicar una compresa fría y poner el brazo en cabestrillo. Ven a mi casa.

–No quiero ser un estorbo…

–No seas tonta, ven –le rodeó la cintura con un brazo, como si temiera que pudiera desmayarse–. Cuéntame lo que ha pasado.

–Ha sido todo por mi culpa. Debería haber mirado dónde pisaba.

–Sí. Una de las normas de senderismo es «mira o camina, pero no hagas las dos cosas a la vez». Lo que necesitas es una taza de té y un par de analgésicos.

–¿Cuándo has vuelto? –preguntó Liz.

–Hace menos de una hora. Y menos mal que lo hice, porque no podrías conducir con una sola mano.

–Hay un servicio de taxis en Benimoro. Desde allí pueden llevarme a Denia.

–Desde luego que no. Necesitas un intérprete. Y además, cuando estamos heridos o enfermos no podemos pensar correctamente. Y no te preocupes por mí, no tengo nada más que hacer.

Media hora después salían hacia la ciudad costera donde había un hospital. Liz se sentía mucho mejor, aunque todavía le dolía bastante. El paracetamol le había venido muy bien, y ahora tenía el brazo en un cabestrillo que Cam le había preparado. Antes, le había aplicado compresas frías para que disminuyera la hinchazón. A Liz la impresionó su eficiencia. El médico del pueblo no podría haberlo hecho mejor.

Tardaron unos cuarenta minutos en llegar al hospital, tomando carreteras de segunda y después un tramo de la carretera principal. La autopista podía ser una alternativa más rápida, pero solo era útil para viajes cortos si los puntos de accesos quedaban cerca del destino final. En ese caso no era así.

—Por lo que he oído, puede haber mucho retraso en el departamento de emergencias. Tal vez tengas que esperar mucho tiempo —dijo Liz cuando casi habían llegado.

—Eso no es ningún problema. Tengo un libro en la guantera, por si tardas mucho.

Cuando llegaron a la recepción de emergencias, Cam explicó en español lo que le había ocurrido a Liz. Una enfermera apuntó todos los detalles y les pidió que se sentaran y esperaran. Casi inmediatamente Cam entabló conversación con la mujer que se sentaba a su lado. Ella le preguntó primero por el accidente de Liz, y luego le contó con todo detalle por qué ella y su hermana herida estaban en el hospital.

Liz, que solo entendía la décima parte de la conversación, quedó impresionada por cómo reaccionaba Cam ante ciertos problemas en los que no tenía mucho interés. Pensó que tal vez era su manera de conectar con gente muy diferente, desde poderosos políticos a alguien como aquella mujer, cuyas manos callosas y vestidos baratos indicaban que estaba privada de la mayoría de los lujos. Sin duda esa habilidad hacía que Cam tuviera tanto éxito en su trabajo.

De vez en cuando llegaba alguien que necesitaba ayuda urgente y lo pasaban a las salas de curas, lo que aumentaba aún más el tiempo de espera. Pasó más de una hora antes de que llamaran a Liz. Cam se levantó para acompañarla pero no lo dejaron pasar. Cuando a Liz le examinaron la muñeca le dijeron que tendrían que cortarle la alianza, que estaba muy apretada a causa de la hinchazón. Lo hicieron con unas tenazas especiales y luego le radiografiaron la muñeca.

Afortunadamente, no tenía ningún hueso roto, pero se había hecho un esguince y tuvieron que escayolarla, aplicando gasas y yeso solamente en la parte superior. Al fin, tres horas después de su llegada, pudo volver a la sala de espera.

Cam estaba hablando con un joven que llevaba un mono de trabajo. En cuanto la vio, Cam se excusó y corrió a su lado.

—No está rota, solo tengo un esguince —le dijo—. Me han dicho que vaya a mi médico dentro de diez días para que me quiten la escayola. Siento muchísimo que hayas tenido que esperar tanto.

—No se me ha hecho tan largo. El chico con el que estaba hablando es ingeniero, y me ha dicho cosas interesantes. Seguro que estás muerta de hambre. Antes de volver, podríamos comer algo ligero, pero no en la cafetería del hospital, donde seguro que hay que esperar tanto como aquí.

Le puso la mano bajo el codo derecho y, con la otra mano, abrió la puerta para que Liz pasara.

Estaban en un bar–restaurante cercano, bebiendo café y esperando unos trozos de tortilla, cuando Cam se dio cuenta de que Liz no llevaba la alianza de casada, y supuso que se la habrían quitado en el hospital. Pero no dijo nada, sabiendo que a ella la entristecería. Sabía que muchas mujeres no se quitaban nunca la alianza, pensando que si lo hacían el gesto les traería mala suerte. Liz no parecía ese tipo de persona, pero uno nunca podía fiarse. Cam había conocido a personalidades muy sensatas que tenían todo tipo de rarezas.

Mientras se comían la tortilla, él preguntó:

—¿Qué vas a hacer en Navidades, Liz?

—Voy a Inglaterra para estar con mi madre. ¿Por qué lo preguntas?

—Yo voy a pasarlas con unos amigos en una casa rural. ¿Conoces las casas rurales?

—Solo sé que son casas de campo y que en el pueblo hay una pareja inglesa que lleva una.

—Pueden ser casas para alquilar u hoteles pequeños. La casa a la que vamos la lleva una pareja francesa que sirve una comida excelente. Solo tiene seis habitaciones, cuatro dobles y dos individuales. Pensé que, si no tenías nada mejor que hacer, a lo mejor te gustaría venir con nosotros.

—Me encantaría poder ir, la verdad es que no tengo ganas de volver al frío invierno de Inglaterra.

—¿Tu madre vive sola?

—No, vive con mi tía desde que se separó de mi padre. Mi padre se ha ido a Florida con su novia americana.

—Mis padres también están separados —dijo Cam—. Los dos se han vuelto a casar con personas que también tienen hijos, incluso nietos, así que no me siento en la obligación de comportarme como un hijo responsable. Y también tengo hermanas. En cualquier caso, he estado fuera la mayoría de las Navidades. Pero cuando eres solo un niño, los lazos son más fuertes.

Ella dijo «sí» pero no hizo ningún comentario, y Cam tuvo la impresión de que Liz tenía que volver a Inglaterra porque creía que debía hacerlo, no porque sintiera un gran cariño por su madre.

—¿Es posible que tengas que cancelar los planes y volar a alguna parte? —preguntó ella.

—Este año no. Mi contrato casi se ha acabado, y ya he dejado claro que no estaré disponible. Supongo que ya tienes vuelo, ¿no? ¿Qué día te vas?

—Estaré fuera dos semanas, desde el dieciocho de diciembre hasta el uno de enero.

—Te llevaré al aeropuerto.

—No quisiera ser una molestia, ya has hecho mucho por mí. Iré en autobús, o tal vez en ese trenecito que une Denia y Alicante.

—¿A qué hora es el vuelo?

—No sale hasta la tarde, así que tengo todo el día para llegar al aeropuerto.

—Quiero hacer algunas compras de Navidad en Alicante. ¿Por qué no vamos por la mañana, curioseamos en las tiendas y comemos en un restaurante que conozco? No creo que comas muy bien en el avión.

—Pensaba que los hombres no hacían compras de Navidad —dijo ella mirándolo dubitativa.

—No, si tienen una mujer que las haga por ellos, pero yo no la tengo —contestó Cam—. ¿Conoces Alicante? Es una ciudad costera, como Barcelona. Ese tipo de ciudades no parecen tan claustrofóbicas como las del interior.

—No he estado nunca en Alicante, solamente lo he pasado por la autopista.

—Entonces, ¿por qué no exploramos la ciudad? Yo seré tu guía.

—Está bien… gracias… muchas gracias.

—Bien, así lo haremos.

Aquella noche, sentada junto a la estufa de gas butano con la que calentaba la sala de estar, Liz deseó no estar obligada a ir a Londres en Navidad. Prefería unirse a Cam y sus amigos en la casa rural. No sabía por qué se lo había sugerido. ¿Para ser amable? No era probable. Ya le estaba pagando bien por sus servicios, ¿por qué tendría que ser amable también?

Cuanto más lo conocía, más enigmático le parecía. Si no hubiera oído hablar de su reputación, y si no hubiera visto por sí misma con qué clase de mujeres se divertía, tal vez habría podido juzgarlo por cómo se comportaba con ella.

Liz recordó la última vez que Duncan le había hecho el amor y, suspirando, se miró el dedo de la mano izquierda en el que solía llevar la alianza. A lo mejor podía arreglar el anillo. Pero, aunque fuera posible, no creía que lo hiciera. Su matrimonio le parecía tan lejano como los días de escuela.

Todos los días de la semana siguiente Cam la visitó por si necesitaba ayuda, ya que solo podía usar una mano. Después de una semana, en vez de ir al médico Liz decidió quitarse ella misma la escayola.

Solo tenía que cortar las gasas en la parte interna de la muñeca.

La siguiente vez que Cam la fue a visitar y la encontró usando las dos manos, dijo:

—Quería hablarte de lo desaconsejable que es ir a caminar solo por las montañas. Este mismo año una artista que conozco tuvo una experiencia desagradable cuando estaba pintando en Montgo, una montaña al norte de Javea, y apareció un exhibicionista. Ella tiene veinte años más que tú, pero se asustó, agarró su equipo y corrió al coche. Por lo general, los exhibicionistas no suelen ser una amenaza para las mujeres, pero es algo preocupante. El otro peligro de hacer senderismo es encontrarse una manada de ganado, incluyendo los toros.

—¿No serán los toros que usan en las corridas? —exclamó sorprendida—. Pensaba que los criaban en el sur de España, no aquí.

—Las ganaderías más famosas están en el sur, pero hay corridas menos importantes por toda España. Y en muchas fiestas locales cierran algunas calles y la gente corre delante de los toros. Yo he visto alguna de esas bestias en las montañas.

—Qué miedo… No tenía ni idea de que andaban sueltos por ahí. Preferiría encontrarme a un exhibicionista.

—En realidad no andan sueltos —dijo él riendo—. Pastan en grupo y a veces hay un vaquero que los guía. Las vacas también pueden ser peligrosas si tienen terneros, pero es bastante fácil eludirlas.

—¿Y si vas subiendo por un sendero y ellos bajan?

—Entonces hay que salirse del camino hasta que pasen. Creo que si quieres explorar las montañas, lo más sensato es que te unas a un grupo de senderismo, hay muchos. Si te hubieras hecho un esguince en el tobillo en vez de en la muñeca, habría sido un problema bajar hasta el pueblo.

Aquella noche Liz tuvo un extraño sueño en el que Deborah, su amiga del club informático, la convencía para que tomara el tren de Alicante a Madrid y allí hacer compras de Navidad. Al llegar, Deborah le decía que tenía entradas para ver una corrida de toros, pero Liz se negaba a ir. Sabía que en España las corridas se consideraban un arte, pero no le gustaba que se torturara a los animales por diversión, aunque los toreros se arriesgaban a morir. Pero Deborah la convenció y Liz se encontró en una corrida en la que la estrella principal era un famoso torero llamado El Macho. Cuando apareció en la plaza, fue hacia donde ellas estaban sentadas y dijo en inglés mirando a Liz:

—Es usted la mujer más hermosa de toda la plaza. Si le traigo las orejas del toro, ¿me recompensará con un beso?

Liz se despertó antes de poder contestar. Lo que la inquietó del sueño, manteniéndola despierta mucho tiempo, era que el torero había sido Cam, vestido con un traje de luces.

Todavía estaba pensando en el sueño cuando al día siguiente retomó el trabajo en el jardín de Cam. Él le había dicho que iba a comer con un hombre que había dirigido magníficos documentales y que vivía en Gandía, ya retirado. Liz se quedó en su propio patio hasta que le pareció que Cam habría abandonado la casa.

La preocupaba haber soñado con él, no quería que invadiera su subconsciente. Pero se dio cuenta de que estaba soñando despierta con él, pensando en lo bien que le sentaría un traje de luces, el traje típico de los toreros que resaltaba la figura. Pero el cuerpo de Cam no necesitaba ningún realce. Ella lo imaginó atravesando la arena de la plaza y mirándola mientras le pedía un beso.

«¡Basta!», pensó enfadada. Una vez, hacía mucho tiempo, su imaginación la había llevado por caminos peligrosos llenos de ilusiones engañosas, y no iba a permitir que le ocurriera lo mismo. Durante el resto de su vida mantendría los pies en el suelo.

CAPÍTULO 4

Amar y saber, todo junto no puede ser

EL DÍA en el que Liz volaba a Inglaterra, Cam la llevó en su nuevo Mercedes a la capital. Antes solía alquilar coches, pero ya que pensaba estar en España más a menudo, necesitaba uno propio.

A Liz nunca la habían apasionado los coches, pero se había fijado en los Mercedes deportivos que pasaban por su puerta. Con los neumáticos anchos, parecían rápidos y seguros.

–Me gustan las curvas amplias de esta carretera –dijo Cam–. Hay un lugar en el atajo que une Valdecarrasca y la costa en el que hay una vista estupenda de la autopista, sujeta por enormes columnas y atravesando un río seco. Es una obra maestra de ingeniería y arte. Tengo que acordarme de fotografiarla en febrero, cuando los almendros a ambos lados de la carretera están en flor. Podríamos usar la imagen en la página web.

–Estoy deseando verlo. Es como una primavera en febrero que resulta extraña a la gente que ha crecido en los países del norte.

–Eso me recuerda… ¿le has dejado la llave a alguien del pueblo para que pueda entrar en tu casa cuando no estés?

–No. ¿Debería haberlo hecho? –preguntó Liz.

–Es bastante sensato, por si ocurre algún imprevisto. Los Dryden tienen una llave de mi casa. Si quieres, yo puedo ocuparme de la tuya, podríamos hacer una copia de la llave en Alicante.

La ciudad apareció en el horizonte mucho antes de lo que Liz esperaba, pero al mirar el velocímetro se dio cuenta de que habían ido mucho más rápido de lo que ella creía.

Aunque se había sacado el carné de conducir al cumplir los dieciocho años y le gustaba estar al volante, Liz no habría querido enfrentarse a las calles de una ciudad concurrida con un coche nuevo y caro. Pero a Cam no parecían preocuparlo las calles congestionadas de una sola dirección. Condujo por el paseo marítimo y pasó la explanada rodeada de palmeras antes de meterse en el centro de la ciudad, donde había mucha gente vestida a la moda.

Acostumbrada a la vida tranquila en Valdecarrasca, a Liz se le había olvidado cómo era la vida en la ciudad. Pero Alicante, con cielo azul y despejado, era muy diferente de los días de diciembre en Londres, aunque muchos hombres llevaban abrigos para protegerse del frío y algunas mujeres pieles.

Cam dejó el coche en el aparcamiento de El Corte Inglés, uno de los grandes almacenes más famosos de España.

–No creo que ahora lo llamaran «El Corte Inglés» –dijo Cam mientras entraban en el ascensor–. Un periodista de moda que conozco dice que ahora son los alemanes quienes están a la última en cuanto a corte y confección. Llevas un traje muy bonito –dijo echándole un vistazo al sencillo conjunto de lana de chaqueta y falda–. ¿Dónde está hecho?

–En Alemania.

Podría haber viajado con algo más informal, pero había escogido ese traje porque iban a comer en la ciudad. No era probable que usara ese conjunto en un futuro.

La última vez que Liz había ido de compras con un hombre había sido con su padre, un comprador extravagante al que le gustaba bromear con las dependientas bonitas. Duncan, aleccionado por su madre, pensaba que las tiendas eran lugares para las mujeres. Nunca le había interesado demasiado su aspecto externo, y dejaba que Liz le escogiera la ropa.

Sentía curiosidad por saber qué tipo de comprador era Cam. Ese día llevaba una camisa azul de manga larga, pantalones azul marino, calcetines negros y botas negras. Al salir del coche había recogido del asiento trasero un abrigo informal de colores. Por cómo le sentaba, Liz supo que estaba hecho a medida.

A la hora de comer ya habían visto toda la tienda y Liz había aprendido mucho de él. Al contrario que su padre, Cam no exhibía sus numerosas tarjetas de crédito ni se comía con los ojos al personal femenino. Más bien eran ellas quienes lo miraban. Y, al contrario que su marido, era evidente que se movía con facilidad en ese ambiente, incluso en las plantas de moda en las que buscaba regalos para las mujeres con quienes iba a pasar la Navidad. No le pidió consejo a Liz, sino que lo eligió todo él mismo. Eran cosas que a ella le hubiera encantado recibir.

A la una y media, después de dejar las compras en el almacén para recogerlas después, bajaron a la explanada que Liz había visto antes. La mayoría de los bancos estaban ocupados por gente que charlaba y había una banda uniformada que tocaba música en un pabellón.

—¿Estás cansada? Podemos descansar un poco y tomar algo. Tenemos la mesa reservada a las dos, así que hay tiempo para tomar un vaso de vino en un bar, si encontramos sitio.

—No estoy cansada, ha sido muy divertido. ¡Qué pavimento tan bonito! —dijo Liz señalando la superficie de mosaico por la que caminaban.

—El rojo, el crema y el negro son los colores de la ciudad. Estos motivos ondulados representan las olas del mar —le explicó mirando al puerto.

Cam no se dio cuenta, pero Liz sí, de que un par de chicas elegantemente vestidas lo miraban y cuchicheaban. Eso le recordó a Liz que, aunque seguramente la envidiaban por estar acompañada de un hombre como Cam, solo era su vecino y ella no era el tipo de mujer que él solía escoger.

–Rápido… he visto unas sillas vacías –le agarró el brazo para conducirla a un café–. ¿Dónde vive tu madre, Liz? –le preguntó después de que el camarero les tomara nota. Cuando ella se lo dijo, comentó–: Nunca he estado allí.

–No te has perdido nada, es un suburbio bastante aburrido.

–Para un periodista, nada es aburrido. Los suburbios están llenos de historias y de gente interesante.

–No en la calle donde vive mi madre –dijo Liz secamente.

Él le lanzó una mirada penetrante.

–¿Y tú que te viniste a España? De ti sí que podría sacar una buena historia, ¿no? –en ese momento llegó el camarero con dos copas de champán y unas tapas–. ¿No? –insistió.

–Supongo que un periodista profesional puede sacar una historia de casi cualquier cosa. Pero incluso a ti te resultaría difícil. El hecho de venir a España no es ninguna aventura, lo hacen miles de personas cada año.

–Sí, pero la mayoría de los extranjeros están jubilados. No hay mucha gente de tu edad que tome la iniciativa –agarró su copa–. No voy a decir «Feliz Navidad» porque no parece que vaya a ser muy alegre para ti. Brindemos por el Nuevo Año… y por un nuevo rumbo.

–Por un nuevo rumbo –repitió Liz.

Mientras bebía el líquido dorado, pensó que ese era uno de los momentos que recordaría cuando fuera una anciana. El sol era cálido, la brisa del mar mecía las palmeras, las animadas conversaciones en español la rodeaban, estaba compartiendo la mesa con un hombre agradable… todo eso se combinaba para formar un recuerdo que sería difícil de olvidar.

–¿Te gustan los boquerones? –dijo Cam ofreciéndole un plato de anchoas en vinagre.

–Mucho –pinchó uno–. Y también las albóndigas –añadió mirando el plato de bolitas de carne en salsa–.

Comparados con los aperitivos españoles, las patatas fritas y los cacahuetes resultan bastante aburridos.

Cuando se dirigían al restaurante, Cam sacó una corbata amarilla de uno de sus bolsillos.

—Será mejor que me la ponga. En Estados Unidos no hace falta ponérsela, siempre que lleves una chaqueta, pero aquí suelen ser más formales.

Se la abrochó con movimientos hábiles y, al mirarlo, Liz tuvo una sensación que reconoció como excitación. Sabía que el champán era afrodisíaco, pero seguramente una copa no sería suficiente para despertar todos los pensamientos y sensaciones que preferiría mantener dormidos. Intentó no pensar en ello y se obligó a mirar los escaparates por los que pasaban.

En el restaurante había pocas personas. El camarero los condujo a su mesa y pasaron junto a cuatro españoles de negocios que serían de la edad de Cam. Los dos hombres que se sentaban frente a Liz y Cam la miraron con interés, pero Liz pensó que lo hacían más por el carisma de su acompañante que por ella misma. Incluso fuera de la pantalla, y en un país donde no era tan conocido, Cam tenía la cualidad de la presencia. Cuando Liz estaba con él, algo de ese magnetismo le llegaba a ella; los camareros eran más deferentes y la gente que la habría ignorado de haber estado sola la miraba con atención. Era una curiosa sensación, y no estaba segura de que le gustara.

Cuando se hubieron tomado los canapés y elegido la comida, el restaurante ya estaba lleno de alicantinos. Los platos principales eran el marisco y varios tipos de arroz, y los dos tomaron gambas de primero, seguidas de un guiso de pescado.

—Espero que me dejes pagar a medias —dijo Liz cuando él pidió la cuenta.

—Por supuesto que no —contestó firmemente.

—Entonces, al menos deja que pague parte de la gasolina.

—Te lo agradezco, pero no. Iba a venir de todas formas, y tu compañía lo ha hecho más agradable.

Lo dijo con mucha naturalidad, y Liz no pudo evitar sentir una oleada de placer.

—Ha sido una comida estupenda. En realidad, todo el día ha sido muy divertido —dijo Liz.

—Entonces tenemos que repetirlo.

Pronto se hizo la hora de ir al aeropuerto. Allí, en el aparcamiento, Liz metió los regalos que había comprado para su madre y su tía en la maleta y Cam se la llevó hasta la terminal de salidas. Allí la dejó en el suelo y dijo:

—Me tengo que despedir aquí. Puede que no esté en casa cuando vuelvas, así que no podré venir a buscarte.

—Has sido muy amable, te estoy muy agradecida. Espero que lo pases bien en la casa rural. Feliz Navidad —dijo tendiéndole una mano.

Cam la agarró, pero además se inclinó y la besó primero en una mejilla y luego en la otra.

—Hasta la vista, Liz. Cuídate.

Le soltó la mano y se giró, atravesando la carretera llena de autobuses, taxis y coches que estaban parados para que bajaran los viajeros. Liz, sorprendida y llena de dudas, lo vio marchar. Besarse como saludo y despedida era una costumbre muy extendida en España, y muchos extranjeros la habían adoptado, pero a Liz le parecía un poco absurdo todo ese intercambio de besos. No había esperado que Cam la besara y, en todo caso, no había esperado que le provocara esa sensación.

Sus padres nunca se habían demostrado cariño en público, y la familia de Duncan tampoco era dada a los gestos de afecto. Liz, sin embargo, siempre quiso abrazar y ser abrazada, pero se había acostumbrado a lo que hacía la gente a su alrededor. Esa era una de las razones por las que se sentía tan frustrada al no haber tenido un bebé. Con un niño podía haber actuado según sus impulsos.

Entró en la terminal y se puso en la cola de facturación. Cuarenta minutos después le dieron su tarjeta de embarque y subió a la sala de espera, donde también había una cafetería y una tienda de prensa. Liz le echó un vistazo a algunos libros pero no compró ninguno, pues pensaba trabajar en la página web durante el vuelo.

Recordó las anteriores veces en las que había volado a Inglaterra desde ese aeropuerto. Las tres primeras había sido después de las vacaciones que pasó con sus suegros en las casas que habían alquilado en Denia, Moraira y Altea. La última vez había sido cuando volvía de firmar los papeles que le hacían propietaria de la casa de Beatrice Maybury.

Ella siempre había querido ir más lejos, a las islas griegas o a Italia, pero Duncan, que siempre había sido muy cuidadoso con el dinero, había visto que podían ahorrar quedándose con sus padres. Liz nunca había pensado que algún día viviría allí, ni que algunos años después un hombre la besaría en la mejilla haciendo que se le acelerara el corazón como cuando era una adolescente.

En aquel momento, sentada en la sala de espera, pensó en el brindis que Cam había hecho por «un nuevo rumbo». El año que estaba a punto de acabar había sido muy importante para ella. ¿Sería el próximo año aún más trascendental?

Su madre, la señora Bailey, y su tía, la señora Chapman, eran adictas a la televisión. Encendían la pequeña televisión de la cocina antes del desayuno y, excepto cuando estaban fuera, la televisión del salón también permanecía en funcionamiento hasta que se acostaban. Cuando había algún tiempo libre entre sus programas favoritos, lo llenaban con algún programa que habían grabado con anterioridad.

Liz se dio cuenta de que la televisión se había apropiado de sus vidas, pero si eran felices así, no lo discutía. Aunque a veces se volvía loca y tenía que salir a dar un paseo, aunque hiciera mal tiempo.

También descubrió, durante la primera semana en

compañía de las dos mujeres, que ella era adicta a otra cosa. Sin el correo electrónico e internet, estaba privada de una dimensión importante para ella. Después de siete días, decidió comprarse un portátil, y se decía a sí misma, para justificar el gasto, que era más profesional tener un aparato de apoyo. Pero sabía que la verdadera razón era que quería saber si Cam escribía mientras estaba fuera. Decidió ignorar que podía hacer lo mismo desde un cibercafé.

—¿Puedo conectar el ordenador a la línea telefónica? —le preguntó a su madre después de desenvolver el portátil—. No esperas ninguna llamada importante en la próxima media hora, ¿verdad?

—La única persona que me llama eres tú —dijo la señora Bailey—. Ahora la gente se contenta con ver a sus hijos una vez al año, pero antes las familias estaban más unidas.

Liz estuvo tentada de decir: «Pero ahora que estoy aquí no quieres hablar conmigo. Te interesan más las vidas de los presentadores que la mía». Pero sabía que, aunque era verdad, heriría los sentimientos de su madre. En lugar de ello, dijo:

—Es agradable ver que la tía Sue y tú os lleváis tan bien. No ocurre lo mismo con todas las hermanas.

—Tenemos que hacerlo. Si confiáramos en nuestros hijos, ¿dónde estaríamos? Tú te has ido a España, y los dos hijos de Sue casi no la visitan.

—Porque no tenéis sitio para alojarlos a todos, y no pueden permitirse pagar un hotel. ¿Por qué no vais vosotras a verlos? ¿O por qué no venís a verme? —sugirió.

—Ya sabes que no me gusta volar —la señora Bailey miró el reloj—. Es casi la hora de Oprah —de todos sus ídolos televisivos, Oprah encabezaba la lista—. Sue, date prisa, está empezando Oprah.

El vuelo de Liz se retrasó dos horas, pero no le importó. Le gustaban los aeropuertos. Llovía cuando despegó de Gatwick, pero en Alicante brillaba el sol. Tomó un taxi hasta la estación de autobuses y, después de media hora de espera, subió a un autobús que la dejaría en una ciudad cerca de Valdecarrasca. Desde allí podía tomar otro taxi para cubrir los últimos diez kilómetros.

Durante el viaje en autobús disfrutó de las vistas de las montañas y del Mediterráneo. «Las torres más altas de Benidorm», había dicho Cam con sarcasmo cuando pasaron junto a los grandes bloques de apartamentos. Liz sabía que era una referencia literaria y la había buscado en Inglaterra. Era un fragmento de un poema sobre Helena de Troya:

¿Es ese el rostro que botó mil embarcaciones
y quemó las torres más altas de Ilión?
Dulce Helena, ¡hazme inmortal con un beso!

Al leerlo se había preguntado si Cam habría conocido alguna vez a una mujer que le causara el mismo efecto que Helena, la mujer de un rey, había causado en el príncipe que la secuestró. ¿Podría Cam sentir una pasión tan irresistible?

Se sintió un poco defraudada al no recibir ningún mensaje de él durante esos días. Él estaría fuera, como le había dicho. Pero incluso si Cam no estaba, Liz deseaba volver a ver el jardín. El viaje le había demostrado una cosa: que el pueblo era «su casa». Ya no dudaba de si había hecho mal abandonando su país.

Solamente había una carta en el buzón. El sobre no tenía sello, alguien había escrito «Señora Harris» y en la esquina inferior derecha podía leerse «En mano». Liz la guardó en el bolsillo de la chaqueta pensando leerla después de abrir la puerta principal y una vez hubiera metido la pesada maleta en la casa. Una vez dentro, lo primero que hizo fue abrir las cortinas para dejar que entrara algo de luz. Fue entonces cuando vio un paquete en la mesa. Por un momento quedó desconcertada, pensando cómo había podido llegar hasta allí, pero después recordó la copia de la llave que le había dado a Cam.

El paquete, envuelto en papel marrón que se sujetaba con cinta adhesiva transparente, no era muy grande, pero pesaba bastante. Al abrirlo y apartar varias capas de papel Liz descubrió un objeto que había admirado con frecuencia en las puertas de las casas españolas más opulentas. Era un llamador de latón y tenía la forma de la mano de una mujer que salía de un puño de encaje. Evidentemente era una antigüedad, no una de esas reproducciones baratas que había visto en los mercadillos. Cam no podía haberle regalado nada que le gustara más.

Pegada al llamador había una tarjeta en la que Cam había escrito: «Espero que te guste. Si es así, te lo pondré en la puerta cuando vuelva el cuatro de enero. Feliz Año Nuevo. Cam». Pensar que en tres días las persianas de La Higuera volverían a subirse la animó todavía más.

En Valdecarrasca había dos pequeños almacenes en los que se vendía de todo y, aunque estaban amenazados por los supermercados, aún sobrevivían y Liz hacía buen uso de ellos. Solo después de haber vuelto de la tienda que regentaba María, una mujer de unos cuarenta años madre de varios niños, Liz recordó la carta que había guardado en el bolsillo. La sacó y abrió el sobre, encontrándose con una carta escrita a máquina en la que tanto al principio como al final volvía a aparecer la misma caligrafía elegante del sobre.

Querida Liz (¿me permite que la llame así?):
Cam nos ha contado lo bien que está cuidando su jardín. A mí también me encanta la jardinería. El cuatro de enero vamos a dar una fiesta para los amigos y nos encantaría que viniera. La cena será de bufé. Ropa

elegante. A las ocho de la tarde. Si no puede venir llámeme, por favor.

Espero que esté libre.

Leonora Dryden.

A la mañana siguiente Liz puso una nota en el buzón de la señora Dryden aceptando la invitación. Durante el resto del día estuvo preguntándose qué se iba a poner. Fue Deborah, su amiga del club informático, quien le dijo que en Denia había una tienda donde los extranjeros ricos que vivían en las urbanizaciones se deshacían de algunas prendas.

Las urbanizaciones eran grupos de chalés que habían ocupado todo el territorio cerca del mar y que también se estaban extendiendo hacia el interior.

–¿Por qué no vamos juntas? –le sugirió Deb–. Y después, podemos ir a comer. No hace falta que llevemos los dos coches, podemos ir en el mío y luego te acerco donde hayas dejado el tuyo.

La compra fue un éxito y las dos salieron de la tienda llenas de bolsas. Cuando ya estaban terminando de comer en un restaurante cerca de la orilla del mar, dijo Deborah:

–Vamos a volver por la montaña. Todavía no conoces Montgo, ¿verdad? Desde arriba hay unas vistas estupendas del mar.

La ladera de la montaña llamada Montgo estaba salpicada de chalés. Liz pensaba que el único modo de rodearla era por el interior, no sabía que había una carretera secundaria que atravesaba la propia montaña y que conectaba Denia con el puerto de Javea. Se preguntó si Cam la conocería y supuso que sí. Se dio cuenta de que cada vez pensaba en él con más frecuencia, y que la verdadera razón por la que se había comprado ese vestido había sido para impresionar a Cam, no a los Dryden ni a ningún otro invitado.

–Me pregunto si conocerás a alguien interesante en esa fiesta –dijo Deborah mientras salvaba las curvas cerradas de la montaña–. Tal vez haya algún buen partido en esta zona, pero no lo conozco.

–¿Quieres tener otro hombre en tu vida? –preguntó Liz.

–No quisiera que fuera un inútil como el último, pero sí, me gustaría intentarlo otra vez.

Cuando llegaron al final de la carretera, junto a un camino que llevaba al faro, Deborah aparcó y salieron del coche a pasear.

–Supongo que para ti es diferente –dijo Deborah–. Si has estado felizmente casada y de repente pierdes a tu compañero, es más difícil que te recuperes, no como en mi caso, porque mi matrimonio empezó a hacer aguas desde que terminó la luna de miel.

Liz valoraba la amistad de Deborah, pero no quería entrar en detalles sobre su vida personal.

–Tal vez un descenso lento sea más doloroso que una caída repentina –contestó–. En realidad, no me molesta vivir sola durante el resto de mi vida. Prefiero estar soltera que casada con la persona equivocada.

–¡Por supuesto! –exclamó Deborah–. Pero ahora soy mayor y tengo más experiencia. La próxima vez no perderé la cabeza.

Más tarde, cuando conducía de vuelta a Valdecarrasca, Liz pensó en lo fácil que era hacerse una idea equivocada sobre la gente. Probablemente ella misma lo había hecho. Tal vez algún día corregiría las ideas equivocadas que Deborah tenía de ella. O tal vez no. A lo mejor debía dejar las cosas como estaban.

El día de la fiesta se hizo un tratamiento de belleza completo, empezando por un baño relajante y terminando con la pedicura y manicura. De vez en cuando miraba por la ventana de la cocina para ver si las persianas de La Higuera estaban subidas, pero al atardecer seguían bajadas. Tal vez Cam había tenido que posponer el regreso.

Normalmente comprobaba el correo electrónico cada dos horas. A las seis no tenía ningún mensaje. A las siete, media hora antes de empezar a vestirse, volvió a comprobarlo. Nada. En realidad, Cam no tenía por qué decirle que no iba a ir. Solo eran vecinos y socios, no íntimos amigos. Pero no había sabido nada de él desde que, tres semanas atrás, la había besado en el aeropuerto, y se sentía molesta.

Antes de sacar el vestido del armario se puso un conjunto nuevo de ropa interior y unas finas medias negras. Después pasó veinte minutos maquillándose y dándole brillo al cabello recién lavado, aplicando una pequeña cantidad de cera.

Esa noche era la segunda vez que se probaba el vestido después del comentario que Deborah le había hecho: «Estás sensacional». Por eso se había decidido a comprarlo. Aunque era de segunda mano, no había sido barato pero, según el propietario de la tienda, el nombre que aparecía en la etiqueta de satén era el de un prestigioso diseñador alemán famoso por sus trajes para hombres y glamourosos vestidos para las mujeres.

Liz bajó la cremallera con cuidado, recogió los delicados pliegues del tejido y se puso el vestido por arriba, sintiendo la frescura de la seda en la piel. Cuando se miró en el espejo supo que iba a hacer algo que no había hecho nunca antes. Iba a hacer su entrada.

El reloj de la iglesia tocaba las ocho por segunda vez cuando Liz cerró la puerta y, arropada con el chal rojo, se dirigió hacia la casa de los Dryden. El ruido de sus tacones resonaba en las calles vacías.

En ese mismo momento el Mercedes de Cam pasaba el peaje de la autopista cerca de Valdecarrasca. Había sido un día muy largo, estaba cansado, tenía muchas cosas en la cabeza y no se sentía con ganas de acudir a la fiesta de Leonora. Pero sabía que habían invitado a Liz y, como él era la única persona que conocía, se sintió en la obligación de ir. Las fiestas de los Dryden podían ser una dura prueba para los tímidos o reservados, y Leonora estaría demasiado ocupada con el resto de los invitados para dedicarse a Liz.

Cuando cerró la puerta del garaje eran casi las ocho y media, y aún tenía que ducharse y afeitarse. Pero estaba acostumbrado a hacerlo rápido. El reloj estaba empezando a dar las nueve cuando salió de casa. En España muchos extranjeros llegaban tarde, creyendo que era la costumbre. Pero él era muy puntual, y cuando daba una fiesta esperaba que la gente llegara a la hora señalada.

Sabía que la puerta estaría abierta y decidió no llamar al timbre. Entró y se quitó la bufanda de cachemir, dejándola sobre un arcón de madera de roble. Después subió las escaleras hasta el salón del primer piso, que tenía unas vistas del valle mejores que las de su propia casa.

Había unas treinta personas bebiendo y charlando, pero la habitación era lo suficientemente grande como para que el ruido no fuera molesto. Paseó la mirada por el salón, reconociendo a la mayoría de la gente, pero no a todos. No conocía al hombre que estaba hablando con una mujer de bonitas piernas y una melena de cabello sedoso que le tapaba el rostro.

En ese momento ella se volvió ligeramente hacia Cam, mientras levantaba una mano para sujetarse el pelo detrás de la oreja. Cuando la mujer hizo ese movimiento tan femenino, él tuvo dos reacciones. Primero la reconoció. Después recordó el tacto de su mejilla y sintió el deseo de besarla de nuevo, pero en los labios.

Liz estaba escuchando a un hombre llamado Tony, el huésped de los anfitriones, cuando sintió que alguien la miraba.

—Deja que te traiga otra bebida —dijo Tony llevándose el vaso—. Enseguida vuelvo.

Al quedarse sola pudo echar un vistazo a la habitación, y vio que realmente alguien la estaba mirando.

Era Cam, y la miraba tan extraña e intensamente que, por primera vez desde que se puso ese vestido, sintió que la seguridad en sí misma se tambaleaba y que comenzaba a temblar de nerviosismo.

Él se acercó, sin sonreír pero tendiéndole la mano. Cuando ella le dio la suya, Cam la giró y la besó.

—Estás preciosa.

—Gracias. Me alegro de que llegaras a tiempo para la fiesta.

—¿Quién es el tipo del bigote?

—Está pasando unos días en casa de los Dryden. Es profesor de lingüística.

—¿Es interesante?

—Mucho. ¿Qué tal tu viaje?

—El tiempo era asqueroso. ¿Qué tal el tuyo?

—Me alegré de volver. Debes de estar sediento, acércate al bar si quieres.

—¿Es una forma diplomática de decirme que he llegado en medio de una conversación que hubieras preferido que no interrumpiera?

—En absoluto. Creo que tú tienes más cosas en común con Tony que yo. Al fin y al cabo, trabajas con el lenguaje, pero a mí se me dan mejor las imágenes. Aquí viene, os voy a presentar.

Los dos hombres empezaron a hablar y Leonora se unió a ellos.

—Me alegro de que hayas podido venir, Cam –dijo, ofreciéndole un vaso de vino tinto y una bandeja de canapés de salmón ahumado y caviar. Espero que no os importe si me llevo un rato a Tony. Quiero que conozca a alguien.

—Leonora es la anfitriona más eficiente que conozco –dijo Cam–. Estoy seguro de que sabe que, después de un día duro, prefiero hablar con mi cautivadora vecina antes que con el profesor más brillante de Estados Unidos.

—Prometiste no flirtear conmigo –le recordó Liz.

—Prometí esperar una señal. No puedes llevar un vestido como ese y no esperar cumplidos. Deberías salir de la crisálida y agitar las alas más a menudo. ¿Por qué esconder esas piernas en unos pantalones? –dio un paso atrás para mirarlas mejor.

–¿Cuánto has bebido en el avión? –preguntó Liz.

–Nada. Nunca bebo en los vuelos si después tengo que conducir. Esta es la primera copa del día.

Ella recordó que en Alicante había tomado champán antes de comer pero poco vino en el almuerzo, aunque no tuvo que conducir hasta unas horas después.

–¿Cuándo vamos a comer? –dijo Cam–. No he tomado nada en el avión y mi estómago está empezando a rugir.

–Creo que la cena comienza a las nueve y media, pero aquí hay un montón de canapés. Espérame aquí, voy a por unos cuantos.

Pero cuando intentó alejarse él la tomó de la mano.

–Puedo esperar otros quince minutos.

–Oh… Olvidé darte las gracias por el llamador. Fue una sorpresa muy agradable… el mejor regalo de Navidad.

Cam todavía tenía agarrada la mano de Liz.

–Entonces ¿por qué no me lo agradeces de la manera tradicional? –se inclinó hacia ella ofreciéndole la mejilla recién afeitada.

Ella no quería hacerlo, pero no había otra manera de no parecer descortés. Pero al acercarse con intención de darle un beso breve y ligero, él giró la cabeza y la besó en la boca.

Enfadada por verse atrapada en un gesto que daba la impresión equivocada de que tenían una relación más estrecha, Liz se apartó y lo miró.

–Eso no ha sido justo –dijo entre dientes.

Pero volvió a acercarse a él y todos sus sentidos se despertaron. Revivió unas sensaciones que ya había olvidado, sensaciones que hacía mucho tiempo que no experimentaba. Habían pasado casi veinte años y estaba reviviendo el éxtasis del primer beso con toda la pasión.

—La vida no es justa —contestó Cam.

—Señoras y caballeros, la cena está servida —la voz de la anfitriona rompió la tensión.

Momentos después, alguien dijo:

—Cam, querido… cuánto tiempo —y una mujer vestida de púrpura y con pendientes de amatista comenzó un animado monólogo sobre los dramas de su vida, permitiendo a Liz soltarse de la mano de Cam y separarse de él.

Al acabar la cena Liz había decidido que la única manera de tratar a Cam era permanecer imperturbable. Cam estaba intentando pasarse, pero no lo haría si quería que ella siguiera cuidando el jardín y diseñando su página web.

Debía tener una actitud desenfadada con él. Había muchas lobas que movían el rabo invitándolo, pensó ácidamente. La mujer con la que Cam estaba hablando tenía por lo menos cincuenta años, pero era evidente que estaba deseando tener una aventura con él.

Liz y otra invitada estaban en la habitación de la anfitriona, retocándose el maquillaje, cuando apareció la señora Dryden. Tenía una figura atlética y una melena rubia y espesa, y vista por detrás parecía mucho más joven de lo que realmente era. Pero las arrugas, el cuello, y las manchas de las manos indicaban que tenía más de sesenta años. Lo único que hacía para combatir el paso del tiempo era teñirse el cabello.

Llevaba una blusa negra de satén y unos pantalones negros con un ribete en las costuras. Después de charlar unos minutos, dijo:

—Liz, tengo una revista de jardinería que tal vez te interese. Ven a mi estudio y la buscaré.

El estudio estaba dividido en tres zonas. Había una máquina de coser sobre una mesa grande. En otro rincón había un caballete con un bosquejo hecho a carboncillo de un retrato. También había un escritorio y, al lado, un cómodo sofá situado delante de unas estanterías llenas de libros y revistas.

–¿Estás suscrita a *Jardines Ilustrados*? –preguntó cerrando la puerta.

–No.

–Si te gusta, puedo dejarte todos los números. Pero creo que el artículo sobre los patios puede darte ideas para el de Cam y para el tuyo propio. Siéntate mientras lo busco.

–Evidentemente, aquí no se aburre, señora Dryden.

–Llámame Leonora. No, la verdad es que no me aburro. En realidad, me falta tiempo para todo lo que quiero hacer. Ah, aquí está –dijo dándole la revista–. Llevas un vestido espléndido. Cam mencionó que trabajas para una revista femenina. ¿Eras la editora de modas?

Liz se rio y sacudió la cabeza. Después de explicarle lo que había hecho, dijo:

–En realidad encontré este vestido en una tienda de segunda mano, en Denia. De haber sido nuevo habría sido demasiado caro. No puedo creer que la antigua propietaria se deshiciera de él. Yo lo llevaría siempre.

–Pero llegará un momento en el que no puedas –dijo la señora Dryden–. Pero todavía quedan por lo menos veinte años antes de que llegues a ese punto. Muchas veces pienso en los vestidos que llevaba cuando tenía tu edad y que ahora no puedo ponerme. Pero por lo menos conservo la cintura, y eso es de agradecer. ¿Te han retratado alguna vez?

–Solo en el colegio, cuando nos pintábamos unos a otros.

–Me gustaría pintarte con ese vestido. Me llevaría varias horas, pero podríamos dividirlas en sesiones de cuarenta minutos. No puedo permanecer más tiempo concentrada.

–Me encantaría posar –dijo Liz.

–Bien. Te llamaré la semana que viene y elegiremos un día. Ahora será mejor que nos unamos a los otros. Deja la revista debajo de tu chal, encima de mi cama.

Cuando volvieron a la sala de estar, la señora Dryden le presentó a Liz unas personas cuyo mayor interés eran las flores silvestres españolas, en especial las plantas autóctonas. Varias veces, mientras estaba con ellos, vio a Cam moverse por la habitación, mezclándose con la gente. Su popularidad era evidente, pero no solo con las mujeres, sino también con los hombres. El hecho de que fuera un mujeriego no lo convertía en cazador de las mujeres de otros, pensó Liz. En cualquier caso, no era probable que se interesara por mujeres que habían dejado atrás la juventud cuando algunas bellezas como Fiona estaban disponibles para él.

Liz, que no estaba acostumbrada a trasnochar, empezó a sentir cansancio a las once y media. Pero como nadie más parecía dispuesto a marcharse, esperó hasta que una pareja se fue, buscó la oportunidad adecuada para dar las gracias a los Dryden y se despidió.

—Déjame que te acompañe a casa —dijo Tony, que apareció a su lado mientras Liz le daba la mano a los anfitriones.

¿Leonora le había indicado que lo hiciera?, se preguntó Liz.

—Gracias, pero no es necesario. No me importa pasear de noche por el pueblo. Aquí no hay atracadores.

—Yo llevaré a Liz a casa —dijo Cam desde atrás—. Con permiso —añadió, lanzándole una mirada centelleante que la retaba a rechazar su oferta.

CAPÍTULO 5

Galán atrevido, de las damas preferido

BONITA fiesta, ¿verdad? –dijo Cam mientras salían de la casa.

–Mucho. Una casa maravillosa, y la comida ha sido espléndida. Había un montón de gente interesante. No sé qué pensarán de mi casita cuando les devuelva la invitación.

–Les gustará. El dinero no significa nada para los Dryden; lo que realmente valoran es la inteligencia y la iniciativa. Y los buenos modales –añadió–. Estoy seguro de que escribirás a Leonora mañana para agradecerle la invitación, pero a quien no lo haga no los volverá a invitar. Le encanta la cortesía pasada de moda.

–Sé cómo comportarme en sociedad –dijo Liz algo molesta–. Cuando abras el buzón encontrarás una nota que te escribí para darte las gracias por el regalo de Navidad –también encontraría el libro que Liz se había comprado pero que decidió dárselo.

–¿Todavía estás enfadada conmigo? –preguntó él.

–Ni lo más mínimo. ¿Por qué tendría que estarlo?

–Porque te besé en público. Solo fue un beso… no creo que la gente chismorree sobre eso.

–Los chismorreos no necesitan una base sólida, pueden empezar de cualquier cosa –contestó–. Pero creo que mi reputación podrá resistir más cotilleos que la tuya.

–Estoy de acuerdo –dijo despreocupadamente–. Pero los chismorreos siempre exageran. Yo no soy tan malo como dicen, no tienes nada que temer.

–Ya lo sé.

–Tienes poca memoria, Liz, pero me alegro de que

hayas cambiado de opinión desde la primera vez que comimos juntos. ¿Te parece si comemos mañana? Tengo otra propuesta que me gustaría discutir contigo.

—Ahora me toca a mí invitarte a comer.

—De acuerdo, lo haremos a tu manera. ¿A qué hora quieres que esté listo?

—A las doce y media, si te viene bien. El restaurante está a una media hora en coche.

Llegaron a casa de Liz. Ella ya había sacado la llave del bolso y, cuando Cam extendió la mano con la palma hacia arriba, Liz le dio la llave y él abrió la puerta. ¿Intentaría besarla?, se preguntó. ¿Y ella aceptaría o se resistiría?

No tuvo oportunidad de descubrirlo porque Cam no intentó besarla.

—Buenas noches… Hasta mañana —dijo él en español.

Cuando Cam hablaba español, aunque fueran palabras tan corrientes como esas, sonaban extrañamente acariciadoras.

—Buenas noches —Liz vio cómo se daba la vuelta y se dirigía a su casa, dejando una larga sombra detrás de él.

Comparada con la calidez del salón de los Dryden, su casa parecía una mazmorra. Subió corriendo las escaleras para entrar en el baño, donde un toallero eléctrico y un radiador, que siempre encendía al atardecer, daban bastante calor. En el dormitorio no había radiador, pero la cama estaría calentita, porque había puesto una manta eléctrica antes de irse.

Antes de quitarse el vestido se miró en el espejo. «Estás preciosa», había dicho Cam. Ningún otro hombre le había dicho eso. Había recibido otros halagos, pero nunca ese, y él lo había dicho como si de verdad lo pensara.

Por la mañana, Liz se arrepintió de haber quedado a comer con Cam. No debió haber bebido tanto vino.

Después de escribirle una carta a mano a Leonora Dryden para agradecerle la invitación, escribió a ordenador
la carta semanal de su madre. Al describir la fiesta, dijo:
«Uno de los invitados era un periodista de televisión,
Cam Fielding». No le había dicho a su madre que Cam
vivía en el pueblo ni que ella cuidaba su jardín.

Algo más tarde metió la primera carta en el buzón de
los Dryden y echó la segunda al buzón amarillo de la
plaza principal.

Cam ya estaba en la calle, a la entrada de su casa,
cuando ella llegó en coche. Estaba hablando con una
vecina, una pequeña mujer vestida de negro. Tenía las
piernas arqueadas, lo que solía ser un signo de que la
persona en cuestión había nacido en los años treinta,
cuando la guerra civil española había agravado la pobreza. Cam la escuchaba con la misma atención con la
que había escuchado a los ricos invitados de la fiesta.
Era evidente que él tampoco juzgaba a los demás según
su clase social. Liz pensó, mientras se detenía a unos
metros de ellos, que había algunas cosas de Cam que le
gustaban mucho.

La mujer seguía hablando, pero cuando Cam le dijo
algo que hizo que se girara y viera a Liz, se disculpó por
entretenerlo.

–Ojalá mi español fuera lo suficientemente bueno
para hablar con la gente igual que tú –dijo Liz cuando
Cam se sentó en el asiento del copiloto.

–Y lo será, date tiempo. La señora Mora me estaba
hablando de su hermano, que emigró a Argentina
cuando las cosas estaban mal aquí.

El que se hubiera referido a la mujer por su nombre y
no como «esa anciana» hizo que Liz le diera a Cam otro
punto positivo. Cuando salieron del pueblo, ella dijo:

–Háblame de tu nuevo proyecto.

–Si no te importa, preferiría esperar a que lleguemos.

–Espero que el sitio esté bien. Me lo han recomen-
dado unos amigos, pero no he estado nunca.

–Si no nos gusta, siempre podemos ir a otro –dijo relajadamente.

Media hora después ellos eran los únicos clientes de un pequeño restaurante. El establecimiento era rústico y lo llevaban una mujer de mediana edad y su madre. Dentro había varias mesas grandes y fuera, cuatro mesas de metal. Como hacía buen tiempo, decidieron sentarse fuera.

Cam llenó las copas con un vino tinto de mesa que procedía de un barril que tenían en el restaurante.

–Van a tardar un poco en hacer la paella, así que te lo explicaré ahora, ¿de acuerdo?

–Perfecto. Estoy llena de curiosidad.

–Bebe un poco de vino antes, esto puede ser un poco impactante –él bebió de su propia copa–. Mmmm… es bueno. ¿De dónde será?

–¿Por qué va a ser impactante? –preguntó Liz con impaciencia.

–Creo que deberíamos casarnos –dijo Cam con calma–. Anoche dije que tenía otra propuesta, y es exactamente lo que es. Podemos ofrecernos muchas cosas el uno al otro. Antes de que me digas que estoy loco, déjame explicarte cómo veo el matrimonio –continuó–. He visto fracasar un montón de matrimonios, incluido el de mis padres, y solo conozco algunos que han funcionado. Básicamente son amistades entre personas que están dispuestas a renunciar a cosas. En los matrimonios que funcionan, las dos partes tienen que renunciar a algo que quieren si eso beneficia a su compañero. Pero es un camino de ida y vuelta, no tiene sentido que todos los sacrificios los haga una sola persona.

Liz estaba empezando a recuperarse de su asombro.

–Estoy segura de que todo eso es cierto –dijo Liz–. Pero no puedo aplicarlo a nuestro caso. Casi no nos conocemos, venimos de ambientes completamente diferentes, tenemos caracteres distintos…

Él la cortó.

–Vamos a estudiar esos tres aspectos y discutiremos

los demás después. Sientes que casi no nos conocemos. ¿Qué es lo que una mujer necesita saber de un hombre antes de casarse con él? Piensa en ello cinco minutos y luego dime a qué conclusiones has llegado.

Con el vaso de vino en la mano, Cam se levantó y paseó por el césped, de manera que desde donde estaba sentada, Liz podía ver el mar con el Peñón de Ifach.

«Matrimonio», pensó aturdida. «Matrimonio». ¿Por qué le ofrecía a ella lo que nunca le había ofrecido a ninguna otra mujer? O tal vez lo había hecho y la mujer que quería lo había rechazado. ¿Era por eso por lo que insistía tanto? ¿Porque alguien le había roto el corazón?

Liz miró la espalda de Cam, el trasero prieto, la cabeza y el cuello. Físicamente era muy atractivo pero, ¿cómo era por dentro?

Cam volvió.

—¿Has pensado en ello?

Ella asintió con la cabeza.

—Eso creo. La mujer tiene que saber que él es amable, que tiene sentido del humor y que no la va a aburrir —había un cuarto punto: que fuera un amante considerado, pero eso no lo iba a discutir con él.

—¿Y yo qué puntuación tengo?

—Una bastante buena... por lo que sé. Pero creo que hace falta tiempo para asegurarse... y tú y yo nos conocemos desde hace muy poco tiempo.

La mujer más joven apareció con una cesta de pan, un cuenco de aceitunas y un plato de mejillones.

—¿Te gustan los mejillones? —preguntó Cam. No habían podido elegir el primer plato, sino solo el segundo: chuletas de cordero o paella.

—No lo sé, no los he comido nunca. Tienen un color muy bonito —antes de empezar a comer, añadió—: Todo esto es muy elemental comparado con los restaurantes a los que me has llevado. Pero me dijeron que aquí te podías hacer una idea de cómo solía ser España antes de que vinieran tantos habitantes de los países del norte.

Pero tú estabas aquí cuando eras pequeño, así que ya sabes cómo era.

—Pero ahora soy un hombre que se ha perdido las mejores cosas de la vida, y que quiere recuperar el tiempo perdido. Liz, no quiero entrometerme pero, ¿por qué no tuviste hijos? ¿Decidiste no tenerlos?

—La verdad es que los dos queríamos tener hijos, pero Duncan no podía. Una enfermedad que tuvo de joven le dejó esa secuela. Al principio no lo sabíamos, pero me habría casado con él de todas formas —por un momento estuvo tentada de confiar en él, pero en vez de eso dijo—: Yo pasé todas las pruebas de fertilidad, pero hace mucho tiempo de eso, y ahora soy bastante mayor. No creo que a mi edad vaya a tener hijos.

—No eres tan mayor —dijo sonriendo—. Hay muchas mujeres que no forman una familia hasta que tienen casi cuarenta años. Las cosas ya no son como antes. Conozco varias parejas que han decidido no tener hijos. Piensan que la procreación debe ser una opción, no una obligación. Yo pienso lo mismo pero, personalmente, sí me gustaría ser padre.

—¿Por eso has decidido casarte?

—Por supuesto que no. Si enumerara todas las razones, esa quedaría en los últimos puestos de la lista.

—¿Cuál sería la primera?

—Dos cosas: la compañía y el sexo. Tener a alguien con quien compartir mis pensamientos y mi cama.

—Según los rumores, nunca te ha faltado nadie en la cama.

—Los rumores suelen exagerar. No estoy diciendo que haya tenido un pasado monástico, pero eso no significa que no pueda ser fiel en una relación estable.

—¿No crees que te aburrirías en una relación estable?

—No. No me canso de mis libros favoritos, de mi música favorita ni de mis cuadros favoritos. Espero seguir haciendo amigos nuevos por el resto de mi vida, pero no espero perder el contacto con las amistades más cercanas. Para ser franco, las chicas como Fiona fueron un pasatiempo agradable, pero esas relaciones terminaban rápido. A lo mejor te parece algo censurable, pero hacer el amor es una necesidad humana fundamental. Tú te casaste joven, pero si no hubiera sido así, ¿no crees que habrías tenido algunas relaciones placenteras aunque temporales mientras encontrabas a la persona adecuada?

–Supongo que sí –admitió Liz–. Pero no puedo imaginarme acostándome con alguien a menos que sienta algo por esa persona… a menos que tenga esperanzas de que la relación va a durar. Pero supongo que en tu trabajo, donde hay tantos riesgos, la gente suele vivir el presente con intensidad, por si no llegan a conocer el futuro.

–Tú sabes mejor que nadie que el futuro no es nada seguro. Pero estoy convencido de que tu marido, si hubiera podido prever su muerte prematura, no habría querido que pasaras el resto de tu vida guardando luto por él. Un buen matrimonio no se basa únicamente en el amor romántico, y tú lo sabes. En muchas culturas comienza siendo un acuerdo y el cariño va apareciendo después.

–Pero no en la nuestra.

–¿Quién puede decir hacia dónde va nuestra cultura? Creo que vamos a experimentar cambios enormes y emocionantes. Y también creo que los disfrutaríamos más si los afrontáramos juntos.

En ese momento llegó la camarera para recoger los platos.

–¿Todo bien? –preguntó.

–Muy bien, señora –contestó Cam.

¿Daba por supuesto que ella iba a aceptar su propuesta?, se preguntó Liz. Él tenía muchas cosas que ofrecer, y habría un montón de mujeres deseosas de convertirse en la señora de Cameron Fielding, la esposa de un hombre famoso que era excepcionalmente atractivo. Cam era todo con lo que la mayoría de las mujeres soñaban, excepto que no creía en el amor y tal vez era incapaz de sentirlo.

–¿Te has enamorado alguna vez? –preguntó Liz cuando estuvieron solos de nuevo.

–Bueno… cuando era joven… Cuando tenía entre diecisiete y veintitrés años creí enamorarme varias veces, pero afortunadamente las chicas no sentían lo mismo o sus padres intervinieron.

–¿Afortunadamente?

Él se encogió de hombros.

–En aquel momento no lo veía así, pero ahora sí. Normalmente los adolescentes son demasiado inmaduros para comenzar una relación seria. Tienen que saber quiénes son antes de saber quién les conviene para el resto de su vida. Puede que tú si lo supieras cuando te casaste, pero la mayoría de la gente no lo descubre hasta mucho más tarde.

–Incluso ahora, no estoy segura de saber quién soy –dijo Liz irónicamente–. A veces no siento que tenga el control de mi propia vida.

–Pero decidiste venir aquí, empezar desde cero.

–Fue más un impulso que una decisión. Nunca había pensado que quería vivir en el extranjero.

–Bueno, pues ahora hay que tomar una decisión, y creo que tendríamos que fijar un tiempo límite. Podrás pensarlo hasta que florezca la mimosa de mi jardín. ¿Puede haber algo más romántico?

–¿Y eso cuándo es? –había oído que había varios tipos de mimosa en España y que no todas florecían al mismo tiempo.

–Depende… normalmente en marzo, pero a veces antes, sobre todo si el invierno no ha sido muy frío. Mientras tanto podemos pasar mucho tiempo juntos y buscar posibles incompatibilidades.

–Yo ya he visto una muy grande: te tomas el matrimonio mucho menos en serio que yo –dijo algo bruscamente.

Les sirvieron la paella en una sartén plana de metal. Sobre el arroz, coloreado con azafrán, habían dispuesto media docena de gambas, y también había trozos de pollo y tal vez de conejo.

–Yo serviré, ¿de acuerdo? –dijo Cam.

Siguiendo la costumbre de los restaurantes españoles, no habían calentado los platos, así que se concentraron en comer, prácticamente sin hablar. Afortunadamente, la paella se mantenía caliente en la sartén. Los dos repitieron y Cam se terminó lo que quedaba.

–Mmm… muy buena –dijo dándose palmaditas en el estómago–. ¿Por qué la comida siempre sabe mejor fuera?

Teniendo en cuenta que Cam habría comido en los mejores restaurantes del mundo, Liz pensó que el comentario habría sido más por educación que porque realmente lo pensara.

Un coche aparcó cerca del suyo, bajo los pinos. Dos parejas de mediana edad se bajaron y se sentaron en la mesa de al lado. Los saludaron en español, pero después siguieron hablando en un idioma que Liz no reconoció, aunque pensó que podrían ser escandinavos.

La enorme comunidad de expatriados incluía muchas nacionalidades de todas partes de Europa y de Norteamérica. También había habido una oleada de gente del norte de África y de Sudamérica, pero estos últimos solían cultivar la tierra o vender objetos en los mercados y los rastrillos. Algunos eran inmigrantes ilegales que intentaban conseguir una vida mejor. Muchos extranjeros bien establecidos los rechazaban, pero Liz sentía pena por cualquier persona que, por pobreza, se viera obligada a abandonar su país.

–¿Por qué no damos un paseo y tomamos la fruta y el café después? –sugirió Cam.

–¿Y no le importará a la propietaria que nos vayamos sin pagar? Tal vez debería pagarle antes.

–No le importará si se lo explico. Ella no se angustia tanto por todo, al contrario que tú –dijo, antes de meterse en el establecimiento.

«¿Yo me angustio por todo?», se preguntó Liz. «Y si es así, ¿por qué me quiere en su vida, en vez de a una mujer despreocupada como Fiona?».

Cam regresó.

–Vamos por allí –señaló un camino al otro lado de la carretera.

–No has pagado tú, ¿verdad? –preguntó Liz, preparándose a enfadarse si lo había hecho.

–Dijiste que hoy querías encargarte de la cuenta.

–Sí, pero sé cómo son los hombres. Les gusta hacerse cargo de las cosas.

–A veces, pero no siempre. Un halcón –dijo señalando un pájaro que planeaba en el aire.

Caminaron hasta un edificio de piedra abandonado que en algún momento fue una vivienda, cuando aún se cultivaban las terrazas de esa zona.

–Es difícil imaginarse a uno mismo viviendo por el resto de su vida en un rincón del mundo como este –dijo Cam mientras se asomaban al interior del edificio–. Yo no creo que hubiera podido soportarlo… día tras día, año tras año trabajando sin parar para poder vivir decentemente. Habría tenido que salir y descubrir qué hay al otro lado de la sierra. Pero, después de haberlo visto, tal vez habría vuelto para establecerme. Aquí hay una paz que no se puede encontrar en una ciudad –se volvió hacia ella–. Has estado muy callada. ¿En qué piensas?

–En la bomba que has dejado caer, por supuesto. ¿En qué otra cosa podría pensar?

Él se acercó más a ella y le puso las manos en los hombros.

–«Bomba» implica algo desagradable. Puedo entender que estés sorprendida pero, ¿la idea de ser mi mujer es tan inaceptable?

Antes de que Liz pudiera contestar, Cam inclinó la cabeza y la besó en los labios. Fue un beso suave y breve, pero reactivó todas las sensaciones que Liz había experimentado en el jardín de Cam, después de haber comido juntos por primera vez. Unas fuertes sensaciones se despertaron en ella, y en ese momento se dio cuenta de la verdad que su cerebro había estado intentando negar. Se había enamorado de él.

Cam le soltó los hombros, pero no para dejarla libre. La abrazó y la besó de nuevo, esta vez más intensamente.

Mucho tiempo después, unos segundos o minutos, pero Liz solo sabía que el beso había sido demasiado corto para satisfacerla y demasiado largo para mantener la tranquilidad, Cam finalizó el beso. Dijo abrazándola:

—Me ha gustado. ¿Y a ti?

Sin saber qué contestar, Liz se liberó de su abrazo.

—Creo que deberíamos volver —dijo con voz firme, a pesar de que el resto de su cuerpo estaba temblando.

Con un solo beso, Cam había conseguido que ella lo deseara intensamente, tanto que Liz no podía creer la fuerza de los impulsos que se habían despertado en ella.

—Como tú quieras. Hoy es tu día —contestó Cam haciendo un gesto para que ella comenzara a andar.

Aturdía por las sensaciones contradictorias que sentía, Liz se dirigió al camino.

Cam sabía lo que Liz estaba pensando. Con el beso ella se había dado cuenta de que las necesidades físicas no se habían atrofiado en los años que había estado sola. Solo habían estado dormidas, y ahora se habían despertado y pedían a gritos ser satisfechas. Liz estaba pisando unas piedras que posiblemente habría evitado si estuviera concentrada en el camino en vez de pensar, y seguramente arrepentirse, de cómo había respondido al beso.

Cam no había dejado que el beso se intensificara mucho, sino que había mantenido el control a propósito. Iba a necesitar algo de tiempo hasta que Liz no se sintiera incómoda con la atracción que había entre los dos. Caminando detrás de ella, observó la cintura fina y la forma femenina de su trasero y deseó poder llevarla a casa y acostarse con ella. Pero no iba a hacerlo. Al menos ese día no, aún no. Era demasiado pronto y ella no estaba preparada. Tendría que ser paciente.

De nuevo en el restaurante, tomaron algo de fruta y café. Mientras volvían a Valdecarrasca, Cam sugirió que se desviaran para ir a una floristería, ya que quería comprar unas macetas de geranios para la ventana de la cocina.

—Creía que los geranios necesitaban sol, pero hay una casa cerca de la panadería en la que parecen crecer bien, y eso que está orientada al norte.

—Tal vez el propietario tiene un patio soleado y a veces los saca fuera —dijo Liz.

Liz era muy consciente de los muslos largos y duros que estaban al otro lado del cambio de marchas y del pecho que acabada de sentir contra el suyo propio.

—Tal vez.

Cam había echado hacia atrás su asiento, de manera que quedaba varios centímetros alejado del de Liz. Ella sabía que la estaba mirando, pero se obligó a concentrarse en la carretera, vigilando los coches que venían de frente.

—¿Te gusta conducir? —preguntó Cam.

—Me gusta conducir por el campo, pero incluso así a veces me da miedo. El otro día pasé una furgoneta cuyo conductor tenía un móvil en una mano y con la otra iba haciendo gestos. Estaba en un tramo recto de carretera, pero incluso así…

—Vaya un loco —comentó Cam. Después de una breve pausa, añadió—: Está bien ser el copiloto, así puedo fijarme en el paisaje.

La floristería en la que se pararon no estaba muy bien organizada y algunas plantas y arbustos no tenían buen aspecto. Cam decidió buscar los geranios en una de las grandes tiendas que servía a miles de propietarios de la costa.

—Podemos hacerlo mañana —sugirió mientras volvían al coche–. También me gustaría echar un vistazo a las tiendas de Gata. Me han invitado a la fiesta de inauguración de una casa y tengo que encontrar un buen regalo.

Gata de Gorgos era una pequeña ciudad que se extendía junto a la carretera de la costa y que era famosa por los muebles de mimbre y los trabajos de cestería. Aunque a Liz le habría gustado volver a la ciudad, pensó que era mejor decir:

–Tengo que trabajar mañana.

–Y todavía estás en estado de shock y necesitas tiempo para recuperarte, ¿verdad?

Liz sabía, aun sin mirarlo, que estaba sonriendo.

–Sí, eso también –admitió.

El coche no estaba cerrado con llave y él le abrió la puerta del conductor.

–Muy bien, te daré unos días. ¿Qué tal si vamos a Gata el viernes? Me gustaría que me aconsejaras sobre ese regalo… y tenemos que pasar más tiempo juntos para que puedas tomar una decisión.

–De acuerdo… el viernes.

A la mañana siguiente Leonora Dryden la llamó.

–Liz, ¿tienes una hora libre esta tarde? Me gustaría empezar con el retrato.

A las tres en punto, con el vestido de fiesta metido en una bolsa, Liz llegó a casa de los Dryden. Leonora llevaba una camisa vieja de su marido y unos pantalones de algodón manchados de pintura.

–Me alegro de que hayas podido venir –Leonora la llevó a su habitación, donde Liz se cambió de ropa.

Durante la primera media hora estuvieron hablando de varias cosas hasta que, de repente, dijo Leonora:

–Estás muy tensa. ¿Hay algo que te preocupe?

Liz dudó un momento y después contestó en un impulso:

–Sí que lo hay, pero no sabía que se notaba.

Leonora, que pasaba la mirada de Liz al lienzo cada quince segundos, la miró durante más tiempo y contestó:

—¿Es algo de lo que quieras hablar? Los problemas compartidos se llevan mejor.

Liz dudó antes de decidirse a confiar en ella.

—Cam me ha pedido que me case con él.

Para su sorpresa, Leonora no pareció sobresaltarse con la información.

—En la fiesta me di cuenta de que le gustabas mucho, y después lo comenté con Todd. Él pensó que eran imaginaciones mías, pero los hombres son menos sensibles para ciertas cosas. Pero estuvo de acuerdo en que ya era hora de que Cam encontrara una esposa y de que tú eras la persona ideal. ¿Por qué dudas? ¿Porque lo conoces poco?

—Esa es una de las razones. ¿Cuánto tiempo os conocíais Todd y tú antes de decidir casaros?

—Nos conocíamos desde que éramos niños, así que aunque nos casamos siendo muy jóvenes, no fue un paso precipitado. Por lo general, creo que las mujeres deben tener unos veinticinco años y los hombres alrededor de treinta para ser lo suficientemente maduros. Cam y tú sabéis quiénes sois y lo que esperáis de la vida.

—Él sí… pero yo no estoy segura de saberlo. Solo sé que me gustaría tener hijos. ¿Es esa una buena razón para casarse con alguien?

—¿Cam quiere hijos?

—Eso dice.

Leonora hizo una pausa y finalmente dijo:

—Lo que tienes que preguntarte es cómo puede él mejorar tu vida y tú mejorar la suya. A menos que el marido de una sea un bruto o un dejado, es mejor quedarse soltera. Pero los hombres también pueden ser útiles. Si yo no tuviera a Todd, tendría que hacerme cargo de los recibos del banco, de pintar las sillas del jardín y de recargar la batería del coche. Podría hacer todo eso, pero prefiero no hacerlo, igual que a Todd no le gusta escribir tarjetas de Navidad ni elegir la tela para las fundas.

–Pero un matrimonio tiene que ser algo más que la conveniencia –dijo Liz.

–Por supuesto, pero las cuestiones del día a día son una parte muy importante. Una persona obsesionada con la limpieza nunca será feliz con un compañero desordenado, por ejemplo. Y después de haberse acostumbrado a los hábitos personales, hay que tener en cuenta la forma de pensar. Un librepensador nunca se llevará bien con alguien demasiado convencional. Todd y yo discutimos sobre un montón de cosas, pero en lo más importante estamos de acuerdo.

–¿Cuáles crees que son las cosas más importantes?

–El dinero, la religión, la política y el sexo. Ninguno de los dos somos derrochadores, los dos somos ateos pero nos gusta la música y la arquitectura religiosas. Los dos somos apolíticos y creemos que la fidelidad es una de las claves del matrimonio. Las aventuras están prohibidas. ¿Has discutido esto con Cam?

–Todavía no. No hemos tenido mucho tiempo para hablar.

Leonora dio dos pasos hacia atrás y observó el lienzo con los ojos entrecerrados.

–Te recomiendo que lo habléis lo más pronto posible. A Cam no le importará que le preguntes lo que piensa. Y te dirá la verdad, no lo que cree que esperas oír. Tiene una de las mejores mentes que conozco, y no hay muchos temas sobre los que no tenga una opinión.

Estaba claro que Leonora hacía ese comentario para animarla, pero a Liz le pareció desalentador, sabiendo que su mente no estaba tan organizada y que había muchos temas sobre los que no se había formado una opinión.

–Creo que por hoy es suficiente. Es hora de tomar una taza de té –dijo Leonora–. Lo prepararé mientras te cambias. ¿Te importaría dejar el vestido aquí? Me gustaría estudiar el efecto brillante de la tela.

Cuando Liz abrió la puerta encontró un ramo de flores sobre la mesa de la entrada. Solamente había una persona que podía haberlas dejado ahí. El ramo estaba hecho de rosas pálidas, claveles color crema y varios tipos de hojas verdes. Había un sobre con una tarjeta dentro: «Gracias por el día de ayer. Estoy deseando verte mañana. C.».

Liz las llevó a la cocina. Sólo tenía una jarra de barro cocido que era demasiado rústica para el ramo. Mientras cortaba la cinta adhesiva manteniendo los tallos juntos, se preguntó cuánto habrían costado las flores. Posiblemente bastante más que la comida del día anterior. En el sobre estaba el nombre y la dirección de la floristería, que se encontraba en uno de los centros turísticos de la costa. Se preguntó qué lo habría llevado a la ciudad, seguramente no habría ido solo para comprarle las flores. Cuando las hubo puesto en la jarra, subió al piso superior y le escribió un mensaje:

Cam,
Encontré las flores al volver de la primera sesión de pose para el retrato de Leonora. Son espléndidas. Eres muy amable. Liz.

Durante toda la tarde estuvo pensando en el consejo de Leonora. Habría esperado que le preguntara sobre su matrimonio con Duncan, pero no lo había hecho. No es que Liz hubiera querido hablar de ello, era mejor dejar el pasado tranquilo.

Cuando, poco después de las diez, salieron hacia Gata, había algo de neblina sobre algunas partes del valle. Aún no le daba el sol a la mayor parte de las calles del pueblo, y la gente iba abrigada. Pensando que podía hacer frío en las tiendas de Gata, Liz se había puesto una blusa, un suéter y, encima, un chaleco acolchado.

—¿Para qué tipo de casa estás buscando el regalo? —le preguntó mientras abandonaban el pueblo.

—Para una granja reformada que está a unos dieciséis kilómetros hacia el interior. Puede que esté habitable en Semana Santa, tal vez antes, y en cuanto lo esté darán una fiesta. Sospecho que les regalarán un montón de cosas que no necesitan, y no me gustaría ser uno de los que les regalen trastos.

—Lo peor son los adornos —dijo Liz recordando un par de objetos horrorosos que le regalaron para su boda—. Hay gente que no puede comprender que lo que para ellos es maravilloso para otros puede ser horrible.

Liz miraba a Cam mientras hablaba. Cuando él se rio, Liz pudo ver sus dientes. Nunca se le había ocurrido que los dientes podían ser sexys, pero los suyos lo eran. Y cuando le miraba las manos también sentía que se le estremecían las entrañas. Por el rabillo del ojo lo observó cambiando de marcha y conduciendo con suavidad. Tenía la sensación de que, si ocurriera una emergencia, él sabría reaccionar de la manera apropiada.

Había dos formas de acceder a Gata y él escogió la carretera que seguía el cauce seco de un río. Al frente, en la distancia, podían ver la montaña a la que Liz había ido con Deborah. De repente apareció ante ellos el impresionante viaducto del que Cam le había hablado cuando la llevaba a Alicante. Si alguien le hubiera dicho que unas semanas después él le propondría matrimonio, no lo habría creído.

Como parecía ser un buen momento para hablar de los temas que Leonora había mencionado, Liz dijo:

—Leí en un artículo que los que van a casarse deberían asegurarse de que piensan igual respecto a cuatro temas.

—¿Cuáles son?

—Dinero, religión, política… y sexo.

–Después de haber visto algunos de los peores excesos que se han cometido en nombre de la religión y de la política, no les dedico demasiado tiempo a los fanáticos ni a los políticos –respondió Cam–. Si alguna vez el mundo llega a ser un lugar tranquilo, será probablemente gracias a los científicos que estudian cómo resolver los problemas genéticos. Me interesa muchísimo la última investigación sobre el genoma humano, creo que es nuestra mejor esperanza.

–Yo pienso lo mismo –durante una noche de insomnio había estado pensando en los tres primero puntos.

–Bien… ahí no hay problema. ¿Qué piensas del dinero?

–Como nunca he tenido mucho, en realidad no tengo ninguna opinión. No me gusta la gente tacaña, pero tampoco soy una derrochadora.

–¿Qué piensas de los acuerdos prematrimoniales?

–No los apruebo –dijo Liz con vehemencia–. Y no veo qué sentido tiene casarse si no crees que vaya a ser algo permanente.

–Pero a veces, a pesar de las buenas intenciones de los dos, no es permanente, y además hay que mantener a los hijos.

–Entonces lo mejor es no tener hijos con un hombre a menos que sepas que va a cumplir con sus obligaciones.

–Eso es muy idealista… Suena bien en la teoría pero no suele funcionar en la práctica.

–Ya lo sé… pero sigo pensando que un acuerdo prematrimonial significa que no hay amor y que no se cree en el matrimonio, que es simplemente un intercambio de intereses, por lo general juventud y riqueza por fama y fortuna.

–Estás pensando en uniones del mundo del espectáculo, supongo. Como persona que trabaja frente a las cámaras, tengo algo de fama pero también ciertos valores que me inculcaron mis abuelos cuando era pequeño. Ellos eran más prudentes que mis padres, que son excesivamente despilfarradores. ¿Tu madre es una mujer acomodada?

–Tiene una bonita casa y suficiente para vivir. No tengo que ayudarla –dijo Liz en caso de que él se estuviera preguntando si habría que hacerse cargo de su madre–. Pero no creo que mi madre y la tuya tengan algo en común. Yo soy de origen humilde.

–¿Desdeñas las convenciones de tu nivel social, Liz? –preguntó lanzándole una mirada burlona–. Una de las primeras cosas que aprende un periodista es que el valor de una persona no tiene nada que ver con su jerarquía. Una vez pasé cierto tiempo con un hombre que limpiaba las alcantarillas de Londres. En todos los aspectos realmente importantes, era mejor persona que otro hombre que formaba parte de diversos consejos que entrevisté poco después.

–Seguro que lo era, pero eso no quiere decir que los dos se sintieran cómodos en la compañía del otro.

–Posiblemente no. Pero si hubieran estado juntos en una situación delicada, se habrían llevado bien… con el hombre de las alcantarillas al mando y el otro ayudándolo, sin duda. Pero en nuestro caso lo que importa es que tú y yo sintonizamos. Si los miembros de nuestra familia se gustan o no, ese no es nuestro problema.

Llegaron a las afueras de Gata. Las calles que quedaban detrás de la carretera principal se habían construido cuando el tráfico consistía únicamente en carros tirados por mulas, y Cam tenía que prestar especial atención a los coches aparcados en tan poco espacio. Pero pudo encontrar una plaza libre y poco después estaban en una de las tiendas principales que vendía objetos de mimbre, vidrio, cerámica y cestería. En casi todas las tiendas había una mujer de mediana edad que aparecía desde la parte trasera para vigilar a los clientes. Pero al ver que Cam hablaba español, todas parecían encantadas de charlar con él, mientras Liz curioseaba.

En la cuarta tienda ella vio un juego de copas de vino. Eran verdes y tenían burbujas de aire en la base, y

Liz pensó que eran perfectas para la casa que Cam había descrito. Cam estuvo de acuerdo y compró veinte copas y dos jarras haciendo juego. Mientras las envolvían, Liz vio un jarrón cuadrado de cristal que era perfecto para las flores que él le había regalado.

Mientras metían las compras en el maletero del coche, Cam dijo:

—Es hora de tomar un café… si no te importa tomarlo en un bar. No creo que en Gata encontremos algo más elegante.

—Me parece bien.

Cuando salía con Deborah, Liz había estado en lugares a los que no iría en Inglaterra, pero allí le parecían bien, en pequeñas ciudades y pueblos en los que los bares solían ser lugares para los hombres, sin el refinamiento de los cafés pensados para recibir a una clientela femenina.

En el primer bar al que fueron solo estaba el camarero, que estaba barriendo. La televisión estaba encendida y había dos máquinas tragaperras, pero el nivel de ruido era aceptable. Liz eligió una mesa apartada de las máquinas y observó a Cam mientras este se apoyaba en la barra y pedía las bebidas. Si ella hubiera necesitado confirmar lo que sentía por él, ese momento habría sido decisivo: prefería estar con él en ese destartalado bar español que sola en cualquier otra parte.

Cam llevó dos tazas de café a la mesa, donde además había un cenicero, un botecito con palillos y unas servilletas.

—Me temo que no es el ambiente más glamouroso —dijo él antes de volver a la barra para recoger dos vasos de vino blanco.

—Tú estás más acostumbrado que yo a los sitios elegantes —contestó Liz cuando él regresó.

—A veces… no siempre —agarró una silla y se sentó—. En cualquier caso, es la compañía lo que cuenta.

Si para él contara tanto como para ella… Si hubiera una posibilidad de que él llegara a amarla…

Cam bebió un sorbo de café.

—Bueno, ¿dónde nos habíamos quedado en la lista de puntos que hay que discutir? Hemos hablado de religión y política. En lo que se refiere al dinero, creo que cuando dos personas se casan deben tener un fondo común, reservarse algo para los gastos personales y consultar con el otro cualquier otro gasto. ¿Te parece sensato?

—Me parece perfecto —contestó Liz, consciente de que el pulso se le había acelerado.

—Bien. Entonces solo nos queda un tema más —dijo Cam—, tal vez el más importante de todos —hizo una pausa y sus ojos grises brillaron, haciendo que el corazón de Liz latiera aún más rápido—. El sexo. ¿Qué aspectos son los que tenemos que discutir?

CAPÍTULO 6

Donde no hay amor, no hay dolor

CREO que la fidelidad es la cuestión principal. Sé que no podría enfrentarme con un matrimonio «abierto». ¿Pero es posible que alguien como tú, acostumbrado a… la variedad, sea fiel?

—No solo es posible, sino preferible.

—¿No crees que te aburrirías de la misma mujer? A muchos hombres les pasa.

—Porque la vida sexual de muchos hombres no es satisfactoria. No entienden las necesidades de las mujeres, así que no obtienen las respuestas que ellos necesitan y buscan en otra parte. No se dan cuenta de que el problema está en ellos.

Ella quería preguntarle cómo sabía todo eso, pero no se sentía cómoda hablando de ese tema. Su incomodidad provenía de la infancia, cuando el sexo era un tema tabú. Su madre le había hablado de ciertos aspectos con mucha torpeza, dándole a entender que, si quería más respuestas, tendría que buscarse otra fuente de información. Al final, la mayor parte de las cosas que Liz había aprendido las había leído en libros y revistas. Pero descubrió que la teoría y la práctica eran muy diferentes.

Cam observaba a Liz, que parecía estudiar el material del que estaba hecha la mesa. Tenía el ceño ligeramente fruncido, y él supuso que se había encerrado en una parte privada de su mente en la que tal vez nunca pudiera entrar. Dijo suavemente:

—Si decides casarte conmigo, te seré fiel, lo prometo. Yo tampoco estoy a favor de los matrimonios abiertos.

Ella levantó la mirada y Cam pudo ver la incertidumbre en sus ojos. La duda rayaba la incredulidad, y él maldijo el hecho de que cuando se conocieron Fiona había estado con él. Seguramente eso había confirmado algún cotilleo que Liz habría oído sobre él.

—Mi madre solía citar un refrán que dice que los antiguos vividores son los mejores maridos. No podrías esperar que, a mi edad, no hubiera tenido otras relaciones, ¿no?

—No… pero parece que has tenido muchas.

Normalmente Cam no se quedaba sin palabras. Pero explicarle a Liz su vida pasada era más difícil que explicar los problemas de la política de Oriente Medio o de África a millones de telespectadores.

—Seguramente has visto películas sobre la Segunda Guerra Mundial o has leído libros —dijo Cam—. Cuando los hombres no sabían si iban a volver de la siguiente misión, se agarraban a la vida con uñas y dientes mientras podían. Y las mujeres también, aunque entonces las normas de comportamiento eran mucho más estrictas que ahora —ella asintió con la cabeza, escuchando con atención—. Los periodistas destinados a zonas bélicas se sienten igual. Es un trabajo de alto riesgo, así que viven el presente. Pero ahora, a menos que tenga muy mala suerte, puedo llegar a vivir tanto como mis abuelos. Puedo hacer planes de futuro —extendió la mano y la puso sobre la de Liz—. Y espero vivirlo contigo, formar una familia y que disfrutemos juntos de la vida.

Pensaba que Liz reaccionaría girando la mano y tomando los dedos de Cam entre los suyos, pero no la movió. En lugar de eso, ella dijo:

—Ahora la mayoría de la gente pasa por un período de prueba antes de casarse. ¿No crees que es lo más sensato?

—¿Pasaste un período de prueba con tu marido?

Como Cam ya se había dado cuenta antes, cualquier mención a su marido reflejaba el pánico en los ojos de Liz. Ella sabía que para Cam era normal hacerle preguntas sobre su matrimonio, y que tal vez algún día le contaría toda la historia, pero aún era demasiado pronto. Sacudió la cabeza.

—Nuestras familias eran muy convencionales, y los dos vivimos con nuestros padres hasta que nos casamos. No podíamos elegir tener un período de prueba.

—¿A qué se dedicaba?

—Era contable en una compañía de seguros —estaba segura de que ese trabajo le parecería a Cam de lo más aburrido.

—¿Era eso lo que quería hacer?

—No le desagradaba hacerlo. Creo que aceptaba el hecho de que la mayoría de la gente no disfruta con su trabajo. Disfrutaba con su hobby: coleccionar monedas. Pertenecía a varios clubes de coleccionistas y escribía artículos de numismática.

—Ese es un campo fascinante. Casi no sé nada de ello, pero comprendo que pueda parecer muy atractivo. Mi abuelo coleccionaba sellos, pero no intentó interesarme en ellos. Pensaba que la pasión por coleccionar debía surgir naturalmente. Pero volviendo a los períodos de prueba, creo que en un pueblo como este no es como en Londres o en Nueva York, donde a nadie le importa lo que haga la gente. No creo que tenga sentido provocar más comentarios yéndonos a vivir juntos antes de casarnos.

Liz sabía que era así en lo que se refería a las mujeres mayores. La mayoría de ellas habían llegado vírgenes al matrimonio. Pero, según lo que le había contado Alicia, las chicas jóvenes se estaban poniendo rápidamente al día, hasta el punto de irse a vivir con sus novios.

Alicia también le había confiado que, en su generación, las relaciones sexuales terminaban con la menopausia. «Afortunadamente», había añadido, sugiriendo que el sexo había sido una obligación y no un placer. Liz se había atrevido a preguntar qué pensaban sobre eso los maridos, a lo que Alicia había respondido:

—Los hombres son hombres y encontrarán placer donde puedan.

Liz se lo había comentado a Deborah y esta le había dicho:

—¿No has visto todos los clubes que hay por la carretera de la costa? Son un eufemismo de burdel. Supongo que es ahí donde van. No te sorprendas, los hombres son así. Si tu marido era de otra manera, tuviste mucha suerte.

En ese aspecto sí que la había tenido. Liz no tenía ninguna duda de que Duncan siempre le había sido fiel. Su marido desaprobaba la promiscuidad y evitaba a la gente que salía de juerga. No se habría relacionado con Cam, eran dos polos opuestos.

Cam había apartado la mano y, mientras bebía vino, la miraba con una expresión divertida.

—No hace mucho me estabas advirtiendo que no me pasara de la raya. Ahora me estás sugiriendo que nos acostemos juntos, y eso que todavía no estás decidida a casarte conmigo… ¿o sí?

Liz se ruborizó.

—No, todavía no. Sigo pensando que es una locura.

—Al contrario, es una idea muy sensata. Pero no vamos a discutir eso.

No volvieron al pueblo hasta bien entrada la tarde, después de haber visto algunas tiendas más y de un almuerzo en el que Cam había evitado todos los temas de conversación personales, consiguiendo que Liz se riera más que nunca en una comida. Cuando paró frente a la casa de Liz, salió del coche para abrir el maletero y sacar el jarrón que ella había comprado.

—Gracias por la comida —dijo Liz.

—Gracias por ayudarme a comprar el regalo. ¿Vas a ir a Benissa mañana?

Benissa era una ciudad en la que ponían un pintoresco mercado los sábados.

—Probablemente.

—¿Por qué no vamos juntos?

—De acuerdo. ¿A qué hora?

–¿Las nueve y media es demasiado pronto?

–No, está bien.

–Hasta mañana entonces –viendo que se acercaba un pesado camión que no sería capaz de pasar con el coche parado en mitad de la calle, Cam se apresuró a regresar al volante.

Mientras ponía las flores en el nuevo jarrón, Liz pensó que tal vez era más sensato evitar su compañía durante unos días y darse tiempo para pensar tranquilamente.

Por la tarde, cuando intentaba trabajar un poco, no pudo evitar mirar la foto de Cam que había guardado en el ordenador. La imprimió usando un programa fotográfico y papel especial, de forma que el resultado fue una impresión de una calidad tan buena como una fotografía de verdad.

Más tarde, tumbada en la cama, pasó un buen rato estudiando cada detalle de la fisonomía de Cam. Se dio cuenta de que, si le tapaba el ojo izquierdo con la mano, el derecho tenía una mirada severa. Cuando tapaba el derecho, el izquierdo tenía ese brillo tan sexy que la perturbaba. Se levantó de la cama para agarrar un espejo de mano y estudiar sus propios ojos. Su expresión era idéntica. Tal vez la diferencia solamente se veía en una fotografía, pero la única que tenía era la del pasaporte, y era demasiado pequeña.

La preocupaba que en su juventud también había estudiado una fotografía de Duncan detenidamente. Había pasado el tiempo y Liz era mayor, pero no necesariamente más sensata.

Recordó algo que había leído en la universidad: «La amistad es un comercio desinteresado entre dos iguales; el amor, una vil relación entre tiranos y esclavos».

Duncan no había sido un tirano, pero su matrimonio había sido un tipo de esclavitud, una atadura de la que no pudo escapar hasta que, de repente, se vio libre.

A medianoche, incapaz de dormir, subió a la terraza por primera vez desde que viera a Cam abrazar a Fiona en la habitación de invitados. La única luz de La Higuera era la de la sala de estar, pero no podía ver a Cam. Tal vez estaba sentado en el sofá que quedaba de espaldas a la ventana. Si la televisión hubiera estado encendida, habría visto el reflejo de la pantalla, pero no lo veía, así que debía de estar leyendo.

Al menos tenían algo en común, los dos eran unos lectores insaciables. ¿Era suficiente para crear un matrimonio?

El mercado de Benissa estaba lleno de gente cuando llegaron. A cada lado había una fila de casas con balcones, todas con rejas negras de hierro para proteger las ventanas de los pisos bajos, pequeños balcones en los pisos superiores y llamadores en las puertas.

La calzada la ocupaban tenderetes que ofrecían berenjenas relucientes, pimientos verdes y rojos, ajos, champiñones, fresas, alcachofas, naranjas y muchas otras frutas y verduras. Algunas amas de casa empujaban carritos de la compra y otras llevaban a sus bebés en los cochecitos. La mayoría de la gente hablaba en valenciano, pero también había extranjeros hablando en alemán, holandés, francés, inglés y varios idiomas escandinavos. Unos niños comían churros en uno de los puestos y una adolescente se las arreglaba para pasar patinando entre la multitud.

Liz se dio cuenta de que la gente miraba mucho a Cam, ya que no solo era más alto que la mayoría, sino también porque parecía alguien especial. Se preguntó si alguien lo reconocería.

—Estos melones de piel de sapo son muy buenos… si te gusta el melón, claro —dijo Liz agarrando uno de los melones llamados así porque la piel verde con manchas más oscuras recordaba a la de un sapo.

Compraron uno cada uno y Cam insistió en guardarlos en la mochila que llevaba a la espalda. Aunque la gente solía ser bastante amable, alguna vez a Liz la había empujado el tipo de persona que pensaba que tenía el derecho a ser atendido antes que los demás. Pero con Cam a su lado sentía que eso no iba a pasar. Su presencia era como un escudo y sabía que si algo ocurría él la protegería. Había veces en las que las mujeres necesitaban que un hombre las abrazara, liberándolas de cualquier amenaza.

Eso pensaba cuando Cam, que estaba de pie detrás de ella, se inclinó hacia delante para agarrar un pomelo, de manera que su pecho quedó pegado al hombro de Liz. Ella pudo oler el aroma de jabón, crema de afeitar o gel de ducha, algo mucho más suave que la fragancia de la loción para después del afeitado.

En ese momento Liz supo que iba a aceptar la proposición de matrimonio. Era incapaz de resistirse a lo que sentía por él, igual que años atrás tampoco pudo resistirse a su amor por Duncan. Lo único que podía hacer era rezar para que en esa ocasión todo fuera diferente.

—Lo siento, ¿te estoy acosando? –preguntó Cam mirándola.

—Todo el mundo está acosando a todo el mundo –contestó Liz con ligereza, aunque el corazón estaba a punto de salírsele del pecho. ¿Cómo podía sentir esas sensaciones tan intensas y privadas en un sitio público?

Todavía con el pomelo en la mano, Cam inclinó la cabeza hacia la de Liz y le dijo al oído:

—Pero ninguna de las mujeres que hay alrededor me causa el mismo efecto que tú. Me estoy controlando para no besarte aquí mismo.

Ella estuvo tentada de decir: «¿Y por qué no lo haces?», sabiendo que Cam haría frente a cualquier reto. Pero antes de que pudiera contestar algo apropiado, la expresión burlona de Cam desapareció y dijo suavemente:

—Ya te has decidido, ¿verdad?

Liz se quedó totalmente sorprendida. ¿Cómo podía leerle la mente tan clara y rápidamente? Acababa de tomar la decisión solo unos momentos antes.

El tendero tomó el pomelo de la mano de Cam y preguntó:

—¿Algo más, señor?

—Nada más —Cam le dio unas monedas y recibió el cambio. Volviéndose a Liz, dijo—: Voy a llevar las compras al coche. Tú mientras puedes echar un vistazo a los puestos y después tomaremos un café.

Liz lo miró hasta que desapareció de vista y se dedicó a mirar los puestos que vendían ropa y calzado. También había puestos de relojes y bisutería, cuyos vendedores eran normalmente africanos.

Por lo general a Liz le gustaba curiosear en las tiendas, pero ese día no hacía más que pensar en su relación con Cam. El día anterior le había dicho que el matrimonio era una locura, pero en ese momento estaba dispuesta a seguir adelante. Y no solo dispuesta, sino deseosa, aunque eso no se lo diría.

Cam volvió cuando ella estaba mirando, junto a un par de niños, una rana de juguete que nadaba en un barreño de agua.

—Hola —dijo él poniéndole una mano en el hombro—. Si quieres una para el baño, aprovecha, hoy me siento generoso.

Antes de que ella pudiera detenerlo, Cam le había pedido al vendedor que le envolviera una.

—Cam, estás loco —protestó Liz.

—No, simplemente feliz —contestó sonriendo—. ¿Y si pusiéramos un jacuzzi en el patio y nos bañáramos juntos, la rana, tú y yo?

—Echarías a perder el patio. ¿Cómo se te ha ocurrido pensar en eso?

—Por el placer de ver cómo te horrorizas —le dio la rana, que estaba envuelta en papel de regalo—. Ten, es un sustituto hasta el momento en el que pueda bañarme contigo.

—No sabes con seguridad que haya decidido casarme contigo, solo lo estás suponiendo.

—¿Estoy equivocado?

–No –admitió Liz.

–Entonces vamos a buscar un rincón apartado y a empezar a hacer planes –la tomó de la mano y la guió a través de la multitud.

El bar más conocido entre los extranjeros que iban a comprar a Benissa estaba en la plaza principal, cerca de la fuente. Pero era un establecimiento ruidoso donde a veces había que compartir las mesas, así que Cam la llevó a un lugar más tranquilo.

Después de haber pedido café y cava, dijo:

–Te he comprado otra cosa en el mercado. Otro sustituto –metió la mano en el bolsillo del pantalón y sacó un paquetito envuelto en papel de colores.

–¿Un sustituto para qué? –preguntó Liz mientras lo recibía.

–Para algo que tengo que hablar contigo.

Normalmente Liz desenvolvía los regalos cuidadosamente, intentando no romper el papel, pero esa vez lo hizo rápidamente, y cuando vio lo que era dio un grito ahogado de asombro.

Además de la rana, lo único que le había llamado la atención en el mercado había sido una pulsera barata de abalorios azules y verdes semitransparentes. Era el tipo de bisutería que quedaba muy bien en la muñeca bronceada de una adolescente, pero Liz sentía que era demasiado mayor para llevarla. Le parecía increíble que Cam se hubiera dado cuenta de que le había gustado la pulsera.

Él la agarró y se la puso.

–Es un sustituto del anillo de compromiso. No sé qué tipo de joyería te gusta, así que tendremos que elegirlo juntos. Mientras tanto, puedes llevar esta tontería –se llevó la mano de Liz a los labios y le besó los nudillos–. Y esto también es un sustituto, hasta que podamos sellar nuestra unión del modo tradicional.

En ese momento el camarero les llevó el café, dos

copas de cava y unos aperitivos. Él le soltó la mano y se recostó en la silla, pero Liz se dio cuenta de que seguía mirándola. Ella se puso las manos en el regazo y observó la pulsera. Las cuentas eran del color del mar.

—Por nosotros –dijo Cam levantado la copa.

—Por nosotros –repitió–. Pero Cam, no necesito un anillo de compromiso, me basta con esta bonita pulsera.

Él frunció el ceño durante unos segundos, pero después desapareció el gesto de enfado.

—Como quieras. ¿Cuándo podemos casarnos? Yo creo que cuanto antes mejor, y preferiría una boda civil lo más tranquila posible. Pero puede que tú tengas otra idea.

—No, eso me parece bien pero, ¿no querrán tus padres estar presentes?

—Esperarán que los invite, pero no me gustaría que vinieran. Si mis abuelos siguieran vivos, habría sido diferente –hizo una pausa–. Pero no estoy sugiriendo que no invites a tu madre, si quieres que esté presente.

—No podría invitarla sin invitar también a mi tía, y ella querrá que también vengan mis primos. Creo que será mucho mejor si no invitamos a nadie. En mi familia estarán tan emocionados de tenerte entre ellos que el enfado se les pasará pronto.

—Deberíamos hacer un viaje a Inglaterra y darles la noticia en persona –dijo Cam–. Pero me gustaría evitar a la prensa. En lo que a mí respecta, mi vida privada es privada.

—Mi amiga Deborah compra la revista *¡Hola!* y a veces me la deja, pero no me gustaría verme en ella, aunque me ofrecieran una gran cantidad de dinero.

—Bien, porque no pienso dejar que La Higuera aparezca en las revistas. Y pensando en la posibilidad de que podrías decir que sí, anoche se me ocurrió que sería una buena idea, a menos que quieras vender tu casa e invertir el capital, abrir una puerta en el muro para conectar los dos patios y usar tu casa como casita de invitados. Así podrías usar una de mis habitaciones de invitados como estudio y la otra puede que la necesitemos como cuarto de los niños.

—Cam, ¿y si no puedo darte hijos? ¿Has pensado en esa posibilidad?

—Si no podemos, no podemos —dijo encogiéndose de hombros.

—Pero los niños son una de las razones por las que he decidido casarme —le recordó—. Cuando la gente está enamorada es diferente, porque si no tienen hijos pueden volcarse en el amor que sienten el uno por el otro. Pero nuestro matrimonio es una cuestión de conveniencia mutua.

—Y eso significa que, al contrario que las parejas que se casan llenas de ilusión, nosotros no esperamos que todo sea perfecto. Si algo no sale como esperamos, podemos ajustarnos a las circunstancias más fácilmente. Tal vez las experiencias que he tenido en África y en otros países del Tercer Mundo me han hecho ser muy intolerante con algunos aspectos de la cultura del primer mundo. No soporto que una mujer obsesionada con su derecho a ser madre gaste montones de dinero intentando quedarse embarazada. Con ese dinero se podría evitar que cientos de mujeres africanas anden kilómetros para conseguir agua, o se podría devolver la vista a miles de personas ciegas en India.

Era la primera vez que Liz lo oía hablar de una manera tan apasionada.

—Creo que es difícil que un hombre comprenda cuánto puede una mujer desear tener hijos. Yo no llegaría a esos extremos, si no es posible quedarse embaraza, hay que aceptarlo. Pero también tengo que decir que mucha gente daría más dinero para esas causas si no tuvieran la sensación de que ciertos funcionarios corruptos desvían las donaciones.

—Tienes razón. Y por lo que yo sé, sus temores suelen estar justificados. Pero tenemos toda la vida para comentar estos temas, hoy vamos a dedicarlo a nosotros. Para celebrarlo, podríamos conducir hasta las montañas y comer en un hotel que me han dicho que tiene unas vistas espectaculares. Podemos dejar las compras cuando pasemos por Valdecarrasca.

Mientras volvían al pueblo Liz era consciente del alivio que sentía al haber tomado una decisión.

—En vez de ir a las dos casas, podemos meterlo todo en mi nevera y luego recoges tus compras —sugirió Cam.

—Muy bien… lo que tú digas.

Él la miró sonriendo.

—Me pregunto si contestarás así a todas mis sugerencias. Sospecho que no.

—No quieres una mujer sumisa, ¿verdad?

—Por supuesto que no. Pero cuando nos peleemos, prefiero que lo hagamos en privado, y no como esas parejas que se tiran los platos a la cabeza delante de los demás. Aunque tengo la esperanza de que no tengamos que pelearnos.

—Supongo que a veces tendremos que hacerlo.

Mientras él sacaba la compra del coche, Liz bajó la visera del asiento del copiloto y se retocó rápidamente la barra de labios mirándose en el espejo y recordando lo que él había dicho en el mercado. ¿Cuándo la besaría? Tal vez esa misma tarde, cuando regresaran. Recordó los anteriores besos y sintió que se estremecía de emoción. Trató de pensar en otra cosa.

Ya habían salido del pueblo y conducían hacia el oeste cuando Cam dijo:

—¿Te importa si pongo algo de música?

—En absoluto —se preguntó qué tipo de música le gustaba escuchar mientras conducía. Supuso que música clásica, o tal vez jazz.

Momentos después quedó totalmente sorprendida al escuchar la voz de Michael Crawford cantando «Música en la oscuridad» de *El Fantasma de la Ópera*. Después escuchó el dueto «Todo lo que pido de ti», una canción que expresaba sus creencias más profundas sobre la naturaleza del amor.

Liz apoyó la cabeza en el respaldo, cerró los ojos y dejó que la música y las voces la transportaran a un mundo romántico. Como siempre le ocurría al escuchar ese tipo de música, sintió ganas de llorar. Esperaba escuchar el resto del disco y recuperarse de la emoción, pero en cuanto se desvanecieron las últimas notas oyó un chasquido y notó que Cam estaba frenando.

Abrió los ojos, que estaban brillantes por la emoción, y vio que se habían parado en una recta donde los coches no tendrían problemas en pasarlos.

—Liz, lo siento si esta música te trae recuerdos dolorosos. Es uno de mis espectáculos preferidos y debería haberme dado cuenta de que a lo mejor lo viste con tu marido.

—No te preocupes, lo vi con una amiga.

—Pero estás triste —dijo frunciendo el ceño.

—Sí, pero no por la razón que crees. La verdad es que soy una sensiblera —admitió.

—¿De verdad? Nunca lo habría imaginado.

—La gente no suele darse cuenta. Por favor, deja el resto. También es uno de mis espectáculos preferidos.

—Muy bien.

Aunque aún no era la época de floración de los almendros, algunos estaban salpicados de flores blancas y rosas. También había naranjos por todas partes, con las frutas colgando de las ramas como si fueran adornos de un árbol de Navidad. Liz se sentía privilegiada de estar allí, en vez de atrapada en la vida moderna.

El hotel al que se dirigían estaba construido junto a una colina, cerca de un barranco. El edificio estaba recubierto de piedra para no desentonar con el paisaje, y se encontraba rodeado de tomillo y lavanda.

Tomaron algo en el bar antes de sentarse en el comedor, que tenía arcos de ladrillo.

–Se supone que esta zona fue el último bastión de los árabes, que lucharon por quedarse aquí después de que el decreto los expulsara –dijo Cam mientras esperaban el primer plato–. Puedo imaginarme cómo se sentían. Estuvieron en España durante setecientos años, hicieron de ella una tierra fértil, y de repente… ¡fuera!

Durante la mayor parte de la comida estuvieron hablando de la expulsión de los judíos y los árabes, que tanto habían hecho a favor de la cultura de España. Liz disfrutó el almuerzo, pero Cam fue muy crítico con la comida y el servicio.

–Soy más indulgente con los restaurantes pequeños, pero se supone que este sitio es de primera clase y hay que juzgarlo más duramente. No vendremos aquí en nuestra luna de miel –ella aún no había pensado en eso, pero evidentemente él sí–. Tendremos que ir a un parador, a menos que quieras ir fuera de España. Si hay algún sitio al que quieras ir, solo tienes que decirlo.

Suponiendo que a él no le gustaría salir al extranjero, Liz dijo:

–La idea del parador me parece bien. ¿Conoces muchos?

–Solo tres. El de Javea, que es de nueva construcción, el que está en Sierra Nevada, que también es moderno y adonde van muchos esquiadores, y el que está en el castillo de Tortosa, junto al río Ebro. Los visité con mis abuelos, cuando me llevaban de vuelta a Inglaterra después de pasar con ellos las vacaciones de verano. Pero hay muchos otros donde elegir.

Cuando dejaron el hotel, Cam tomó otro camino para volver al pueblo. Era una carretera estrecha, con muchas curvas, pero con unas vistas maravillosas. Las laderas que rodeaban el camino estaban llenas de flores amarillas.

–¿Podemos parar un momento? –preguntó Liz. Aunque Cam estaba conduciendo muy despacio, quería salir y observar los colores y las formas de las montañas.

Cam paró, salieron del coche y se quedaron unos minutos observando el paisaje.

—Ojalá hubiera traído la cámara –dijo ella. Me encantaría tener una foto de esto en mi página web… aunque supongo que un fotógrafo profesional lo haría mejor que yo.

Como Cam no contestaba, Liz se giró para mirarlo. Estaba de pie con los brazos cruzados, pero en seguida le hizo señas con las dos manos para que se acercara. Con el corazón latiéndole rápidamente, Liz se acercó a él.

—Creo que es hora de besarte –dijo él.

—Ya lo has hecho.

—Pero en otras circunstancias.

Le puso las manos en la cintura y la acercó a él hasta que solo estuvieron separados por unos centímetros. Liz puso las manos en el pecho de Cam, sintiendo su calor y solidez. Quería decir: «Te quiero», pero sabía que no podía. El amor, a menos que fuera mutuo, solo podía ser una carga para la persona que no lo sentía. Lo único que podía hacer era cerrar los ojos.

La caricia de sus labios la estremeció. Cam la abrazaba posesivamente y su boca intentaba convencer a Liz de que abriera la suya. El beso podía haber seguido indefinidamente, a no ser por el sonido de un tractor. Cam no quería separarse de ella, pero levantó la cabeza y la sujetó con menos fuerza, de manera que seguían abrazados cuando el tractor pasó a su lado y el conductor les saludó. Mientras el vehículo se alejaba, Cam dijo:

—Si estuviéramos en Inglaterra y fuera una tarde cálida, podríamos tumbarnos en la hierba y hacer el amor. Pero en España el suelo no se presta a tales placeres.

¿Con «hacer el amor» quería decir besarla o algo más?, se preguntó Liz. ¿Había cambiado de opinión sobre no acostarse con ella hasta que estuvieran casados?

—Marchémonos –dijo Cam abriendo la puerta del copiloto.

Al final de la colina tuvieron que atravesar el cauce seco de un río y subir una pequeña cuesta pedregosa que los llevó de nuevo a la carretera. Cam puso el mara-

villoso *Concierto de Aranjuez*, un concierto para guita-
rra y orquesta del compositor español Joaquín Rodrigo.

Ella había oído parte del concierto en su primera visita a España, y pronto descubrió la romántica historia
de la composición. Rodrigo, que había muerto a la edad
de 97 años en 1999, había estado muy enfermo con dif-
teria desde que tenía tres años. La enfermedad lo dejó
casi ciego, pero llegó a ser músico y, gracias al braille y
a su mujer turca, que también era músico, llegó a ser
uno de los compositores más famosos. Su obra más conocida, el concierto que estaban escuchando, se hizo famosa en todo el mundo.

Ya en Valdecarrasca, Cam paró frente a la casa de
Liz.

—Traeré tus cosas enseguida —le dijo.

Liz se preguntó si eso significaba que él planeaba
pasar con ella el resto del día y adónde los llevaría esa
decisión. ¿Estaba preparada? Para más besos sí pero, ¿y
el resto? No estaba segura.

Media hora después Cam apareció con la compra de
Liz.

—Siento haberte hecho esperar. Cuando estaba
abriendo la puerta el teléfono empezó a sonar. Acabo de
colgar.

Aunque ella seguía muy nerviosa pensando en lo
que él podría tener en mente, se sentía obligada a ofrecerle una taza de té. Cam aceptó.

—¿La llamada era algo interesante? —preguntó Liz
pensando que podría estar relacionada con su trabajo.

—No mucho. Era un tipo que necesita un psiquiatra
para resolver sus problemas pero no quiere gastar el dinero, así que me los cuenta a mí. Es un tipo muy aburrido, pero no quiero ser brusco con él. ¿Tienes amigas
así?

—Conocía a una chica en Londres, pero ya no estamos en contacto. Lo que más me molestaba es que po-

día estar hablando durante horas sobre su propia vida, pero nunca mostraba el más mínimo interés en la mía. No es que yo también tuviera que desahogarme, pero creo que, si lo hubiera hecho, ella no me habría escuchado.

—Hay mucha gente que es bastante egocéntrica —dijo Cam—. Desde el punto de vista de un periodista, es bueno, pero a nivel personal es repugnante.

Tomaron el té en la terraza del piso superior. Charlaron durante largo tiempo y Cam no se insinuó ni una sola vez. Liz empezaba a pensar que se había asustado innecesariamente. Bueno, no estaba precisamente asustada, pero sí se sentía muy agitada al pensar que tal vez terminaría el día en la cama con un hombre muy deseable al que amaba y con quien se iba a casar. Seguro que habría miles de mujeres de treinta y tantos años que se considerarían afortunadas de tener sexo con alguien como Cam, aunque no tuvieran previsto casarse con él. Pero ella…

Cam interrumpió sus pensamientos.

—Lo que debería hacer es ponerme a trabajar de nuevo en mi página web.

Estuvieron comentando otras ideas que se le habían ocurrido desde la última vez que hablaron del tema, y después Cam se levantó.

—Me voy a trabajar en ello ahora. Yo me llevo esto —dijo dejando su taza en la bandeja—. Tú quédate aquí y relájate.

Liz dijo en un impulso:

—Después de haber comido tanto, no necesitaremos cenar mucho. ¿Quieres volver sobre las siete y compartir una ensalada de granada conmigo?

—Eso suena muy bien. Te veré luego —agarró la bandeja y bajó las escaleras.

Liz se quedó pensando si un hombre al que lo hubiera invitado a cenar supondría que también podía ser una invitación para pasar la noche.

CAPÍTULO 7

Amor, tos y dinero llevan cencerro

LIZ se quedó en la terraza un rato más después de que él se hubiera ido. Solo tenía que cerrar los ojos para volver a la montaña, sentirse abrazada por los brazos de Cam y besarlo en los labios. Recordaba el sabor de su boca, el agradable aroma masculino de su piel y la calidez y dureza de sus hombros. Antes de que llegara el tractor, Liz había estado a punto de rodearle el cuello con los brazos. Quería repetir la experiencia pero, si todo fueran besos… horas y horas llenas de besos sin que además hubiera que… Se estremeció al pensar en cosas que no quería recordar. Si pudiera estar segura de que esa vez todo iba a ser diferente…

Desde la ventana del estudio, Cam la vio levantarse, observar los viñedos y bajar despacio las escaleras. Seguramente Liz no podría hacerse a la idea de lo difícil que había sido para él desviar la conversación hacia los negocios y así tener un pretexto para marcharse, en vez de quedarse con ella y reanudar el abrazo que el tractor había interrumpido.

La terraza, rodeada por un muro que llegaba a la cintura, no era totalmente privada. Pero las probabilidades de que alguien los hubiera visto en caso de haberla besado eran muy bajas. No era eso lo que lo había hecho marcharse, seguramente la gente ya estaba hablando de su relación, sino la sensación de que hacer el amor con Liz no iba a ser tan sencillo y rápido como había ocurrido con otras mujeres.

Hacía cuatro años desde que ella había hecho el

amor, solo se había acostado con una persona en toda su vida y no estaba enamorada de él, lo que, para una mujer como Liz, era esencial. Era un asunto muy delicado.

Él nunca había estado con mujeres que no tuvieran experiencia, ni con mujeres que hubieran pasado por un trauma como el de Liz. La deseaba. Llevaba algún tiempo deseándola. Pero, si iban a pasar juntos el resto de sus vidas, era importante controlar sus impulsos y pensar en las necesidades de Liz antes que en las suyas propias.

Pero no sabía si sería capaz de hacerlo esa noche. Ella estaba empezando a excitarlo simplemente sonriendo, cruzando las piernas o haciendo algunos gestos con la mano que despertaban en él el impulso de abrazarla fuertemente. Eso, evidentemente, echaría por tierra todos sus esfuerzos para hacer que se sintiera a gusto con él.

Recordó una conversación que había tenido con su abuela sobre el musical *My Fair Lady*. Ella había asistido a la noche del estreno en 1956, y al final de su vida, para combatir mejor la enfermedad, se dedicaba a ver una y otra vez el video de la versión cinematográfica. Cam lo había visto varias veces con ella, y la frase que había provocado la conversación había sido la queja del Profesor Higgins: «¿Por qué las mujeres no pueden parecerse más a los hombres?».

–El problema es que ahora las chicas se parecen más a los hombres –había dicho su abuela–. Demasiado, creo yo. Los chicos siempre se lo han pasado bien mientras son jóvenes, pero las chicas no deberían hacer lo mismo –estaba preocupada por una sobrina nieta que, a pesar de no haber cumplido aún los veinte años, ya había tenido varias aventuras.

Cuando Cam le dijo que el hecho de pasárselo bien no podía hacerse sin la participación de una mujer, su abuela había contestado:

–Deberían hacerlo con mujeres mayores, no con el tipo de chicas con las que luego se casan.

A pesar de sus opiniones anticuadas, su abuela había influido mucho en Cam. Y ella y su abuelo habían conseguido una felicidad duradera que era el ideal de todo el mundo.

Liz le recordaba a su abuela en muchos aspectos. Sabía que se habrían caído bien, pero no podía decir lo mismo de sus padres. No es que le importara lo que pudieran decir, pero a ella sí le importaría, si veía en ellos una actitud hostil.

Mientras Cam estaba pensando en ella, Liz se relajaba en un baño aromático. Al menos podía relajar el cuerpo, pero se sentía incapaz de tener pensamientos tranquilizadores.

Después del baño se hizo la manicura y se puso una crema facial revitalizante muy cara que le había regalado su tía en Navidad. Normalmente solía hacer esas cosas los domingos, pero así mataba el tiempo hasta las siete.

Unos minutos después de la hora llamaron a la puerta y fue a recibir a Cam. Él se había cambiado de ropa y llevaba unos pantalones de pana, una camisa de algodón blanca y azul marino y un suéter azul echado por encima de los hombros, con las mangas atadas sobre el pecho.

–Hola –dijo Cam antes de darle un beso en la mejilla–. Estás muy bonita.

–Gracias.

Ya que la temperatura había descendido, Liz había encendido la chimenea y se había puesto una falda larga de lana color chocolate y un suéter ajustado de lana y angora color azul claro.

–¿Qué quieres beber? ¿Vino, ginebra, cerveza? –le hizo un gesto para que se sentara en un sillón junto al fuego.

–Vino, por favor. Tinto… si tienes.

Suponiendo que Cam iba a tomar vino tinto, Liz ya

había abierto una botella. Él estaba de pie, mirando el grabado que ella había colgado sobre la chimenea, cuando Liz le llevó la copa. Se quedó de pie hasta que ella se sentó.

—¿Cómo te las arreglas con el problema de la leña? —preguntó Cam.

—¿Quieres decir cuando la apilan en la calle y tienes que llevarla a través de la casa hasta el patio trasero? La señora Maybury no lo mencionó, y a mí no se me ocurrió preguntárselo. Me resulta difícil meter en la casa toda la leña, pero una carga de dos mil kilos me dura mucho tiempo.

—Ya no tendrás que hacerlo más. Cuando estemos casados, yo amontonaré los troncos y encenderé el fuego.

—Supongo que pagas a alguien para que haga ese trabajo.

Él sacudió la cabeza.

—Me gusta hacerlo, y además es un buen ejercicio. También me gusta encender el fuego, es todo un arte.

—No parece un arte muy apropiado para ti.

—Creo que la mayoría de los hombres tienen una vena de boy scout, aunque yo nunca lo fui. ¿Tú fuiste exploradora?

—No, yo fui a clases de baile. Cuando era adolescente, mi madre soñaba con ser bailarina, y proyectó sobre mí esa ambición frustrada. Quería que me eligieran para formar parte del grupo del colegio que bailaba en las funciones benéficas, pero no fue así. Me gustaba bastante el claqué, aunque no era muy buena.

—¿Recuerdas los pasos? Hazme una demostración.

Liz dudó. Después se levantó, se subió la falda hasta la mitad de la pantorrilla e hizo un número corto que recordaba y que a veces bailaba en la cocina mientras esperaba que hirviera el agua de la tetera.

—Me gustaría verte hacerlo con mallas negras. ¿Puedes taconear en el aire y abrirte de piernas?

—Lo hacía cuando tenía doce años, pero ahora no me

atrevería a intentarlo. Perdóname un momento. Tengo que meter algo en el horno.

—Creí que solo íbamos a comer ensalada de fruta.

—Y así es, pero pensé que estaría bien un entrante caliente. Vuelvo enseguida.

Cuando regresó Liz le pidió que la ayudara a mover una mesa que normalmente estaba pegada a la pared. Cam también agarró dos sillas y las colocó alrededor de la mesa. Liz lo tenía todo listo en la cocina, colocado en una bandeja.

—Bien. Si te sientas aquí, traeré el primer plato —dijo deseando que él no esperara nada espectacular. Tuvo que usar manoplas para sacar la fuente de barro del horno—. Es una versión barata de los «ángeles a caballo» —dijo presentándole el plato.

—Me gusta todo lo que esté envuelto en beicon caliente. ¿Qué has usado en vez de ostras?

—Trozos de plátano… y también he hecho tostadas con un poco de alioli y anchoas.

Cam tuvo en cuenta sus esfuerzos y alabó la comida. No podría haber estado más simpático si estuviera enamorado de ella, pensó Liz. Pero esa era una ilusión en la que no podía permitirse pensar. Debía mantener los pies en la tierra y recordarse de vez en cuando que era solo la buena educación, y no el cariño, lo que hacía que Cam se comportara así.

La ensalada de fruta era bastante especial. Liz había mezclado algunas fresas y grosellas con las semillas de la granada y había añadido queso fresco.

—¿Sabías que la granada es el símbolo de España? —preguntó Liz mientras servía la ensalada—. La insignia personal de Catalina de Aragón era una granada con una corona.

—¿Cómo lo sabes?

—Lo aprendí cuando estudiaba textiles históricos en la universidad. Las granadas aparecen en los tejidos de todos los períodos.

—Eres una mujer polifacética… bailas claqué, eres

una experta en tejidos… ¿Qué más voy a descubrir sobre ti?

De repente Liz sintió un escalofrío. ¿Y si terminaba siendo un desastre en la cama? ¿Y si, a pesar de la excitación que le causaban sus besos, llegaba un momento en el que…?

—No tantas cosas como las que yo voy a descubrir sobre ti, supongo —dijo intentando parecer despreocupada. Tu vida ha sido mucho más emocionante que la mía. Yo nunca he salido de Europa.

—Hablando de viajes, después de cenar podríamos entrar en la web de información turística y elegir un parador para la luna de miel —sugirió—. Por cierto, he estado informándome sobre las posibilidades de casarnos en España y creo que no va a poder ser. En ningún consulado británico celebran bodas civiles. Me sugirieron como alternativa ir a Gibraltar, pero creo que sería más fácil si nos casáramos en Londres con un permiso especial.

—El hecho de que yo sea ahora residente española puede ser una complicación, ¿no crees?

—Puede ser. Me enteraré.

Liz no tenía lavavajillas, y después de cenar Cam insistió en fregar los platos. Después subieron el café y lo que quedaba de vino al estudio.

La última vez que habían estado sentados juntos frente al ordenador ella se había inventado una excusa para levantarse. Pero en esa ocasión no había forma de evitarlo, y tampoco quería hacerlo.

—Intenta con la dirección «parador.es» —sugirió Cam cuando se hubieron conectado.

Instantes después estaban en la página web de los paradores, donde habían señalado en un mapa más de ochenta establecimientos.

—Te voy a enseñar los que yo conozco —Cam puso la mano sobre la de Liz, que descansaba sobre el ratón, y movió el cursor hasta un lugar cerca de la costa nororiental. Sin quitar la mano, le dijo que pinchara en ese lugar.

El tacto de Cam hacía que se le acelerara el pulso.

–¿Por qué no cambiamos de sitio y manejas tú el ratón?
–Me gusta así. ¿A ti no?

Por el tono de su voz Liz adivinó que no estaba mirando a la pantalla, sino a ella, y que estaba sonriendo.

Entonces él puso la otra mano en el hombro de Liz y
acarició con la punta de los dedos el suéter que ella llevaba.

–Dan ganas de acariciar este tejido tan suave.

–Se supone que estamos haciendo un tour por los paradores –la voz de Liz se había vuelto ronca.

–Preferiría hacer un tour por tu cuerpo –dijo Cam
suavemente mientras le acariciaba la espalda. Después
le acarició el estómago y dejó la mano sobre las costillas, justo debajo del pecho izquierdo.

Ella dejó de respirar y se quedó bloqueada, como un
ordenador al sobrecargarse. Pero lo extraño era que
mientras que algunas de sus respuestas habían dejado
de funcionar, otras se habían despertado. Lo único que
podía hacer era esperar y fijar la vista en la pantalla.

Cam se inclinó y le besó el cuello, justo debajo de la
oreja, mientras movía la mano hacia arriba y le acariciaba el pecho.

–Mmm… tu piel huele muy bien –murmuró. Separó
la mano derecha de la de Liz y con ella le levantó la
barbilla.

Durante algunos instantes, mientras él la besaba en
los labios y le acariciaba suavemente el pecho, Liz
pensó que no podría contener las sensaciones que él le
provocaba, y que Cam adivinaría todo lo que ella sentía. Pero entonces, cuando la tensión se había hecho
casi insoportable, él se separó.

–Tienes razón… esto no va a funcionar –dijo–. Si
queremos reservar estos placeres para la luna de miel,
antes deberíamos decidir adónde vamos a ir. Y cuanto antes mejor, ¿no crees?

Más tarde, cuando estaban en el piso de abajo despi-
diéndose, Liz estuvo a punto de pedirle que no se mar-

chara y que pasara la noche con ella. Si la hubiera besado, lo habría hecho, pero Cam le tendió una mano con una despedida formal, como si se acabaran de conocer.

Después de que se marchara, y sabiendo que no podría dormir, Liz fue al ordenador y volvió a hacer la ruta que había seguido con Cam. Jarandilla de la Vera... Sigüenza... Ciudad Rodrigo... Chinchón... Todos eran preciosos pero, según Cam, ninguno era el lugar ideal para comenzar su nueva vida de casados. A ella le daba igual adónde fueran. Solo podía pensar en la noche de bodas y en cómo resultaría.

La experiencia que acababa de tener con Cam debería de haberla ayudado a disipar las dudas. Pero recordó que muchos años antes había tenido una sensación parecida. Los besos y las caricias eran una cosa, pero el acto sexual completo era otra. Esa noche había estado muy cerca del orgasmo, pero eso no significaba que todo marcharía bien cuando por fin Cam la llevara a la cama.

Volaron a Inglaterra desde Valencia y lo hicieron en clase preferente, lo que para Liz, acostumbrada a la clase turista, era un lujo. Pronto descubrió que viajar con Cam era como viajar con un príncipe. Aunque no lo reconocieran, la gente siempre era servicial y amable con él, y ella compartía ese trato especial.

En el aeropuerto de Heathrow había un conductor esperando para llevarlos al piso de Cam en el centro de Londres, donde por la noche iban a acudir los familiares más cercanos de Cam para cenar.

El piso estaba en un edificio que daba al Támesis y las vistas del río hacían que todo fuera más agradable.

—Como me aconsejó mi padre, compré un piso en cuanto pude permitirme pagar una hipoteca —le dijo mientras se lo enseñaba—. Si te gusta el piso, nos lo quedaremos. Si no, buscaremos otro sitio —abrió la puerta de una cómoda habitación que tenía dos camas—. Este será tu cuarto. Mi habitación da al río y la tercera habi-

tación es un estudio con un sofá cama que usan mis hermanas y mis sobrinos cuando vienen. Les he dicho que
esta noche no habrá sitio para ellos.

–¿No les extrañará? Quiero decir que por lo general…

–… la gente que se va a casar comparte el cuarto.
Eso no es asunto de los demás, y después de tres o cuatro horas con ellos te sentirás feliz de que se vayan.
Puede que te cueste llevarte bien con algunos de ellos,
pero creo que Miranda y tú os caeréis bien. Tengo que
hacer unas llamadas y tú querrás deshacer el equipaje.

Una vez sola en la habitación de invitados, Liz observó el cuarto. Sin duda un diseñador profesional se
había hecho cargo de la decoración, pero aunque tenía
mucho gusto, le faltaba el toque personal que había en
la casa de España. Supuso que Cam no pensaba en ese
piso como en su hogar, sino como en una inversión.

Un poco después Cam llamó a la puerta.

–Tengo que salir durante una hora. Los del catering
llegarán un poco antes de las siete, pero por si quieres
darte un baño o echarte una siesta, le diré al portero que
les abra la puerta. Hasta luego.

No se despidió de ella con un beso, como haría un
futuro marido. Desde la noche que había cenado en su
casa, se comportaba algo más fríamente, como si estuvieran viviendo en una época más tradicional. ¿Era porque le estaba resultando muy duro aguantar el tiempo
de espera o por alguna otra razón?

Se le ocurrió que Cam podría haber ido a ver a alguna de sus anteriores novias para aliviar la tensión que
experimentaba en la relación con ella. Por unos instantes esa idea la hizo sentirse furiosa, pero se obligó a dejar de pensar en ella. Si pensaba que Cam era capaz de
comportarse así, ¿qué estaba haciendo al comprometerse con él?

Liz no salió de su cuarto hasta treinta minutos antes
de la hora en la que tenían que llegar los invitados. Lle-

vaba el mismo vestido que se había puesto en la fiesta de los Dryden, pero se había recogido el pelo en vez de dejarlo suelto.

No veía a Cam por ninguna parte, pero el catering ya estaba en acción. Habían dispuesto una mesa grande para doce personas, y había mucha actividad en la cocina. También había arreglos florales por todo el salón.

—¿Le apetece un poco de champán, señora? –le preguntó una camarera que debía de tener unos veinte años.

La palabra «señora» hizo que Liz se sintiera vieja.

—Sí, gracias.

Solo había tomado un sorbo cuando llegó Cam. Llevaba un traje gris oscuro, una camisa de un color gris más claro y una corbata de seda del color de las mimosas. Tenía el cabello húmedo de la ducha, como cuando se conocieron.

Él la miró de arriba abajo.

—¿Crees que esa pulsera de mercadillo le va bien a ese vestido? –preguntó Cam enarcando una ceja.

Ella miró los abalorios que tenía alrededor de la muñeca.

—Creo que es perfecta. Mucho más romántica que los diamantes.

—Los diamantes son para las reinas o para las mujeres objeto. Creo que esto va más con tu estilo.

Sacó del bolsillo una caja larga y estrecha de piel que contenía una pulsera hecha de piedras que brillaban como el agua del mar cristalizada. La sacó de la caja y se acercó a ella.

—Sujétala un momento mientras te quito esto –tiró la pulsera de abalorios a una papelera y después le puso las aguamarinas alrededor de la muñeca.

—Gracias. Es preciosa –dijo Liz–. Pero me gustaría guardar la otra, es el primer regalo que me hiciste. Tendremos que comportarnos como una pareja normal, ¿no crees? –miró en la papelera, que solo contenía la pulsera de bisutería–. La guardaré en mi cuarto.

Mientras se alejaba de él, llamaron a la puerta.

A primera vista no le gustó la madre de Cam, y pensó que probablemente el sentimiento era mutuo. La señora Nightingale, el nombre que había adoptado después de casarse de nuevo, era una mujer alta con una boca desagradable y mirada crítica.

–Teníamos mucha curiosidad por conocerte –dijo mientras se daban la mano–. Cameron ha evitado el matrimonio durante mucho tiempo, y pensábamos que ya era hora de que sentara la cabeza. Espero que sepas en lo que te estás metiendo. Los periodistas son incluso peores maridos que los diplomáticos, nunca tendrás estabilidad.

Liz sonrió.

–Pero nunca me aburriré, y eso es más importante –dijo alegremente.

El señor Fielding tenía más tacto que su primera mujer. Felicitó a su hijo y elogió a Liz, pero ella pudo ver que Cam no tenía ningún parecido con sus padres. Era evidente que la mayoría de los genes de Cam se habían saltado una generación y procedían de sus abuelos.

Cuando se sentaron a cenar, Liz se dio cuenta de que Cam había pensado cuidadosamente dónde sentar a cada uno. Sus padres estaban cada uno a un extremo de la mesa, con sus nuevos compañeros junto a ellos. Liz y él se sentaban uno frente al otro en el centro de la mesa, ella estaba flanqueada por dos cuñados de Cam y él por dos de sus hermanas. La tercera hermana estaba al lado de su madre y había otro cuñado junto al padre de Cam. Así que entre Liz y la señora Nightingale había dos personas, pero podía hablar fácilmente con Miranda, la hermana que tenía un carácter más parecido al de Cam.

Incluso así, la sensación de ser examinada por tantos extraños la agobió un poco. Y aunque Cam estaba perfecto en su papel de quien ha encontrado a la mujer de su vida, no podía engañarla.

Era más de medianoche cuando Miranda y su marido, los últimos invitados, se marcharon.

—Supongo que te alegras de que se haya terminado —dijo Cam cuando volvió de acompañarlos al taxi.

—En absoluto. Se han portado muy bien conmigo —contestó no demasiado sinceramente—. Y la cena estaba deliciosa.

—Sí, la comida era excelente. Ahora será mejor que nos acostemos. Mañana me toca a mí conocer a tu familia. Yo apagaré las luces —le dio un beso en la mejilla y comenzó a apagar las numerosas lámparas del salón.

Una vez en la cama, Liz intentó seguir leyendo el libro que había comprado para el viaje, pero no podía dejar de pensar en la cena, en Cam y en por qué dormían en habitaciones separadas cuando otras parejas se acostaban juntas. Se preguntó qué pasaría si fuera a su habitación y le dijera que no podía dormir. Pero sabía que no tenía valor para hacerlo, aunque estuviera deseando terminar con el suspense que solo acabaría en la noche de bodas.

Cam, que no usaba pijama desde que terminó la universidad, estaba sentado en la cama con el edredón cubriéndolo hasta la cintura y el portátil sobre los muslos. Estudiaba un artículo de una revista que leían más de treinta mil ejecutivos de Estados Unidos. El objeto del artículo era estudiar los métodos de las empresas en un mundo transformado por la tecnología, y sugerir modos de beneficiarse de ese panorama empresarial.

Cam solía visitar con frecuencia la página web de la revista, pero aquella noche no conseguí concentrarse, así que se puso a estudiar otra de sus fuentes de información. Estaba leyendo otro artículo cuando descubrió una frase relacionada con las mujeres y con los valores de la sociedad occidental del siglo veintiuno.

«Si vives en una destilería, puede que la cerveza sin alcohol sea algo emocionante y refrescante», había escrito el columnista.

La frase le recordó a Cam que unos días antes había pensado en por qué Liz lo atraía y por qué, cuando no estaba intentando calmar su excitación, se alegraba de que ella no tuviera una larga lista de amantes ni la desenvoltura sexual que caracterizaba a muchas mujeres.

El haber recogido la pulsera de la papelera había sido un gesto típico de ella, como también el deseo de haber querido llevarla, aunque no le iba bien al vestido. «Tendremos que comportarnos como una pareja normal, ¿no crees?», había dicho ella enfadada. Él había estado tentado de abrazarla y besarla apasionadamente, pero sus familiares estaban a punto de llegar y no era cuestión de estropearle el maquillaje y de sufrir una erección.

Se excitaba solo con imaginar que la abrazaba. Liz era como los paquetes misteriosos que sus abuelos ponían bajo el árbol cuando iba a pasar la Navidad con ellos. Siempre estaba impaciente por desenvolverlos, pero ninguno había ocultado ningún regalo que deseara tanto como a Liz.

Lo malo era que para ella iba a ser la segunda boda y la segunda luna de miel, y todo le iba a recordar a su marido, a quien tanto había amado y a quien posiblemente seguía queriendo.

–¿Has dormido bien? –preguntó Cam levantándose de la mesa de la cocina cuando Liz entró.

–Sí, gracias –mintió–. ¿Y tú?

–Siempre duermo bien. ¿Vas a tomar té o café?

–Té, por favor… pero no hace falta que te molestes, puedo hacerlo yo. Siento haber dormido tanto, debiste haberme despertado.

–Pensé que te haría falta dormir. ¿Te apetece tomar huevos revueltos? Son mi especialidad.

–Mejor en otro momento. Vamos a comer fuera, así que desayunaré solo tostadas con mermelada.

Era la primera vez que desayunaba con Cam, y recordó los cientos de desayunos que había preparado para Duncan. Él siempre comía en silencio, leyendo un periódico. Nunca habían hablado mucho en las comidas. En realidad, nunca habían hablado mucho durante todos los años que estuvieron juntos, pensó Liz con pesar.

Cam mantuvo una conversación fluida sobre las noticias y los artículos que había leído en internet. También había impreso una necrológica de una famosa bordadora, pensando que a Liz le interesaría.

–Eres muy amable –dijo ella agarrando las páginas.

–Es un placer.

Incluso a esa hora tan temprana, su sonrisa hacía que Liz se pusiera nerviosa.

Cuando estaban a punto de marcharse Liz se dio cuenta de que Cam había comprado en España dos cajas de turrón, un dulce que se comía durante todo el año, pero especialmente en Navidad.

–Me dijiste que tu madre y tu tía son muy golosas –dijo Cam.

–Sí, pero no esperaba que te acordaras.

–Quiero que me reciban bien. Y también he encargado unas flores, pero las tiene el portero. Las recogeremos cuando bajemos al garaje.

Liz no se había dado cuenta de que en el edificio había un garaje y de que Cam tenía otro coche. Suponía que en Londres él usaba taxis o coches con chofer, como el que los había recibido en el aeropuerto. Cuando se lo dijo, Cam contestó:

–¿Pensabas que nunca viajo por el país, ni que voy a otras partes de Inglaterra con mis amigos?

–Pensaba que estabas fuera la mayor parte del tiempo.

–Y así era… pero también he podido asistir a varias bodas y bautizos de amigos que se han establecido antes que yo. Podría haber sido el padrino muchas veces si mis opiniones no me hubieran descalificado.

Liz sabía que uno de los defectos de su propio carácter era avergonzarse de los adornos que su padre había comprado para el jardín y de las cortinas que su madre había elegido para la casa. Incluso se sentía incómoda al mirar la placa que colgaba del tejado sujeta con cadenas, con el nombre de la finca grabado en ella.

Cam acababa de aparcar cuando se abrió la puerta principal y aparecieron la madre y la tía de Liz. Parecían emocionadas y tímidas a la vez.

La comida, en un hotel unos cuantos kilómetros alejado de la casa, fue mucho más relajada y divertida de lo que Liz habría creído posible. Se dio cuenta del don que Cam tenía para tratar a la gente y hacer que se sintieran cómodos.

En mitad del segundo plato, cuando las dos mujeres ya estaban algo achispadas por el vino, Cam dijo:

–Señora Bailey… ¿o puedo llamaros Maureen y Sue?

–Claro que puedes, querido –contestó dándole palmaditas en la mano–. Muy pronto serás de la familia. ¿Habéis fijado ya la fecha? Junio es un mes estupendo para una boda.

–Eso es de lo que quería hablaros. Nos gustaría casarnos rápida y tranquilamente con un permiso especial –dijo Cam–. El problema es que si os invitamos a las dos, tendremos que invitar a mi familia, y eso es algo que quiero evitar. Queremos que sea lo más íntimo posible. Más tarde daremos una gran fiesta para todos, pero creemos que lo mejor será casarnos solos con un par de testigos. Ya sé que esto os puede decepcionar un poco, pero cuando penséis en ello estaréis de acuerdo en que es la mejor decisión.

Las hermanas se miraron defraudadas y Liz sintió el impulso de decir:

—Pero pensamos que, mientras estamos de luna de miel, vosotras podríais pasar una semana en uno de esos balnearios tan elegantes.

Sabía que sería muy caro y que su cuenta del banco se quedaría a cero, pero merecería la pena.

—Eso sería estupendo, ¿verdad Sue? —dijo su madre animándose.

Cuando terminaron de comer las hermanas estaban verdaderamente achispadas. Liz pensó que, de haber estado con ellos la madre de Cam, se habría horrorizado al ver que su hijo se mezclaba con personas que ella no aceptaría nunca.

Eran más de las tres cuando dejaron el hotel y volvieron a la casa.

—¿Qué os parece si tomamos una taza de té? —preguntó la señora Bailey.

—Vamos a dejar que Liz y Sue se encarguen de prepararlo —contestó Cam—. Me gustaría ver tu jardín.

—Es un hombre encantador, Liz —dijo su tía cuando se quedaron solas en la cocina—. Eres muy afortunada, cariño, no es fácil que una mujer de tu edad encuentre a alguien con quien casarse de nuevo. Menos mal que te mudaste a España. ¿Quién iba a pensar que en la casa de al lado viviría alguien tan agradable como Cam?

En el jardín Maureen le estaba contando a Cam los premios que su vecina había ganado en el concurso local de jardinería.

—¿A tu yerno le gustaba la jardinería?

—¿A Duncan? No, para nada. Era Liz quien cuidaba el jardín. A Duncan le gustaba coleccionar monedas y los deportes, el fútbol y el críquet. Se pasaba horas viendo los partidos por televisión. A Liz no le importaba, ella prefería leer, no como su madre. Dice que soy una teleadicta —dijo riéndose. Después su rostro se ensombreció—. Qué tragedia… ahogarse de esa manera. Ella se quedó deshecha, pobrecita, podría haber tenido una depresión nerviosa. Lo eran todo el uno para el otro, desde que eran adolescentes. Pero eso ya pasó y Liz no puede vivir en el pasado, es demasiado joven.

—Es verdad. Espero que Sue y tú vengáis a vernos cuando volvamos de la luna de miel.

—Nos encantaría. Pero me siento un poco culpable porque nunca he ido a la casa de Liz. Me da miedo volar. Sé que es una tontería, pero es cierto. Tengo que superarlo.

—Hay mucha gente a quien no le gusta volar. Por ejemplo, alguien a quien probablemente conozcas de vista —dijo el nombre de un famoso presentador de televisión.

—¿De verdad? Es encantador… uno de mis favoritos.

Liz miraba por la ventana y se preguntaba de qué estarían hablando. Más tarde, cuando volvían al piso de Cam, se lo preguntó.

—Bueno… de esto y de aquello —dijo vagamente—. Les he dicho que vengan a visitarnos a España. Por cierto, tuviste una idea brillante al sugerir que podían ir a un balneario para compensarlas por no asistir a la boda.

—No hace falta que me ayudes con los gastos, yo lo pagaré.

—Esos sitios son muy caros —contestó Cam—. Me gustaría pagar la mitad. Lo mío es tuyo y lo tuyo es mío. Así es como veo nuestro futuro financiero. ¿No estás de acuerdo?

—Sí… pero entonces yo voy a salir ganando. Tus ingresos son mucho más altos que los míos.

—Hasta ahora sí, pero puede que no sea siempre así. Si tu negocio de diseñadora de páginas web va bien y

mi carrera cae en picado, tú tendrías que mantenerme
—dijo sonriéndole.

La mañana de la boda Liz se despertó con la alarma
que había puesto la noche anterior. La ceremonia civil
iba a ser pronto para que después pudieran volar a Madrid e ir en coche hasta el parador que habían elegido
para pasar la luna de miel.

Durante unos minutos se quedó tumbada pensando
en el día en que, diecisiete años atrás, se puso un traje
de novia de tafetán blanco y una guirnalda de flores
blancas en el cabello. Su madre había querido una gran
boda, y ella también había deseado que fuera un día
muy especial.

Unos golpecitos en la puerta interrumpieron sus pensamientos.

—Pasa.

—El desayuno en la cama para la novia —dijo Cam
entrando con una bandeja. Llevaba vaqueros y una camiseta blanca ajustada que realzaba sus músculos.

—Buenos días. ¡Qué lujo! —Liz se sentó en la cama.
Llevaba un camisón indio de algodón con bordados
blancos alrededor del cuello y en la parte frontal. En la
maleta tenía otra prenda menos modesta para la noche.

Cam le puso la bandeja en el regazo.

—¿Tienes dudas de última hora?

—Yo no. ¿Y tú?

—Estoy deseando hacerte mi esposa.

La mirada ardiente de Cam la sorprendió. Era como
si fuera a hacerle el amor allí mismo. Él se incorporó y
dijo:

—Tengo cosas que hacer. Te veré luego. Buen provecho.

Cuando la puerta se hubo cerrado tras él, Liz apartó
la bandeja y salió de la cama para lavarse los dientes.
Aunque le parecía sorprendente, había dormido bien.

«La última noche que duermo sola», pensó. Era lo

mismo que había pensado años atrás. Pero entonces estaba ansiosa por perder la virginidad, por descubrir ese acto misterioso de unión que solo se comprendía bien cuando se había experimentado. Al recordar su primera experiencia tuvo un momento de pánico. Pero después pensó que Duncan también era virgen, mientras que Cam sabía lo que tenía que hacer. O eso esperaba.

Cam no estaba en la cocina cuando Liz llevó la bandeja y fregó las pocas cosas que contenía. Luego se dio un baño, antes de empezar a maquillarse. El día anterior por la mañana se había cortado el pelo. Lo iba a llevar suelto.

Se iba a poner un traje azul lavanda de corte clásico. La chaqueta se abotonaba hasta arriba, de manera que no era necesario llevar nada debajo. El color le resaltaba los ojos y le iba muy bien a la pulsera de aguamarinas. Había encontrado un pañuelo largo de esos mismos colores para ponérselo alrededor del cuello y dejar caer uno de los extremos por la espalda.

Ya había terminado de vestirse cuando oyó a Cam hablar por teléfono y salió para unirse a él. Mientras aún hablaba, la miró de arriba abajo. ¿Estaba decepcionado? ¿Tal vez esperaba algo más glamouroso?

–Gracias… Adiós –colgó el teléfono y fue hacia ella–. Estás preciosa. Estaba a punto de darte esto, pero no tienes que ponértelos ahora si no quieres.

Abrió la mano y ella vio un par de pendientes de aguamarina que hacían juego con la pulsera.

–Son preciosos… pero Cam, yo no te he comprado nada.

–Tú eres el mejor regalo. Eres lo único que quiero.

Lo dijo con tanta ternura que ella sintió que se le hacía un nudo en la garganta.

–¿Me los pones, por favor?

–Claro. Sujeta este –le dio uno de los pendientes mientras abría el pasador del otro. Se lo puso hábilmente y cerró el pasador.

El roce de sus dedos le hizo sentir un escalofrío. Cuando también le hubo puesto el otro, dijo:

—Y esta noche te los quitaré.

En su voz pudo intuir la promesa de otras intimidades que hizo que se le acelerara el pulso y que se ruborizara. Quería decir: «No puedo esperar», pero era solo una verdad a medias.

La vez anterior había ido tan mal… y no solo una vez, sino muchas. ¿Sería esta vez diferente? ¿O tal vez parte de la culpa había sido suya? ¿La noche de bodas sería un nuevo comienzo u otro desastre?

CAPÍTULO 8

Tanto es amar sin ser amado como
responder sin ser preguntado

DESDE el aeropuerto de Barajas hasta el castillo del siglo XIII en el que iban a pasar la luna de miel había dos horas en coche.

–Me alegro de estar de vuelta en España –dijo Liz cuando hubieron salido de la capital–. Aunque esta parte de España es diferente de nuestra provincia, me siento más en casa que en Londres. No quiero decir que no me lo pasara bien en tu piso...

–Sé exactamente lo que quieres decir –la cortó. Al igual que ella, Cam aún llevaba el traje de la boda, pero se había quitado la chaqueta y la corbata y se había desabrochado los primeros botones de la camisa–. Londres está bien para estancias cortas, pero no me gustaría vivir allí. En realidad, no me gustaría vivir en ninguna gran ciudad, más bien me siento como un campesino.

–La verdad es que no te imagino como un campesino –dijo Liz riendo–, sino más bien como un noble de España. Aunque los que he visto en los periódicos eran muy bajos y no demasiado atractivos. El único que cumple mis expectativas es el duque con el que se ha casado la infanta Elena, e incluso él no es tan guapo como tú.

Él le dedicó una mirada divertida y, como no había coches en la autopista, buscó su mano izquierda, que llevaba un bonito y original anillo de bodas, y se la llevó a los labios. La alianza que Cam había elegido para ella era una banda ancha de oro mate con incrustaciones de zafiros en forma de rombos y aguamarinas. Tenía un aire moderno pero también recordaba las joyas que llevaban las mujeres de los príncipes en el Renacimiento.

–Gracias, señora Fielding. Creo que has exagerado un poco pero, ¿por qué no? Nos hemos casado, y si hoy no lo vemos todo de color de rosa, va a ser difícil que lo veamos así en veinte años –volvió a ponerle la mano en el regazo.

Aunque durante el vuelo Cam solo había bebido dos copas de champán, Liz había tomado varias copas, lo que sin duda la ayudaba a estar tan relajada mientras que el coche que Cam había alquilado rodaba suavemente hacia el sur. Pero cuando llevaban más de medio camino volvió a sentirse inquieta. A simple vista el viaje era una luna de miel idílica, pero bajo la superficie seguía habiendo un problema, como una mina antipersonal escondida. Y, al igual que una mina, si explotaba podía causar un enorme daño emocional del que tal vez su matrimonio no se recuperaría nunca.

El parador parecía sacado de una ilustración de un cuento de hadas. Era una fortaleza construida sobre una colina, y las torres y las almenas se recortaban contra el cielo azul. El camino de entrada tenía unas curvas muy cerradas, pero después de salvar un pequeño barranco conducía, a través de un arco, a un gran patio utilizado como el aparcamiento del parador.

–No hay mucha gente –dijo Cam mientras aparcaba junto a un coche con matrícula alemana–. Pero puede ser que hayan salido a pasar el día fuera, y supongo que más tarde vendrá más gente.

Mientras abría el maletero se acercó a ellos un joven para ayudarlos con el equipaje. El interior del castillo tenía cierto aire aristocrático mezclado con el ambiente típico de un hotel de lujo. Cam firmó en el registro y entregó el pasaporte. Después los acompañaron en ascensor a una planta más alta, los condujeron por un pasillo y les hicieron subir una escalera de piedra que conducía a la suite.

La habitación tenía una espaciosa entrada por la que

se accedía a un salón, que a su vez daba al dormitorio, en el que destacaba una enorme cama con dosel. Al baño se entraba por el dormitorio. Las vistas que había desde los ventanales del salón captaron la atención de Liz, y pronto se dio cuenta de que la suite era una de las torres cuadradas del castillo. Una de las ventanas daba a un jardín clásico y la otra a una gran piscina que brillaba con la luz del sol.

—Está muy bien para refrescarse en el verano, pero yo diría que ahora hace demasiado frío —dijo mirando por encima de su hombro —el mozo que los había ayudado con el equipaje se había ido. Estaban solos—. He pedido que suban un poco de té. Mientras tanto…

Le dio la vuelta a Liz para mirarla de frente, le tomó la cara entre las manos e inclinó la cabeza para besarla, primero en una comisura de la boca, luego en la otra, y después en los labios. Fue un beso más suave que apasionado, y un momento después se incorporó para sonreírle y luego la abrazó fuertemente.

—Este momento es perfecto —dijo Cam—. El sitio adecuado, la persona adecuada… solo tenemos que relajarnos y disfrutar —le besó el cabello y después se rio y dijo—: Pero, siendo una mujer, supongo que querrás deshacer el equipaje y colgar la ropa.

En realidad Liz se quedó un poco decepcionada cuando se separó de ella. Lo último en lo que estaba pensando era en la ropa. Se volvió a apoyar en él y dijo:

—Todo lo que he comprado es bastante sencillo, no pensaba que hubiera que traer ropa elegante.

—Posiblemente los extranjeros no se arreglen demasiado, pero si los españoles vienen a comer llevarán ropa elegante. Pero cualquier cosa que te pongas estará bien, tienes un gusto excelente. Venga, vamos a deshacer el equipaje, después podremos relajarnos.

—El baño es espléndido —dijo Liz mientras ponía la bolsa de aseo en la encimera de mármol que rodeaba los dos lavabos.

Él se quedó en la puerta y observó la decoración de

color melocotón que ella estaba admirando. Momentos
después Liz escuchó una voz femenina y a Cam contes-
tando. Era como si el lenguaje acentuara el atractivo sexual de su voz. Entró en el salón y vio a una chica re-
gordeta que vestía falda negra y blusa blanca. Estaba
dejando la bandeja del té en la mesita que había frente
al sofá.

–Buenas tardes, señora.

Liz sonrió:

–Buenas tardes.

En la bandeja también había sándwiches y pastelitos,
con lo que tendrían bastante hasta que el comedor
abriera a las nueve. Cuando la chica se fue, dijo Cam:

–El té estará demasiado fuerte. Voy a quitar algunas
bolsitas.

Se sentaron en el sofá de cuero y tomaron el té mientras comentaban la decoración de la habitación. Después dijo Cam:

–Todavía queda mucho tiempo para la hora de la
cena. ¿Por qué no nos damos un baño y luego echamos
una siesta?

Liz se preguntó si quería decir dormir o se refería al
otro tipo de siesta.

–Es una buena idea –respondió.

–Podemos bañarnos juntos, hay mucho sitio. Voy a
llenar la bañera.

¡Bañarse juntos! Liz se quedó paralizada. En su anterior luna de miel habían llegado al hotel por la tarde, cenado casi inmediatamente y después habían dado un paseo antes de subir a la habitación. Y las luces siempre
habían estado apagadas. Pero dentro de poco se desnuda-
ría y se metería en la bañera con un hombre que, en lo que
se refería al contacto físico, era un completo desconocido.

Oyó correr el agua y se preguntó si debía ir al dormitorio y empezar a desvestirse. El problema era que no
tenía ni idea de cómo tenía que comportarse. Lo mejor
sería quedarse sentada y esperar a que Cam la llamara o
fuera a por ella.

Cuando él apareció estaba desnudo excepto por una toalla enrollada alrededor de la cintura. Liz se levantó, intentando aparentar más seguridad de la que realmente sentía. Se encontraron entre el sofá y la puerta del dormitorio, y él le tomó la mano y la condujo al baño. Después cerró la puerta tras ellos y empezó a desnudarla.

–He esperado este momento durante mucho tiempo –dijo Cam mientras le desabrochaba los botones de la chaqueta.

Liz, incapaz de hablar, mantenía la vista fija en el pecho de Cam. No recordaba haberse sentido tan torpe y tan tensa en toda su vida. Tenía un nudo en el estómago.

Cam dejó caer la chaqueta sobre los hombros de Liz y la prenda se deslizó por los brazos hasta el suelo. Él la colgó en uno de los ganchos que había en la puerta.

–Me gusta –dijo mirando el top de seda de color azul claro que ella llevaba debajo de la chaqueta.

Después le pasó las manos por detrás de la cintura para bajar la cremallera de la falda, que cayó hacia abajo de manera que ella solo tuvo que dar un paso para desprenderse de ella. Cam la agarró y la colgó al lado de la chaqueta. Liz se quitó rápidamente los zapatos cuando solo le quedaban las medias y las braguitas, y Cam tomó el top y lo subió hacia arriba obligándola a levantar los brazos para quitárselo. Ella pensó que Cam buscaría el cierre del sujetador bordado, pero metió los dedos en la cinturilla de las medias y las deslizó hacia abajo. Después puso una mano bajo su rodilla derecha para quitárselas con más facilidad.

Le puso las manos en la cintura y la atrajo hacia él para besarla largamente. Lo único que los separaba era el frágil tejido del sujetador, y Liz estaba segura de que Cam podía oír cómo latía su corazón. Él le pasó las manos por detrás y desabrochó el sujetador, quitándoselo mientras la besaba. Ya no había ningún obstáculo entre los suaves senos de Liz y el sólido torso de Cam.

Despacio y muy suavemente él deslizó las braguitas

hacia abajo y Liz movió las piernas para que cayeran al suelo. Dejó de besarla y se apartó un poco para observar su desnudez, mientras Liz sentía que su mirada era como una oleada de aire caliente sobre su piel.

—Eres aún más hermosa sin ropa —dijo con voz ronca.

Después se quitó la toalla, y Liz alcanzó a ver su cuerpo excitado antes de que él se diera la vuelta y se metiera en la bañera.

—Entra, el agua está perfecta —dijo sonriendo y tendiéndole los brazos.

Lo único que Liz podía hacer era obedecer. Le dio la espalda y se metió en la bañera, sujetándose con ambas manos en los bordes mientras se sentaba entre los muslos de Cam. Él la ayudó poniéndole las manos en la cintura y acercándola a su cuerpo. Liz estaba experimentando por primera vez en su vida el lujo de apoyarse contra el cuerpo de un hombre en vez de contra el acero esmaltado de la bañera. Y le gustó.

—Ahora es cuando empezamos a estar bien, ¿no crees? —le murmuró Cam al oído. Liz asintió con la cabeza, dudando de que le saliera la voz con normalidad—. Y cada vez se está mejor… —le acarició el estómago con una mano mientras la otra subía para explorar el pecho derecho, provocándole una sensación exquisita.

Entonces él apartó la mano.

—He olvidado algo.

Liz sintió que los músculos del estómago de Cam se contraían y endurecían mientras se levantaba para manipular los controles de la bañera. Solo cuando el agua comenzó a burbujear y a formar remolinos, Liz se dio cuenta de que la bañera estaba equipada con chorros que le enviaban suaves corrientes de agua en todas direcciones.

Detrás de ella, los músculos de Cam se relajaron y él retomó la exploración del pecho, acariciando suavemente con la palma de la mano el lugar que ya estaba reaccionando a sus caricias. La otra mano permanecía

en el ombligo, y Liz descubrió que era una zona eró-
gena.

Dejó escapar un suspiro y sus manos, que hasta entonces habían descansado en sus propias piernas, busca-
ron los muslos de Cam. Oyó que él decía:

—Cierra los ojos… piensa solo en lo bueno que esto
es… para los dos.

Hizo lo que él decía, descubriendo que así respondía
con más intensidad a sus caricias. Pero las inhibiciones
volvieron a aparecer cuando Cam deslizó hacia abajo la
mano, invadiendo la maraña de rizos húmedos entre sus
muslos y haciéndola retroceder por instinto.

—Relájate… todo va bien…

Sin embargo Liz no estaba nerviosa por él, sino por
ella misma, por su incapacidad para…

Los pensamientos desaparecieron cuando la invadió una oleada de sensaciones intensas provocada por
los dedos de Cam, que comenzaban a explorar. Los
minutos pasaron. Solo se escuchaba el murmullo del
agua y su propia respiración, cada vez más fatigosa.
Pronto se perdió en esas sensaciones, arqueó el cuello,
agarró con fuerza las piernas de Cam y comenzó a
sentir las deliciosas convulsiones contra las que no se
pudo resistir.

Cuando todo hubo acabado y Cam le acariciaba los
hombros, fue consciente de lo que había olvidado temporalmente, abrumada por el orgasmo: la dureza masculina que podía sentir contra la base de su columna
vertebral. A pesar de su evidente excitación, no había
mostrado ningún signo de impaciencia. ¡Qué extraño!
Su experiencia le decía que las urgencias de los hombres tenían que satisfacerse rápidamente, sin esperar.
Pensó que Cam debía de tener mucho autocontrol.

—Si quieres quedarte dormida, no te preocupes por
mí —dijo él—. Ha sido un día muy agitado. Échate una
siesta… te hará bien.

Liz estaba empezando a adormilarse. Debía de ser la
mezcla de la boda, el vuelo, el viaje en coche, el temor

de acostarse con él la primera vez y después la calidez del agua y el alivio físico que él le había dado.

—¿Pero y tú? —murmuró.

—No te preocupes por mí. Ya llegará mi turno. Ahora eres tú quien debe relajarse… cuanto más relajada estés, mejor será para los dos.

Era muy tentador quedarse dormida, y tal vez lo hizo durante algunos minutos. Poco después él empezó a acariciarla de nuevo.

—Cam… no… por favor –protestó.

Él la ignoró y la oleada de placer apareció de nuevo. Ella dejó que ocurriera, no podía hacer nada contra esas manos hábiles que sabían exactamente cómo debilitar su resistencia. Pero ya no tenía control sobre su mente, solo sobre sus sentidos.

La segunda vez el placer fue aún más intenso. Su cuerpo se estremecía y vibraba, y en el momento final dio un grito que intentó amortiguar tapándose la boca con la mano.

—Cualquiera que esté escuchando detrás de la puerta pensaría que te estoy torturando –dijo divertido–. Aunque sea muy agradable, creo que debemos salir del agua.

Cam comenzó a levantarse incorporándola también a ella. Momentos después tenía preparada una toalla de baño para envolverla cuando saliera del agua. Después se inclinó sobre la bañera, apagó los chorros y soltó el tapón. Evidentemente, se sentía perfectamente cómodo estando desnudo. ¿Cuántas mujeres lo habrían visto así?, se preguntó Liz mirando su erección.

—Vamos a probar la cama –dijo Cam. Después agarró a Liz en brazos y la llevó al dormitorio.

A Liz solamente la habían llevado en brazos cuando era pequeña, y descubrió que en esa postura se sentía frágil e indefensa, totalmente en su poder. No le habría gustado sentir lo mismo con otra persona, pero sí con Cam.

Él la dejó en la cama, le quitó la toalla y se acostó al

otro lado. Se apoyó en un codo y con la otra mano le separó las piernas, suave pero firmemente. Acarició la suave piel entre los muslos e inclinó la cabeza hasta que su boca quedó a solo unos centímetros del pecho de Liz. Ella supo que el roce de sus labios enviaría enormes oleadas de placer a todos los nervios de su cuerpo. Y así fue.

Instantes después, cuando Liz estaba acostada con los ojos cerrados, exhausta por tanto placer, se dio cuenta de que Cam estaba sobre ella y en su interior. Todo ocurrió tan suave y fácilmente que se quedó sorprendida. Antes nunca había sido así, pero su experiencia anterior no se parecía en nada a la manera de Cam de hacer el amor.

Deseando recuperar las sensaciones que Cam le había dado, obedeció el impulso de pasar los brazos alrededor de su cuello y abrazarlo con las piernas. Y debía de ser justo lo que tenía que hacer, porque desde lo más profundo del pecho de Cam surgió el mismo tipo de sonido que él le había arrancado antes a ella en el baño.

Antes de despertarse totalmente Liz supo que había ocurrido algo extraordinario. Abrió los ojos y vio el dosel de la cama, sintiendo un momento de desconcierto. Después lo recordó todo, giró la cabeza y vio a su marido, que ya era también su amante. Al recordar los detalles de lo que acababan de hacer, sintió el deseo de repetir la experiencia. Pero Cam estaba dormido tumbado de espaldas, con una mano bajo la cabeza y la otra en el estómago.

Con mucho cuidado para no despertarlo se apoyó en un codo y comenzó a estudiar su cuerpo, hasta que la mirada llegó al lugar que tan bien había encajado en su interior y que descansaba inactivo y laxo entre los rizos oscuros. Había habido tan poca intimidad en su anterior matrimonio que sentía mucha curiosidad por ver la transformación de un estado al otro. Quería ver cómo ocurría... hacer que ocurriera. Llevada por un impulso irresistible, puso la mano justo debajo del ombligo de Cam. Él no se movió. Animada, le acarició el estómago, cuyos músculos estaban relajados pero que podían tensarse rápidamente, como había ocurrido en el baño.

Liz se inclinó y besó el lugar que había estado acariciado, saboreando su piel con la lengua. ¿Quién habría pensado que Cam podía ser tan intuitivo con las mujeres? En un día, incluso en una hora, le había dado más placer que todo lo que había sentido en su anterior matrimonio. Le estaba agradecida por su paciencia.

Durante varios minutos exploró con besos y caricias cada parte de su torso excepto el lugar que realmente quería acariciar. Después se armó de valor y lo rodeó con una mano, preparada para apartarla si Cam se despertaba. No es que a él le importara, pero Liz todavía se sentía tímida.

El cuerpo de Cam empezó a responder, aunque aún parecía estar dormido. Liz, sintiéndose más segura, observó la transformación milagrosa que ella misma estaba provocando. Hasta ese momento había pensado que el miembro viril de un hombre sería algo feo, incluso grotesco, pero descubrió que le gustaba.

«Supongo que es porque lo amo», pensó. «Me gusta todo de él, pero no puedo decírselo. Esta es la única forma que tengo de expresar mis sentimientos».

—¿Estás intentando decirme algo?

La pregunta inesperada la sobresaltó. Desconcertada, dijo:

—Yo... creí que estabas durmiendo.

—Y lo estaba —respondió con los ojos entrecerrados—. Pero me has despertado... de la mejor manera posible —ella apartó la mano pero Cam la agarró y la volvió a poner donde estaba—. No pares. Me gusta.

Cam la besó en los labios y el último pensamiento

coherente de Liz fue que él nunca sabría lo cerca que su pregunta había estado de la verdad.

La mayoría de los clientes del parador ya se habían reunido en el bar cuando, algo antes de las nueve, Cam y Liz bajaron para cenar. El camarero les llevó las bebidas, Cam levantó su copa y dijo:

—Por ti en mis brazos y en mi habitación… con la puerta cerrada y la llave perdida… y una noche que dura mil años.

—¿Es de un poema?

Él asintió con la cabeza.

—Es un verso anónimo de un libro de poesía erótica que leeremos juntos cuando lleguemos a casa. Y no precisamente porque piense que necesitamos inspiración.

El comedor era una majestuosa sala medieval, con los muros de piedra cubiertos de estandartes. Las sillas estaban tapizadas de terciopelo carmesí y las lámparas que había sobre las mesas tenían pantallas de seda roja.

—Vamos a tener mucho tiempo para probar todas las especialidades regionales durante la semana —dijo Liz estudiando el menú—. ¿Te parece si hoy tomo una cena ligera? Después de la comida en el avión y del té por la tarde no tengo mucho apetito.

—A mí me ocurre lo mismo. Podemos pedir espárragos de primero y huevos rellenos de segundo, una cena bastante ligera.

—Perfecto.

Cuando el camarero les hubo tomado nota, dijo Cam:

—Las cenas copiosas no son muy buenas para «las noches que duran mil años». ¿O vas a querer dormir durante toda la noche? Como bien has dicho, vamos a tener mucho tiempo.

—Puede que tengamos que dormir algo, pero no necesariamente toda la noche —contestó con recato.

Liz se echó a reír porque, aunque hubiera algunas

cosas en su matrimonio que no funcionaban, había otras muchas que sí, y en ese preciso momento era feliz. Muy feliz.

Cam tomó a Liz de la mano.

—Hace algún tiempo, cuando casi huiste de mi jardín porque pensabas que estaba intentando seducirte, me pregunté cómo serías cuando tus ojos brillaran de felicidad. Ahora lo sé.

—Supongo que lo que ves es lo que uno de mis poetas favoritos define como «las facciones del deseo satisfecho».

Cam era un hombre instruido, pero Liz se preguntó si sabría a qué poeta se refería. Él contestó inmediatamente.

—Cuando estaba en la universidad pensaba que la poesía era aburrida, pero cuando leí a William Blake cambié de opinión.

Comenzaron a hablar de la vida de Blake y ese tema los llevó a otros, que discutieron durante el resto de la cena. Al terminar, Cam sugirió dar un paseo por el jardín. Caminaron en silencio durante algunos minutos pero poco después él dijo:

—Tal vez sea mejor dejar el paseo para mañana. Los asientos de piedra son románticos pero no muy cómodos, y arriba tenemos un sofá… ¿Tú qué piensas?

—Yo voto por el sofá —contestó Liz pensando que no tardarían en darse cuenta de que la cama era aún mejor.

La última mañana de la luna de miel volvieron a compartir el baño y luego regresaron a la cama para hacer el amor. Después, cuando aún seguían abrazados, Cam preguntó:

—¿Te lo has pasado bien?

—Esa es una pregunta tonta… ya sabes que sí. Los paseos, la comida, las vistas… ha sido perfecto.

Cam estaba considerando la posibilidad de alargar la estancia. Como bien había dicho ella, el paisaje era idílico y la comida, estupenda. Aunque Liz no había hablado del sexo, él sabía que lo había disfrutado tanto como él. Nunca había conocido a nadie más deseable que ella, pero no sentía el tipo de deseo que se desvanece rápidamente, porque tenían muchas otras cosas en común. Le gustaba la mente de Liz tanto como su cuerpo.

Pero no podía olvidar que, después de haber hecho el amor por primera vez, ella había llorado. Estaban abrazados y Liz pensaba que Cam dormía, pero en realidad estaba despierto y se había dado cuenta. En ese momento pensó que era mejor ignorarlo, pero tal vez se había equivocado.

La noche que volvieron a Valdecarrasca cenaron con los Dryden. Leonora recibió a Liz con un abrazo y le dijo:

—Ya sé que es lo que se dice siempre, pero estás radiante, querida. Y Cam también, si radiante se puede aplicar a un hombre. ¿Qué tal el parador?

—Es bastante bueno —contestó Cam—. Pero lo realmente especial fue la compañía —la mirada que le dirigió a Liz era la propia de una amante, y ella pensó que tendría más éxito siendo actor que periodista.

—Sí, es un sitio encantador. Nunca había estado en ningún parador, pero estoy segura de que es uno de los mejores —afirmó Liz.

Leonora les ofreció una cena informal compuesta de aguacates como entrante y berenjenas al horno de segundo plato. Como postre tomaron algo de fruta. Se quedaron hasta las once y después volvieron andando a La Higuera, agarrados de la mano.

Por la noche, en el dormitorio, Liz pensó que era solo cuestión de tiempo el hecho de que la ilusión del nuevo matrimonio se convirtiera en algo real. Pero a veces tenía dudas, porque cada vez sentía más la necesidad de expresarle sus sentimientos. Cuando él la acariciaba sentía el impulso de apartarse, porque lo que realmente quería era que le dijera que la amaba.

Pero eso no era posible, el amor no formaba parte del trato. Debería estar contenta con lo que tenía: una casa preciosa y un amante experto que ya le había proporcionado muchas horas de placer. Pero lo habría cambiado todo por una cabaña en la montaña con tal de escuchar a Cam decirle esas dos palabras.

Cam, por su parte, estaba empezando a sentir que había un fantasma en su casa, el espectro de un hombre que, aunque había muerto heroicamente, no debió de haber llevado una vida muy divertida. También sospechaba que Liz no se sentía totalmente cómoda con las excelentes relaciones sexuales que tenían. En el momento las disfrutaba, pero cuando no estaban en la cama parecía sentirse culpable, como si hubiera traicionado la confianza de alguien. Cam se preguntaba durante cuánto tiempo les iba a seguir rondando el fantasma de Duncan.

El matrimonio funcionaba según los términos dispuestos, pero no estaba satisfecho. Quería que Liz fuera feliz, más feliz de lo que ya era. Él no arrastraba ninguna carga del pasado, pero ella sí, y tal vez fuera para siempre.

Una tarde en la que Cam estaba trabajando en un artículo que le habían encargado, Liz fue a su casa para revisar el contenido de los cajones y de los armarios. Había decidido vender la casa e invertir el dinero que sacara. Entre otras cosas encontró el álbum de fotos de su primera boda y otro álbum con fotografías de Duncan y ella cuando eran adolescentes.

«No necesito guardar esto», pensó. «Representan una parte de mi vida que es mejor olvidar. O tal vez debería enviárselo a los padres de Duncan».

Ojeando las fotografías encontró un retrato de Duncan, que ella había guardado en el cajón de su mesita de noche antes de estar casados y después había colocado en su mesa de trabajo. Pensó en las horas que había pasado contemplando esos rasgos, que para ella habían representado todas las virtudes masculinas. Ahora le parecían muy diferentes. Los ojos se le humedecieron, los labios le empezaron a temblar y las lágrimas se deslizaron por sus mejillas.

En ese momento se abrió la puerta principal y entró Cam.

—Hola… ¿cómo vas? —preguntó cerrando la puerta tras él—. Ya he terminado el borrador del artículo. Después te lo daré para ver lo que piensas —entonces la vio secándose las mejillas con la mano—. Liz… cariño… ¿Qué pasa?

Sacó un pañuelo de su bolsillo y se lo dio. A pesar de lo alterada que estaba, Liz se dio cuenta de que había dicho «cariño». Era la primera vez que lo decía. Cam vio lo que ella tenía en la mano y lo agarró.

—¿Quién es? Es Duncan, ¿verdad? ¡Por el amor de Dios! ¿Te vas a pasar el resto de tu vida llorando por él? Hace cuatro años que está muerto, todo ha terminado —dijo, dejando la fotografía sobre las demás con una expresión de enfado que ella no había visto nunca.

—No estaba llorando por él. No lo entiendes.

—¡No, no lo entiendo! Ya es hora de que te liberes. La vida continúa, y nosotros también. Puede que no nos hayamos casado por los motivos tradicionales, pero ahora todo ha cambiado. Te quiero… y tú podrías quererme si lo intentaras… si dejaras de llorar por él.

—¿Qué quieres decir? ¿Me quieres? Nunca lo habías dicho.

—Bueno, pues ahora lo estoy diciendo. No esperaba enamorarme de ti, pero lo hice… y quiero que me ames a mí, no a él —dijo echando una mirada a la fotografía.

—Nunca lo amé.

Por primera vez dijo en voz alta la verdad que no había querido reconocer durante años, porque enfrentarse a ella habría sido más doloroso que vivir una mentira.

—¿Nunca lo amaste?

—No. Me di cuenta en la luna de miel con Duncan —dijo en voz baja—. No imaginas lo diferente que fue de la nuestra. Tú eres todo lo que él no era: tierno, nada egoísta, imaginativo… La primera noche en el parador fue como haber subido al Cielo después de haber pasado años en el Purgatorio —dejó escapar un suspiro irregular—. El único tormento que me quedaba era no poder decirte que te amaba. ¿De verdad me amas?

Por toda respuesta Cam la abrazó con tanta fuerza que ella pensó que le iba a romper las costillas.

—Debo de estar ciego. Me estaba enamorando de ti, pero no reconocí los síntomas. Sabía que eras todo lo que necesitaba y quería en una mujer, y sabía que estaba celoso de tu primer marido, pero no supe verlo. ¡Qué estúpido! Liz… mi preciosa… Te has casado con un tonto.

La besó con una ternura que era a la vez familiar y desconocida, porque por primera vez no había secretos entre ellos. Un beso llevó a otro y Cam la tomó en brazos, subiendo las escaleras hasta el dormitorio, donde hicieron el amor susurrando continuamente «te amo». Después, mientras estaban abrazados disfrutando de la nueva armonía que había entre ellos, dijo Liz de repente:

—¿Te apetece una taza de té?

Cam rompió a reír.

—Una hurí y un ama de casa en la misma persona. ¿Qué más puedo desear? Si, me encantaría tomar una taza de té, pero vamos mejor a casa.

Momentos después, sentados al sol cerca de una higuera, Cam preguntó:

—Si no eras feliz con Duncan, ¿por qué no lo dejaste?

Ella tardó unos segundos en responder.

—Había prometido ser su esposa «para lo bueno y para lo malo», y creo que se deben cumplir las promesas… a menos que haya maltrato o infidelidad, pero no era el caso. De todas formas, Duncan era feliz y me quería, a su manera. No merecía que lo abandonara. Es una larga historia. ¿De verdad quieres oírla?

—Claro que sí. Quiero saberlo todo sobre ti.

—Duncan era el chico que vivía en la casa de al lado, y a los catorce años estaba loca por él. A los diecisiete estaba profundamente enamorada… o eso creía. Si él no hubiera estado interesado en mí, o si alguno de los dos hubiera visto algo de mundo, no habría pasado nada.

—¿Él estaba interesado en ti?

—Sí, y nuestros padres nos animaron, pero deberían habernos hecho reflexionar un poco más. Hay gente que madura muy pronto, se casan siendo muy jóvenes y funciona, pero nosotros no éramos así.

—Antes has dicho que te diste cuenta en tu luna de miel. Tú eras virgen, evidentemente. ¿Y él?

—No estoy segura. Se lo pregunté, pero contestó con evasivas. Si tuvo alguna experiencia anterior, no aprendió nada. No tenía ningún instinto para entender el amor sexual. Yo sabía que me iba a doler la primera vez, pero me siguió doliendo durante semanas y meses.

—¿Era como ¡zas! ¡pum! y ya?

La pregunta hizo que Liz sonriera.

—Exacto. Yo conocía toda la teoría e intenté hacerle entender que no lo estábamos haciendo bien.

—Pero él no podía admitir que no era el mejor amante del mundo.

—¿Cómo lo sabes?

—El mundo está lleno de tipos que no admiten una sola crítica sobre su forma de hacer el amor. ¿Intentaste hacer que leyera algún libro sobre el tema?

—Sí, pero no funcionó. Duncan era bastante mojigato en muchos aspectos. Siempre teníamos sexo los miércoles y los sábados, y siempre a oscuras —por primera vez Liz pudo reírse sin que se le hiciera un nudo en la garganta.

–¡Dios mío! ¡Qué idiota! No sé cómo pudiste soportarlo.

–A veces yo también me lo preguntaba. Y además no teníamos nada en común, pero creo que eso suele pasar.

–Entonces, ¿no era pena lo que sentías cuando mirabas la fotografía?

–Supongo que me sentía culpable por no poder llorar por él. O puede que me preocupara estar cayendo en la misma trampa contigo. Pensaba que un hombre con tal magnetismo sexual tenía que ser una persona despreciable... o, al menos, de segunda categoría.

–Tuvimos la mala suerte de conocernos cuando yo estaba con una chica.

–La noche que llegaste te vi besarla desde esa ventana –dijo señalándola–. Entonces no sabía quién eras, pero recuerdo que la envidié porque nunca nadie me iba a abrazar y besar de esa manera.

–En eso estás equivocada. Alguien te va a besar y abrazar durante los siguientes cuarenta años... o más, si tenemos suerte. ¿Te parece si abro una botella de vino?

–¿Por qué no? –contestó alegremente.

–Quédate aquí, volveré enseguida –se levantó y la besó en la frente.

Mientras esperaba, Liz se preguntó cuánto habría durado el estado de punto muerto si no la hubiera encontrado llorando. Se dio cuenta de lo difícil que era entender a los demás cuando había razones para ocultar los sentimientos más íntimos.

Cuando Cam regresó con dos copas y una botella de vino descorchada, ella le preguntó:

–¿Cuándo te diste cuenta de que me amabas?

–Tengo que pensarlo. Creo que supe desde el principio que eras alguien especial, pero no quería reconocerlo. Cuando has sido independiente durante tantos años, es muy difícil aceptar el hecho de que has perdido la autonomía, que tu felicidad depende de alguien más –después de una pausa añadió:– Lloraste cuando hicimos el amor por primera vez. Pensaste que estabas durmiendo, pero me di cuenta, y me preocupé muchísimo.

—Era porque sentía alivio y felicidad. Por fin estaba sintiendo todo lo que se supone que tienen que sentir las mujeres.

—Pensé que era porque te sentías culpable de haber hecho el amor sin ningún tipo de lazo afectivo o de haber traicionado al hombre que habías amado. Había dado por sentado que habías sido feliz en tu matrimonio, y a partir de ahí saqué muchas conclusiones equivocadas.

—Lo que yo no entendía, y sigo sin comprender, es por qué no intentaste llevarme a la cama antes de casarte conmigo. Si hubieras sido tímido o torpe con las mujeres, lo habría entendido, pero me parecía extraño que el mujeriego de Valdecarrasca se contuviera.

—Supongo que la respuesta es que el mujeriego de Valdecarrasca había encontrado a la mujer con quien deseaba compartir el resto de su vida y no quería echarlo a perder. Pero no sabía que me estaba enamorando de ti y pensaba que tú habías accedido a casarte conmigo porque querías tener hijos. Aunque a veces puede pasar algún tiempo antes de llevarse bien en la cama, me pareció más sensato retrasarlo hasta que ya no pudiéramos echarnos atrás.

Algunos días después, cuando Liz volvía de acompañar a Leonora para elegir un marco para el retrato, vio a Cam sentado en el jardín leyendo una carta.

—¿Hay algo para mí?

—Hoy no, cariño —se levantó para besarla—. ¿Qué tal en la tienda?

—Bien. Encontramos algo que nos gusta a las dos, y seguro que a ti también —se dio cuenta de que Cam estaba pensando en otra cosa—. ¿Alguna noticia interesante?

Cam la miró con una expresión que ella no pudo interpretar y dijo despacio:

—Me han pedido que sustituya a uno de los mejores periodistas británicos en Washington. Murió hace un par de semanas después de haber trabajado durante veinte años. Era un coloso en el periodismo, y me siento muy halagado de que me hayan invitado a ocupar su puesto.

De repente Liz recordó algo que había dicho la madre de Cam: «Espero que sepas en lo que te estás metiendo… nunca tendrás estabilidad». Después contestó:

—Es una noticia estupenda. ¿Cuándo tienes que empezar? Si tiene que ser inmediatamente, puedo cerrar la casa y seguirte después.

Él estaba sorprendido.

—¿Hablas en serio? Te encanta vivir aquí, no quieres irte.

—No quiero volver a mi país, pero vivir en América es diferente. Valdecarrasca seguirá estando aquí para nosotros.

Cam se levantó y empezó a pasear arriba y abajo.

—No lo sé… no es lo que habíamos planeado. Washington es una gran ciudad y tendré que vivir en el centro —se arrodilló frente a Liz y puso las manos sobre sus rodillas—. Pero, ¿y tú? Tenemos que pensar en lo que sea mejor para los dos. Si dentro de poco descubres que estás embarazada, ¿no preferirías estar aquí y no en una gran ciudad al otro lado del Atlántico?

En realidad Liz ya estaba empezando a pensar que podía estar embarazada. Siempre había tenido la regla muy puntual, pero llevaba tres días de retraso y no tenía ningún síntoma premenstrual.

—Creo que para alguien de mi edad que nunca ha tenido hijos, Washington tiene más ventajas que una provincia española. Se dice que los cuidados médicos en Estados Unidos son excelentes. Aquí… no estoy muy segura. Pero eso no es lo importante. Lo importante es que si tú quieres ir, estaré feliz de ir contigo. Hay miles de sitios en los que me gustaría vivir, pero solo hay un hombre con quien quiero vivir… y que quiere vivir conmigo.

La decisión más importante no era la única, había que tomar varias decisiones más. Ese mismo día, Cam dijo:

—No me gusta mucho la idea de que haya otra gente viviendo en La Higuera, pero no tiene sentido dejarla vacía durante varios años, sobre todo porque vamos a tener que seguir pagando impuestos.

—¿Qué te parece si guardamos lo más valioso? —sugirió Liz—. Sería horrible volver y ver que algún niño repelente le ha lanzado un dardo al retrato del Capitán Fielding o que ha estropeado alguna de tus alfombras.

—Nuestras alfombras —corrigió él—. Es una buena idea. Podemos usar tu casa como almacén.

—Nuestra casa.

Él la abrazó.

—Casas, posesiones… Podemos prescindir de todo eso. Lo que realmente importa es que tú eres mía y yo soy tuyo.

La última mañana en España, Liz salió a dar un paseo. Tomó el camino en cuesta que llevaba al cementerio y una vez arriba se detuvo para contemplar el paisaje. Observó los tejados de Valdecarrasca y los viñedos que cubrían buena parte del valle.

«Lo voy a echar de menos», pensó. «¿Cuánto tiempo pasará antes de que volvamos?».

Estaba segura de que iba a tener un bebé, pero aún no se lo había dicho a Cam y él, aunque era muy observador, estaba demasiado preocupado con los preparativos del viaje para darse cuenta de que habían estado haciendo el amor sin interrupción desde que se casaron. Tal vez se lo diría en el avión, o tal vez era mejor esperar a que un médico confirmara sus sospechas.

Liz comenzó a descender, preguntándose si el pueblo cambiaría mientras estuvieran fuera. Esperaba que no. Una parte de ella deseaba quedarse, ver cómo crecían las hojas de los viñedos y, cuando hiciera buen tiempo, dar cenas para los amigos en el patio a la luz de las velas. Pero no había olvidado que una vez Cam dijo que para que un matrimonio funcionara las dos partes debían ceder en algún momento, y ella estaba más que dispuesta a hacerlo.

Cam, que la vio llegar desde la ventana de la cocina, la estaba esperando en la puerta.

—Estaba empezando a preguntarme qué te había pasado.

—¿Qué podría pasarme aquí? —dijo ella sonriendo.

—Supongo que nada, pero me pongo un poco nervioso cuando estás fuera más tiempo del que creo que vas a estar —le tendió los brazos para que Liz se acercara a él—. Espero que se me pase después de veinte o treinta años juntos.

Ella lo abrazó.

—Me estaba despidiendo del pueblo.

—Estás triste, ¿verdad?

—Solo un poco… ¿tú no?

—A veces lo echaremos de menos, pero siempre estará aquí esperándonos, y te va a gustar América.

Cam la besó, disipando todas sus penas. Las mujeres siempre habían seguido a los hombres, separándose de los entornos seguros y familiares en busca de aventuras en lugares remotos. Ella ya lo había hecho antes, pero sola, y si no lo hubiera hecho no habría conocido al hombre que amaba y que la amaba.

Cuando sus labios se separaron, dijo Liz:

—Tienes razón, va a ser divertido. Vamos a desayunar y a empezar a cerrar la casa. ¿Cuánto tiempo pasará antes de que alguien la alquile?

JAZMÍN™

CARA COLTER

UN AMOR
POR NAVIDAD

SEÑORA Beckett, ¿puede ayudarme a escribir la carta a Santa Claus?

La maestra de la guardería levantó la cabeza y lo miró desde su mesa. Sintió que el corazón se le derretía. Siempre le pasaba lo mismo con Jamie Cavell.

Era un niño precioso, con el pelo negro, las mejillas sonrosadas y un rostro ovalado lleno de dulzura. Sin embargo, sus enormes ojos azules tenían una expresión muy seria y se aferraba con fuerza a un osito de peluche que ya estaba viejo y desgastado.

Normalmente, les decía a los niños que dejaran los juguetes en casa, pero le habían dicho que Jamie rara vez soltaba su peluche desde la muerte de su madre en un accidente de coche hacía un año. Así que el muñeco era uno más de la clase.

—Claro que puedo ayudarte —contestó la señora Beckett mientras sacaba del cajón de su escritorio un folio decorado con renos.

Jamie abrió la boca con sorpresa y admiración al ver el papel. Se acercó a la mesa de su señorita y cerró los ojos, pero no dijo nada.

—¿Qué quieres, Jamie? ¿Un juego para la vídeo-consola? —sugirió ella mientras esperaba a que el niño le dijera lo que quería para apuntarlo en el papel.

De repente, la maestra pensó que quizá Jamie no tenía vídeo-consola. Su tía y tutora trabajaba de secretaria en una inmobiliaria y probablemente no tendría muchos ingresos.

Jamie abrió los ojos y le dedicó una mirada que la hizo sentirse incómoda.

—No quiero juguetes —dijo el niño con firmeza.

—¿Qué quieres entonces, cariño?

—Un papá.

—¡Jamie! —exclamó apenada—. No creo que eso...

Pero el niño no la estaba escuchando. Volvía a tener los ojos cerrados y tenía la frente arrugada por la concentración.

—Querido Santa Claus —comenzó a dictar el niño, mientras apretaba a su osito con fuerza—. ¿Qué tal está usted? ¿Qué tal todo por el Polo Norte? ¿Están bien los renos y los elfos? —se quedó un rato pensativo y debió decidir que ya bastaba de saludos—. Este año, he sido muy bueno. He ayudado mucho a mi tía que necesita mucha ayuda. Yo necesito un papá de regalo de Navidad.

La señora Beckett dudó un instante y después lo escribió.

—¿Quieres decirle a Santa Claus por qué necesitas un papá? —le preguntó ella dudosa.

Jamie le dedicó una mirada triste.

—Creo que él lo sabrá —dijo. Miró lo que ella había escrito y dejó escapar un suspiro—. Reciba un saludo, Jamie.

—¿Algo más?

–Sí. ¿Podría poner una posdata?

La señora Beckett no pudo evitar sonreír.

–¿Quién te ha enseñado lo de la posdata? –le preguntó con la esperanza de que al final pidiera algún juguete.

–Mi mamá siempre me escribía una nota antes de irse al trabajo. La niñera o mi tía me la leían. Siempre me deseaba que pasara un buen día o que me portara bien y, al final, siempre ponía: «Posdata: te quiero». Esa es la parte más importante.

La señora Beckett se quedó de una pieza e hizo lo que él le pedía.

–Posdata –repitió el niño–. ¿Está el Polo Norte cerca del Cielo? Todos me dicen que mi madre me está mirando desde el Cielo, que ella es mi ángel; pero yo necesito saberlo con seguridad. Así que, si es verdad podría nevar en Navidad, como señal.

La señora Beckett miró hacia la ventana para ocultar el brillo emocionado de sus ojos. Vivían en Tucson, Arizona, y allí nunca nevaba.

Cuando logró recobrar la compostura, metió la carta en un bonito sobre a juego y escribió con letra grande y bonita: *Santa Claus, El Polo Norte*. Después mojó el sobre y lo cerró.

–¿Quieres que lo eche al correo? –preguntó intentando librar a su tía de aquella carga.

–No –respondió él, con firmeza–. Se la daré a mi tía Mami.

Jamie, de vez en cuando, se refería a su tía de aquella manera tan peculiar. Aparentemente, ya la llamaba así antes de morir su madre.

El tono cariñoso de su voz cada vez que pronun-

ciaba aquel nombre la hacía pensar en Bethany Cavell, una joven adorable. Aunque físicamente no se
parecía mucho a su sobrino, tenía la misma sensibilidad y dulzura. Y, por supuesto, ahora compartía la
misma pena.

–La tía Beth –le explicó Jamie a su maestra– tiene
unos sellos muy bonitos que compró para Navidad.
A Santa Claus le van a gustar mucho.

Muy a su pesar, le entregó la carta.

Durante un instante, cuando sus manos se tocaron, la señora Beckett sintió que una sensación extraña, pero a la vez agradable, le recorría el cuerpo.
Su mano era vieja y estaba llena de arrugas y marcas. La mano pequeña del niño era perfecta y estaba
llena de esperanzas y sueños.

Cuando se separaron deseó que Santa Claus hiciera aquel milagro por Navidad.

RILEY Keenan se sintió como un tonto. Y él no era del tipo de hombre al que le gustara sentirse así.

Incluso en la terminal internacional del aeropuerto de Calgary, que parecía un parque temático, se notaba que él era autentico.

Un metro noventa de vaquero de verdad. Duro. Con cicatrices. Diferente.

La gente se volvía a su paso.

Era veintiuno de diciembre, el día más movido del aeropuerto, según le habían dicho. ¡Como si aquello fuera lo mejor que pudiera pasarle!

Las mujeres llevaban ramilletes de muérdago y los hombres iban cargado con bolsas llenas de cajas de regalos. Las niñas pequeñas iban encantadas con sus vestidos y leotardos rojos y los más pequeños tenían un aspecto ridículo vestidos de elfos verdes.

Por los altavoces se oían villancicos de Navidad y en cada ventanilla alguien lo saludaba con: «Feliz Navidad».

«Feliz Navidad, Feliz Navidad, Feliz Navidad...».

No había manera de escapar de todo aquello, así que decidió quedarse quieto como una piedra, en medio de aquella avalancha de gente toda optimismo y sonrisas.

Pero no era el hecho de no encajar lo que más lo fastidiaba. No, él no tenía ningún interés en encajar en aquel lugar.

Él era un hombre de campo, de las Montañas Rocosas. Pertenecía a la cumbres, a los grandes árboles y a los arroyos. A las rocas y a los prados. Y lo sabía muy bien.

Era un tipo duro y solitario. Feliz en aquellos parajes que pocos hombres visitaban y en los que aún eran menos los que se quedaban. Estaba acostumbrado al silencio y a su propia compañía. Estaba acostumbrado a los ruidos del ganado y a la compañía de los caballos.

Se sentía como un tonto, pero, no por ser quien era; eso ya lo había aceptado hacía mucho tiempo. No, se sentía como un tonto por estar allí de pie, fuera de su lugar, haciendo algo totalmente contrario a su naturaleza.

Odiaba estar en un aeropuerto, rodeado por gente a la que le importaba la Navidad. Pero, sobre todo, odiaba estar allí de pie con un letrero en la mano. Llevaba escrito el nombre de dos personas a las que no conocía y a las que no quería conocer.

Bethany y Jamie Cavell.

El vuelo desde Tucson acababa de llegar, después de tres cancelaciones y un retraso de tres horas. Se suponía que iban a llegar esa mañana a las once y ya eran las tres de la tarde.

—Feliz Navidad —lo saludó una señora mayor, con

una encantadora sonrisa que se le heló en la cara al ver la mirada que él le dedicó.

La pobre señora se escabulló entre la multitud y no miró para atrás.

Riley estaba acordándose de su propia madre, Mary Keenan, la mujer más dulce y más amable que pudiera existir en el mundo. Una anciana de pelo blanco, pequeña y con gafas que tenía un corazón de oro.

Pero, aparte de la dulzura, ella era la culpable de que él estuviera allí con aquel cartel estúpido. Y la próxima vez que le pidiera que le pintara la casa o que le cambiara los muebles de sitio pensaba desaparecer durante una buena temporada.

La dulzura de Mary era el motivo de aquel problema. Debía haber colgado cuando una extraña la llamó de Arizona y le dijo que quería que su sobrino viera la nieve en Navidad. Eso era lo que la gente chiflada se merecía.

Pero no. Su madre no podía hacer eso. Su madre tenía que ofrecerle su cabaña de caza a unos completos extraños. No era que él quisiera cazar en Navidades, ni tampoco iba a utilizarla. ¡Era por principios!

La cabaña de caza era para cazadores. Él la utilizaba para cazar osos en primavera y para cazar renos y alces en otoño. Su madre era la que se ocupaba de alquilarla el resto del año porque él casi nunca estaba cerca del teléfono.

Una cabina de caza era un lugar para cazadores, para hombres. Un lugar duro donde se podía fumar puros y se bebía whisky y nadie se quitaba los zapatos para no llenar de barro el suelo ni se quejaba de los ratones.

—La cabaña no es para alguien que busca una postal navideña —dijo con firmeza.

—Tonterías —dijo su madre igual de contundente—. Yo misma hubiera pasado allí las Navidades si se me hubiera ocurrido. Es precioso en invierno: los árboles están cargados de nieve, se pueden ver renos y alces, el paisaje de las montañas es espectacular...

—Ni siquiera hay agua corriente —farfulló él—. No hay nada como tener que salir al exterior para hacer tus necesidades para quitarle todo el romanticismo a una cabaña en invierno.

—Yo me encargaré de todo —dijo su madre, alegre.

—Asegúrate de que les llevas calentadores.

Ella ignoró su tono sarcástico.

—Cortinas nuevas, un poco de limpieza aquí y allá y parecerá un lugar salido de un cuento —dijo su madre, soñadora.

«Un cuento. Las cabañas de caza no tenían que parecer salidas de un cuento».

—¿Cómo se enteró esa señora de mi cabaña? No me lo digas, apareció en una revista de decoración.

Su madre volvió a ignorar su sarcasmo.

—Uno de tus colegas de caza está casado con una amiga suya. ¿No te parece una coincidencia? Por lo visto ya había buscado por todas partes.

—Bueno, eso es lo que pasa cuando dejas la planificación de tus vacaciones para el último momento.

—Riley —lo amonestó su madre—, no seas tan duro. La mujer estaba desesperada. Lo noté en su voz. Seguro que tú habrías hecho lo mismo si hubieras hablado con ella.

¿Era posible que su madre lo conociera tan poco?

–¡Estoy seguro que no habría hecho semejante cosa!

«Lo más juicioso es evitar a las mujeres desesperadas, no invitarlas a que se metan en la vida de uno. O en la cabaña de uno, que para el caso es lo mismo».

–No quiero que venga –añadió él con firmeza. Después de todo, aquella era su cabaña.

–¿Es que no tienes espíritu de Navidad?

Él había intentado no pestañear, pero no pudo evitar que todos los músculos de su cuerpo se pusieran en tensión. Entonces, su madre se volvió y vio la expresión de su rostro antes de que él tuviera tiempo de ocultarla.

–Oh, Riley, lo siento. Pero eso pasó hace tanto tiempo... ¿No puedes...?

Pero no podía.

–Haz lo que quieras –le dijo a su madre, como si ella no lo fuera a hacer de todas formas–. Pero yo no quiero saber nada del asunto.

La cabaña estaba en las montañas, en el extremo más al sur de su finca, rodeada de árboles y a la sombra de las Montañas Rocosas. Estaba en un lugar alejado y salvaje. La carretera apenas se podía considerar como tal, estaba llena de curvas y cambios de rasantes y, en un día de sol, si no había nevado, se tardaba una media hora en llegar desde su casa. Desde luego, no era un camino para los débiles de corazón.

Pero su madre nunca lo había sido.

De todas formas, se había sentido culpable de que su madre, a sus sesenta y tantos, hubiera tenido que conducir desde su casa en la ciudad hasta la cabaña ella sola, cargada de cortinas y todas esas cosas que los cazadores no necesitaban para nada.

Sin embargo, ella parecía estar pasándolo en grande, arreglando aquel decrépito lugar para sus visitantes misteriosos.

Él hizo lo que pudo para ignorar su entusiasmo, incluso cuando intentaba ganárselo con sus galletas.

Entonces sucedió:

—Riley, no te vas a creer lo que ha pasado —le dijo su madre sin aliento y él se esperó lo peor.

Lo que había pasado era que el marido de Myrtle Spincher acababa de morir justo antes de su viaje anual a las Bahamas y la amiga de su madre, Alba, se había quedado con los billetes.

—Riley, ¿qué te parece si voy? Pero no estaría aquí en Navidades, claro. Estarías solo.

Él evitó decirle que sería un placer porque así podría ignorar las fiestas, pero la animó a que hiciera el viaje.

Después, justo cuando ya estaba preparando la maleta, le recordó, con toda la dulzura del mundo, que había una pequeña complicación.

Y esa pequeña complicación eran los Cavell de Arizona.

Así que, mientras su madre disfrutaba de un cóctel en una playa de las Bahamas, él estaba en el aeropuerto de Calgary, por segunda vez en menos de una semana. Pero esa vez, se sentía totalmente humillado con aquel letrero en la mano.

Una nueva oleada de personas comenzaba a salir por la aduana canadiense y él los miró sintiéndose infeliz, eliminando a aquellos que no podían ser.

«No, esa familia, no. No, ese señor de pelo blanco tampoco».

«Y, por su puesto, esa tampoco».

Era pequeña y preciosa y, con aquel sombrero rojo, del que sobresalían unos rizos dorados, parecía un duendecillo. Iba detrás de un inmenso carro cargado de más equipaje del que cualquier persona pudiera necesitar en todo un año.

A pesar del gorro de Santa Claus, parecía una mujer incapaz de hacer nada impulsivo. Obviamente, había metido en la maleta de todo, seguro que había pensado en todas las posibilidades con mucho cuidado. No parecía del tipo de mujer que tomara un avión para ir a buscar nieve.

Llevaba a un niño pequeño de la mano y Riley pensó que parecía estar esforzándose por parecer contenta. Tras su sonrisa, parecía cansada y ansiosa.

Era el tipo de mujer que removía los instintos protectores de un hombre. Parecía muy vulnerable, tan vulnerable como un gatito.

Y él debería estar buscando a los Cavell, pero algo en aquella mujer atraía su atención, incluso cuando él se obligaba a mirar hacia otro lado. Intentó pensar qué era lo que tanto lo atraía.

Era bonita pero nada llamativa. Su ropa parecía haber sido elegida para afearla: un traje marrón, color puré, con la falda totalmente arrugada. El conjunto la hacía parecer una niña disfrazada para parecer mayor o una bibliotecaria.

Y ninguna de las dos merecía que volviera a mirar.

Sacudió la cabeza, decidiendo que no iba a resolver el misterio de esa mujer con una sola mirada.

Aunque lo sorprendió haberlo deseado; quizá había pasado demasiado tiempo solo.

La chica había hecho una pausa y estaba mirando alrededor, un podo desesperada.

De repente, sintió una terrible duda.

«Que no sea ella», suplicó al universo. «Por favor, que no sea esa Bethany Cavell».

Por supuesto, el universo no oyó sus súplicas.

Se obligó a apartar los ojos de ella. Buscó a alguien que se pareciera más a los Bethany y Jamie que él había imaginado. Había pensado que se trataría de una señora mayor excéntrica y un niño cínico y mimado.

Había una mujer que coincidía con aquella descripción, con una abrigo de pieles y la barbilla puntiaguda hacia arriba. Pero cuando, olvidándose de su orgullo, se movió en su dirección todo esperanzado, la mujer miró para otro lado.

Entonces apareció otra joven que podía ser, pero al acercarse, se dio cuenta de que llevaba dos niños.

Se arriesgó a mirar de nuevo a la bibliotecaria con la falda color puré. Ella miró hacia él, con los ojos muy abiertos, buscando en la multitud. Y, entonces, lo vio. Sus miradas se quedaron hipnotizadas durante unos segundos y él sintió algo extraño.

Ella también lo sintió, porque, inmediatamente, se miró los pies, nerviosa, mojigata. Después volvió a levantar la cabeza, con la compostura recobrada;

pero el aplomo solo le duró un instante porque enseguida vio el cartel.

Él luchó con la tentación de esconderlo detrás de su espalda y largarse corriendo de allí.

Los ojos de ella se llenaron de consternación y la vista se movió del cartel a él y de vuelta al cartel.

Sabía exactamente lo que estaba haciendo: suplicándole al universo que cambiara el cartel, o a él. Pero él ya sabía que el universo no aceptaba más peticiones por el día.

Aparentemente, un metro noventa de vaquero no era lo que la señora había esperado. Al menos, él ya sabía que iba a recoger al aeropuerto a alguien que no le iba a gustar.

Ella volvió a mirarse los zapatos. Obviamente, estaba sopesando sus opciones. Dirigió una mirada hacia la aduana, pero las puertas ya se habían cerrado. ¿Qué era lo que pensaba que podía haber hecho de haber estado abiertas? ¿Volverse a subir al avión y pedir que la llevaran de vuelta a Arizona?

Riley esperó por ella, sin saber muy bien si su reacción lo divertía o lo molestaba.

El niño la miró a la cara y le tiró de la mano; pero ella no tomó ninguna decisión. Así que, el pequeño comenzó a mirar a su alrededor, con los ojos muy abiertos, absorbiendo toda la actividad y el bullicio.

El niño llevaba bien apretado un oso de peluche que también llevaba un sombrero rojo de Santa Claus, como el de la mujer; aunque en el muñeco no quedaba tan ridículo.

Entonces, vio a Riley y se quedó mirándolo con mucha curiosidad. Bueno, a los niños les gustaban los vaqueros. Era parte de la diversión de ser tan inocente.

Después, el pequeño vio el cartel. No parecía tener edad suficiente para saber leer, pero, obviamente, podía reconocer su nombre.

Riley vio cómo iba descifrando cada letra.

Y entonces, su cara se iluminó de una manera asombrosa. Riley no estaba acostumbrado a ese tipo de reacciones. Era la mirada que un niño podía dedicarle a su futbolista favorito o al mismo Santa Claus. ¿Pero a un extraño? ¿A un tipo duro como él?

Había un cierto halo de pureza en aquella mirada y a Riley le resultó bastante vergonzoso que alguien sintiera esa admiración por él. Él sabía muy bien que no se la merecía.

El niño se soltó de la mano de la mujer y corrió hacia él. Cuando llegó a su lado, se quedó parado y lo miró extrañado.

—¿Qué? —preguntó Riley, notando perfectamente la antipatía de su tono.

—¡Es usted! —le dijo el niño lleno de alegría. Y, entonces, lo rodeó por la cintura con sus bracitos diminutos y lo apretó con fuerza, ignorando el hecho de que el hombre estaba intentando zafarse.

—No te sentirías así si supieras lo que estaba pensando de mi madre —murmuró Riley.

Beth se había percatado del vaquero en cuanto salió de la aduana. ¿Quién podría ignorarlo? El hombre sobresalía entre la multitud, tan grande como una montaña, intocable por la energía que irradiaba.

—¿Estamos en Canadá? —preguntó Jamie, tirándole de la mano.

—Sí —respondió ella mirando hacia abajo.

—No es muy distinto a casa —dijo el niño un poco decepcionado.

Ella estaba tan cansada... El vuelo se había retrasado. No tenía ni idea de cómo encontraría a la señora Keenan ni cuánto tiempo pasaría hasta que pudieran descansar. Se habían levantado a las cinco de la mañana y Jamie tenía ojeras de cansancio.

Pensó en el efecto de aquella excursión en su cuenta bancaria y se sintió, no por primera vez en aquel día, como una tonta. Como si hubiera cometido un terrible error al haber tomado aquella decisión basándose en el corazón en lugar de pensar las cosas fríamente.

Dirigió su mirada de nuevo hacia el vaquero. Llevaba unos pantalones vaqueros tan gastados que casi eran blancos, botas negras, una chaqueta forrada con piel de borrego y un sombrero negro calado hasta los ojos. Beth sintió que el hombre irradiaba una potencia masculina que era a la vez intrigante y amenazadora.

Su cara, a la sombra del sombrero, parecía tallada en piedra. Tenía los pómulos acentuados, la nariz rota y en la boca tenía una expresión dura e inflexible. No estaba segura de cómo era posible que tanta rudeza pudiera ser atractiva; sin embargo, una parte de ella estaba reaccionando de manera primaria.

Por supuesto, ella estaba casi inconsciente por la debilidad.

Su mirada oscura estaba barriendo la multitud y, de repente, sus ojos se clavaron en los de ella. ¡La había pillado mirándolo!

Y lo que era peor: se sintió, momentáneamente, incapaz de apartar la mirada. Era tan fuerte y decidido...

«Y tan sexy», le dijo una voz interior.

Se puso colorada y miró hacia el suelo. Se recordó que ella ahora era la guardiana de Jamie y, además, que no hacía mucho que había aprendido la desagradable lección de que los hombres eran de naturaleza egoísta. Se recordó que había hecho el voto de castidad para dedicarse por completo a Jamie hasta que tuviera los dieciocho años.

Cuando volvió a mirar al vaquero, vio el cartel que este llevaba y deseó que la tierra se la tragara.

Era imposible. Ella le había alquilado la cabaña a un ángel de mujer, no a Mister Universo. De nuevo, se volvió a sentir estúpida e impulsiva, pensando que quizá había cometido el mayor error de su vida.

Estaba en un país extranjero. Con su carga más preciada. No pensaba adentrarse en lo desconocido con aquel hombre.

«¿Por qué no?», le preguntó la voz interior. «Es fuerte y decidido. Justo lo que tú necesitas en este momento».

«Un hombre así», le dijo ella a la voz. «Puede hacerle sentir a una mujer débil y vulnerable». ¿Qué ejemplo le daría a Jamie si aquello sucedía? Llevaba un año haciéndose la fuerte para él y, algunas veces, hasta ella misma se lo creía.

Intentó buscar una salida. Sus ojos se dirigieron hacia la aduana; pero no podía volver. Aunque podía quedarse en un hotel a pasar la noche y volver al día siguiente.

Pero eso le rompería el corazón al niño y le demostraría que no se le podía confiar la sencilla tarea de hacer de Santa Claus.

Quizá debía aceptar que no había escapatoria. Estaba atrapada desde el mismo instante que abrió la carta dirigida a Santa Claus en el Polo Norte.

Recordó que casi la echó en un buzón. Inmediatamente, cayó en la cuenta de que Santa Claus no existía; ella era ahora el Santa Claus de Jamie.

Con todo, se había sentido bastante culpable al abrir aquella carta, como si estuviera leyendo algún secreto importante del niño. Después de leer la carta, se dejó caer en el suelo, sin importarle quién estuviera mirando, y volvió a leerla de nuevo.

«¿Un papá?».

¿Cómo podía hacerle aquello su encantador sobrino? ¿Acaso no sabía que tenía que pedir balones y cosas así?

Su hermana Penny y ella lo habían criado desde el principio. No había sido una familia muy tradicional, estaba claro, pero había sido una familia al fin y al cabo. Jamie siempre se había sentido seguro, inmensamente satisfecho con el amor de las dos mujeres. Penny era «mamá». Beth era «tía Mami».

El único padre posible habría sido el novio de Beth, Sam, y a Jamie ni siquiera le había caído bien.

Ya daba igual, la historia había terminado. ¡Le había dado a elegir entre el niño o él!

¿Qué tipo de persona podía hacer algo así? Como si ella pudiera escoger entre un hombre adulto y un niño que la necesitaba. Como si ella pudiera escoger a un hombre tan egoísta que podía pedirle a alguien a quien se suponía que amaba una cosa así.

El asunto del papá estaba descartado. Imposible. Se sentía traicionada. Se había esforzado tanto en serlo todo para el niño. Lo había llevado a partidos de fútbol, a la montaña, había hecho todo tipo de cosas de chicos y no había servido para nada.

La segunda petición de la carta era más imposible que la anterior. No era que quisiera nieve, quería que le aseguraran que su madre estaba mirándolo. Era como si Jamie hubiera articulado su propio deseo: tener alguna señal de que Penny seguía con ellos, de que no estaba sola.

Pensándolo mejor, lo de la nieve no era tan imposible como podría haber parecido en un primer momento. Era diciembre y en muchas partes del mundo nevaba en diciembre. Aunque Tucson, Arizona, no era uno de esos lugares. Pero el problema podía resolverse. Nada que ver con el tema del «papá».

A Beth Cavell no le gustaban las aventuras. Esa también había sido parcela de Penny. Ella era cuidadosa y responsable. No tímida, se dijo así misma, pero muy madura para su edad.

Así que se sorprendió a sí misma con el repentino deseo de encontrar nieve para Jamie. Aunque no tenía dinero, lo conseguiría.

Nieve en Navidad.

Y por eso, allí estaba, en una ciudad extraña, en un aeropuerto extraño, mirando a un extraño que, aparentemente, tenía sus destinos en sus grandes manos.

Sin aviso previo, Jamie le soltó la mano y corrió hacia la multitud. Después de un instante de duda, ella empujó el carrito detrás de él. Pronto, se dio cuenta de que había descubierto el cartel que llevaba el vaquero y que había reconocido su nombre.

Pero su alivio al verlo se convirtió en horror cuando vio que rodeaba al hombretón con sus bracitos y lo abrazaba.

¡Oh, no! ¡Jamie pensaba que Santa Claus le había traído el papá!

¿Y cómo podría sacarle de dudas sin revelarle que había leído su carta?

Se dio cuenta de la mirada del vaquero, estudiando su cara. Dura. Fría. Un hombre tan poco contento con las circunstancias como ella misma.

–Señora Cavell –saludó él con voz profunda y segura. Y realmente sexy–. Soy Riley Keenan, el hijo de Mary. Me temo que mi madre ha tenido que salir de viaje de manera inesperada. Yo los llevaré a la cabaña.

Solo unas pocas palabras y le había dejado claro que no la quería allí.

–Soy señorita –dijo ella, e inmediatamente se dio cuenta de que había sentido la necesidad de aclararle que era soltera.

«He renunciado a los hombres», se recordó a sí misma. «Especialmente a los hombre como este».

Él se deshizo de Jamie y le ofreció la mano. La mano de ella se perdió en la de él. Su piel era cálida y áspera y su apretón poderoso.

«Y sexy».

Era demasiado pronto, se dijo Beth a sí misma, para saber si ese viaje iba a ser una pesadilla.

Riley sacó las maletas del carrito.

—Menos mal que no va a quedarse un par de semanas —murmuró él.

—Tenía que traer los adornos de Navidad —dijo ella a la defensiva a unos hombros anchos que se alejaban.

De acuerdo, parecía que sí iba ser una pesadilla de vacaciones.

Jamie la tomó de la mano y fue dando saltitos, canturreando un villancico, mientras seguían al hombre hacia el aparcamiento.

Fue Jamie el que paró al salir al exterior.

—Pero tía Mami —dijo muy despacio—. No hay nieve.

Riley Keenan se había parado y los estaba mirando por encima del hombro con impaciencia.

—¿Pasa algo?

—No hay nieve —dijo ella desesperada.

—Sopló un viento muy fuerte anoche y derritió toda la nieve.

—¿Hay nieve en la cabaña? —preguntó Beth, intentando que no se notara que estaba a punto de llorar.

Aunque sospechaba que Riley se había dado cuenta. Él la miró atentamente y, después, al niño que iba a su lado. Miró al cielo y olisqueó el aire.

–Por aquí tenemos un dicho: «Si no te gusta el tiempo, espera cinco minutos».

Se colocó la bolsa que llevaba al hombro y se volvió hacia el coche.

Había querido decir que no había nieve en la cabaña.

Beth le tomó la mano a Jamie y atravesaron por encima de un charco que hacía pocas horas había sido nieve.

Definitivamente, las vacaciones iban a ser una pesadilla.

CAPÍTULO 2

¡QUÉ CAMIONETA más chula! –exclamó el niño lleno de admiración.

Beth intentó ocultar su expresión de sorpresa, pero se dio cuenta de que Riley Keenan no hizo nada por ocultar la suya, e incluso levantó una ceja. El gesto le dio a la cara un toque sarcástico que no lo hizo menos atractivo, pero sí más intrigante, como si escondiera grandes misterios que suplicaran ser descubiertos.

«¿Descubiertos?», se regañó a sí misma. Penny siempre había detestado su gusto por las novelas de amor y allí estaba ella, cara a cara con un vaquero de verdad, duro, independiente, inmensamente fuerte y bastante impaciente.

No era un hombre al que se le pudiera confiar el entusiasmo de un niño, se recordó a sí misma. Jamie era su prioridad, una prioridad que impedía la exploración de cualquier misterio masculino.

La camioneta era la típica de un vaquero: grande, vieja y desvencijada. Pensó que debajo de todo el polvo y el barro debía de ser azul oscura.

Esperaba que no le hiciera mucho daño a Jamie ignorándolo de aquella manera. Aunque, pensándolo bien, quizá eso fuera lo mejor para que se olvidara de esa idea de un papá.

–Hace lo que tiene que hacer –le dijo él con un gruñido a Jamie, con total indiferencia, aunque el niño no se percatara del matiz.

Después, comenzó a arrojar el equipaje a la parte de atrás con tan poco cuidado que ella no pudo contenerse.

–¡Esos son mis adornos de Navidad! –se quejó, e inmediatamente pensó que debía haber sido más contundente.

Penny habría dicho: «¡Eh! ¡Deja de tirar así mis cosas o te quedas sin propina!».

¿Propina? Le echó un vistazo al vaquero. ¿Cuando los dejara en su destino, debía darle una propina?

Desde luego que no, si le rompía los adornos de Navidad.

–Si no se los han roto ya en el aeropuerto, difícilmente los voy a romper yo –dijo él, pero ella se dio cuenta de que con la siguiente caja tuvo más cuidado.

Jamie estaba ocupado limpiando el barro de la puerta con la manga para descubrir un letrero.

–¿Qué pone aquí?

Beth se fijó en las letras desgastadas.

–Pone: «Rancho Rocky Ridge».

–¿Es un rancho de verdad? –preguntó el niño.

–Sí –Riley abrió la puerta del asiento del copiloto. Aunque tenía una expresión impasible, estaba claro que no le gustaba que lo trataran como a un criado.

Eso significaba que no aceptaría una propina.

Jamie se metió dentro como un torbellino y se sentó en el medio. Beth subió detrás de él, después de un momento de indecisión. Era su última oportunidad para cancelarlo todo, para recobrar el sentido. Riley esperó con paciencia. Después, cerró la puerta y se dirigió a su asiento.

Sin mirar a ninguno de los dos, arrancó la camioneta.

Por el rabillo del ojo, mientras él cambiaba de marcha, ella se fijó en la fuerza de su muñeca y de su mano.

—¿Hay caballos en el rancho? —preguntó Jamie, dándole la oportunidad a Beth de pensar en otra cosa que no fuera la mano del hombre.

—Sí.

Una respuesta más larga habría sido más agradable, ya que ella necesitaba distracción. Miró por la ventana, lejos de su mano sobre la palanca de cambios. Pero en lugar de concentrarse en el paisaje, pensó que dentro de la camioneta olía muy bien. A pino y piel, junto a otro olor a limpio que no podía definir muy bien.

Aunque quizá sí podía: olor a hombre.

—¿Y ganado? —insistió Jamie.

—Sí.

La voz de Riley, aunque parecía que a él no le gustaba utilizarla, era tan perturbadora cono el trozo de brazo que asomaba por la manga de la chaqueta. Profunda. Fuerte. Segura.

«Estoy demasiado cansada», se dijo Beth a sí misma para explicarse lo que le estaba sucediendo. Estaban rodeando la ciudad. La noche estaba cayendo. En la distancia se veían la siluetas oscuras de edificios altos que contrastaban con el colorido del cielo. La carretera circulaba por grandes extensiones de tierra, sin ningún árbol.

Y sin nieve.

Estaban volviendo a entrar en la ciudad y ella se fijo en las casas nuevas, pequeñas y acogedoras con un pequeño jardín en la parte delantera.

Eran el tipo de casa que a ella le gustaría para Jamie en el futuro.

–¿Está la cabaña cerca de los caballos y las vacas?

–No.

–¡Oh! –la falta de entusiasmo no lo detuvo–. Es la primera vez que me monto en una camioneta.

–No tiene que ser muy diferente de un coche.

Eso era algo más que un monosílabo, pero, desde luego, nada mejor. ¿Tan difícil sería ser amable con un niño pequeño? Aunque, pensándolo mejor, si era amable todo sería más difícil para ella.

Beth puso un brazo protector sobre los hombros del niño.

–Mira –le dijo con entusiasmo para distraerlo y que no intentara hablar con el hombre–, un McDonald's.

Jamie la miró con el ceño fruncido.

–Eso lo tenemos en casa.

Riley la miró.

–¿Tiene hambre?

El tono que utilizó le dejó claro que si la tenía era mejor no decirlo.

–No –soltó ella–. Pero tendré que comprar algo de comida para la cabaña.

—Mi madre compró algunas cosas —dijo él con un tono que indicaba que era el fin de la conversación.

Su madre. Era muy difícil imaginar a aquel hombre con una madre. Era más fácil imaginar que lo habían dejado en una cueva y que lo habían criado unos lobos.

¿Cómo un hombre como Riley Keenan podía tener una madre tan dulce como la mujer con la que había hablado por teléfono?

—Créame —continuó él—, cuando mi madre dice que ha comprado «algunas cosas», quiere decir que habrá suficiente para el niño, para usted y para otros seis más. Lleva cocinando desde que llamó.

¿Cocinando? Otro gesto de increíble amabilidad que la alejaba aún más del hombre que estaba sentado al volante, demasiado impaciente para parar un momento para que ella hiciera unas compras.

De acuerdo. Era grande. Era intimidante. Era antipático. Solo deseaba llegar a la cabaña cuanto antes y olvidarse de él. Pero tenía que conseguir lo que quería.

Con Sam nunca lo había hecho. Siempre se había sentido feliz al verlo a él contento, aunque eso significara que ella tenía que renunciar a algo. A su hermana nunca le pareció bien.

¿Y qué había conseguido con ser tan complaciente? Que pensara Sam que también era más importante que Jamie.

No. Había llegado el momento de hacer algo. Se imaginaba lo que habría dicho su hermana.

—Señor Keenan, tengo que comprar un par de cosas —por supuesto, Penny lo habría dejado ahí, sin más explicaciones; pero ella necesitaba decirle el motivo–. Necesito unas cuantas cosas a las que estamos acostumbrados. Para que Jamie se sienta como en casa. Tenemos nuestras costumbres de Navidad.

Riley la miró y mantuvo la mirada sobre ella durante más tiempo de lo que se podía considerar seguro, teniendo en cuenta el tráfico y el escalofrío que ella sintió en la espalda.

De su boca no salió ni una palabra, pero sus ojos grises y fríos como el hielo lo dijeron todo: «si querías que se sintiera como en casa, haberte quedado en casa».

Ella se quitó el sombrero de Santa Claus de la cabeza. Jamie la había convencido de que se lo comprara mientras esperaban en el aeropuerto de Denver. Uno para ella y otro para el peluche. En aquel momento, a ella le había parecido bastante apropiado para una aventurera que iba a recorrer tantos kilómetros para jugar a Santa Claus.

Ahora, se dio cuenta de que podía impedir que la tomara en serio.

–¿Le parece mal que nos quedemos en la cabaña de su madre? –dijo ella sin contemplaciones, y pensó que su hermana se habría sentido orgullosa del tono.

–En realidad no es de mi madre. Es mía.

Penny habría señalado que eso no cambiaba el contrato.

–¿Le parece mal que nos quedemos en *su* cabaña?

Él se encogió de hombros y frunció el ceño mientras cambiaba de carril. Después de un rato dijo:

–Me imagino que no, señora.

Una mentira, pensó ella mientras comprobaba que mentía muy mal. Después, dejó el sombreo entre Jamie y ella y dijo lo que pensó que su hermana habría dicho:

–Bienvenidos a Canadá.

Riley le lanzó una mirada antipática como si ella no se hubiera dado cuenta del esfuerzo que había hecho para no ser del todo desagradable.

–Tenemos que comprar pavo –intervino Jamie al notar la tensión entre los mayores–. Mi madre, tía Beth y yo siempre comemos pavo en Navidad, siempre. Pero mi mamá no está aquí este año.

–¿Y dónde está tu mamá?

–Está en el Cielo –dijo él con total naturalidad.

Durante unos segundos, hubo un silencio. Beth se atrevió a mirar al vaquero. Estaba mirando hacia delante. El semáforo se puso en verde y él avanzó mirando fijamente al tráfico.

Ella vio un brillo especial en su mirada. Pensó que dejaría pasar el momento, pero no lo hizo.

Cuando habló, su voz carecía de su rudeza habitual.

–Lo siento, hijo. Eso es muy duro.

Beth sintió que a Jamie se le cortaba la respiración. «Hijo». Ella cerró los ojos. Por Dios Santo. Si lo hubiera hecho adrede, no habría encontrado unas palabras peores. Jamie quería un papá y ella no quería que pensara en él.

–Es muy duro –asintió Jamie, bostezó y apoyó la cabeza en el brazo del hombre.

Beth lo tomó como una mala señal.

«¡Oh, Jamie! ¿No te das cuenta de que Riley Keenan no puede ser padre?».

Riley no se había apartado, pero parecía muy incómodo con la cabeza del niño sobre su brazo y, en cuanto vio un supermercado, se dirigió hacia él con premura.

–Vamos, Jamie –le dijo Beth al niño, ofreciéndole la mano mientras se disponía a bajar del vehículo.

–Volveremos en un momento –le explicó el niño, entusiasmado de ir a comprar su pavo.

–Genial –el tono sonó un poco seco y Beth no pudo discernir si lo había dicho con sarcasmo o no.

–¿Le gustaría cuidar de mi osito mientras vamos de compra?

Beth contuvo el aliento. Jamie no había soltado el muñeco desde que su madre había muerto. No estaba preparada para que sucediera de una manera tan repentina.

–No –contestó el hombre–. No soy un buen niñero de osos de peluche.

Jamie pareció bastante aliviado cuando se metió el oso bajo el brazo.

Estaban llegando a la puerta cuando oyó que la llamaban.

–¡Oiga! Ha olvidado su cartera.

Se volvió y vio a Riley con su cartera en la mano.

–Se le olvidaba esto.

Ella se puso colorada y vio como una mujer se chocaba con el carrito por mirar a Riley.

La sonrisa que él le ofreció hizo que ella también tuviera dificultades para manejar el carrito. Su sonrisa era como una luz, como el brillo de la esperanza para un marinero perdido en una tormenta.

«Yo no estoy perdida», se dijo a sí misma, aunque a veces, así se había sentido desde que murió su hermana.

Beth hizo un esfuerzo por concentrarse en las estanterías de la tienda. Cuando llegó a la parte de los productos frescos, no le resultó difícil encontrar un pavo. Como hacía cada año, Jamie los estudió con cuidado antes de elegir uno.

—Este.

—Es muy grande para los dos —le dijo ella con amabilidad.

—Y también para el señor Keenan.

—Creo que no va cenar con nosotros, cariño.

—¿Por qué no? —preguntó el niño con los ojos muy abiertos.

—Porque apenas lo conocemos —le dijo ella dejando el pavo en la nevera y eligiendo otro—. Tendrá otros planes.

El niño volvió a tomar el pavo.

—Tómalo. Por si acaso —le dijo el niño—. La Navidad está llena de sorpresas, tía.

Ella lo miró descorazonada.

—Como quieras Jamie.

Compraron algunas cosas más y salieron del supermercado.

Las sorpresas de Navidad comenzaron, por desgracia, justo delante de la camioneta, cuando la bolsa de plástico se le rompió y todas las cosas cayeron al suelo.

No se dio cuenta cómo llegó hasta allí, pero, enseguida, Riley estaba a su lado recogiendo cosas del suelo. Ella se había vuelto a poner colorada y cuando él la rozó con el hombro, agradeció que ya hubiera empezado a oscurecer.

Él hizo una pausa y ella lo miró. Tenía en la mano una bolsa para hacer palomitas en el microondas.

—¿Sabía que no hay electricidad en la cabaña?

—Sí, claro —mintió ella, arrancándole la bolsa de la mano.

Él la miró fijamente; ella tampoco sabía mentir muy bien.

«¿No hay electricidad?».

—A Jamie y a mí nos gustar hacer las palomitas al estilo tradicional —y estaba segura de que, al no tener electricidad, iba a saber qué estilo era ese.

¿Por qué seguía mintiendo? Porque no quería admitir que no tenía ni idea. Quería decirle que era muy responsable y que siempre estaba preparada. Estaba segura de que él era el tipo de hombre al que no le gustaban los caprichos y deseaba decirle que ella no era la clase de mujer que solía tenerlos.

Pero eso sería como buscar su aprobación.

Él agarró el pavo, lo sopesó con el ceño fruncido y lo puso en la bolsa.

—Jamie come mucho —volvió a mentir ella.

Él se encogió de hombros.

—¿Listos?

Otra oportunidad para abandonar aquella aventura. Para decirle que los dejara en el hotel más cercano. ¿Cómo iban a poder celebrar las Navidades sin electricidad?

Pero el orgullo no le iba a permitir abandonar. Se subió a la camioneta, con la frente bien alta, se colocó el sombrero de Santa Claus y dijo:
—Lista.

Riley tenía la sensación de que Beth no sabía que en la cabaña no había electricidad. Era el tipo de cosas que su madre podía haber pasado por alto mientras hablaba de los ciervos y los renos en los prados cubiertos de nieve.

La falta de electricidad no era un gran problema, no tanto como la falta de agua corriente; sobre todo, en ciertas épocas del año. En el centro de la habitación principal había una enorme chimenea y las luces funcionaban con propano. Eso no era ningún problema para él, pero quizá sí lo sería para ella, pensó mirándola de soslayo.

El niño había vuelto a apoyar la cabeza sobre su brazo y a cada momento le lanzaba miradas tímidas de adoración.

El tráfico se hizo más denso y él se concentró en borrar aquel pavo gigante de su cabeza.

Bueno, si lo invitaban a cenar, solo tenía que decir que no. Eso era muy sencillo. Él había quedado en recogerlos en el aeropuerto y dejarlos en la cabaña; eso era todo.

A la tenue luz de las farolas, ella parecía una mujer poco inclinada a invitar a cenar a extraños; aunque se hubiera vuelto a poner el sombrero de Navidad. Sus facciones mostraban una expresión distante.

El niño, pensó, era otra historia. Había estado tan quieto que Riley pensó que se había dormido. Pero no, tenía los ojos muy abiertos y lo estaba mirando como si fuera Superman.

–¿Qué? –dijo él un poco a la defensiva.

–¿Qué son esas marcas que tiene en el cuello? –preguntó el niño con suavidad.

Riley se subió el cuello de la camisa y después el de la chaqueta.

–Son quemaduras.

–Jamie –intervino Beth–, no es de buena educación preguntarle a la gente cosas así.

Riley le lanzó una mirada oscura. ¿Le había visto ella las marcas? ¿La horrorizarían? ¿Y a él que le importaba?

Iba a dejarla a ella, al niño y al pavo en la cabaña y no iba a volver a verlos hasta que tuviera que devolverlos al aeropuerto.

–¿Cómo se quemó? –preguntó Jamie.

–¡Jamie! –regañó ella.

Personalmente, Riley prefería la curiosidad franca y abierta a las miradas de soslayo que ella le estaba dedicando en aquel momento.

–Me quemé en un incendio.

–¡Oh! –exclamó el niño–. ¡Un bombero!

Le hubiera gustado dejar que el niño pensara lo que quisiera, pero creyó que ya había demasiada admiración en sus ojitos.

–No, no soy un bombero. Solo alguien que estaba en el lugar equivocado en el momento equivocado.

–¿Le duelen?

–No, ya no.

—¿Pero le dolieron?

—Jamie, por favor...

—Sí, antes sí; pero ya hace mucho que no me duele.

Sintió algo en el cuello y se puso tenso.

—Estará mejor si el señor oso de peluche le da un beso —le dijo Jamie con solemnidad.

Riley aguantó el impulso de darle un puñetazo al oso. Aguantó con resignación la nariz del oso junto a su cuello mientras Jamie hacía los ruidos correspondientes a los besos. Se alegraba de que el coche estuviera a oscuras porque sintió que se estaba poniendo colorado. No estaba acostumbrado a aquello. ¿Cariño?

Las curas del oso pararon y volvió a sentir el peso sobre su brazo. Al rato, sintió que la respiración del niño se hacía rítmica y profunda.

—Lo siento —le dijo Beth—. Todavía es muy pequeño.

—No importa.

El silencio creció en el interior de la camioneta. Él la miró de soslayo y comprobó que ella también se había dormido.

Estaba muy guapa dormida. Parecía un ángel. Inocente.

Sintió como si tuviera la camioneta llena de inocencia. Y de cariño. Y con ninguna de las dos cosas había tratado en mucho tiempo.

Ella se despertó sobresaltada cuando él paró junto a la puerta de su casa.

—¿Hemos llegado?

—No. Esta es mi casa. La cabaña está a media hora de aquí.

La casa y el establo estaban iluminados en el exterior.

—¡Qué casa tan bonita! —exclamó ella y él notó la sorpresa de su tono. Probablemente había esperado que viviera en una choza descuidada y, a decir verdad, no le hubiera importado demasiado.

Cuando la construyó, lo hizo pensando en que sería su hogar. Un lugar con cortinas bonitas, juguetes por el suelo y el olor a galletas recién hechas. Pero ese sueño terminó. Ahora era solo una casa.

Los sueños se habían convertido en humo. Literalmente.

«Ya no me divierto contigo», le había dicho Alicia, mirándole a las cicatrices. Entonces eran más rojas y tenían peor aspecto. Ella nunca había podido ocultar el asco que le daban.

—¿Vive aquí solo? —pregunto Beth.

—Sí.

—Es muy grande.

Él se encogió de hombros como diciéndole que no era asunto suyo y ella captó el mensaje. Debido a la reciente borrasca, el camino a la cabaña estaba lleno de barro y la camioneta se deslizo en un par de ocasiones. Ella contuvo el aliento como si se fuera a caer por un precipicio.

Por fin, llegaron a un claro donde estaba la cabaña. Era una edificación bastante sencilla: un cuadrado hecho de troncos de madera. Aun así, el anochecer le daba un aspecto mágico. Las estrellas brillaban en el cielo y las montañas eran una sombra oscura en la distancia. Estaba al borde de un bosque de árboles enormes.

–Mira –dijo ella, sorprendida, cuando dos renos cruzaron por el prado que estaba delante de la cabaña.

Él apagó el motor de la camioneta pero dejó las luces encendidas. Sacó las cajas de la parte de atrás y fue hacia la puerta, que estaba decorada con muérdago y un gran lazo rojo.

Abrió la puerta y entró. La estancia estaba fría y a oscuras. Escuchó que ella entraba detrás de él y se paraba.

–Espere –le dijo. Encendió una cerilla y conectó el propano. Las luces no se encendieron de repente como las que van con electricidad, sino que fueron poco a poco revelando una maravillosa transformación.

Su ruda cabaña de caza había sufrido un encantamiento.

Él miró alrededor con la boca abierta por la sorpresa. Había cortinas rojas recogidas con grandes lazos blancos. Los cristales de las ventanas estaban decorados con escarcha y bajo la mesa había una gran alfombra roja. La superficie áspera de la mesa estaba cubierta con un mantel blanco.

–¡Oh! –exclamó ella–. Es como un sueño.

Él la miró por encima del hombro. Ella tenía las manos en la cara y los ojos muy abiertos y brillantes. A su madre le habría encantado estar allí.

Beth estaba encantada. Él, no tanto.

¿Cuánto dinero se había gastado su madre en todo aquello? Probablemente mucho más de lo que había conseguido con el alquiler.

Pasó al salón, separado de la cocina por una gran estufa de leña y encendió la segunda lámpara.

Más cortinas rojas. Más adornos navideños.

Por el rabillo del ojo, vio a Beth paseando por la habitación, tocando las cosas con sorpresa. Allí estaban todos los adornos navideños de su madre y el Portal de Belén con su pesebre y los tres Reyes Magos.

—No me extraña que se haya ido a las Bahamas —dijo él—. No le quedaba nada.

—¿Qué?

Él la miró, como si fuera culpa suya que su cabaña la hubieran convertido en aquello. Pasó por su lado y salió al exterior. Solo le quedaban cinco minutos más y estaría libre.

Sacó el resto del equipaje de la camioneta y vio que ella había salido detrás de él.

Beth se dirigió hacia la parte de delante y tomó a Jamie en brazos con cuidado para que no se despertara.

«Despídete», se ordenó a sí mismo. «Incluso, puedes desearle feliz Navidad. Pero márchate ya». Pero no podía dejarle que llevara al niño. Era demasiado grande para ella.

Se acercó para tomarlo.

—Yo puedo sola —dijo ella en un susurro.

Pero él se dio cuenta, claramente, de que no podía. Además, no era solo Jamie, tenía que enseñarle cómo funcionaban las lámparas de propano y la cocina de leña. Incluso estaba seguro de que no sabría encender el fuego.

Con un suspiro, tomó al niño en brazos y sintió una punzada de dolor, como si se le volviera a abrir una vieja herida. Era un atisbo de la vida que él no iba a tener. Nunca llevaría a su niño dormido en brazos y nunca disfrutaría del placer de mirar a los ojos de una mujer bajo una noche estrellada.

Se dirigió con premura hacia la cabaña con el niño en brazos y lo dejó en el sofá. Hacía frío y, después de dudar un momento, se quitó la chaqueta y se la puso a Jamie por encima. Jamie movió la boca, pero no abrió los ojos.

–Entonces –dijo él, esperanzado–, sabrá cómo encender un fuego, ¿verdad?

Por la expresión que puso, no debía de tener ni idea. Tendría que posponer la huida.

PAPEL, unas astillas y cerillas –el papel encendió dentro de la cocina de hierro y Riley sopló sobre las astillas para avivar el fuego–. No hay que soplar mucho –le dijo sintiéndose ridículo– porque puede apagarlo.

Siempre había pensado que encender un fuego era como un baile de delicadeza y equilibrio, bastante parecido a la relación entre un hombre y una mujer. Demasiado de un elemento introducido demasiado pronto y podía apagarlo.

No le gustaba nada tener aquellos pensamientos de un hombre y una mujer bailando juntos con Bethany Cavell a su lado, con los brazos alrededor del cuerpo y tiritando.

Una mujer hecha para estar en los brazos de un hombre. Tenía el color más intrigante de ojos que había visto jamás. Eran verdes, pero eran como esmeraldas que se habían fundido con plata. El efecto era un color ahumado muy sensual.

Enfadado consigo mismo, se echó para atrás y evitó mirarla.

–Inténtelo. No voy a estar por aquí para ayudarla con cosas así.

De eso nada, él era un hombre con un fuerte sentido de la supervivencia, y cuando uno empezaba a pensar que un fuego le estaba dando mensajes sobre relaciones y uno intentaba mirar a una mujer a los ojos de soslayo, intentando buscar las palabras para definir su color, entonces, ese era el momento de largarse, y rápido.

Bethany se puso de rodillas delante del fuego, se puso el pelo detrás de las orejas y sopló con suavidad sobre la llama. Aquello era peor que cuando lo había estado mirando. Ahora, estaba demasiado cerca. Él podía ver la curva de sus hombros y la forma de sus senos. Y cuando ella volvió a soplar, se dio cuenta de que aquella postura de los labios era la misma que la que se utilizaba para besar.

Bueno, ya había tenido bastante por un día. Quería largarse a casa, meterse en la cama y ponerse la almohada sobre la cabeza para olvidar el aroma de aquella mujer que le llegaba inevitablemente, a pesar del olor a madera quemada.

Olía a limones.

No era que los limones fueran sexys. De hecho, su madre los utilizaba mucho, decía que tenían poderes curativos.

Pero, allí estaba él, de rodillas al lado de Beth Cavell, pensando en su olor embriagador, deseando acercarse más, inhalar más profundamente, queriendo más. Aquello era suficiente para hacerle perder la cabeza a un hombre.

Eso, y la manera en la que el pelo se le venía hacia delante, su aspecto bajo la luz del fuego, volviéndolo brillante como el oro.

—Parece que va bien —dijo él cuando no pudo

aguantar más el calor. Y el del fuego tampoco–. Ahora podemos poner algo más grande.

En su desesperación por irse de allí cuanto antes, eligió un tronco demasiado grande y apagó la llama con la misma precisión que si hubiera echado agua.

Entonces, soltó un juramento.

–Déjeme intentarlo esta vez –pidió ella.

–¿Ha hecho alguna vez un fuego?

–Bueno, de pequeña fui a campamentos –dijo ella un poco resentida por su falta de confianza.

Beth se concentró en lo que estaba haciendo y, con precisión y paciencia, consiguió reavivar el fuego. Un fuego perfecto.

El ambiente empezó a caldearse y ella dejó de tiritar y la habitación cobró un brillo acorde con todas las decoraciones.

Se volvió hacia él con una sonrisa.

Si la sonrisa hubiera sido fea, le habría resultado fácil detestarla. Pero no era así. Tenía una sonrisa perfecta de dientes blancos y uniformes que hacía que los ojos le brillaran aún más.

–¡Qué divertido!–dijo ella mientras se ponía de pie.

Él también se puso de pie.

«Divertido». Justo en lo que él había fallado. «Ya no me divierto contigo», le había dicho Alicia. No era que él y Alicia hubieran encontrado divertido algo tan sencillo como encender un fuego. No, para ellos solo eran divertidos las cosas más salvajes como conducir muy rápido, estar de fiesta toda la noche, ir de rodeo en rodeo, la pasión desbordada.

Riley se dio cuenta de que no le gustaba la manera en la que una extraña le hacía revivir recuerdos y lo hacía pensar en relaciones. Esos pensamientos los había abandonado hacía mucho tiempo.

Beth todavía estaba sonriendo como una niña pequeña. Para conseguir una sonrisa así de Alicia habría hecho falta un anillo con un gran pedrusco.

–Calienta mucho –dijo ella.

«Y que lo digas», pensó él, pensando en ella.

–Le enseñaré cómo funcionan las luces de propano y la estufa, y después me marcharé.

Ella se puso a su lado mientras él le explicaba todo. Demasiado cerca para el gusto de él. Al rato, sintió que estaba sudando. Los milagros de la combinación de un buen fuego y las hormonas.

–¿Necesita algo más? –preguntó con cortesía, deseando marcharse de allí.

–No, nada. Bueno, el teléfono. No sé dónde está.

–¿Teléfono?

–Sí, por si ocurre algo.

–No hay teléfono.

–¿Y un móvil? –preguntó ella con los ojos muy abiertos.

–No tienen cobertura.

–Pero, ¿qué puedo hacer si ocurre algo? –preguntó muy seria.

–¿Algo como qué?

–No sé, si me rompo una pierna o si Jamie se abre la cabeza.

Solo a una mujer se le podían ocurrir esas cosas.

–¿Pero qué piensa hacer aquí?

–Si no nieva, jugaremos a las cartas o algún juego de mesa.

–No creo que los juegos de mesa puedan ser peligrosos.

Ella seguía preocupada.

«No te ofrezcas», se advirtió él. Pero su voz dijo.

–¿Quiere que venga de vez en cuando para comprobar que todo va bien?

–Por supuesto que no.

Él la miró fijamente. Aquella seguridad solo era superficial. Si miraba bajo la superficie seguro que veía otra cosa; por eso no pensaba mirar.

–Entonces, me marcho.

–Sería una molestia venir de vez en cuando. ¿Verdad?

«Muchísima».

–Puedo hacerlo.

–No, no –se rio ella nerviosa–. Es que nunca he estado lejos de un teléfono o vecinos.

–¿No era eso lo que buscaba al venir aquí?

–Bueno, yo solo quería nieve.

Tenía miedo. Podía olerlo. También se daba cuenta del esfuerzo que estaba haciendo para que no se le notara, pero podía vérselo en los ojos.

–Me pasaré por aquí.

–No, no, de verdad. Seguro que no pasa nada.

–Como quiera. Hasta dentro de una semana. Para Año Nuevo ya estará con sus teléfonos y sus vecinos.

–Bien –dijo ella, demasiado alegremente–. Hasta el día veintiocho. No se olvide la chaqueta.

Él la miró. Con el calor que sentía, una chaqueta era lo último que necesitaba; pero eso no se lo iba a decir a ella.

–¿Quiere que lo lleve a la cama? –preguntó mirando al niño.

–Ya me las arreglaré. Gracias.

Él se puso la chaqueta y abrió la puerta.

–¡Espere!

–¿Qué?

–¿Si tengo que marcharme de aquí, cuánto tiempo me llevaría?

–¿Qué? –preguntó incrédulo.

–Sí, si nos pasara algo. Por ejemplo, si un oso nos atacara o algo así.

Estaba claro que no se había olvidado del tema.

–Los osos duermen durante el invierno.

–Es verdad. Hibernan, ¿verdad?

–Tardarían una mañana.

–¡Una mañana entera!

–¡Adiós! –dijo él calándose el sombrero.

–¿Alguna vez viene alguien por aquí? –preguntó ella como el que no quiere la cosa.

–¿Qué? –preguntó él incrédulo, con un pie ya en el exterior.

–¿Que si alguien viene por aquí? ¿Cazadores, excursionistas?

–No es época de caza. ¿Se refiere a asesinos en serie, violadores y tipos de esa calaña?

–Claro que no –dijo ella, pero no pudo evitar morderse el labio con aprensión.

–No. Nunca viene nadie. Nunca. Además, para llegar aquí, hay que pasar por la carretera que hay delante de mi casa. Aquí está segura, señorita Cavell. Probablemente más segura que en su propia casa.

–Lo sé –dijo ella–. Puede llamarme Beth –dijo ella.

–De acuerdo, Beth –dijo él y pensó que su nombre sonaba a música–. Hasta luego.

–Feliz Navidad –dijo ella.

–Sí. Feliz Navidad.

Por fin, consiguió salir por la puerta. Se quedó unos segundos en el umbral, saboreando el aire puro y limpio de la noche y pensó cómo alguien podía tener miedo allí.

Él no era responsable de que ella tuviera miedo. No podía hacer nada al respecto. Su obligación con ella había terminado.

Se subió a la camioneta y bajó la montaña. Durante el camino, no pudo evitar preguntarse si tendría miedo. ¿Conocería el aullido de los coyotes en mitad de la noche? ¿Sabría que el viento podía hacer que los árboles rechinasen como puertas oxidadas? ¿Conocería el grito del búho, el berreo de un reno, el crujido del hielo del lago?

Incluso cuando estaba en la cama, no podía dejar de pensar en ella. El aroma a limones parecía cosquillearle en la nariz y podía ver sus ojos verdes ahumados como si estuviera delante de él.

Por la mañana subiría a ver qué tal estaban. Sería lo más caballeroso. No había nada malo en comportarse como un caballero.

Lo consideraría como un regalo de Navidad para su madre.

Al otro lado de la puerta cerrada, Beth oyó la camioneta alejarse.

Se había ido.

Jamie y ella estaban solos.

–Beth –se dijo en voz alta–. Te lo ha dicho con total seguridad: no hay nada de qué tener miedo.

Después de decirse eso, volvió a comprobar que la puerta estaba cerrada.

Después, colocó las cosas en los armarios e hizo recuento de las cosas que había en el frigorífico. Se dio cuenta de que había un bote lleno de galletas de chocolate caseras y una bolsa con pan.

El fuego crujió y ella dio un salto.

Pensó que no había hecho las suficientes preguntas sobre la cabaña y ahora era demasiado tarde. De alguna manera, se había imaginado que tendría luz y que estaría cerca de otras cabañas. Se había imaginado que sería una especie de estación de esquí con un montón de actividades.

Cosas con la nieve.

Ahora estaba allí, totalmente sola, sin teléfono ni vecinos y, lo que era peor, sin nieve. ¿Qué iban a hacer todo el tiempo? ¿Jugar a las cartas? Recordaba la cara de Riley cuando se lo había dicho. Su expresión parecía haber querido decir que qué aburrido sonaba. Pero ella ni siquiera lo conocía. ¿Qué le importaba lo que él pensara?

Sí le importaba.

A pesar de todos los adornos, Beth se preguntó si iría a vivir las vacaciones más deprimentes de su vida.

¿Debería haberlo invitado a comer el día de Navidad? A Jamie le habría encantado. Aunque, pensándolo bien, así era mejor. Así no tendría que enfrentarse a una vuelta a casa sin su «papá».

Pensó en las cicatrices que le había visto en el cuello. Iban desde la oreja a la mandíbula y bajaban por todo el cuello hasta esconderse bajo la camisa.

En otro hombre habrían resultado feas, pero en él era diferente. Como si fueran parte de él. Como parte de su fuerza y de su misterio.

«No vas a volver a verlo hasta el día de tu marcha», se dijo a sí misma. «Y eso es algo bueno. Un hombre así hace que una vea las cosas confusas».

Un hombre así hacía que una mujer se preguntara cosas que era mejor no preguntarse. ¿Qué se sentiría al besarlo? ¿Cuál sería la textura de su piel? ¿Cómo serían sus ojos grises si su mirada se suavizara un poco?

Pensando en eso, exploró el resto de la cabaña. A parte de la habitación principal, había dos dormitorios diminutos. No había baño, de eso ya la había avisado la señora Keenan. Desde la seguridad de su casa, aquello le había parecido algo insignificante, parte de una gran aventura.

Ahora, pensar que tendría que aventurarse en la noche antes de irse a la cama no le hacía ninguna gracia.

Pospuso el momento todo lo que pudo. Se llevó a Jamie a una habitación, le dio un beso en la frente y se quedó un rato mirando la inocencia de su adorable carita.

Por fin, agarró una linterna que había al lado de la puerta y se aventuró al exterior, no sin antes mirar alrededor desde la puerta.

No había ni un solo ruido. Ni de vecinos, ni de tráfico, ni del televisor. Se sentía como si, de repente, hubiera aterrizado en la Luna. El silencio era tan desconocido para ella que la ponía nerviosa.

Tomo aliento y salió al porche, cerrando la puerta detrás de ella. Durante un momento, le pareció que todo estaba muy negro, pero no se atrevió a encender la linterna.

Se paró un momento en la puerta a disfrutar del aire frío. Nunca había sentido algo así; era como si se le clavaran en la piel un millón de pequeños alfileres.

Esperó un instante a que sus ojos se adaptaran a la oscuridad. Las estrellas brillaban sobre su cabeza y los árboles parecían gigantes.

De repente, tuvo la necesidad de saber que no estaba sola. Sintió lo que le pasaba a Jamie y deseó que le aseguraran que su hermana estaba allí.

—Penny —susurró—. ¿Estás ahí? ¿Cómo has podido hacerme esto? Yo no estoy preparada para ser madre. Estoy liando todo este asunto de Santa Claus. Voy a fastidiar las Navidades de Jamie. Yo no tengo tu seguridad, tu aplomo. Algunos días no sé qué hacer sin ti. Algunos días, ni siquiera puedo tomar las decisiones más sencillas, como qué preparar para cenar. Después, cuando tengo que tomar una gran decisión como la de venir aquí, me lanzo de cabeza, sin mirar atrás. Tú sabes que yo no soy así.

Sintió que las lágrimas le atenazaban la garganta.

—Penny, él necesita saber que tú estás cuidando de nosotros. Y yo también lo necesito.

Entonces, sucedió la cosa más sorprendente. El cielo comenzó a bailar. Al principio fue solo un brillo pequeño, tan pequeño que pensó que se lo había imaginado. Después, volvió a suceder. Como si el cielo fuera una enorme sábana negra y la luz intentara atravesarla.

De repente, apareció una columna verde iridiscente. Parecía como si alguien estuviera lanzando fuegos artificiales en medio de la montaña. El verde desapareció y, después, volvió a brillar de nuevo, con intensidad, sorprendente. La banda de luz se estiró y se retorció, brillando con una impresionante gama de colores, desde el turquesa al rojo y de nuevo al verde.

Beth estaba sobrecogida. No tenía ni idea de lo que estaba sucediendo. Solo sabía que era un milagro. Y una respuesta.

Mucho rato después, las luces desaparecieron. Entonces, se dio cuenta de que se estaba quedando helada y corrió hacia el servicio.

Era un lugar pequeño y estrecho, como los de las películas del Oeste.

«¡Qué frío!».

Cuando terminó, corrió de vuelta a la cabaña, cerró la puerta y se fue a su dormitorio. Cuando se metió en la cama se sintió segura. Se cubrió con las mantas y se durmió con una sonrisa en el rostro.

–Tía Mami. Estoy helado.

Abrió los ojos y se encontró a Jamie a su lado tiritando. Estaba comenzando a amanecer y la habitación estaba helada.

Levantó sus mantas y el niño se metió en la cama con ella. Después, se acurrucaron, los tres, el osito de peluche en el medio, y se taparon hasta las cejas.

–Jamie, anoche vi la cosa más increíble del mundo.

Intentó describirle las luces, pero se dio cuenta de que no podía.

—Seguro que eran marcianos —dijo el niño encantado.

—¡Me alegro de que a mí no se me ocurriera pensar en eso anoche! —sintió que el frió comenzaba a atravesar las mantas y decidió levantarse—. Espérame aquí, voy a calentar esto.

El niño la miró esperanzado.

Ella preparó el fuego, como lo había hecho la noche anterior. El fuego prendió sin problemas, pero, en seguida, se dio cuenta de que algo no marchaba bien: el humo salía hacia el salón en lugar de salir al exterior por la chimenea. En pocos segundos, sintió que no podía respirar.

Recordó que en los incendios la gente solía morir de asfixia más que quemada por las llamas, por lo que corrió a la habitación para sacar de allí a Jamie. Le dio una chaqueta al niño y ella agarró otra antes de salir al exterior. Ni siquiera el frío que había experimentado la noche anterior la había preparado para el frío gélido que hacía.

—Dejaremos que se vaya el humo y luego intentaré volver a encenderlo —dijo sintiendo que la seguridad de la noche anterior comenzaba a desvanecerse.

A los pocos minutos, oyó el ruido de un motor.

—Aquí llega la caballería —le dijo a Jamie con una sonrisa de alivio.

El niño también sonrió.

—No. Es Riley. Sabía que vendría.

Riley saltó de la camioneta y se acercó corriendo

hacia ellos, sus piernas fuertes y ágiles, todo masculinidad y fortaleza. Podía hacer que cualquier mujer se sintiera débil.

«No lo permitas», se advirtió a sí misma.

–¿Estáis bien? –la agarró por los hombros y ella sintió la fuerza de sus manos.

Afortunadamente, el gesto solo duró unos segundos.

Sin dudarlo. Se dirigió hacia la cabaña y abrió todas las ventanas. Después, salió con los brazos llenos de mantas. Arropó con cuidado a Jamie y después a ella.

–En un par de minutos se habrá ido el humo.

–¿Qué ha pasado? –preguntó ella tiritando.

–Olvidaste abrir el regulador del tiro de la estufa.

–¿Qué regulador?

–El que controla la entrada de aire. Si entra mucho hay mucho fuego, si entra poco, un fuego más atenuado, y si no entra nada, mucho humo.

–Yo no he tocado nada –dijo ella a la defensiva.

–Quizá lo hayas movido sin darte cuenta. A mí a veces me pasa que lo muevo con la pierna. Estás temblando –le dijo rodeándola con un brazo–. ¿Qué tal, Jamie?

–Fenomenal –dijo el niño entusiasmado–. Esto parece una película del Oeste.

Riley soltó una carcajada por el entusiasmo del niño ante la dificultad.

Ella lo miró y sintió que el corazón se le paraba. No solo era guapo, sino que además era extraordinario.

–¿Qué te ha traído por aquí? –preguntó ella cuando recobró el aliento.

–Bueno, pasaba por aquí... –le respondió él.

Había estado preocupado por ella y ahora comprobaba que tenía motivos para estarlo.

–Anoche casi raptan a mi tía unos marcianos –le dijo el niño muy serio.

Riley la miró sorprendido.

–No es ningún cuento –dijo a la defensiva–. Había unas luces muy extrañas en el cielo. Pero yo ni siquiera pensé en marcianos.

–Vamos adentro –dijo Riley, haciendo un esfuerzo para no reírse de ella.

–¿Qué te parece tan divertido?

–Lo que viste fue la aurora boreal.

Ella abrió la boca. Después de todo, si había podido ser testigo de un fenómeno tan maravilloso de la naturaleza, aquellas vacaciones ya habían merecido la pena.

–¡Eh! –he sentido algo.

Entonces, ella también lo sintió. Era algo húmedo, frío y suave.

Jamie miró hacia arriba y ella hizo lo mismo.

–¡Nieve! –gritó el niño–. ¡Está nevando!

Beth se dio cuenta de que Riley no parecía tan entusiasmado como ellos.

CARTAS de amor desde el Cielo –murmuró ella, mientras con una sonrisa observaba la reacción de Jamie, que se había puesto a dar vueltas con los brazos extendidos mirando hacia el cielo.

–Primero, los marcianos intentan secuestrarte, y ahora, recibes cartas del Cielo. Tienes mucha imaginación.

–Lo de los marcianos fue cosa de Jamie –dijo para defenderse y vio que en los labios del hombre volvía a dibujarse aquella inquietante sonrisa.

–¿Entonces, sí crees en lo de las cartas del Cielo?

–Por supuesto –dijo ella y sacó la lengua para saborear un copo–. Esa era de Elvis.

Él soltó una carcajada.

Penny lo habría dejado ahí, pero ella dudó. ¿A ella qué le importaba si Riley pensaba que estaba como un cencerro? Pero, en realidad, sí le importaba.

–Jamie quería ver la nieve en Navidad como prueba de que su madre estaba cuidando de él desde el Cielo. Eso es lo que todo el mundo le dice siempre.

¿Por qué se lo había contado? Era algo tan personal... ¿Por qué tenía aquella sensación de que podía confiar en él?

Él la miró intensamente.

–¿De verdad lo crees? ¿Que ella lo está cuidando?

A ella le hubiera gustado hacer un comentario divertido, ocultar lo que sentía, pero le resultó imposible.

–Es lo que quiero creer.

Él esperó un instante antes de contestar.

–Eso es muy bonito, Beth. Espero que sea verdad –se quedó en silencio y después miró al cielo. Beth no pudo evitar ver el gesto de preocupación.

–Parece que tú no ves cartas del Cielo.

–Me imagino que no.

–¿Qué ves entonces?

–Tal vez problemas. Han anunciado en las noticias una tormenta. Parece ser que va a caer mucha nieve hasta Navidad.

–¿En serio? –preguntó ella con un suspiro.

«Oh, Penny, parece que sí sabes mandar cartas desde el Cielo».

–Parece que no lo has entendido –dijo en voz baja, para que Jamie no pudiera oírlo–. Si nieva mucho puedes quedar aislada. Le he puesto a la camioneta la pala quitanieves; pero, aun así, podría tardar días en despejar el camino. ¿Qué pasaría si perdieras el avión?

Ella se quedó pensativa.

–¿Qué sugieres que hagamos? –preguntó, molesta con él por las malas noticias.

–Hay un hostal muy agradable en Bragg Creek, seguro que podrían alojaros en caso de emergencia.

–Anoche te burlaste de mí por tener miedo.

–Me burle de ti por tener miedo de cosas tan irreales como osos y ladrones. Pero la nieve es muy real.

–Las predicciones del tiempo suelen equivocarse –dijo ella, con cabezonería.

Él suspiró hondo y miró para otro lado. Ella se dio cuenta de que estaba haciendo un gran esfuerzo por mantener el control, que iba a intentar convencerla de que entrara en razones.

–Voy a preparar el desayuno. Seguro que la cabaña ya se ha ventilado. ¿Quieres huevos con beicon, Jamie?

–Sí. Riley, quédate con nosotros.

–Seguro que está ocupado –dijo ella, deseando deshacerse de él, que parecía querer aguarles las vacaciones.

Él quería marcharse, no le cabía la menor duda. Pero antes, tenía que convencerla de que abandonara la cabaña.

–Creo que puedo quedarme a desayunar –dijo, como si estuviera accediendo a comer clavos.

Ella miró hacia el cielo y entró en la cabaña después de darle a Jamie instrucciones para que no se alejara. Dentro, el humo había desaparecido, aunque el olor aún permanecía. Sintió un fuerte escalofrío y se puso a cerrar las ventanas.

Riley entró detrás de ella y se ocupó del fuego.

A ella le pareció una bonita estampa y deseó que fuera de verdad. Deseó que Riley se volviera hacia ella y la mirara con una sonrisa y con ternura en lugar de con irritación e impaciencia.

Miró por la ventana y vio que Jamie seguía persiguiendo copos de nieve. Su cara era la viva imagen de la felicidad.

Suspiró contenta y se dispuso a encender la cocina. Abrió el gas, encendió una cerilla y... toda la cara se le llenó de cenizas.

—Primero tienes que encender la cerilla y después abrir el gas —le dijo—. ¿Ves?, ese es el motivo por el que creo que no deberías quedarte.

—No seas ridículo. No me va a volver a pasar.

—Si el camino se cubre de nieve, no podré venir a ver qué tal estáis.

—Ayer no pensabas venir. Además, tengo veintiséis años y puedo cuidar de mí misma.

—Mira, Beth, no estoy poniendo en duda tu competencia.

—¡Vaya! ¡Gracias! —dijo ella mirándolo desconfiada. No le gustaba el tono que estaba usando. Se notaba que intentaba convencerla. Seguro que ese era el tono que había utilizado con muchas mujeres para conseguir de ellas lo que quería.

Quizá a ella también la hubiera convencido si lo que estuviera intentando fuera robarle un beso, en lugar de que abandonara sus planes.

Se puso colorada por aquel pensamiento. Cascó un huevo y lo volvió a mirar de reojo.

Bueno, ella era una mujer y él, todo un hombre.

No era que ella fuera del tipo de mujer a la que los hombres intentaran robarle besos. Esa también había sido Penny. Entonces, se preguntó qué habría hecho su hermana si se hubiera encontrado con un hombre que la hacía tener esos pensamientos. Seguro que no se hubiera puesto a cascar huevos como si en ello le fuera la vida.

—Lo que quiero decir —aclaró él, con voz sedosa—, es que todo esto es nuevo para ti. Mi madre se las hubiera arreglado muy bien porque lleva toda la vida encendiendo fuegos y manejándose con estufas de propano. Pero dejar sola a una chica de ciudad como tú con la tormenta que se avecina sería una irresponsabilidad por mi parte. Por supuesto, te devolveríamos el dinero que has pagado.

—No pienso marcharme —dijo ella—. Mira todo el esfuerzo que hizo tu madre por arreglar esta cabaña. ¿Cómo puedo marcharme así? Pero si hasta nos hizo galletas y pan.

—Ella lo entendería, en serio.

—A ella le importábamos —dijo ella con cabezonería.

Él se quedó muy callado.

—¿Es que no tienes a nadie a quien le importes?

Había sonado patética, pensó ella.

—Quiero decir que hace mucho que alguien no se preocupa por mí.

—Puedes llevarte las galletas —dijo él esperanzado—. Y el pan.

¿Cómo podían ser los hombres tan estúpidos? No se trataba del pan o de las galletas. Eran los sentimientos. Desde luego, él parecía el hombre menos capacitado para llamar a los sentimientos por su nombre.

—Sería una pena si nadie se quedara aquí a pasar las Navidades.

En aquel momento, Jamie apareció por la puerta.

—¿Está listo el desayuno?

—En diez minutos.

—Esperaré fuera. Estoy buscando el árbol de Navidad perfecto.

–Tu madre nos dijo que podíamos cortar uno –dijo Beth antes de que él pudiera protestar–. No te vayas lejos –le advirtió al niño antes de que saliera.

–Solo en la parte de atrás hay un montón de árboles –dijo él entre risas y cerró la puerta al salir.

Llevaba meses pidiéndole al niño que saliera a la calle a jugar con sus amigos. Meses que no había hecho otra cosa que mirar la televisión abrazado a su osito de peluche.

Puso beicon en la sartén y disfrutó de su aroma.

–No hay nada como el olor del beicon para hacerla a una sentirse como en casa.

–Esta no es tu casa y tienes que marcharte. Por vuestra propia seguridad.

Ella se volvió a mirarlo.

–¿Has oído eso, Riley Keenan?

–¿Qué?

–Escucha –le dijo ella y abrió la ventana.

–¿Te refieres a la risa de Jamie?

Ella asintió.

–Eso es a lo que me refiero. No nos vamos a ir de aquí; no, porque me gusta oírlo reírse así. Hace mucho tiempo que no lo veía disfrutar tanto. Ahora, vamos a tomar el desayuno y después vamos a cortar un árbol. No me importa si no para de nevar en un mes. No nos vamos a ir de aquí. ¿Entendido?

Ni siquiera le había tenido que explicar que su hermana estaba cuidando de ellos desde el Cielo.

Él se había quedado en silencio.

Se volvió a mirarlo y vio que la estaba mirando sorprendido. Era como si no estuviera acostumbrado a que le dijeran cómo iban a ser las cosas.

–Lo que usted diga –dijo él por fin–. He entendido muy bien.

–Fantástico. ¿Cómo te gustan los huevos?

El problema con las mujeres, pensó Riley mientras desayunaba, era que basaban sus decisiones en los sentimientos en lugar de la razón. Teniendo en cuenta esa enorme diferencia entre la manera de entender la vida del hombre y la mujer era sorprendente que la raza humana hubiera sobrevivido.

Hacía cinco años no había importado que la casa estuviera acabada o que ya hubieran enviado las invitaciones. «Ya no me divierto contigo». Tenía cicatrices. Sabía que Alicia se había enfadado con él. Por no haberle hecho caso.

«¡No entres ahí! ¿Estás loco? Por el amor de Dios, Riley...».

–¿Estás bien? ¿Riley?

Volvió al presente y se sintió un poco avergonzado por haberse dejado llevar por los recuerdos. Beth lo estaba mirando con una sombra de preocupación.

–Perdona. Estaba pensando en otra cosa.

Ella todavía lo miraba, con el ceño fruncido.

Riley pensó que Beth era todo lo contrario a Alicia. Y no solo en la superficie.

A Alicia le encantaba el maquillaje. La cara de Beth estaba como recién lavada. Alicia llevaba el pelo teñido de rubio platino. Según ella, las rubias eran más divertidas. Oh, claro. Para ella la diversión era lo más importante.

Alicia se vestía muy provocativa. Beth vestía

como una de esas monjas que no llevan hábito. ¡Esa mañana, la había encontrado con un pijama de franela blanco con osos!

Alicia le podría haber enseñado un par de cosas sobre cómo vestirse de manera indecente; para dormir solo utilizaba sedas y encajes. Se le ocurrió que no sentía nada al pensar en Alicia. Ni siquiera al imaginársela de la manera más sexy. Y eso que Alicia lo era y mucho.

Pero la mayor diferencia entre ellas estaba en los ojos. No solo tenían un color distinto, sino que los de Beth tenían un brillo especial.

En los de Alicia había energía y fuego.

En los de Beth, calma, suavidad y amabilidad.

—¿Más café?

Quizá los hombres al hacerse mayores valoraban más otras cosas. Alicia había sido como una orquídea: salvaje y exótica. Beth se parecía más a una margarita.

Tomarse otro café sería un error.

Se puso de pie.

—No, gracias. Tengo que irme.

Había cambiado de opinión. Ella era una persona mayor y no era responsabilidad suya.

—Tía Mami, ¿nos vamos a cortar el árbol?

—Claro —dijo ella—. Ni siquiera voy a recoger. Lo primero que vamos a hacer es preparar el árbol de Navidad.

—Yo puedo cortar el árbol —dijo él, y se sorprendió de haber dicho aquello.

«No, no, no.», se dijo para sí. Él ya había acabado con la Navidad y con todas esas cosas alegres.

–Muchas gracias, pero podemos hacerlo solos –dijo ella con cabezonería.

A Riley no se le pasó por alto la mirada enfadada que le dedicó Jamie.

–Quiero que Riley se quede a ayudarnos. Siempre tomamos chocolate mientras lo decoramos y tía Mami prepara cintas con palomitas.

–No puedo quedarme tanto. Solo quería ayudaros a cortar el árbol. Puede ser más difícil de lo que parece.

–Yo me las puedo arreglar –dijo ella con firmeza.

¿Cómo sabía que se las podía arreglar si en su vida habría cortado un árbol?, pensó él malhumorado.

–Entonces, me quedaré a mirar –dijo con suavidad–. Ya sabes, por si pasa algo. No me gustaría que te cortaras un dedo del pie y tuvieras que ir caminando hasta mi casa. Probablemente, tardarías más de medio día.

Jamie se rio.

–No me parece gracioso –le dijo a Riley.

–A mí sí –le susurró Jamie cuando ella se marchó al cuarto a ponerse ropa de abrigo.

–Gracias. Nosotros, los hombres, tenemos que estar unidos.

A Jamie le encantó aquello.

–Sí. Nosotros, los hombres, tenemos que estar unidos. Nunca antes había tenido un hombre, solo a mamá y a tía Mami.

–¿No tiene tía Mami novio? –preguntó Riley, pensando que debería sentirse avergonzado por sacarle información a un niño.

–Antes sí. Pero a él no le gustaba yo.

–Entonces, era un idiota.

Jamie asintió encantando.

–Sí. Era un idiota. Tía Mami y él iban a casarse, pero no se casaron.

–Ya me conozco la historia.

–¿A sí? –preguntó él niño pasmado.

–No, no me refería a esa historia.

–Le dijo a mi tía que quería tener sus propios niños. Yo lo escuche desde el armario cuando se lo dijo a mi tía.

–Y ella le dijo que se perdiera. ¿A que sí?

Él niño asintió lleno de satisfacción.

–Muy bien hecho. Yo habría hecho lo mismo.

–¿De verdad? ¿Crees que a alguien le gustaría tenerme a mí? ¿Como si fuera su propio niño?

–Oh, tú eres mucho mejor –le dijo Riley–. Ya has pasado la peor edad.

Él niño brincó encantado y se sentó en el regazo de Riley.

«Oye, no he dicho que fuera a adoptarte», pensó Riley. Debería ocurrírsele una excusa para que se bajara, pero no se le ocurrió ninguna.

La confianza que el pequeño había puesto en él era bastante desconcertante. Y también bastante agradable.

Beth salió de la habitación.

–Jamie, no molestes a Riley.

–Me ha dicho que le gustaría tenerme –dijo el niño con cabezonería.

–Eso es porque no ha entrado en el cuarto de baño detrás de ti –dijo ella como si nada, pero Riley notó la tensión en su voz y vio la ansiedad de sus ojos.

Él bajó el niño al suelo.

—Vamos a por ese árbol de Navidad antes de que Santa Claus baje y os lleve a tu tía y a ti creyendo que sois unos elfos.

—¿Tan mal estoy, eh?

Estaba ridícula. Se había puesto la ropa que la señora Keenan le había dejado en un armario y todo eran cosas que le quedaban demasiado grandes.

Salieron al exterior y él se dio cuenta de que había nevado mucho en muy poco tiempo. Ya debía de haber unos cinco centímetros de nieve. Miró al cielo y pensó que aún iba a caer mucho más.

—Aquí está el hacha —indicó el niño.

Riley se cruzó de brazos mientras miraba cómo Beth intentaba sacar el hacha del tronco donde estaba clavada.

Después de dejarla más tiempo del que se consideraría caballeroso, se acercó y sacó la herramienta con una mano.

—Presumido —dijo ella con desagrado.

—Espera hasta que intentes cortar el árbol —le respondió él en el mismo tono.

—¿Qué árbol, Jamie?

Jamie corrió hasta el principio del bosque. Había elegido un abeto precioso, perfectamente simétrico. Y también muy hermoso. Debía de medir unos dos metros de altura, aunque la base no tendría más de diez centímetros de diámetro.

Fácil.

—Echaos para atrás —ordenó. Tomó aliento y se

colocó en posición. Después, lanzó el hacha con todas sus fuerzas contra el tronco.

Lo golpeó y se notó que las reverberaciones del árbol ante el golpe la había pillado por sorpresa. La nieve cayó de las ramas justo encima de ella. Se deshizo de la nieve y bregó para sacar el hacha. Cuando lo consiguió, volvió a colocarse.

Volvió a golpear el árbol en un lugar totalmente diferente, varios centímetros por encima de la primera marca.

Jamie miró preocupado a Riley.

—¿Cuánto se tarda en cortar un árbol de Navidad?

—Depende —dijo— de lo cabezota que sea una persona. Puede llevar todo un día.

—De eso nada —dijo ella.

Él se encogió de hombros. Con la nieve que estaba cayendo debería estar ansioso por marcharse de allí; pero, de alguna manera, pensó que no le importaba si tardaba todo el día. Quería ver lo cabezota que era.

Y era bastante.

Jamie comenzó a impacientarse.

—¿Sabes hacer ángeles de nieve? —le preguntó a Riley—. Una vez lo vi en televisión.

—Claro. Solo tienes que tumbarte sobre la nieve y mover los brazos y las piernas.

Jamie lo miró asombrado.

—Así —dijo, pensando que se desconocía a sí mismo.

Se tumbó sobre la nieve y se lo demostró. Después, salió con cuidado de la marca en el suelo.

Jamie lo miró con reverencia.

Riley miró a Beth y la encontró con la misma expresión de ansiedad que cuando Jamie estaba en su regazo.

Jamie se tumbó a hacer el ángel y él lo miró atentamente.

—Perfecto —dijo cuando el niño se levantó.

Era tan fácil hacer que la cara de un niño se iluminara...

Jamie se dedicó a hacer ángeles de nieve y él se acercó a Beth. El tronco estaba bastante cortado, pero no parecía que fuera a caer pronto.

—¿Qué pasa?

—Ten cuidado con Jamie.

—¿Por qué? ¿Está enfermo?

—Oh, no; no es eso. Gracias a Dios.

Volvió a lanzarle otro hachazo al árbol. Estaba tan cansada que la hoja ni siquiera se hincó en el tronco, solo rebotó.

Ya estaba bien. Le quitó el hacha de las manos. Ella no protestó. Incluso fingió que no sucedía nada.

—Riley, no tiene muchas influencias masculinas en su vida. Podría verte como a un héroe.

Él se volvió hacia ella y por la expresión de su cara comprobó que no le estaba diciendo toda la verdad.

¿Cuál era la verdad al completo? ¿Que ella ya se había dado cuenta de que él no era ningún héroe? ¿Que no era merecedor de la admiración de un niño de cinco años?

Ya que ella pensaba eso, ¿por qué sentía él esa punzada extraña en el estómago?

Miró a Jamie tumbarse en la nieve para hacer el ángel. Él sí que era un verdadero ángel.

—De acuerdo —le dijo—. Voy a derribar este árbol y después me marcharé.

—No quería herir tus sentimientos —dijo ella en voz baja.

«¿Herir mis sentimientos?» ¡Qué tontería! ¿Pero qué era esa punzada en el pecho?

—No has herido mis sentimientos —le respondió él.

—No hay razón para que se encariñe contigo, eso es todo. No vamos a quedarnos mucho tiempo —dijo ella como si él no hubiera dicho nada.

—No voy a quedarme mucho —replicó él—. Solo cinco minutos.

El árbol cayó de cinco hachazos.

—Bueno —dijo—. Me marcho. ¡Mira cuánta nieve! Feliz Navidad.

—¿Cómo va a poner mi tía el árbol? Ya le cuesta poner el de casa y ni siquiera es de verdad.

—Ya me las arreglaré.

No se fiaba de su seguridad; ya la había visto con el fuego y con el hacha.

Suspiró.

—Yo meteré el árbol y lo colocaré. Después me voy. Y lo digo en serio.

Jamie estaba sonriendo como si de serio no tuviera nada.

RILEY metió el árbol en la casa. Era más grande de lo que parecía. También era el último toque de ambiente navideño.

La llegada del árbol hizo que la cabaña pareciera algo más que una simple cabaña; parecía un lugar mágico donde cualquier cosa podía suceder.

Eso lo podía ver hasta una persona que no creía en la Navidad.

Incluso parecía un hogar.

Aquel no era su hogar, se recordó a sí mismo. De hecho, no era el hogar de nadie; era su cabaña de caza. Esa era la realidad.

Pero la realidad del árbol hacía que todo se complicara.

—¿Dónde quieres que lo ponga?

—¿Qué opinas, Jamie? ¿En aquella esquina?

Riley lo colocó allí y al hacerlo se dio con una rama en la cara. Por consideración a sus acompañantes, se mordió la lengua para no soltar un improperio.

Jamie miró el lugar con disgusto.

—Ahí no —decidió.

Ni allí, ni allí, ni allí. Después de mover el árbol por toda la habitación, Jamie decidió que donde mejor estaba era delante de la ventana.

Riley miró el reloj. Ya había pasado otra media hora. ¿Estaría el niño haciendo tiempo para que se quedara?

Jamie lo miró, con sus ojos inocentes muy abiertos, y Riley se sintió culpable por sospechar de él.

Beth, a diferencia de su sobrino, parecía que se había olvidado de que Riley todavía estaba sujetando el árbol. Estaba mirando el abeto intensamente, con las manos en la caderas, sacudiendo la cabeza.

Riley empezó a sentirse incómodo. Parecía menos recatada con las mejillas sonrosadas por el aire frío. Tenía los ojos brillantes, como si colocar un árbol fuera de las cosas más interesantes que se podían hacer en este mundo.

—Un poco más a la izquierda —dijo ella, como si estuviera colgando un cuadro—. Y ¿puedes girarlo un poco? Ese lado parece un poco desnudo.

Y entonces se puso colorada. Como si estuviera hablando de su propio cuerpo en lugar del árbol.

Él hizo lo que le pidió, pero el rubor de ella hizo que su mente diera un giro de ciento ochenta grados. Se preguntó si sería virgen. Ese pensamiento hizo que le diera mucha vergüenza y se escondió detrás de las ramas. Además, así podía mirarla sin que ella pudiera notar los pensamientos malvados que cruzaban por su mente.

—Ahí —decidió Jamie por fin—. Es el árbol más bonito del mundo. ¿A que sí, Riley?

—Está bien —dijo el hombre.

—Es perfecto —insistió Beth—. Vamos Jamie —le dijo a su sobrino, ofreciéndole la mano—, vamos a hacer palomitas mientras Riley coloca el árbol.

–No –dijo el niño con cabezonería, ignorando la mano–. Nosotros, los hombres, vamos a colocar el árbol.

Riley se dio cuenta de la expresión de la cara de ella.

–Tres minutos –le aseguró.

Lo cual no parecía mucho tiempo para encariñarse.

Riley, con la pequeña sombra detrás, fue a buscar algunas herramientas que había detrás de la cabaña.

–¡Diablos! –exclamó–. Parece que un puercoespín ha estado por aquí. Casi se ha comido el mango del martillo.

Era por todos sabido que a los puercoespines les gustaba el sabor salado que dejaba el sudor de la mano en el mango de las herramientas.

–¿Un puercoespín de verdad? ¿Dónde está? –preguntó Jamie, mirando alrededor con impaciencia.

–Pueden ser bastante peligrosos –le advirtió al niño–. Mira, te ha dejado una púa. Ten cuidado, no te pinches. Y si tu tía o tú veis a ese bicho, lo mejor es que no os acerquéis.

Jamie tomó el consejo con seriedad.

Cuando volvieron a la cabaña, Riley se paró en la entrada, y no solo para sacudirse la nieve de las botas. Toda la cabaña olía al árbol, y ahora, además, el olor se había mezclado con el aroma de las palomitas de maíz.

Para un lugar que no era el hogar de nadie, la sensación estaba comenzando a ser abrumadora.

Echó un vistazo a la cocina. Probablemente, Beth estaba haciendo el maíz allí.

En efecto, estaba de pie, agitando las palomitas como si la vida le fuera en ello. Al menos, había conseguido encender la estufa sin volar nada. Ya no lo necesitaba.

Beth tenía un aspecto femenino y saludable, pensó. El tipo de mujer con que cualquier hombre razonable soñaría.

Afortunadamente, él no era una persona muy razonable. Y mucho menos soñador.

Con todo, durante un instante sintió un anhelo insoportable, un deseo que era nuevo y a la vez tan antiguo como el tiempo. El simple deseo de un hombre de no estar solo.

—Vamos —dijo con la voz ronca, mientras se disponía a fijar el árbol al suelo.

«Tres minutos más».

Mientras fijaba el árbol al suelo con unas tablas, Jamie lo miraba con devoción. Riley sintió una debilidad especial.

—¿Quieres probar tú?

—¿Puedo?

—Claro.

La recompensa fue una sonrisa de oreja a oreja.

Dejó un clavo a medio clavar y le dio a Jamie el martillo. El niño lo agarró con las dos manos y, con la lengua fuera, se concentró y golpeó con fuerza.

—¡Diablos! —dijo Jamie al ver que había fallado; después, Riley y él levantaron la cabeza hacia Beth, a la que no habían oído llegar.

—Creo que no deberías decir esa palabra —le sugirió Riley en voz baja.

–Tú la dices –le señaló el niño sin dejar de mirar al martillo.

«No estoy acostumbrado a tenerle que dar ejemplo a un niño pequeño».

–Pero eso no quiere decir que esté bien.

–Para mí sí.

–De acuerdo. Ya no la diré más –dijo Riley.

–De acuerdo, yo tampoco.

Al menos, pensó Riley, había contenido la furia de Beth durante los tres minutos que estaría allí.

Pero en seguida se le ocurrió que, con toda la ayuda del niño, aquel asunto le iba a llevar más de tres minutos.

«Golpe, golpe, fallo, fallo, fallo, golpe, fallo, golpe, golpe». El clavo comenzó a torcerse y Riley agarró el martillo para enderezarlo, resistiendo la tentación de darle un golpe y clavarlo él mismo. En lugar de eso, volvió a darle el martillo a Jamie.

Lo sorprendía descubrir que podía tener tanta paciencia.

Pero más aún, lo sorprendía el calorcito que sentía en el pecho por aquellas cosas tan simples. Se preguntó si los padres, que hacían esas pequeñas cosas con sus hijos cada día, se daban cuenta del privilegio que tenían.

De nuevo, sintió una opresión desconocida en el pecho. Pérdida. Soledad. El camino equivocado. Pensamientos incómodos que no podía quitarse de la cabeza.

–Eso está muy bien –le dijo cuando el niño acertó.

Jamie lo miró como si acabara de recibir una medalla.

Riley se preguntó, con incomodidad, quién corría más peligro de encariñarse con el otro, si el niño o él mismo. El aire era cálido y dulce con el aroma del abeto y del maíz.

Jamie y él acabaron el soporte enseguida y con gran alboroto lo clavaron al árbol.

–Ya está –dijo el niño cuando se pusieron de pie.

–Perfecto.

Beth había entrado y estaba mirando el árbol.

Ya había terminado su trabajo allí.

–¿Quieres un chocolate caliente? ¿Y palomitas?

La boca se le hizo agua. Era una prueba. Tenía que superarla o estaría perdido para siempre.

–No –entonces recordó que era un ejemplo para el niño, le gustara o no–. Gracias de todas formas.

–Por favor, Riley, quédate –le dijo Jamie.

Él se sintió débil, pero no cayó en la tentación.

–No; no puedo –endureció el corazón ante la mirada de súplica del niño–. Tengo que marcharme. La nieve. El camino. Ya sabes.

Estaba claro que Jamie no sabía, pero su tía sí. Por el bien de todos, tenía que marcharse.

–Gracias por el árbol –dijo ella con dulzura.

–Y por los ángeles de nieve –dijo Jamie–. Y por dejarme ayudar.

Una cosa tan sencilla como dejarlo ayudar, y en el rostro del niño brillaba una luz especial.

Riley miró a Beth y vio cómo la ternura con la que miraba a su sobrino suavizaba su rostro. Y se preguntó qué se sentiría al ser amado por alguien como ella.

Tenía que salir de allí. Había demasiadas trampas. Olores agradables, la suavidad de una mujer y la admiración de un niño.

Ese no era el momento de pensar en que Beth y Jamie iban a pasar la Navidad allí solos. Ella lo había decidido.

Recordaba la cara que puso ella cuando le preguntó si no podían ir a ningún otro sitio a pasar la Navidad. Transparente. Estaba claro que si tuvieran más familia, esperándolos con los brazos abiertos y llenos de regalos, no irían a aquel lugar solos.

Eran una pequeña y solitaria familia, ellos dos. Sospechaba que estaban esperando algún tipo de milagro.

Él no podía ayudarlos con la soledad, y menos con los milagros. Lo único que podía hacer por ellos era marcharse de allí en aquel instante.

—De acuerdo —dijo recogiendo las herramientas—. Ya lo tenéis todo, ¿verdad?

—Todo —dijo ella, con expresión divertida.

¿Por qué no? Él parecía su padre. Pero, bajo la diversión, ¿le daría un poco de pena que él se marchara? No, debía de ser una mala pasada de su imaginación.

Se volvió y se dirigió hacia la puerta. Se obligó a no mirar a Jamie; ni siquiera de pasada. Pero, mientras se ponía la chaqueta, no pudo evitarlo.

El niño estaba en silencio; pero sus ojos le recordaban los de un gran perro que había tenido. Lo había adorado. Su mirada lo había seguido a todas partes, siempre suplicándole una caricia. Afecto.

Salió corriendo por la puerta. Guardó las herramientas en su sitio y en el camino al coche se dio cuenta de que la nieve ya le llegaba por los tobillos. La camioneta estaba cubierta de una gran capa.

Sin molestarse en limpiar las lunas, se montó, arrancó y, con los limpiaparabrisas, quitó la nieve. Dio la vuelta y se dirigió hacia el camino.

Jamie estaba con la nariz pegada a la ventana, diciéndole adiós con la mano. Dudó un instante y le dijo adiós. Ya no tenía que preocuparse por encariñarse con él.

Las ruedas giraron peligrosamente donde la nieve se había amontonado y, en una pequeña cuesta, tuvo que poner la tracción a las cuatro ruedas para poder subirla.

Eso lo preocupó. Estaba dejando a aquellas dos personas solas y él no podría volver en unos cuantos días.

Una cosa era decirse que ella era una persona adulta, que él le había ofrecido una salida y ella la había rechazado. Y otra cosa era alejarse de ellos sin estar convencido de que estarían bien.

¿Qué pasaría si se ponía a hacer mucho frío? ¿Treinta o cuarenta grados bajo cero? Si eso sucedía, ¿sabrían que no podían dejar que el fuego se les apagara? ¿Acaso sabrían que no podrían salir al exterior porque la piel se les podría helar en unos segundos si hacía viento?

¡Cómo iban a saber todas esas cosas si eran de Arizona!

Bueno, si eso sucedía, volvería. Si la carretera estaba intransitable podía agarrar su moto de nieve y llegar hasta allí. Seguro que a Jamie le gustaba. Pero la imagen que se le vino a la mente era la de Beth montada detrás de él, agarrándose con fuerza.

Dejó de pensar en eso y mantuvo la mente en blanco durante veinte o treinta segundos.

Y después se preguntó: ¿qué pasaría si intentaban montarse en el viejo trineo que había junto a la casa? Su madre debía de haberlo dejado allí para ellos.

¿Es que no había leído su madre el artículo sobre los accidentes en trineo? Si la gente que estaba acostumbrada a ellos podía tener un accidente, ¿qué podía pasarle a aquellos dos lagartos de Arizona?

«Ella es cauta», se dijo a sí mismo. «Nunca iría tan deprisa como para sufrir un percance».

La carretera atrajo su atención durante otros veinte segundos.

¿Qué pasaría si el puercoespín decidía volver y Jamie lo tocaba?

¿Qué pasaría si, entusiasmada con la Navidad, se olvidaba de encender la cerilla primero? Podía quemársele el pelo. ¿Y qué haría el niño en aquellas circunstancias?

«Nada va a salir mal», se dijo, molesto. «El puercoespín no va a volver y la cocina no va a explotar».

Normalmente no era una persona que se preocupara fácilmente. Sin embargo, no podía dejar de sentir ansiedad.

Pensó que esa angustia no tenía nada que ver

con Beth y con Jamie, sino que tenía que ver con él mismo, con su manera de entender la Navidad. Para él, era el peor momento del año, cuando las campanas y los villancicos le traían los peores recuerdos.

Tres niños, y él solamente había sacado a dos.

Pero ¿qué pasaba si lo que sentía en aquel momento era más que eso? ¿Y si era una premonición?

En cuanto la camioneta comenzó a patinar, se dio cuenta de que no había estado conduciendo con precaución. Con ese tiempo se necesitaba conducir con todos los sentidos y él los había tenido en otra parte.

Había llegado a una curva muy pronunciada y había entrado demasiado rápido. Ahora, la camioneta no obedecía a sus intentos de volver al camino y seguía deslizándose en línea recta.

Atravesó la carretera y se deslizó por una pequeña pendiente hundiendo el morro en la nieve.

Se quedó un rato inmóvil, pensado en lo que había sucedido. Había perdido la concentración por completo. Él era un hombre al que nunca le pasaban esas cosas. Llevaba media vida rodeado de animales y de maquinaria y en su trabajo necesitaba concentrarse porque su vida corría peligro. Nunca había tenido ningún problema.

Con resignación, abrió la puerta y saltó al exterior. Miró con atención a la camioneta. Con un poco de esfuerzo podría sacarla de allí. Pero, ¿para qué? ¿Para volver a salirse más tarde?

Ahora tenía una excusa para volver. Para asegurarse de que a Jamie y a Beth no les pasaba nada.

Quizá era su oportunidad para compensar lo que le pasó una noche de Navidad hacía muchos años.

Cuando un niño no logró salir.

—La cabaña parece diferente cuando él no está —dijo Jamie con un bigote de chocolate, mientras ponía una cinta de palomitas en las ramas bajas del árbol.

Beth quería decirle a Jamie que no fuera tonto, pero ella sentía lo mismo. Sentía su ausencia casi con la misma intensidad con la que había sentido su presencia.

Era como si la vida hubiera salido de la cabaña cuando él salió.

¿Por qué? Él no era un tipo divertido. Se imaginaba que debía de ser porque tenía presencia. Iba por la vida con una confianza y una masculinidad que no podían ignorarse. Era muy fácil sentir la energía que irradiaba.

Riley Keenan era un hombre con temple. Tanto que cuando salió de la habitación esta se quedó vacía.

Una voz en su interior le dijo que no se engañara a sí misma, que lo que realmente echaba de menos era su presencia física.

Aquel hombre era tan endiabladamente sexy que cortaba la respiración. Llenaba una habitación de tal manera que era casi imposible pensar en otra cosa que no fuera él.

Sin embargo, había aprendido que era posible hacer palomitas de maíz y al mismo tiempo mirarle el trasero a alguien, apreciando lo bien que le sentaban los vaqueros. O mirar sus músculos cuando se agachaba o cuando clavaba un clavo.

Desde luego, lo mejor había sido que se hubiera marchado. Una bendición.

—Tía, he visto a Riley en la nieve.

—No, cariño, no puede ser.

¿Cómo podría explicarle que había ciertas cosas que Santa Claus no podía darle?

Se arrodilló junto al niño y lo abrazó.

¿Debía decirle que había leído la carta? ¿Que sabía cuál era su mayor deseo pero que no se iba a cumplir?

—Jamie, si no vuelve no te pongas triste, ¿vale?

Jamie se soltó y corrió hacia la ventana.

—Pero si lo he visto —se quejó el niño—, en el camino.

Ella se unió a él en la ventana. Desde luego, ese era Riley Keenan en la distancia. Era fácil ver cómo se acercaba a zancadas. La nieve no impedía su paso firme. Era un hombre dueño de la tierra.

Y muy sexy.

Mientras se acercaba, ella sintió que el corazón se le aceleraba.

—No tengo un regalo para él —dijo Jamie, con preocupación—. ¿Y tú?

—No creo que esté aquí para Navidad. Probablemente ha tenido algún problema con la camioneta y viene a... a buscar algo —acabó con debilidad, presintiendo lo que había sucedido en realidad.

Parecía que todo volvía a complicarse. La hacía sentirse como una colegiala ante el capitán del equipo de fútbol. Se le ponían los nervios de punta. La hacía sonrojarse. La hacía tartamudear.

Y ninguna de esas cosas importaba. En alguna parte, en lo más profundo de su corazón, Beth se alegraba de que volviera.

Haciendo un esfuerzo por no parecer ansiosa, esperó hasta que lo oyó junto a la puerta y fue a abrir.

Había planeado decir algo agradable, divertido, sofisticado. Penny habría dicho: «¡Qué casualidad encontrarte aquí!».

Pero, en lugar de eso, cuando abrió la puerta, de sus labios no salió ni una palabra.

–La camioneta se salió de la carretera –dijo él como si ella no lo estuviera mirando fijamente.

–¡Dios mío! ¿Te has hecho daño? –de repente, se dio cuenta de que había sonado como si le importara demasiado.

–No –dijo él, sonriendo, débilmente –. Haría falta algo más para hacerme daño.

–Debes de estar helado –dijo ella alejándose de la puerta para que pasara.

–En realidad, no estoy muy mal. En este país estamos preparados para el frío extremo. En la parte de atrás tenía botas para la nieve y una chaqueta más gruesa.

–¿Te vas a quedar para el día de Navidad? –le pregunto Jamie, saltando entusiasmado.

–Me imagino que eso depende de lo que dure la nieve –dijo.

Entonces, ella comprendió las implicaciones de su regreso. No había ido a decirles que se había salido de la carretera. Ni para pedirles ayuda. ¿Qué ayuda podían ellos dos ofrecerle?

Había vuelto porque se habían quedado atrapados en la nieve.

Juntos.

Con la cara colorada, se alejó de él.

—Si tienes hambre hay sopa.

—Y después, puedes ayudarme a decorar el árbol —le dijo Jamie—. Ya he puesto las cintas de palomitas. Ven a verlas —le dijo tirándole de la mano.

Riley, a regañadientes, lo siguió al salón.

—Está muy bonito —dijo, porque sabía que el niño esperaba que dijera algo.

—¿Me ayudarás a acabarlo después de comer? —suplicó Jamie.

—Claro que sí.

Jamie pareció entusiasmado con la respuesta, pero Beth sabía que a Riley no le interesaban los árboles de Navidad. Ni las mujeres desamparadas o los niños pequeños. Ellos se habían cruzado en su camino y él había tropezado con ellos, pero no por decisión propia.

Solo estaba intentando sacarle el mejor partido a una situación complicada.

Se preguntó si Santa Claus tendría sentido del humor. Realmente, aquello era injusto. Que ella se quedara atrapada en aquella preciosa cabaña con el hombre más sexy que había conocido y al que no le gustaba la Navidad ni nada relacionado con ella.

Era realmente injusto.

Y también, la cosa más emocionante que le había pasado en la vida.

ESTA ES mi bola –le dijo Jamie a Riley–. Mira, tiene mi nombre grabado y el año en que nací. Es la bola de mi primera Navidad. Me gustaría ponerla en lo más alto.

Jamie se había dado cuenta rápidamente de que su inesperado compañero tenía la ventaja de llegar a las ramas más altas sin necesidad de subirse en una silla.

Era Bethany la que se sentía desilusionada porque había esperado que ese extraño, alto, moreno y muy guapo fuera a ser de alguna manera emocionante.

Aunque no era muy hablador, desde la comida se había vuelto aún más reservado. Educado, pero como si no estuviera allí. Tenía la sensación de que estaba, de alguna manera, cumpliendo con alguna obligación. ¿Por qué se sentiría así? Se había salido de la carretera. ¿Por qué los hacía sentirse como si fuera culpa de ellos que estuviera allí?

Estaba allí atrapado, pero solo en cuerpo porque su mente estaba a kilómetros de distancia.

Pero si había estado reservado durante la comida, durante la decoración del árbol se alejó de ellos aún más. Ella lo miró. Tenía la mandíbula tensa, como si estuviera apretando los dientes.

–¿Sabes? –le dijo con suavidad–. Se supone que esto tiene que ser divertido. Sé que preferirías estar en cualquier otro lugar, pero, ya que no puede ser, ¿por qué no intentas sacarle provecho a la situación?

Él la miró, sorprendido de que le hubiera leído la mente.

–¿En otro lugar? –preguntó él–. No, no es eso. Es que no me gusta mucho la Navidad.

–¿De verdad?

–Mira, lo siento si se nota mucho. Tienes razón –dijo con un brillo nuevo en el rostro y, por un segundo, ella pensó que realmente iba a empezar a divertirse.

Dejó la bola que tenía en la mano sobre el papel del que la había sacado.

–Voy a cortar leña.

Eso no era lo que ella había querido decir con lo de sacarle provecho a la situación. Se había referido a que disfrutara con ellos, aunque no podía decírselo tan claro.

–Me refería a que disfrutaras del árbol y del ambiente navideño que hay en la cabaña.

Él sonrió.

–Voy a disfrutar del ambiente, cortando leña para el fuego.

Ella no dijo nada más; de repente se le ocurrió que Riley Keenan era mucho más hombre de lo que una chica como ella podía manejar.

No había sabido llevar a Sam, un agente de la propiedad inmobiliaria bastante aburrido. Nada que ver con el hombre que se dirigía hacia la puerta.

Se preguntó, de repente, qué era lo que nunca había visto en Sam y vio la verdad. En realidad, no había visto nada en él.

Siempre había sido la chica tímida que vivía a la sombra de una hermana mucho más guapa y extrovertida. Por eso, cuando un día Sam la invitó a salir, se sintió adulada. Emocionada cuando él le dijo que le gustaba. Nunca se había parado a pensar qué era lo que sentía por él. Había sido suficiente con que a él le gustara ella.

Pero había comenzado a pasar una hoja nueva cuando llamó a Mary Keenan para preguntarle por la cabaña. Una nueva Beth estaba apareciendo en la superficie, más atrevida y decidida.

Entonces, se preguntó qué significaba aquello en aquel momento. ¿Que no debía dejarse llevar por enamoramientos pasajeros o que debía explorarlos? Desde luego, la antigua Beth era mucho más sencilla.

—¿Adónde vas? —le preguntó Jamie a Riley, con preocupación.

—Voy a cortar leña.

—Ya tenemos mucha leña —señaló el niño.

—En este país, nunca se tiene bastante. Me gusta tener la reserva al completo.

—Vale —dijo el niño—. Entonces, voy a ayudarte.

—No —dijo él con firmeza—. Quédate a decorar el árbol con tu tía.

—Pero...

—Esta vez no —dijo y cerró la puerta con firmeza a sus espaldas.

—¿Es que no le gusto? —preguntó el niño con tristeza.

–Por supuesto que sí.

–¿Por qué no me deja ayudarlo?

–Jamie, no quiere tu ayuda –inmediatamente se dio cuenta de que había sido demasiado directa–. Cortar leña no es un trabajo en el que los niños pequeños puedan ayudar. Puede ser muy peligroso. ¿Quieres que pongamos algunos villancicos mientras acabamos de decorar el árbol?

–Es mejor que guardemos las pilas para el día de Navidad –dijo el niño muy juicioso.

Una hora después, Beth deseó que el niño no hubiera sido tan prudente. El sonido del hacha golpeando la madera penetraba en la cabaña de manera insistente.

Cuando el carro de los helados pasaba una vez, resultaba fácil decir que no. ¿Pero docenas de veces? Después de todo, ella no estaba hecha de acero.

–Necesitamos la otra caja de adornos –dijo ella aunque no era cierto. Lo que quería era una excusa para entrar en la habitación a asomarse por la ventana. Solo un vistazo. Mirar no era exactamente lo mismo que ceder a las tentaciones.

El almacén de madera estaba detrás de la cabaña, justo enfrente de la ventana desde la que ella estaba mirando. La verdad era que parecía que ya no cabía ni un tronco más.

Riley estaba delante. La nieve caía a su alrededor en enormes copos de nieve. Él parecía no darse cuenta de nada.

Levantó el hacha con soltura y la dejó caer sobre un trozo de madera que se partió en dos. Sin hacer una pausa, agarró otro trozo.

Ella lo observó, avergonzada por su interés, molesta con su falta de autocontrol y, a pesar de todo, hipnotizada por la fuerza masculina de sus movimientos.

–¿Has encontrado los adornos? –preguntó Jamie desde el salón.

Ella se alejó de la ventana y agarró la caja.

Pero, ahora, se sentía atraída por aquella ventana. Era patético. Logró alejar el deseo de volver a mirar durante otros veinte minutos.

–Voy a ponerme un jersey.

Otra vez, volvió a colocarse junto a los cristales, dando rienda suelta a aquel placer secreto. Riley se había quitado el abrigo y estaba bajo la nieve con solo un jersey.

Se dijo a sí misma que un poco de entretenimiento no era malo. Nunca se sentiría culpable por ver una reposición de *Urgencias* solo para ver a George Clooney; pero allí no tenían televisor.

Después de un rato, volvió al salón junto al árbol. Allí hacía mucho calor con la estufa. ¡Y ella se había puesto un jersey!

A pesar de sus preocupaciones, no pudo pasar por alto que el árbol estaba quedando precioso. Pero no tanto como para atraer toda su atención.

–Me pregunto si el osito necesitará un jersey –dijo, y se sintió culpable de utilizar semejante excusa para volver a mirar por la ventana.

Luego, se sintió mucho peor cuando el niño admitió que el osito necesitaba el jersey. Volvió a la habitación una y otra vez, sintiéndose como una alcohólica con una botella escondida.

Riley, sin darse cuenta de que lo estaban observando, había comenzado a quitarse ropa. Era la única señal de que estaba haciendo un ejercicio extenuante. El jersey había desaparecido y, ahora, estaba en mangas de camisa, echando vapor por la espalda.

¿Y ella tenía que pasar la noche bajo el mismo techo que aquel hombre? Volvió al árbol e intentó borrar aquella imagen de su mente.

Pero Jamie decidió que ya había acabado.

—Quiero salir a jugar con la nieve —dijo—. Antes de que se haga de noche.

—De acuerdo. Voy contigo un rato, antes de preparar la cena.

Los dos se cubrieron de ropa. Ella se sentía gorda con todas aquellas capas y Jamie pensó que estaba muy graciosa. Dos buenas razones para mantenerse alejada de la parte de atrás de la cabaña.

Salieron al aire gélido.

Durante un buen rato, consiguió disfrutar de la nieve. El último ángel de Jamie casi había desaparecido bajo el manto de nieve así que hicieron más. Hicieron ángeles hasta que ya no pudo mover más los brazos. Después, escribieron sus nombres en la nieve con letras de dos metros.

—Vamos a ver qué está haciendo Riley —dijo Jamie, sentándose en el suelo.

A ella le pareció una buena idea. Jamie era el que lo había sugerido y, además, ella se sentía gorda y ridícula. Él no iba a verla como a una mujer con la que fuera peligroso pasar la noche.

Aunque, no era que fueran a pasar la noche juntos, exactamente. No en el sentido en el que la mayoría de la gente utilizaría esa frase.

—Tía, ¿por qué tienes la cara tan roja?

—Es por el frío —mintió—. La tuya también está colorada.

Jamie se dirigió hacia la parte de atrás y ella lo siguió a distancia, como si se estuviera dejando arrastrar hacia allí.

Riley se estaba tomando un respiro. A pesar del frío, solo llevaba una camiseta blanca y la nieve se derretía en sus brazos desnudos. Ella podía ver la forma de sus bíceps, abultados debido al ejercicio, y la fortaleza de los antebrazos. La camiseta estaba empapada y se le pegaba al torso, a la espalda y a los hombros.

Cuando los oyó acercarse, levantó la cabeza. Mientras se acercaban, ella pudo comprobar que el trabajo no era tan fácil como le había parecido desde la ventana. Tenía la cara empapada en sudor y el pelo estaba empezando a rizársele.

Él echó mano del jersey, se secó la frente con él y, después, se lo metió por la cabeza.

—Hace frío cuando se deja de trabajar —dijo él, pero ella se preguntó si habría notado el calor de su mirada.

¡Dios! Era realmente patética. Si algo había aprendido aquella tarde, había sido eso: era patética.

Afortunadamente, seguía siendo una mujer sensata. Si él no hacía ningún movimiento, ella estaría a salvo. Y él no tenía el aspecto de dar ningún primer paso con ella. Parecía que, después de todo, iba a tener un poco de suerte.

Había trozos de madera por todas partes a su alrededor. Él dejó el hacha en el tronco y se puso a recogerlos. Sin que nadie le dijera nada, Jamie se puso a ayudarlo.

Ella estaba fuera de lugar. Eso estaba claro y también había comprobado que estaba en una posición muy vulnerable. Si él se mostraba amable con Jamie se encontraría perdida.

—Voy a preparar la cena —dijo, y esperó que la razón por la que él levantó la cabeza no hubiera sido porque había notado la nota estrangulada de su voz.

Él la miró a ella y después al niño.

—Ve a ayudar a tu tía.

—No. Estoy ayudándote a ti —dijo él niño con tozudez.

Riley lo miró durante un segundo; después, se encogió de hombros y se alejó. Jamie tomó aquel gesto como una aceptación y se lanzó a recoger más madera.

Otra vez en la cabaña, Beth luchó contra sus demonios. Una parte de ella quería preparar la mejor cena que Riley Keenan hubiera probado jamás. Por un lado, deseaba con desesperación hacerlo, conquistarlo, y ganárselo de aquella manera tan tradicional. Pero otra parte, más inteligente, sabía que eso sería el principio del baile.

El baile del hombre y la mujer. Ancestral. Un baile que ella no conocía.

En lugar de ceder al deseo de bailar, buscó en una maleta hasta que encontró una novela que había llevado. Se puso a leer hasta que empezó a anochecer.

Pero cuando escuchó que Riley y Jamie se acercaban, tuvo que reconocer que no se había enterado de nada de lo que había leído.

Sin embargo, decidida aún a no dejar que él viera lo que estaba sucediendo en su interior, se levantó del sofá, abrió dos latas de comida y las puso en una cacerola para que se calentaran.

Cuando vio la cara de Riley al entrar, supo que había vuelto a la casa solo por hambre. Parecía cansado. Tenía copos de nieve en las pestañas y eso atrajo la atención de ella hacia sus enormes ojos grises. Sin ninguna duda, ocultaban un secreto.

Miró por encima del hombro de ella y vio lo que había en la cocina. Sin decir una palabra, sacó un tazón de un armario y lo llenó de agua; después, le añadió harina. En unos segundos, había puesto a calentar aceite en una sartén enorme y estaba friendo la mezcla.

—¿Qué es eso? —preguntó ella, cuando el aroma delicioso del preparado comenzó a inundar la habitación.

Era aún mejor que el olor del pino y de las palomitas.

Era el olor de él.

—Es pan frito —le respondió—. Acompañará de maravillas a ese guiso. Me lo enseñó un amigo. Los nativos lo utilizaban como comida principal; pero, en realidad, lo trajeron los primeros escoceses que llegaron a Canadá.

Ella miró la sartén. El pan estaba duplicando su tamaño y, cuando lo sacó, estaba dorado y tenía un aspecto delicioso.

Intercambió una mirada con Jamie y en su expresión pudo leer que Riley acababa de subir unos peldaños en la escala de padre perfecto.

—Ya está —dijo él—. Pruébalo.

Le estaba ofreciendo un trozo de pan y ella se inclinó y lo tomó. Estaba caliente y tierno, sin lugar a dudas, una de las cosas más deliciosas que había probado en la vida.

De repente, la cocina le pareció muy íntima. Sintió que le faltaba el aliento y no sabía qué hacer con los ojos; también se había quedado sin palabras.

No sabría decir si aquello era un sueño o una pesadilla. Podría decir que tenía elementos de los dos.

«No luches», le dijo una voz. «Déjate llevar».

Qué bien conocía aquella voz. La había escuchado durante toda la tarde. No había parado de decir que Riley era el hombre más sexy que había conocido y que dejara de ser tan sensata.

Pero ella no podía dejarse llevar.

No se trataba solo de ella. El niño era mucho más importante.

La única manera de no ceder era desaparecer.

—No me encuentro bien —soltó—. Voy... voy a tumbarme. Lo siento.

Riley la miró a ella y miró el pan.

—¿Tan malo está?

—No, no es eso —dijo cuando lo que quería decir era: «es por ti».

Se metió en la habitación y cerró la puerta. Se tumbó en la cama y miró al techo. Sintió claustrofobia y pensó que había tenido cuidado con ella pero había dejado a Jamie solo.

Porque él todavía estaba allí, queriendo cada vez

más a aquel hombre. Podía escuchar sus voces, los sonidos de los platos, a Jamie convenciendo a Riley de que jugara con él.

Ya se encargaría de eso al día siguiente. Era de noche, necesitaba estar sola para poder pensar con claridad.

Más tarde, Jamie entró en la habitación, la rodeó con sus brazos y le dio un beso sonoro.

–El sofá del salón se hace cama. Allí va a dormir Riley. Le he dicho que me cuente un cuento, pero me ha dicho que no sabe ninguno.

Así que, se metió en la cama con ella y ella le contó un cuento y se hizo la ilusión de que nada había cambiado.

En mitad de la noche, se despertó sobresaltada. La cabaña estaba totalmente a oscuras y ella pensó que no podía engañarse ni esconderse.

El grito de angustia que la había despertado todavía flotaba en el aire.

Un escalofrío le recorrió la espalda y sintió que se le ponía la carne de gallina. ¿Hacía lo más peligroso e iba a ver qué tal estaba Riley? ¿O lo más seguro y se quedaba allí?

Después, pensó que lo más decente era ir a ver si necesitaba algo.

Riley se obligó a respirar con tranquilidad. Después, se paró a escuchar. Estaba seguro de que había gritado. Todavía podía sentir el horror de la pesadilla. Afortunadamente, no había despertado a nadie.

Hacía mucho tiempo que no tenía uno de esos

sueños. Sin embargo, ni se le había ocurrido pensar que habían desaparecido. Ahora, mientras los ojos se ajustaban a la oscuridad, vio el árbol de Navidad. Ahí había empezado todo, cuando aceptó decorar ese árbol.

Fue entonces cuando sintió que lo invadía la oscuridad.

Por eso decidió salir y trabajar duro. Y sí que había trabajado. Tenía las manos duras como el cuero y, aun así, sabía que le estaban saliendo ampollas.

Había vuelto a la cabaña para protegerlos y enseguida se dio cuenta de que el que necesitaba protección era él. Protección contra el niño que cada vez le gustaba más.

Y contra ella.

Bethany Cavell no era el remedio para un hombre confuso como él. ¿Protegerla? Oh claro, podía protegerla contra el puercoespín y podía mantener el fuego encendido y también podía encender la estufa. Pero mientras habían estado juntos en la cocina, preparando la cena, se había dado cuenta de que había otro tema.

La encontraba atractiva. Le gustaba cómo olía, cómo inclinaba la cabeza y también cómo reaccionaba ante él. Tan pronto se mostraba tímida como estaba dispuesta a pelear. Le gustaba la suavidad de su voz y el brillo de sus ojos cuando miraba al niño. Le gustaba cómo se apartaba el pelo y la manera tan divertida de vestirse, como una monja, con mucho cuidado para no mostrar ninguna de esas fantásticas curvas que poseía.

Pensó que aquello no era lo más apropiado en un

hombre que estaba allí para protegerla. Sin embargo, no pudo evitar ofrecerle un trozo de pan.

Ella mordió el pan con los ojos clavados en los de él.

Y, después, el pánico se apoderó de ella. Habría podido jurar que no se había puesto enferma. Ella lo sabía. Y él también.

No se podía poner juntos a un hombre y a una mujer como ellos sin que saltaran chispas.

¿Por qué no había pensado en eso antes, cuando podía haber sacado la camioneta de la cuneta y haber vuelto a casa?

Oh, no. Él tenía que jugar a ser el héroe otra vez. Como si él no supiera lo mal que se le daba ese papel.

Con el rabillo del ojo vio algo moverse y giró la cabeza.

—¿Riley? —susurró ella.

—¿Sí?

—¿Estás bien?

—Sí, perfecto. Vuelve a la cama.

Pero ella no se volvió a la cama. Deslizó sus pies en la oscuridad y se dirigió hacia donde él estaba.

—¿Has tenido una pesadilla?

Él cerró los ojos y los volvió a abrir cuando sintió que ella se sentaba en el extremo del colchón.

Él no era un niño. No era Jamie. No quería que lo tratara como a un niño. Y, sobre todo, no quería su pena, su amabilidad, su consuelo.

—Sí. He tenido una pesadilla. Vuelve a la cama. Siento haberte despertado.

–He intentado quedarme dormida, pero no he podido. Había pensado que si me tomaba un poco de leche caliente a lo mejor lo conseguía. ¿Quieres una?

–Sí.

–No te levantes. Yo la preparo.

Como si fuera a levantarse. Estaba en ropa interior.

Sintió como ella se levantaba y, en lugar de sentirse aliviado, se sintió perdido. Un rato después, la luz de la cocina se encendió y él se apoyó en el codo para verla.

No era justo que él pudiera mirarla sin que ella pudiera verlo. Se sintió como un espía. Sin embargo, no podía dejar de mirar.

Era como si ella fuera una tabla de salvación después de su sueño turbulento.

Estaba encantadora. El pijama le quedaba demasiado grande y flotaba alrededor de su figura. El pelo lo tenía alborotado, cada rizo por un lado. Tenía un aspecto muy natural. Totalmente distinta de Alicia, que siempre se levantaba con la cara manchada de maquillaje.

Ella sirvió la leche en dos tazas, apagó la luz y volvió al salón.

Él se incorporó y extendió una mano para agarrar la taza que ella le estaba ofreciendo.

–Gracias.

Pensó que ella se marcharía a su habitación, pero no se movió. Después, no supo por qué, pero se apartó, invitándola.

No tenía la camisa puesta. Toda la ropa estaba

empapada y la había dejado colgada junto al fuego, por lo que se enrolló en la manta.

Ella aceptó la invitación y se sentó junto a él.

—Yo tenía insomnio —le dijo ella—. Después de la muerte de mi hermana. Y pesadillas.

—¿Cómo murió?

—En un accidente de coche. Le gustaba conducir muy deprisa. ¿Quieres hablar de tu sueño?

—No, creo que no —dijo él sintiendo que crecía la tensión. Antes había pensado que lo último que quería era su amabilidad y ahora sabía por qué.

Lo hacía débil. Le hacía desear lo impensable: poner su cabeza sobre su hombro, sentir sus brazos rodeándolo y soltarlo todo.

Ella se quedó en silencio un buen rato. Él no estaba acostumbrado a las mujeres que no llenaran los silencios con el sonido de sus voces.

Podía sentir su propia respiración relajada.

—¿Has soñado con el fuego? —le dijo en un susurro—. ¿El que mencionaste en la camioneta?

Él volvió a ponerse en tensión. Le había dicho que no quería hablar de eso. No iba a responderle. No era asunto suyo.

—Sí —dijo, contrariando sus pensamientos. Aunque solo fue un gruñido, un susurro.

Después el silencio volvió a rodearlos.

Y entonces, sintió el roce de sus dedos. Cálido. Suave. Gentil. Ella le tocó la cicatriz justo donde comenzaba, bajo la oreja.

Él sintió que se le tensaban todos los músculos del cuerpo y ella dejó de mover los dedos hasta que él volvió a respirar de nuevo. Después, deslizó los dedos por la cicatriz recorriéndole el hombro hacia el pecho.

Él podía sentir algo en aquella caricia sobre la piel dañada. No era rechazo y no era curiosidad.

Era una ternura exquisita.

Era como si pudiera penetrar la cicatriz y dirigirse a lo que no se veía: la herida de su corazón. Era como si ella tuviera algo que pudiera curarlo.

Si él la dejaba.

CAPÍTULO 7

U N RUIDO, un suave murmullo, despertó a Riley.

No recordaba haberse quedado dormido la noche anterior, ni que ella lo hubiera dejado. Aunque sus sentidos le dijeron que ya no estaba allí, faltaba su peso al otro lado de la cama y ya no olía a ella.

Sin embargo, lo que perduraba en su memoria, con la misma fuerza como si aún estuviera allí, era la suavidad de sus dedos sobre la herida.

Volvió a escuchar el murmullo y una suave risa.

Abrió un ojo con cuidado.

Y se encontró de frente con el ojo de cristal del oso de peluche.

–Hola –dijo. Ya era por la mañana, pero aún era muy temprano, y seguía nevando.

–Mañana es Nochebuena –le dijo el oso con felicidad.

–¡Ah! –dijo él sin ocultar su falta de entusiasmo. Cerró los ojos y se tocó la cicatriz del cuello; casi lo sorprendió que aún estuviera allí.

El oso saltó delante de su cara y Riley tuvo que recordarse que el oso no era real, que estaba unido a un brazo y el brazo, a su vez, a algo que no podía ver y que no dejaba de reírse.

–Los osos duermen durante el invierno –dijo Riley.

Jamie tardó unos segundos en contestar.

–Pero se despiertan para Navidad –después repitió con la voz del oso–: Sí, nos despertamos en Navidad.

Por supuesto. Navidad. A los niños les encantaba la Navidad. Riley se movió y miró a Jamie, que estaba tumbado en el suelo con un pijama de franela lleno de osos. Le encantó que lo descubriera.

El niño le dedicó una sonrisa genuinamente feliz. Era como si encontrarse con un vaquero en casa por la mañana fuera como un sueño hecho realidad.

Riley sintió que la emoción le atenazaba la garganta. Era abrumador que el niño siguiera dándole oportunidades.

Se preguntó por qué Jamie estaba tan dispuesto a darle a la vida más oportunidades cuando ya había tenido que pasar por un momento tan difícil. Solo tenía cinco años y ya había perdido a su madre, una pérdida que la mayoría de la gente con diez veces su edad no había experimentado.

De repente, se le ocurrió, mirando a aquella cara llena de inocencia, que quizá tenía mucho que aprender de Jamie Cavell.

Había sufrido mucho, pero aún parecía dispuesto a pensar que la vida era buena. Su sentimiento hacia la Navidad, un tiempo de milagros y esperanzas y amor, significaba que no había renunciado a nada.

Él nunca había pensado en sus sentimientos con respecto a la vida. Pero la verdad era que había renunciado a muchas cosas. La vida le había hecho daño y él le había dado la espalda.

Una Nochebuena, hacía seis años, había aprendido, de la manera más dura posible, que él no tenía el control de nada. Que había cosas que toda su fuerza, toda su voluntad y toda su cabezonería no podían evitar. Si hubieran sido cosas pequeñas, quizá habría tenido una oportunidad. Pero se había tratado de algo importante, algo relacionado con la vida y la muerte.

¿Qué era lo que había hecho entonces? Hacer su mundo cada vez más pequeño para poder controlarlo.

Ahora lo veía con total claridad: la disminución de su mundo solo le había proporcionado una quimera de control. Un espejismo tonto hecho pedazos por una mujer y un niño del otro lado del mundo. Un espejismo que ni siquiera pasaba la prueba de una nevada.

De nuevo, volvía a aprender una de las lecciones más humillantes: los hombres no tenían el control del mundo.

Ni siquiera tenían el control de su propio corazón.

Porque, aparte de reducir su mundo, había intentado convertir su corazón en piedra. Obviamente, tampoco lo había conseguido.

Jamie ya parecía saber que el mundo era un lugar impredecible. Parecía disfrutar del hecho de no saber qué era lo que iba a pasar a continuación. De hecho, iba de frente contra lo que más daño le había hecho: el amor.

¿Acaso era necesario tener el corazón puro e inocente de un niño para darse cuenta de que lo único que era capaz de sanarlo todo era el amor?

Ni la medicina, ni la ciencia, ni la psicología; el amor.

Jamie saltó encima de la cama.

—¿Qué vamos a hacer hoy?

«Vamos. Nosotros». El día anterior, antes de aquella tierna caricia sobre la cicatriz, se habría desligado totalmente de aquel «nosotros».

Beth le había advertido que el niño podía encariñarse. ¿Y ellos? Quizá ella tampoco tenía todas las respuestas. Quizá lo mejor sería que el niño los condujera a donde fuera.

—¿Qué te gustaría hacer? —preguntó Riley.

—Bueno, para empezar me gustaría prepararle el desayuno a mi tía, si tú me ayudas. Nunca hay nadie que cuide de ella.

Durante un instante, sintió que la emoción volvía a embargarlo. ¿Porque Beth no tenía a nadie o porque un niño pequeño, cuando se le había dado a elegir, había pensado en otra persona?

—Cereales, ¿no? —bromeó él.

Jamie meneó la cabeza.

—No. Ese pan tan rico que preparaste anoche. Y beicon y huevos.

—¿No crees que se preocupará por engordar?

—¿Mi tía? Ella no se preocupa por eso. Solo por todo lo demás.

Una mujer que no se preocupaba por el peso. Eso era bastante refrescante después de Alicia, que contaba las calorías como si le fuera la vida en ello.

—¿Se preocupa por todo lo demás? —preguntó, sabiendo que hacía mal en sonsacar a un niño.

—Se preocupa cuando llega el correo.

«¿El correo? Demonios. Facturas».

—Y cuando salgo a jugar.

«¿En qué vecindario vivirían?».

—La preocupa que un día nos caigamos por las escaleras. Hace tiempo que están rotas.

Riley estaba comenzando a arrepentirse de haber preguntado.

—Ahora que me has enseñado a clavar clavos, puedo arreglarla yo —eso lo dijo con absoluta confianza en sí mismo—. Y cuando cree que estoy dormido, a veces, llora.

«Diablos, otra vez. Ese no era el tipo de preocupaciones que quería que ella tuviera».

—No te preocupes —continuó el niño—. Ya me he encargado yo de todo.

—¿Ah, sí?

— Sí, con la ayuda de Santa Claus —se llevó un dedo a los labios—. Chis, es un secreto.

Parecía que las preocupaciones de Beth no se iban a resolver con facilidad y, desde luego, él no iba a ser el que le contara a Jamie que Santa Claus no existía.

—¿Qué te parece si sales un minuto para que me vista?

Eso por no mencionar que intentaría borrar las imágenes que Jamie había puesto en su mente.

Facturas. Escaleras rotas. Llorar por la noche.

Se vistió con premura y miró por la ventana. La nieve había formado una alfombra de un blanco inmaculado que lo cubría todo. Y aún seguía cayendo, lo cual significaba que la carretera ya estaría totalmente cubierta.

Se preguntó qué pasaría en aquella cabaña. Qué sucedería si se libraba de su armadura y se dejaba llevar.

Miró a la cara entusiasmada de Jamie y decidió que quería que tuvieran una experiencia inolvidable de las montañas de Canadá. No podía librar a Beth de sus preocupaciones, pero quizá podía hacer que las olvidara durante un tiempo.

Decidió que les enseñaría lo mejor de aquel mundo. Sonrió.

Con Jamie subido en una silla a su lado, le enseñó el secreto de los panecillos fritos. Juntos prepararon los huevos con beicon. Jamie insistió en cascarlos y los rompió todos.

—Me gustan revueltos —dijo.

—A mí también —asintió Jamie.

—¿A ti también qué? —preguntó Beth procedente del dormitorio.

Le volvió a gustar la frescura de su aspecto recién levantada, con el pelo alborotado y la cara tan despejada.

Recordó su mano. La suavidad de sus dedos.

Su impulso fue escapar, de nuevo, a cortar leña. Pero no. Había decidido que les iba a hacer disfrutar y pensaba cumplirlo.

Así que, en lugar de alejarse de ella e intentar ocultar sus sentimientos, decidió sonreírle abiertamente.

Ella le sonrió a él.

Y él ni siquiera intentó ocultar que el corazón le dio un pequeño vuelco dentro del pecho.

De alguna manera, la tensión se evaporó.

Cuando terminaron de desayunar, Jamie le volvió a preguntar:

—¿Qué vamos a hacer hoy?

—¿Has hecho alguna vez un muñeco de nieve? —preguntó Riley.

—Nunca —dijo Jamie, negando con la cabeza—. ¿Me ayudarías a hacer uno? Lo he visto en las películas. Quiero hacer uno muy grande.

Riley se rio.

—¿Te apuntas? —le preguntó a Beth. Y sintió que los dos sabían que la pregunta era a dos niveles.

Si se apuntaba a hacer el muñeco de nieve. Y si se apuntaba a algo más profundo. Sin juegos ni guardias. ¿Estaba dispuesta a ir donde sus sonrisas cautas les habían prometido?

Ella dudó un instante. Después, se miró los pies y jugueteó con el botón del pijama.

—No —dijo por fin—. Voy a recoger la cocina.

—No, tía Beth, por favor. Quizá no volvamos nunca a ver la nieve.

—Eso es verdad —dijo Riley—. Quizá nunca la vuelvas a hacer.

Y de nuevo, sabía que estaba hablando de algo diferente a la nieve. Y ella también lo sabía. Ella lo miró con sus ojos verdes muy abiertos. Parecía un poco asustada.

Después agachó la cabeza y se rindió.

—Me apunto —dijo.

—¡Bravo! —chilló el niño—. ¿A que es la mejor Navidad del mundo?

En ese momento, Riley tuvo dudas.

—Bueno, vámonos.

Unos minutos más tarde, forrados de ropa, Riley les enseñó a hacer bolas de nieves. Después, las dejó en el suelo y comenzó a darle vueltas. Con aquel tipo de nieve, la nieve se pegaba a sí misma y las bolas cada vez se hacían más grandes.

—Venga —los animó—, tu tía y tú contra mí —les dijo, después de que tuvieran un par de bolas de un tamaño considerable—. Vamos a ver quién hace la bola más grande.

Sabía que no era justo. Incluso ellos dos juntos nunca podrían igualar su fuerza. Aunque nadie pensó en eso mientras empujaban entre risas y gruñidos.

—No me puedo creer que esto pese tanto —dijo Beth.

—Ten cuidado no te hagas daño —le advirtió él muy serio.

Ella le dedicó una mirada desagradable y, junto a Jamie, siguió empujando hasta que ya no pudieron más.

—Tía, mira —dijo Jamie, señalando la bola de Riley.

A Riley le gustó que lo mirara de aquella manera, llena de admiración por su gran fuerza masculina. Su bola era enorme.

—Vamos, chicos. Ahora necesito vuestra ayuda.

No hizo falta que se lo pidiera una segunda vez.

Jamie y Beth se unieron a él y, entre risas y resba-
lones, consiguieron añadir otra capa a la bola
enorme.

Después, Beth resbaló de forma extraña y al caer
hizo caer a Riley con ella. A pesar de sus esfuerzos
para no caerse encima, allí fue exactamente donde
aterrizó.

—Ay —dijo ella, pero no muy en serio.

Él se levantó solo un poco para no aplastarla. Podía sentir su respiración acelerada. Sus ojos estaban
atrapados en los de ella.

Los de ella estaban llenos de diversión, libres de
las preocupaciones y las ansiedades de las que Jamie le había hablado.

Él no tenía otra cosa que darles.

Levantó una mano y le acarició la mejilla. Como
no podía sentir nada por el guante, se lo quitó con
ayuda de los dientes. No recordaba haber tocado
nunca algo tan suave.

Ella se quedó muy quieta.

—Bésala —gritó Jamie con alegría.

—De acuerdo —dijo él acercando su boca a la de
ella, pero, en el último segundo, recobró el sentido y
consiguió desviar los labios hacia su mejilla.

El beso fue tan suave como un pétalo.

Después, se levantó, se volvió a poner el guante y
le ofreció la mano para ayudarla a levantarse.

En cuanto se incorporó, comenzó a quitarse la
nieve de encima, pero, antes de que agachara la cabeza, él pudo ver la expresión de su cara: estaba desilusionada.

Desilusionada porque no la había besado en la

boca. Sospechó, que al mismo tiempo, habría sentido pavor.

–Bueno, ya somos dos –murmuró él.

–¿Dos? –preguntó ella.

–Empapados –dijo él. Después recordó que no quería fingir–. Asustados –se corrigió.

–¿De qué? –preguntó ella.

–De ti –respondió.

–Oh, no. Tú no. ¿Por qué ibas a tener miedo de mí? Yo no soy de ese tipo de mujeres a las que se les tiene miedo.

–Quizá porque los hombres son unos tontos –dijo él–. Tú eres el tipo de mujer a la que se le debe tener más miedo.

Ella se puso colorada.

–¿En serio?

–Fuerte. Autentica. Real. Y preciosa.

Ella abrió la boca y se puso aún más colorada.

–Yo no soy fuerte. Ni preciosa. Solo soy normal.

Él sintió un momento de furia por aquel novio que no le había hecho ver lo hermosa que de verdad era. Aunque, pensándolo mejor, si ese novio lo hubiera hecho bien, ella no estaría allí.

Y que ella estuviera allí le parecía una de las mejores cosas del mundo. Una bendición. Un regalo del Cielo.

Aquellos pensamientos eran sencillos pero muy intensos, incluso para un hombre que había decidido ser sincero. Agarró un puñado de nieve y se lo tiró.

Ella se rio, aliviada, por la interrupción. Agarró un puñado y comenzó a hacer una bola.

Después, él comenzó a correr por la nieve y ella lo siguió con la bola en la mano.

Esa vez fue él el que tropezó y ella cayó justo encima.

La mano que tenía llena de nieve se la refregó por la cara.

Después, Jamie los alcanzó y junto a Beth comenzaron a enterrarlo en nieve. Él se estaba riendo tanto que creía que se iba a ahogar con la nieve. Intentó quitárselos de encima, haciendo el esfuerzo justo para agitarlos un poco y hacerlos reír a ellos.

Llegó un momento en el que le dolían la mandíbula y el estómago de tanto reírse.

No sabía cuándo se había reído de aquella manera. Sí, sí lo recordaba: nunca. Nunca se había reído así en toda su vida.

Cuando la risa cesó, los tres volvieron junto a las bolas.

Vamos a acabar el muñeco de nieve –dijo Jamie–. También podemos hacer una muñeca y un niño muñeco.

Riley se sentía a salvo con el niño. ¿Pero durante cuánto tiempo? Jamie tendría que irse a la cama en algún momento.

Por ahora tenía otro gran problema: estaba calado hasta los huesos y no tenía nada de ropa para cambiarse.

El muñeco de nieve salió enorme. Entre los tres lograron subir la bola del medio encima de la grande para hacer el cuerpo. La bola de arriba, la cabeza, la tuvo que poner Riley solo. Mientras, Beth miraba con admiración y Jamie no paraba de hacer fotos.

Después, Riley le puso dos carbones en los ojos, una zanahoria por nariz y un trozo de regaliz para la boca.

En la cabeza del muñeco, puso su sombrero de vaquero.

A los lados le clavaron unas ramas a modo de brazos y Riley y ella posaron para la foto. Beth no recordaba la última vez que se había divertido tanto.

Había pasado mucho tiempo. Muchísimo.

Volvieron a la cabaña y ella mandó a Jamie a que se cambiara mientras ella ponía sopa a calentar para comer. Intentó no mirar a Riley, pero era plenamente consciente de él. Especialmente, después de haber sentido las líneas duras de su cuerpo encima de ella. Después de haber sentido la suavidad de sus labios sobre su mejilla. Después de saber que la consideraba guapa.

Tembló al pensar en eso y se dio cuenta de que estaba empapada.

—Será mejor que te vayas a poner algo seco —le sugirió él, que estaba friendo pan para la comida.

Ella lo miró y se fijó que la piel de su antebrazo tenía el vello de punta.

—¿Y tú? —le preguntó.

—Estoy pensándomelo.

—¿No tienes ropa en algún armario?

—No, señorita.

Pronunció la palabra «señorita» con tanta suavidad que Beth sintió el peligro.

—Por lo menos, podías quitarte la camisa mientras te lo piensas.

Él dudó un instante; después, se quitó la camisa y fue a colgarla delante del fuego, junto a los abrigos y los mitones.

Ella se marchó al dormitorio y se puso ropa seca. Cuando salió, él tenía el torso al descubierto.

A pesar de la cicatriz, que le recorría el pecho como una lengua de lava, era demasiado hermoso para expresarlo con palabras. Tenía todos los músculos desarrollados y ni un ápice de grasa.

Ahora, ella se encontró en la cocina, cocinando con un hombre medio desnudo, haciendo como que no la afectaba.

Un hombre hermoso. Le apetecía tocarlo. Continuar con la exploración que había comenzado la noche anterior. Quería tocar los bultos duros de sus pectorales, el estómago recto y firme.

Se dio cuenta de que había comenzado a salirle la barba y eso le daba un aspecto más duro y más sexy, y también deseó tocarle la cara.

Afortunadamente, Jamie se unió a ellos cuando peor lo estaba pasando.

–¿Tienes frío?

Durante un instante se preguntó si se habría puesto a temblar. Después, se dio cuenta de que Jamie estaba hablando con Riley.

–No.

–Sí. Tienes la piel de gallina. Es por los vaqueros mojados. Puedes pillar una «hipopotamia».

–Hipotermia –lo corrigió él–. No te preocupes, me secaré en un momento.

–Podías enrollarte una sábana, mientras se seca tu ropa junto al fuego –sugirió ella.

–No.

Pero un instante después, obviamente muy incómodo, apareció con una sábana enrollada al cuerpo.

–Prohibido reírse –les advirtió.

Los dos aguantaron la risa.

Él se dirigió hacia el sofá y se sentó. Después los miró furioso.

Ella intentó morderse la mano para no reírse, pero no lo consiguió.

Mientras esperaban a que se les secara la ropa, jugaron a las cartas de Jamie.

Cuando por fin se secó todo, volvieron a salir al exterior y volvieron a empaparse.

Hicieron una muñeca de nieve y un muñeco pequeño. Cuando acabaron, construyeron un fuerte.

Beth se sentía como una niña.

Pero, sobre todo, le encantaba mirar al nuevo Riley. Era como si el cinismo se hubiera evaporado. Era como un niño grande.

A la hora de cenar, le dio menos vergüenza ponerse la sábana. Incluso fingió ser un emperador romano y jugaron otra partida de cartas.

Después, sin avisar, Jamie se quedó dormido en el sofá.

Y ella se quedó sola con un hombre semidesnudo, con un buen fuego en la chimenea y la nieve en el exterior.

Sin previo aviso, ella era una mujer y él un hombre.

–Voy a acostarlo –dijo ella.

Pero Riley se levantó y lo tomó en brazos. A ella

le encantaba su fuerza, la maravillaba. Era como si le robara el aliento y el corazón.

—¿Quieres que le ponga el pijama?

—No. Solo quítale los calcetines y métele en la cama.

Él miró al niño con ternura.

La parte más peligrosa estaba ahí. No en su fortaleza física ni es su belleza, sino en esa parte que mantenía oculta.

Salieron de la habitación y volvieron al salón, pero, ahora, todo había cambiado.

Era como una primera cita y la sábana lo empeoraba todo. Cualquier otro hombre habría estado ridículo.

—Bueno —dijo ella después de un rato—. Me marcho a la cama.

—¿Tienes miedo?

—¿Miedo? ¿De qué?

—De mí.

Ella quiso negarlo, pero no pudo.

—¿Y si te dijera que yo también tengo miedo, Beth?

—Eso ya lo dijiste, pero, sinceramente, no me pareces el tipo de hombre que tenga miedo de nada.

Él sonrió, pero ella notó el dolor.

—Eso fue así hace tiempo.

—¿De qué tienes miedo? —le preguntó ella.

—Del brillo de tus ojos.

Ella se atragantó.

—Y de la vida —añadió.

—Es por el fuego —adivinó ella.

Él asintió.

—¿Todavía quieres que te lo cuente?

Ella se volvió hacia él y supo que podía haber luchado contra la atracción de su fuerza y su belleza, haber luchado contra el hecho de estar en una preciosa cabaña con un hombre sexy.

Pero lo que le estaba ofreciendo era otra cosa: su corazón y su alma. Las cosas más vulnerables.

Y ella no podía luchar contra eso. No podía decirle que no.

Así que, se rindió.

QUIERES que abramos el sofá cama? –le preguntó–. Así podría quitarme este disfraz.

Aquello sonaba a problemas, pero también parecía parte de la rendición. Obviamente, no tenía intenciones de seducirla ya que le pidió que lo dejara solo un minuto.

Ella se marchó a su habitación y revisó su rendición. Era un alivio después de pasarse el día luchando contra lo que iba sintiendo.

Se había dado cuenta, a lo largo del día, de que se estaba produciendo un cambio, como si la magia flotara en el aire junto a los copos de nieve.

De alguna manera, Riley Keenan había bajado la guardia. Su risa, profunda y real, la había salpicado todo el día.

Desgraciadamente, eso lo hacía todo más complicado. Sin el ceño fruncido, estaba realmente guapo. Cuando se volvía hacia ella, después de darle con una bola de nieve, y le sonreía, tenía la capacidad de robarle el aliento. Era sencillamente irresistible.

Jamie había estado exultante con tanta atención masculina.

–¡Ya! –gritó él desde la otra habitación.

Ella volvió al salón. Él estaba perfectamente acomodado, tapado hasta la barbilla con la manta y descansando en el respaldo del sofá.

—No sé cómo se las arreglaban los romanos —dijo él.

Pero ni aquel comentario gracioso la ayudó a olvidarse de que estaban los dos solos y que no podía negar la atracción que sentía por él. Era algo más que el interés desapegado de alguien que sabe apreciar la belleza.

Había algo más, algo bajo la risa, entre él y ella. Una sutil corriente y cierta tensión sexual.

Y, ahora, para complicar las cosas aún más, le estaba ofreciendo su bien más preciado: la confianza.

Era una oferta inesperada. Como si de repente, un caballo salvaje y majestuoso se volviera uno, agachara la cabeza y se acercara.

Ella se sentó al lado de él, encima de la manta. Notó su barba crecida y, de improviso, tuvo el deseo de sentir esa aspereza en la mejilla.

Una voz interior traicionera le dijo que le gustaba más con la sábana que tapado con las mantas, sin embargo, había algo en la manera en que la manta le daba forma a los muslos que hacía que la boca se le secara.

—Fue una Nochebuena —comenzó Riley, y ella sintió la profundidad de su voz y se olvidó de todo lo demás.

Se concentró en su boca, mientras notaba que él hacía un esfuerzo para hablar.

—Hace cinco años. No. Seis. Mi vida no podía haber sido mejor. Acababa de comprarle la finca a mi madre, que quería mudarse a la ciudad. Yo llevaba el rancho desde que mi padre murió. Estaba acostumbrado a domar caballos, criar ganado e iba a casarme con la chica con la que llevaba saliendo desde el colegio.

—¿Era bonita? —preguntó ella de repente, e inmediatamente se arrepintió por hacerle una pregunta tan estúpida.

Él abrió los ojos y la miró. Y lo hizo de verdad, como si estuviera viendo cosas que ella no veía al mirarse en el espejo.

—Era muy hermosa. Siempre le decían que debía hacerse actriz o modelo.

Ella sintió una punzada, pero, en realidad, no debía sorprenderla. Él era un hombre muy atractivo. ¿Por qué iba a elegir a alguien simple cuando podía elegir a quien quisiera? Ella ya se había dado cuenta de cómo lo miraban las mujeres.

Pero también lo había visto a él mirarlas sin mostrar el más mínimo interés.

—Alicia y yo éramos unos críos bastante locos —continuó—. Siempre buscando acción: carreras, rodeos, fiestas... Después, decidimos asentarnos. No para tener niños ni nada así, solo para jugar a ser mayores. Construir una casa, llevar el rancho, criar ganado. Íbamos a casarnos en primavera.

Beth recordó la casa tan bonita que había visto de camino a la cabaña.

«La había construido para otra mujer», pensó, sintiendo una punzada de celos. Lo cual era bastante absurdo porque aún no la conocía a ella. Y, aunque la hubiera conocido, nunca hubiera construido algo así para ella.

Sin embargo, no le había parecido una casa para una mujer a la que le gustara estar de fiesta en fiesta. Mas bien, parecía una casa para llenarla de niños. Debería de tener un estanque en el jardín de atrás y un jardín y un poni.

—Alicia y yo habíamos estado en una fiesta en Calgary y volvíamos a casa. Estábamos a escasos kilómetros cuando vi una caravana en un prado. Algo me llamo la atención, como una luz brillante en el salón. Al principio no le presté mucha atención, pero me dejó pensativo. Varios kilómetros después, decidí darme la vuelta. A Alicia la molestó mi decisión. Aún tenía que envolver varios regalos de Navidad y quería volver a casa. Así era Alicia.

«¡Oh, Dios! Estaban viviendo juntos».

—Vivía a veinte minutos de mi casa.

«¡Uf! No, no estaban viviendo juntos!». Aquello era un locura. Por supuesto que él tenía una historia. Y era increíble que ella reaccionara de aquella manera. ¿Qué le estaba sucediendo?

—Cuando estaba llegando, no me podía creer lo que veían mis ojos: la caravana estaba en llamas. Le dije a Alicia que llamara a los bomberos y aceleré al máximo; debí de poner la camioneta a doscientos por hora. Me acerqué todo lo que pude y salté del vehículo. Al acercarme a la ventana, vi el árbol de Navidad ardiendo y parte del salón en llamas.

Beth se dio cuenta de que, de repente, había dejado de pensar en ella y estaba concentrada en él. En su voz había dolor. Se notaba que odiaba hablar de aquello.

—Después, me di cuenta de que había juguetes

por todas parte e imaginé que debía de haber niños dentro. Mi mente iba a la velocidad de un rayo y mientras pensaba en que debía de haber niños ya estaba dándole una patada a la puerta. Alicia estaba gritándome, suplicando que no entrara y que esperara a los bomberos. Pero yo sabía que todavía tardarían mucho en llegar. Al abrir la puerta, me golpeó un calor y un humo increíbles. Aparte del brillo del salón, todo estaba a oscuras y lleno de humo. Me costaba respirar y el calor era insoportable.

–Me puse la camisa por la cara y entré en la primera habitación. Era un dormitorio. Había una mujer y tuve que despertarla. Rompí la ventana y la lancé al exterior. Estaba medio dormida y aterrada. Me gritaba que sacara a los niños, estaban en la habitación contigua a la suya.

»Encontré la habitación. Tenía la puerta abierta por lo que estaba llena de humo. No se veía nada. Con las manos por delante iba tocando para ver qué encontraba. En una cama había dos niños, los agarré a cada uno con un brazo. Salí al exterior y los dejé en el suelo, los niños corrieron hacia su madre. Yo estaba lleno de sangre de romper los cristales de las ventanas y sentía los pulmones llenos de humo. No podía dejar de toser. Me sentía como si hasta aquel momento no hubiera apreciado la vida lo suficiente. Las llamas salían por el techo y la gente llegaba de los alrededores.

Hizo una pausa antes de continuar.

–Y, entonces, escuché a alguien gritar el nombre de un niño. Ben. Una y otra vez. Me giré y vi que se trataba de la mujer que había sacado por la ventana.

Tenía a los dos niños en sus brazos, pero, por la expresión de su cara desencajada, comprendí que todavía faltaba otro.

Hizo otra pausa. Beth podía sentir el ligero temblor de su cuerpo grande por lo que se acercó a él y le tomó la mano. Estaba totalmente centrada en lo que decía.

Tenía la mano áspera y, a pesar del temblor, se asía con fuerza. Beth pensó que nunca nada le había gustado tanto como tener su mano entre las de ella.

—Volví a entrar. Alicia me agarró. Intentó sujetarme. Estaba como loca y no paraba de gritar y llorar. Pero yo me solté y la aparté. Y volví a entrar. Aquello era el infierno. Sentí que mi piel se derretía. Llamé al niño por su nombre, Ben, pero el rugido del fuego era más fuerte que mi voz. Intenté localizar la habitación, pero todo estaba en llamas, lleno de humo.

La voz se le rompió y se quedó en silencio. Tardó mucho en volver a hablar. Lo hizo después de tomar aliento.

—No llegué muy lejos —dijo en voz baja—. Parte del techo se derrumbó encima de mí. Cuando me desperté, estaba en el hospital, en la zona de quemados.

Sus labios se torcieron en una sonrisa de dolor que no tenía nada de divertida.

—Todos me consideraban un héroe.

Ella no quería preguntar. Ya sabía la respuesta. Sin embargo, necesitaba que se lo dijera. Necesitaba que el purgara todo su dolor.

—¿Y el otro niño? —susurró.

Silencio. Después, Riley tomó aliento.

–Tenía dos años. Lo encontraron acurrucado debajo de la cama, escondido. Nadie sabía por qué estaba allí. No... –Riley se armó de valor–. No lo consiguió.

–¡Oh, Riley! ¡Oh, Riley! –las lágrimas le corrían por la cara y no intentó ocultarlas.

–Qué héroe ¿verdad?

Ella estaba muy, muy quieta. Sabía que no importaba lo que dijera, no iba a poder quitarle aquel dolor. No serviría recordarle que había salvado a tres personas. Él ya lo sabía y eso no lo había ayudado.

–Cuéntame el resto –le dijo con dulzura.

Él la miró sorprendido.

–La mayoría de la gente habría dicho que ese era el final de al historia.

–Cuéntame el resto –volvió a decir, sabiendo que ese no era el final, que aquella no era la única razón de la tristeza en sus ojos, de la manera en la que se mantenía apartado. La razón de que hubiera salido a cortar leña en lugar de decorar el árbol de Navidad.

Él suspiró.

–El resto. No podía soportar el tema del héroe. Simplemente, no podía. Los periódicos querían hacerme entrevistas, las televisiones mandaban cámaras a las puertas del rancho. Dejé de abrir la puerta y de contestar al teléfono. Aquello acabó y, entonces, me concedieron una medalla al valor. El día que debía ir a recogerla me fui lo más lejos que pude para que nadie me encontrara. Entonces, descubrí que me gustaba estar solo en el campo. Ahora, me gusta perderme durante días, solo con mi caballo y algunas vacas.

Beth tenía la sensación de que lo entendía a la perfección, de que sabía exactamente por qué hacía aquello, por qué deseaba estar solo. Podía sentir que el corazón se le hinchaba en el pecho, como si amar a Riley fuera demasiado para él.

Amar a Riley. ¿Cómo iba a amarlo? Si apenas lo conocía. Pero, en aquel momento, sintió que todo el universo había conspirado para llevarla hasta aquel hombre. Y su amor por él era tan puro. Y tan sencillo. Por supuesto que lo conocía. Uno no podía escuchar una historia como aquella y sentir que no conocía a la persona que se la había contado.

Recordaba que cuando le acarició las cicatrices la primera noche pensó que eran parte de él.

Ahora ya sabía lo que aquellas cicatrices significaban. A la perfección. Significaban que era un hombre fuerte y valiente.

—Creo que eres un héroe —le dijo por fin—. Lo quieras o no.

Ella sabía que era un héroe.

Riley negó con la cabeza y miró al techo.

—¿Sabes, Beth? Para ser un héroe, tienes que tomar una decisión. Y tengo que decirte una cosa que nunca le he dicho a nadie: nunca tomé una decisión desde que vi la primera luz. Era como si estuviera actuando por instinto. No decidí entrar en la caravana, simplemente, entré. Cuando la gente me dice que fui valiente, me entran ganas de reírme. No tenía ningún miedo. Estaba actuando por instinto. Alicia nunca entendió aquello. Creo que nunca me perdonó que no la escuchara aquella noche. A veces, recuerdo su cara mientas me miraba las cicatrices y puedo ver su enfado y resentimiento. Su repulsa. Era como si sintiera que yo lo había planeado para arruinar nuestras vidas.

–¿Arruinar vuestras vidas?

–Nuestra relación no funcionó. Después de aquello me vine abajo. No fue culpa suya. Yo había cambiado. Antes de aquello era un joven ambicioso al que le gustaba pasárselo bien. A ella también. Iba a hacer una fortuna con los caballos y el ganado y ella iba a gastársela. Íbamos a viajar por el mundo con los caballos de raza... Pero después de aquella noche, nada me importó. Aquellos sueños me parecían idiotas. No podía soportar estar con gente. Las fiestas me ponían enfermo. Ya nada me gustaba. Ni conducir deprisa, ni ir a rodeos, nada. Dejé de pensar que el dinero era importante. Y decidí que con las montañas tenía bastante, ya no quería ver mundo. De repente, empecé a sentir que mi vida hasta aquel momento había sido superficial y ridícula.

»Alicia se quedó a mi lado durante un par de meses, pero solo estaba esperando a que las cosas volvieran a ser como antes y yo ya sabía que eso no iba a suceder jamás. Un día, me dijo que ya no era divertido y me devolvió el anillo. Era cierto. Ya no me interesaba divertirme.

»¿Divertido? ¿Cómo iba a se divertido si no dejaba de pensar que yo había sobrevivido y aquel niño había muerto? ¿Qué había hecho yo en la vida que me hacía merecedor de seguir viviendo? Con todas las veces que me la había jugado. Y aquel niño, con toda la vida por delante, y no tuvo una oportunidad. Me pasaba el día entero dándole vueltas a la cabeza, preguntándome qué debía haber hecho. Debería haber parado la primera vez que noté algo extraño. Aquellos pocos minutos podían haber significado la diferencia. Nunca debería haber asumido que los llevaba a todos. Me pregunto si lo que le hizo al niño esconderse debajo de la cama fue el ruido que hice al romper la ventana para sacar a su madre.

El salón se estaba quedando a oscuras. Beth miró sus facciones tristes.

—La madre me manda una postal todos los años. Con una foto de los otros dos niños: Sarah y Daniel. Nunca menciona a Ben. Nunca me culpó. Nadie lo hizo. Pero yo no puedo dejar de culparme. No creo que nunca consiga superarlo. Por ese motivo —dijo lentamente— es por lo que odio la Navidad.

La oscuridad los rodeó. Ella no dijo nada durante mucho rato. Después habló:

—Me alegro de que no te casaras con ella. No creo que te dejara porque ya no se divertía después del fuego. Era porque ese fuego te estaba llevando a lugares a los que ella no podía ir. Te estaba enseñando las profundidades de tu alma. Ella nunca supo quién eras de verdad, Riley. Nunca te hubiera impedido acercarte a aquel fuego si lo hubiera sabido.

—¿En serio crees eso?

—Lo sé.

—No pienso mucho en ella. Cuando lo hago, me siento como si hubiera estado con una extraña —miró a Beth con una sonrisa; después, la sonrisa se desvaneció–. ¿Cómo una mujer tan joven como tú sabes tantas cosas de las profundidades del alma? –le preguntó.

–La muerte de mi hermana me despojó de las capas que tenía y, ahora, estoy descubriendo, muy despacito, quién soy yo.

–¿Y?

Ella se rio.

–Unos días es mejor que otros. Siempre pensé que no era muy buena, poco después descubrí que para Jamie sí lo era. También descubrí que ya no era una niña, que era un mujer. Aunque todavía hay días que no sé qué significa eso, ni quién soy, ni si soy fuerte o soy débil.

–A propósito, Jamie me contó que tu novio te dejó por él.

–¿Jamie sabe que fue por él? –preguntó horrorizada.

–Sí. No es nada personal, pero ese tipo era una basura.

Ella se rio.

–Cuando mi hermana murió, me di cuenta de que la vida estaba intentando enseñarme algo.

–De la forma más dura –dijo él con amargura.

–A veces es como funciona, Riley, de la forma más dura.

–Lo siento. Es que me cuesta ver qué estaba intentando enseñarme a mí.

–Quizá la vida estaba intentando enseñarte quién eras.

Él resopló.

–¿Un vaquero gruñón y solitario?

—No. Un hombre de increíble fuerza, un hombre con un alma magnífica que no quería permitir que la vida que llevaba lo devorara. Un hombre de gran sensibilidad y gran fortaleza, y esa es una combinación rara.

—Beth, en realidad no sabes tanto de mí.

Ella sonrió en la oscuridad.

—Sí, lo sé —le respondió—. Sé un montón de cosas de ti. Sé que has caminado por lo desconocido y que estás intentando encontrar tu camino.

Él permaneció en silencio.

—¿Lo has encontrado? —susurró ella.

—No —susurró él.

Ella se inclinó hacia delante y le acarició la cara con los labios.

—Yo tampoco —le dijo—. Creo que podríamos encontrarlo juntos.

Deslizó los labios sobre los de él, con timidez. Y, cuando él respondió, la timidez se evaporó y el atrevimiento ocupó su lugar.

De repente, sintió que, después de todo, sí sabía quién era ella.

Los labios de ella tocaron los de él, frescos como el agua de un manantial.

Y cuando él aceptó la dulzura de aquel beso, su serenidad y su perdón, descubrió algo muy importante. Llevaba seis años huyendo. Y aquella dulzura de mujer que estaba a su lado lo había convencido para que se parara y se enfrentara a sus demonios. Lo sorprendió descubrir que los demonios se habían encogido. Y él también.

Se vio a sí mismo bajo una nueva luz. No vio al

hombre grande y fuerte capaz de cambiar los sucesos de la noche. Solo se vio como un hombre corriente que se había encontrado ante unas circunstancias extraordinarias y que había hecho lo que había podido. Todo lo que había podido. No se había reservado nada. Incluso había estado dispuesto a sacrificar su propia vida.

Durante los seis años siguientes, había elegido una existencia solitaria y se había descubierto a sí mismo. Un hombre sencillo, sin grandiosidades. Un hombre que trabajaba mucho y que se conformaba con poco.

Había intentado encontrarse a sí mismo en los buenos momentos, con una mujer hermosa, en las cosas materiales y, al final, había tenido la oportunidad de descubrir la vacuidad de todo eso.

De alguna manera, durante esos seis años se había convertido en algo sorprendente: un buen hombre.

Un hombre que no podía permitir que una mujer y un niño se quedaran solos atrapados en la nieve.

Aquel fuego había sacado al descubierto una nueva cara, la cara de un hombre dispuesto a dar.

Y una vez que había salido a la superficie, ya no pensaba volver a las sombras.

Ahora entendió por qué lo había dejado Alicia: había cambiado en lo más profundo de su ser y se había convertido en una persona diferente.

Y ahora había encontrado a una persona igual que él. Una mujer que había salido fuerte de una desgracia. Una buena mujer.

Le pasó la mano por la suavidad de su brazo, de

su hombro, le levantó el pelo para sentir la ternura de la piel de su nuca.

Después, separó la boca de la de ella y comenzó a besarle el cuello y los lóbulos. A continuación, deslizó los labios hacia el hombro.

Ella suspiró.

Fue ese suspiro de felicidad el que le hizo recobrar el sentido. El hombre de hacia seis años habría tomado lo que ella hubiera querido ofrecerle sin hacerse ninguna pregunta sobre el mañana. Pero el hombre que era ahora había cambiado. Y sabía que tenía que vivir con una nueva realidad, la de un hombre bueno y decente.

Él había ido a la cabaña a protegerlos. Llevaba muchos años huyendo de la etiqueta de héroe, pero eso era lo que quería ser en aquel momento. Sobre todo, quería ser el héroe de Beth Cavell. Así que, aunque le dolía en el alma, volvió a poner la camisa de ella en su sitio. Después, le dio un suave beso en la frente.

—No pares —suplicó ella.

Y él no quería parar. Dios sabía que no quería. Deseaba besarla hasta que se quedaran sin aliento. Quería quitarle la ropa, lentamente, descubrir todas sus formas deliciosas y saborearla.

Pero sabía que Beth no era una mujer que se tomara el amor a la ligera; aunque en aquel momento se estuviera dejando llevar por la pasión.

—Tenemos que parar —dijo él.

—¿Por qué?

—Porque no eres ese tipo de chica.

—Sí lo soy.

Él se rio y la abrazó para que ella no se sintiera rechazada. Quería que supiera que no paraba por dureza. Al contrario. Era un acto de amor.

De un amor puro que nunca había conocido. De poner las necesidades de ella por encima de las suyas. Y ella no necesitaba pasar una noche con un vaquero que el destino le había puesto en la puerta.

Pasó mucho tiempo y sintió que ella se relajaba. Tanto que se quedó dormida.

Él también estaba cansado. Se estaba quedando dormido cuando se le ocurrió que había utilizado la palabra amor para definir lo que sentía por ella.

Aquello era imposible, por su puesto.

Apenas la conocía.

Y sin embargo, tenía la extraña sensación de que la conocía de siempre.

Entonces, sintió algo en el pecho no muy propio de un héroe. Sintió terror.

La deslizó con suavidad sobre la cama y se quedó mirando al techo.

¿Debería marcharse?

Probablemente, podría sacar la camioneta de la cuneta para volver a casa.

Pero, ¿qué había cambiado? Todavía no estaba en una posición de dejarlos solos. Todavía estaba nevando. ¿O acaso eso había sido solo una excusa?

¿Habría visto su propia curación en los ojos de ella desde el primer momento?

Riley Keenan estaba acostumbrado a estar solo. Estaba acostumbrado a ser una persona irritable. A vivir la vida según sus propios términos.

A lo que no estaba acostumbrado era a tener un

sentimiento que no sabía cómo manejar. Él siempre había sido una persona decidida. Una persona de acción.

Irse o quedarse. Se quedó dormido dándole vueltas al asunto.

—Esta noche es Nochebuena —lo despertó una voz entusiasmada.

Riley abrió un ojo y se encontró cara a cara con el oso. Una manita alrededor de su cuello lo estaba haciendo bailar. Así que se había quedado. Después de todo, había tomado una decisión sin tomar ninguna.

Jamie miró por encima del brazo del sofá.

—¿Es esa tía Mami?

—Sí —respondió él, fingiendo sorpresa.

—¿Habéis dormido juntos?

«No, como suele interpretarse esa pregunta».

—Algo así.

Jamie asintió sabiamente.

—¿Tuviste miedo anoche?

«Estaba aterrado».

—¿Por qué lo preguntas?

—Tía Mami siempre se acuesta conmigo cuando tengo miedo.

Riley se dio cuenta de que estaba cara a cara con una inocencia increíble. Jamie no tenía ni idea de las connotaciones de que un hombre y una mujer durmieran juntos. Ese niño no había tenido a ningún hombre en su vida. Y el novio de su tía no se había quedado a pasar la noche.

¿Por qué se sentía tan bien por eso? ¿Posesión?

—Vamos a prepararle a tía Mami el desayuno —le

dijo Jamie y, después, se le acercó a el oído–. Hoy me podrías llevar en el trineo. Solos tú y yo. Y mi oso si quiere –hizo una pausa y bajó la voz hasta convertirla en un susurro–. Tengo un secreto que contarte.

Un héroe podía escuchar los secretos de un niño pequeño.

CAPÍTULO 9

TÍA MAMI, después de desayunar, Riley, el señor oso y yo nos vamos a montar en trineo. Solo los hombres.

Ella levantó la cabeza, sorprendida. Aquella mañana estaba radiante. Riley no estaba seguro de que alguna vez hubiera visto a una mujer con un aspecto tan fantástico.

No, no era el tipo de belleza de Alicia. No había ningún maquillaje, nada artificial.

La noche anterior, se había salvado de cometer el peor error de su vida.

—No vais a montar en trineo sin mí —dijo ella, ofendida.

—¡Solo los hombres! —insistió Jamie.

—No. ¿Qué es eso de solo los hombres? Tu madre y yo no te criamos para que fueras un machista en miniatura.

Jamie frunció el ceño.

—¿Qué es un machista?

Riley intentó no reírse de la mirada que el niño le estaba dedicando a su tía.

—Pues verás, un machista es un hombre que cree que las mujeres no deberían hacer ciertas cosas. Por ejemplo, podría pensar que una mujer no debería conducir un camión.

Riley, de repente, vio muy claro por qué los niños debían tener un padre y una madre. Porque por muy buena que fuera Beth como madre, tenía la tendencia de explicarlo todo, de aprovechar cualquier oportunidad para enseñar. A veces un niño necesitaba un jefe.

–Tu tía viene con nosotros –dijo Riley–. Y no se hable más.

–Oh, bueno. Puedo contártelo más tarde.

–¿Contarle qué? –preguntó Beth, desconfiada.

Al ver la cara de preocupación del niño, Riley dijo:

–Nada, cosas de hombres.

Ella se llevó las manos a la cabeza y Jamie se subió en su regazo y le dio un beso.

–No es que no te queramos, tita.

Ella sonrió.

–De acuerdo. Eso era lo que necesitaba saber.

Había una gran pendiente cerca de la cabaña. Riley la recordaba de cuando era pequeño e iba allí con su padre. Solían ir a cortar leña, pero el trineo siempre iba en la parte de atrás de la camioneta.

En unos segundos, estaba recordando aquellos días felices libres de preocupaciones.

Arrastró el trineo hasta la mitad de la pendiente, con Beth y Jamie detrás de él. Todos estaban jadeantes del ejercicio. La nieve seguía cayendo.

Él les dijo cómo montarse. Jamie primero, Beth, detrás y, por último, él. Con los brazos rodeó a Beth por la cintura y le clavó la barbilla en el hombro.

Ella bajó toda la pendiente gritando. Jamie, riéndose.

Después de dos veces, Jamie estaba agotado y Riley lo subió al trineo y tiró de él.

—Vamos a tirarnos desde arriba —sugirió Beth.

Él le lanzó una mirada. ¡Vaya si era intrépida! Parecía que, después de todo, había hecho bien en quedarse en la cabaña con ellos.

—Detrás de ese exterior de chica recatada, veo que tienes un lado oculto.

—¿Recatada? —preguntó ella, ofendida—. ¿Así es como me ves?

—Cuando seas mayor, te explicaré lo que sienten los hombres por las mujeres recatadas.

—Pero, si ya soy mayor —se quejó ella.

Él se rio. Tuvo que subir corriendo para evitar que ella lo golpeara. Después, se lanzaron por la pendiente, a una velocidad de vértigo. El trineo los lanzó a los tres sobre un montón de nieve al final de la cuesta y ellos cayeron unos encima de otros sin parar de reírse.

—Pensé que estaba en buena forma —dijo él después de la décima vez—, pero esto me está matando.

Por supuesto, no era cierto. Había pasado mucho, mucho tiempo desde que se había sentido tan feliz. No lo estaba matando, de hecho, le estaba diciendo sí a la vida.

Ella miró el reloj.

—Es la hora de comer. Me imagino que ya que estoy atrapada con un par de machistas, tendré que ir a preparar la comida.

—Yo la puedo hacer si quieres —dijo él.

—No. Adelante. Disfrutad de vuestro momento para hombres —se sentó sobre la nieve y bajó deslizándose sobre los pantalones, sin parar de gritar.

Riley se sentó y la observó mientras bajaba. Se quedó mirando a las montañas, a la nieve y respiró hondo.

Ese era el tipo de vida que un niño debía tener. Quizá podían volver en verano. Quizá él podía enviarles un par de billetes de avión.

Jamie se acercó a él y se sentó a su lado, con el oso de peluche en el regazo.

—Quiero contarte un secreto —le dijo.

—Muy bien.

—¿Si te digo lo que le he pedido a Santa Claus por Navidad me lo traerá?

Riley se sintió que era un hombre demasiado duro para que alguien le hiciera una pregunta tan delicada.

—No lo sé —le respondió con honestidad—. No soy un experto en el tema.

—Pero alguna vez fuiste niño, ¿verdad?

—Sí. Hace mucho tiempo. Casi lo he olvidado.

—No seas tonto. No se pueden olvidar cosas así. ¿Siempre te trajo Santa Claus lo que le pedías?

Otra pregunta difícil.

—No —dijo por fin.

—¿Ah, no? —dijo el niño, sintiendo pánico.

—No. Pero siempre me trajo lo que necesitaba.

Jamie se quedó pensativo un instante.

—¿Cuál es la diferencia?

—Bueno, quizá yo pedía balas para mi rifle, pero lo que necesitaba eran unos guantes.

Él niño no pareció muy satisfecho.

—Lo que yo quiero y lo que necesito son la misma cosa.

–Ah, entonces...

–En realidad no pedí algo para mí. Pedí algo para tía Beth.

–¿Le pediste a Santa algo para tu tía en lugar de para ti?

El niño asintió con vigor.

–Ya te he contado que siempre está preocupada.

–¿Y cómo crees que Santa puede ayudarla?

–Ese es el secreto –Jamie hizo una pausa y después dijo con gran reverencia–: Le he pedido un papá.

Riley no se atrevió a hablar. De hecho, se sintió como si le hubieran dado un puñetazo en el estómago.

–Ah, sí, ¿eh? –dijo por fin, a media voz.

–Sí.

Riley intentó medir bien sus palabras.

–¿Sabes Jamie?, creo que Santa Claus trae juguetes y guantes y bicis y cosas así. No creo que en su gran saco rojo lleve personas. Yo nunca lo he oído.

–¿Ah, no?

–No, nunca.

–Bueno –dijo el niño con cabezonería–. Creo que lleva a la gente primero. Eso ya lo sé.

–¿Cómo lo sabes?

–Lo descubrí en el aeropuerto.

Fantástico. Aquel era el lío más grande en el que se había metido jamás. Jamie pensaba que él era el papá que Santa Claus le había enviado para Navidad. De alguna manera, aquello era culpa de ella; debería haberle advertido.

Él buscó en su memoria. Ella había intentado decirle algo... Le había dicho que el niño estaba buscando un héroe, pero eso estaba a años luz de un papá.

Y eso era lo que pensaba decirle. Tan pronto como se calmara lo suficiente para no insertar una docena de dagas en la frase.

Beth los oyó abrir la puerta. Así que aquello era lo que se sentía al estar enamorada: el corazón latía más deprisa con solo escuchar unas pisadas.

Igual que había pensado que él había sido muy afortunado al no casarse con Alicia, se dio cuenta de que ella también lo había sido al separarse de Sam.

Nunca lo había querido. En algún momento, había decidido que el amor era parte de los cuentos de hadas y había estado dispuesta a quedarse con lo que él tenía que ofrecerle.

Ahora, que por primera vez conocía el amor, no supo qué hacer cuando Riley entró en la habitación. ¿Debería dejar que se le notara en la cara lo que sentía? ¿O resultaría muy patética?

¿Qué haría Penny?

Penny se abalanzaría sobre él y se lo comería a besos.

Ella no podía llegar a tanto, pero sí buscar algo intermedio entre lo que haría la antigua Beth y lo que haría la lanzada Penny.

Se secó las manos en el delantal y fue a recibirlos.

La sonrisa se le heló en la cara. El latido de su corazón se paralizó. ¿Qué pasaba?

Toda la calidez se había evaporado de la cara de Riley. Toda la ternura. Toda la risa. Aquel no era el hombre que la había abrazado la noche anterior, el que le había preparado el desayuno, el hombre que la había sujetado en el trineo, el que la había hecho reír y había hecho que el sol brillara.

Aquel era el hombre que habían conocido en el aeropuerto.

Estaba enfadado. Se le notaba en los ojos, el la rigidez de la mandíbula.

—Jamie —le dijo al niño—. Ve a ponerte algo seco.

Ella se acercó a él.

—¿Qué pasa? —le preguntó en voz baja mientras le tocaba un brazo.

Él se deshizo de su mano y ella dio un paso hacia atrás, horrorizada.

—Me dijiste que estaba buscando un héroe, alguien a quién imitar. Nunca mencionaste que estuviera buscando un padre —dijo en voz baja con los dientes apretados.

Ella se sintió desfallecer. No sabía qué contestar.

—Si me lo hubieras dicho, esto nunca habría sucedido —añadió él.

—¿Qué ha sucedido?

—Cree que Santa Claus me envió a mí para que fuera su papá. ¿Sabías que iba a creer eso?

—Intenté decírtelo.

—¡Sí, pero no me dijiste la verdad!

—Pensé que yo podía encargarme de todo.

—Tú siempre crees que te puedes encargar de todo, ¿verdad?

Ella estaba empezando a sentir que su temperamento salía a relucir.

—De hecho, sí. Porque esa es mi vida. Yo me encargo de todo, y se me da muy bien.

–¿Ah, sí? ¿Entonces por qué te preocupas tanto cuando llega el correo? ¿O qué pasa con la escalera rota?

Ella se quedó de piedra. Jamie le había dicho que no se las arreglaba, pero ella se las arreglaba muy bien.

–Lo hago lo mejor que puedo –dijo con valentía. Sintió que iba a estropearlo todo echándose a llorar.

Penny nunca habría llorado en una situación así. ¡Nunca!

–¿Quizá lo podía haber evitado si me hubieras avisado?

–¿Cómo? ¿Impidiendo que cayera la nieve?

–Me podía haber marchado.

–¿A pie?

–Si lo hubiera tenido que hacer lo habría hecho.

Ella lo miró con detenimiento. No era muy buen mentiroso. Y, de repente, supo la verdad.

–Podrías haberte marchado en cuanto hubieras querido, ¿verdad? No estás atrapado aquí.

Él miró para otro lado.

–¿Estás atrapado aquí? –insistió ella.

–No exactamente. La camioneta se salió de la carretera, pero podría haberlo arreglado, si me lo hubiera propuesto.

–¿Por qué no te lo propusiste?

Él dudó un instante.

–Estaba seguro de que no te las podrías arreglar aquí sola.

Así que eso era: no podía confiar en ella. Había visto su verdadera personalidad: débil. Una fracasada. Una mujer que no podía arreglar unas escaleras y que se preocupaba por las facturas. Una mujer a la que ni siquiera se la podía dejar sola en vacaciones.

—Así que, me mentiste.

—Omití algunos detalles.

—Bueno, eso es lo que yo hice: omití algunos detalles. No ea asunto tuyo lo que ponía en su carta.

Sin embargo, la noche anterior sí le había gustado. Al final, iba a ser igual que Sam. Quería robarle unos cuantos besos, pero no quería responsabilidades.

Aunque, en su favor, tenía que admitir que él era el que había parado la noche anterior.

—Ya puedes marcharte —le dijo cruzada de brazos.

—Eso será lo más razonable —asintió él.

—¿Marcharte? —preguntó Jamie desde la puerta del dormitorio mirando del uno al otro. Tenía los ojos llenos de lágrimas—. No vas a marcharte, ¿verdad, Riley?

—Creo que será lo mejor.

—Pero yo voy a ser tu niño pequeño. Me dijiste que sería genial, no tendrías que quitar pañales.

Riley le lanzó a ella una mirada oscura y se agachó.

—Ven aquí, tigre.

Jamie corrió hacia él y le lanzó los brazos al cuello. Ella se dio cuenta de que Riley lo abrazaba con fuerza.

—Yo no soy el hombre que tú crees, Jamie. Santa no me envió a mí.

—¿Estás seguro?

Beth tuvo que mirar hacia otro lado porque Riley parecía estar luchando contra una emoción tremenda.

Después de un rato, dijo con voz melosa:

–Estoy seguro. ¿Sabes de qué más estoy seguro? De que siempre seré tu amigo.

–Aunque Riley no sea el papá que pediste, al menos ha nevado –le recordó Beth con amabilidad.

Él soltó a Riley y la miró a ella.

–¿Cómo lo sabías? –preguntó.

Ella no dijo nada, horrorizada por aquel desliz, horrorizada porque conocía su secreto más intimo y él no quería.

–¡Leíste mi carta a Santa Claus! –la acusó el niño.

–Jamie...

El niño le dedicó una mirada de enfado y dolor y salió corriendo hacia su habitación.

–Beth –Riley dio un paso hacia ella–. Lo siento.

Ella se alejó de él.

–Lo siento de verdad.

Lo último que quería de él era su compasión.

–No es culpa tuya. Por favor, márchate.

Silencio. Sintió su presencia durante largo rato; después, desapareció.

Ella respiró hondo. No podía llorar. No en aquel momento.

Lo había hecho muy bien. No le había suplicado que la amara. Había sido fuerte. Había sido la mujer de la que su hermana habría estado orgullosa.

Pero aquel no era el momento de pensar en su hermana.

Ella era una mujer débil y un fracaso; pero deseaba a estar con alguien. No quería estar sola.

Pero aquel tampoco era el momento de pensar en aquello.

Se acercó a la habitación de Jamie y llamó a la puerta.

—Vete.

Ella giró el picaporte, pero sintió que el niño empujaba la puerta.

—Estoy envolviendo regalos —gritó.

¿Cómo iba a estar envolviendo regalos? Ella había hecho las maletas y sabía lo que tenían.

Ella se había comprado un regalo de su parte, un jersey, y había planeado envolverlo juntos esa noche.

Pero, ahora, pensándolo mejor, odiaba el jersey. Era liso y aburrido. De repente, pensó que representaba todo lo que no quería ser.

Se acercó a la ventana. Podía ver a Riley caminado en la distancia, dándole patadas a la nieve. Su ropa estaba mojada cuando se marchó. Podía enfermar y morir.

Penny probablemente habría dicho: «Eso espero, que enferme y se muera».

Beth intentó decirlo, pero las palabras se le atragantaron.

Oyó a Jamie con el papel de regalo.

Se marchó a la cocina y apagó el fuego; aparentemente, nadie iba a tomar la sopa.

Así que, aquellas eran las Navidades que le iba a dar a su sobrino. El niño iba a encerrarse en su habitación, ella iba a tomar la sopa sola y, cuando acabara, iba a ponerse a llorar.

Pensándolo mejor, podía pasar de la sopa.

Se arrojó sobre la cama. Iría directamente a la parte de las lágrimas. Pero la verdad era que estaba muy cansada. Demasiado cansada para llorar. Cerraría sus ojos durante unos segundos. Solo hasta que Jamie saliera de la habitación.

Después, le contaría cuentos y lo acunaría para intentar que las cosas volvieran a ser como antes de cometer el error de ir a Canadá.

Cerró los ojos y se quedó dormida.

Cuando se despertó se había quedado fría.

Se sentó en la cama, pensando.

—He dejado que el fuego se apague.

Riley solo llevaba fuera unos minutos y ella ya lo estaba haciendo mal. Tenía que demostrarle que era una mujer competente. Tenía que demostrárselo a sí misma.

Pero cuando se levantó, se dio cuenta de que el frío provenía del exterior; la puerta de la cabaña estaba entreabierta.

Durante unos segundos, no entendió qué pasaba.

Y, después, vio la puerta de la habitación de Jamie abierta de par en par.

Corrió hacia el cuarto. Había papel de regalo por todas partes.

Pero no había ni rastro del niño.

Ni del oso de peluche.

Corrió hacia la puerta.

Una larga fila de huellas pequeñas seguía a las más grandes por el camino.

AL MIRAR aquellas pisadas pequeñas y desvalidas en la nieve, Beth sintió pánico. Miró al horizonte, pero no había ni rastro del niño. ¿Cuánto tiempo haría que se había marchado? ¿Media hora, más?

Lo llamó a gritos, pero la inmensidad del manto blanco hacía que su voz sonara insignificante. Solo un silencio gélido le respondió. Sintió que el terror comenzaba a atenazarla, pero se obligó a calmarse.

El pánico no ayudaría a Jamie.

Necesitaba estar calmada y fuerte, sobre todo en aquel momento, para pensar con absoluta claridad. Necesitaba salir a buscarlo; pero tenía que ir con cuidado.

Sabía que Penny habría salido corriendo detrás de él, sin pensárselo, con cualquier calzado, poniéndose la primera chaqueta que encontrara. Y sabía que Penny habría estado equivocada.

De manera deliberada, pero con rapidez, agarró ropa seca y botas. Se metió un puñado de caramelos en el bolsillo y tomó el maletín de primeros auxilios que había detrás de la puerta.

Intentó imaginarse qué ropa llevaría Jamie. El mono de nieve había desaparecido y también sus botas. Pero las dos cosas debían de estar empapadas.

Salió a la tormenta. La capa de nieve había aumentado desde que estuvieron montando a trineo. De hecho, ya se había tragado algunas de las huellas de Jamie. ¿Les habría pasado lo mismo a las huellas que él estaba siguiendo?

De nuevo, volvió a controlar el pánico y se obligó a estudiar la situación con calma. El camino se distinguía con claridad entre los árboles y no había ningún motivo para que el niño lo dejara.

Eso, suponiendo que fuera detrás de Riley.

¿Qué pasaba si solamente estaba huyendo? ¿Furioso con ella por su traición, con el corazón roto porque sus planes sobre su «papá» se habían desbaratado?

Otra vez volvió a sentir pánico, pero, de nuevo, volvió a controlarlo. Sabía que no le serviría de nada. Necesitaba pensar con claridad y necesitaba toda su fuerza.

Decidió creer en el amor y en el coraje. En los suyos. Así, tomó aliento y salió.

Mientras caminaba, tenía la sensación creciente de que por fin sabía quién era ella.

Y por lo que estaba dispuesta a luchar.

La camioneta, cuando por fin llegó a donde estaba, estaba cubierta por la nieve. Le había costado un gran esfuerzo llegar hasta allí. Debía haber agarrado unas raquetas para la nieve antes de salir, pero en su precipitación por marcharse no había pensado en nada. Al final, había acabado hundiendo los pies en la nieve, con todo el esfuerzo que eso suponía.

Estaba agotado. Aunque aquello no era algo tan malo. A lo largo de los años, había aprendido que el agotamiento físico era un buen remedio para las mentes que no dejaban de darle vueltas a las cosas.

Riley apartó un poco de nieve, abrió una caja de la parte de atrás de la camioneta y sacó una pala.

Lo alegraba tener que hacer esa tarea, así, podría desconectar la mente para no pensar en el dolor que había dejado tras de sí.

Debería haber seguido el impulso del primer día y haberse alejado de la cabaña, en lugar de volver con todas aquellas excusas.

Debería haber dejado a los Cavell en paz. Desde un principio, había sabido que podría arruinarles las Navidades.

¿Qué estarían haciendo en aquel preciso instante? ¿Habría Beth logrado que Jamie saliera de la habitación? Los niños pequeños era fuertes, ¿verdad? Probablemente, ya se le había pasado todo y Beth y él estarían sentados en el sofá, leyendo un cuento o entretenidos con los últimos preparativos para la cena.

Probablemente, estarían...

Dejó de pensar de manera abrupta y todos sus sentidos se pusieron alerta. ¿Qué había sido ese ruido? ¿El viento en las ramas? ¿El crujido del hielo? Se quedó un rato más escuchando pero no oyó nada.

Volvió a su trabajo con la pala, pero los pelos de la nuca se le erizaron. Aquel sentimiento era extrañamente familiar, exactamente como aquella vez, cuando había intentado dejar atrás aquella luz en unas Navidades hacía seis años.

Otra vez era Nochebuena.

Se quedó parado y, aunque no oyó nada, tiró la pala. De tres grandes zancadas volvió al centro del camino y se quedó allí de pie, con todos los sentidos alerta.

Nada. Comenzó a correr carretera abajo, hundiendo los pies con desesperación en la nieve. Después de unos minutos, sentía que las piernas le dolían y que le costaba respirar, pero siguió corriendo, buscando con la mirada, escuchando tan atentamente que le dolían los oídos.

La carretera giró de forma brusca y él voló por la curva y vio lo que parecía un montón de harapos en medio de la carretera.

Corrió hacia el niño con sus últimas fuerzas y se dejó caer de rodillas junto al bulto del pequeño, acurrucado.

–Jamie –susurró –. Todo está bien. Estoy aquí.

El bulto estaba temblando, tiritando de manera incontrolada.

Le pasó las manos por debajo de los brazos y lo levantó con suavidad, apretándolo contra su pecho. Le miró la cara llena de lágrimas y se sintió aliviado. Los temblores no eran a causa de una hipotermia sino porque estaba llorando, gracias a Dios.

–Per... per... perdí al señor oso –sollozó–. Estaba siguiendo tus pisadas y la nieve cubría mucho. A veces no podía ver tus huellas y me caía todo el tiempo. La última vez que me levanté me di cuenta de que no tenía a mi osito y no sé dónde lo perdí y ahora no sé dónde está.

Riley lo abrazó con más fuerza. Las lágrimas cálidas del niño le corrieron por el cuello.

–Lo encontraremos, te lo prometo.

Sintió que el niño empezaba a relajarse y le pasó la manga por la carita.

–Tenía tanto mie... miedo –sollozó el pequeño–. Nunca había tenido tanto miedo –hundió la cabeza en el hombro de Riley y lloró.

De repente, a Riley se le ocurrió una idea terrible. ¿Por qué lo había seguido? ¿Le habría sucedió algo a Beth y había salido a buscarlo?

–¿Dónde está tu tía?

–Está dormida en el sofá –dijo Jamie–. Salí sin que me oyera.

–¿Qué? ¿Por qué?

¿Qué pasaba si se había despertado? Seguro que ya se había despertado. Debía de estar muerta de miedo.

–Quería darte un regalo de Navidad –le dijo Jamie en voz baja.

Riley se puso de pie, con el niño apretado contra el pecho, y comenzó a correr hacia la cabaña. Corrió rápido, pensando en el dolor de ella, pensado en que no podía permitir que ella sufriera.

–No deberías haberlo hecho –le dijo con firmeza–. ¿Me has oído? No deberías haber salido sin decírselo a tu tía. Te podías haber metido en un buen lío.

–Lo sé –dijo el niño.

–Como vuelvas a hacer algo así te doy un azote.

Riley solo quería abrazar al niño y quererlo. Pero, a veces, el amor significaba actuar con firmeza y sentar unos límites. Eso era lo que tenía que hacer. Era lo que un padre haría.

Si se hubiera salido de la carretera, ¿cómo lo habrían encontrado? Solo pensar en ello hacía que el corazón le doliera.

—Tenía que darte mi regalo de Navidad —le dijo el niño—. Tenía que hacerlo.

—Nada —dijo con la respiración entrecortada— merece tanto la pena como para arriesgar la vida. ¿Me entiendes? Como vuelvas a hacerle a Beth o a mí algo así, te doy un azote —añadió, muy consciente de que con aquella palabras se estaba involucrando en el futuro del niño.

Jamie lloró en su hombro.

—Si he sido malo, Santa Claus no va a venir.

—Seguro que sabe perdonar. Lleva mucho tiempo en el negocio. No habría gente a la que llevarle regalos si solo los recibieran las personas perfectas.

Entonces, Riley vio algo en el camino delante de él. Un bulto sobre la nieve.

Cuando lo tuvo delante, se paró.

Jamie miró hacia abajo.

—Es él —dijo.

Era un paquete mal envuelto en papel de regalo. Cuando lo levantó, el ojo de cristal del peluche lo miró a través del papel ajado y empapado.

Riley se agachó a recoger el paquete y lo puso en los brazos del niño.

Jamie le susurró al oso que sentía mucho haberlo perdido. Lo apretó con fuerza y se metió el pulgar en la boca, Riley nunca lo había visto chuparse el dedo. Eso le recordó lo pequeño que era, a pesar de su sorprendente capacidad para mantener una conversación.

Se obligó a caminar más deprisa, pero sabía que no iba a poder aguantar a ese ritmo durante mucho más tiempo.

Sin embargo, pensar en lo que ella debía de estar sufriendo lo hacía seguir corriendo. Entonces, vio la chaqueta de ella entre los árboles, donde el camino giraba de manera abrupta.

—Beth —gritó—. Beth.

Ella se paró y miró entre los árboles. Después gritó:

—¿Riley, está Jamie contigo? ¿Lo tienes?

—Está bien. Lo tengo.

Ella salió del camino y corrió entre los árboles hacia ellos, saltando, cayéndose y resbalando.

Era estúpido, con lo cansado que estaba, salirse del camino y correr cuesta arriba hacia ella; pero eso fue exactamente lo que hizo.

Ella fue a parar delante de él. Estaba cubierta de nieve y le costaba respirar.

Lo vio en sus ojos. Inmediatamente y sin preguntar. Algo de lo que no se sentía merecedor.

Por si acaso no se había dado cuenta, ella se puso de puntillas y lo besó en la boca. Apasionadamente, sin guardarse nada. Para que no cupiera ninguna duda sobre lo que sentía.

Lo que quedaba de su muralla cayó.

Cuando le entregó a Jamie, ella escondió la cara en su cabecita morena y lo cubrió de besos.

–¿En qué estabas pensando? –le preguntó al niño cuando consiguió dejar de besarlo. Lo dejó en el suelo y lo miró con los brazos en jarras.

–Tenía que darle su regalo de Navidad.

Riley pensó que la lección que había tratado de enseñarle no había servido de nada. Quizá no debía haberle hablado del perdón de Santa Claus tan pronto.

–Pero si no tienes nada que darle a Riley... –se paró en seco al ver el paquete que llevaba en los brazos. Después comenzó a llorar.

Riley la rodeó con sus brazos.

–Esta bien –le susurró intentando calmarla–. Está bien.

Jamie se impacientó y se coló entre los dos. Pero en lugar de separarlos, el trío se convirtió en un triángulo perfecto.

Apretujado entre ellos, sintiéndose muy feliz, Jamie le ofreció el paquete a Riley.

–Toma. Ya puedes abrirlo. El papel estaba mejor antes de que se mojara.

Riley ya sabía cuál era el contenido del paquete. No quería tomarlo, pero, como Jamie seguía ofreciéndoselo, parecía que no tenía elección. Tomó el paquete y mientras pasaba de las manos del niño a las de él, sintió algo extraño y maravilloso.

Era como si algo de Jamie fuera en ese paquete; aquella parte del niño que creía en la magia, en los milagros y en la Navidad.

Lentamente, deshizo el envoltorio y la cara del osito apareció ante ellos.

Durante unos segundos, no se atrevió a hablar.

Finalmente, logró decir atragantado:

—No puedo quedarme con el señor oso, Jamie.

—No tengo nada más que darte.

«Claro que sí. Y ya me lo has dado: confianza, fe, esperanza, amor».

—Para ti —le dijo el niño con suavidad—. Tú lo necesitas mucho más que yo. En serio. A veces estás muy triste, Riley, y mi osito es lo mejor. Escucha todo lo que le quieras contar.

Jamie, el niño al que había abandonado en la cabaña hacía menos de una hora, ya se había olvidado de la traición y estaba dispuesto a darle todo lo que tenía en el mundo.

De repente, Riley sintió vergüenza. Había intentado que Beth creyera que ella era la culpable de que él se fuera, de que los abandonara el día de Nochebuena. Y él sabía que esa no era la verdad.

La verdad era que había sentido miedo del amor que había visto brillar en los ojos de Beth y de no ser merecedor del cariño del niño.

Entonces, supo la verdad: la única manera de continuar con su vida era perdonándose por el fracaso de hacía seis años.

Pero el perdón no era una palabra. Era un sentimiento. Y en aquel momento lo sintió, en lo más profundo de su ser. Lo que había sucedido hacía seis años ya había terminado. Ahora comenzaba la primera página de un nuevo libro.

Él también tenía un regalo que dar.

Lo había sabido todo el tiempo, quizá desde el primer momento que la vio en el aeropuerto, y lo había sabido la noche anterior.

Quizá ese era el motivo por el que había huido.

Nunca antes había regalado lo que ahora le estaban pidiendo: su corazón. Él sabía que estaba vapuleado y amoratado y que no sería ningún chollo para la persona que lo recibiera. Había descubierto la noche anterior que ella lo recibiría tal y como era, con todas sus virtudes y todos sus defectos.

Había conocido el amor.

Se guardó el oso dentro de la chaqueta y se subió al niño a los hombros.

Después, rodeó a Beth por la cintura y la besó en la boca. Un beso largo y apretado. Sintió la ternura de su respuesta. Y la respuesta a la pregunta que le iba a hacer.

—¿Qué opinas? ¿No crees que ya hemos vagado lo suficiente? ¿Es hora de volver a casa?

Ella lo estaba mirando y en sus ojos había un brillo de bienvenida, de calor, de ternura.

—Sí —respondió—. Ya es hora de que volvamos a casa.

EPÍLOGO

BRILLABA en la oscuridad delante de él, una luz dorada que atravesaba la nieve. Riley caminó hacia su casa.

Ese año no había habido tormenta, pero hacía más frío que el anterior. Mucho más. Las estrellas brillaban en el cielo.

Habían pensado ir a la cabaña, pero, al final, habían decidido quedarse en casa para celebrar la Navidad.

Su madre se iba haciendo un poco mayor; aunque ella nunca iba a admitirlo.

Además, no sabía cómo iba a llevar el poni hasta allí sin que Jamie se diera cuenta.

Beth y él habían leído la carta juntos.

Jamie y ella se habían mudado de Arizona a principios de año y, por insistencia de ella, se habían buscado su propia casa. Riley la había cortejado con todo el fervor de un adolescente. Le había llevado flores, la había invitado a cenar y se había enamorado perdidamente de ella.

Había pensado que al casarse se tranquilizaría un poco, pero, a decir verdad, estaba aún más enamorado. Estar cerca de ella lo hacía sentirse embriagado, mareado por el néctar de la vida.

—«Querido Santa Claus» —comenzó a leer al lado de ella—. «¿Qué tal está usted? ¿Qué tal todo por el Polo Norte? ¿Están bien los renos y los elfos? Este año, he sido muy bueno. Me gustaría que me trajera un poni, o un cachorro. Los McCaffrey tienen unos cachorritos negros de labrador, por si no sabe dónde encontrarlo».

Ella se apretó contra él.

—¿Estás llorando?

—Quiere cosas normales, Riley —suspiró aliviada—. Pues claro que estoy llorando.

La verdad era que últimamente lloraba por todo. Lloró cuando vio a la madre de Riley haciendo patucos, lloró cuando fueron a comprar la cuna. Lloró la noche que Riley le dijo que si era un niño lo llamarían Ben.

—Soy muy feliz —le dijo cuando él se preocupó por las lágrimas—. Soy muy, muy feliz.

Él pensaba que aquella era una manera muy peculiar de demostrarlo, pero estaba empezando a descubrir que las mujeres eran más profundas y más misteriosas de lo que se había imaginado.

—«Posdata» —siguió leyendo Riley—. «Gracias por traerme un papá el año pasado. Mi papá es el mejor del mundo. Es justo lo que mi tía y yo necesitábamos».

Ahora fue él el que sintió un nudo en la garganta.

Cada día había aprendido algo nuevo desde que formaba parte de ese triángulo de amor. Pero lo más importante que había aprendido era que un héroe no era el que se lanzara a edificios ardiendo; en esas situaciones, él no tenía elección.

Ser un héroe significaba tener el valor para decir que sí a la increíble aventura del amor. Ser un héroe significaba levantarse temprano para atarle a Jamie los patines e irse con él a jugar al hockey. Significaba ponerle a Beth en el cuello un trapo húmedo porque no le habían sentado muy bien las ostras que había tenido que ir a buscar a más de cincuenta kilómetros.

El poni negro, con su lazo rojo al cuello, relinchó detrás de él mientras caminaban por la nieve hacia su casa.

—Ya, ya –dijo Riley–. Lo sé. Ser un verdadero héroe significa ser mayor y creer en Santa Claus.

Bueno, si no era en Santa Claus exactamente, sí en el espíritu de la Navidad.

Un espíritu de generosidad, un espíritu que hacía a un hombre más grande de lo que él pensaba que podía ser. Era el único espíritu que podía cambiar el mundo, el espíritu del amor.

Un espíritu que comenzaba con un niño en un establo en una fría noche estrellada no muy diferente de aquella.

JAZMÍN™

CHERYL KUSHNER

SIEMPRE
SERÁ ÉL

HARLEQUIN™

ZOE Russell había imaginado cientos, no, miles de situaciones en las que volvía a encontrarse cara a cara con Ryan O'Connor, pero nunca se imaginó que lo haría con las mejillas cubiertas de barro y las manos esposadas. Al pensarlo, se miró las manos y trató de no hacer una mueca de dolor al ver que la carísima manicura se le había estropeado. Zoe desconocía por completo lo que Ryan estaba haciendo en Riverbend, lo único que sabía era que por el momento lo que se interponía entre ella y su libertad era precisamente él. Mostrar la más mínima señal de debilidad sería un tremendo error y tenía que dejarle claro que con ella no se jugaba. Zoe irguió los hombros, respiró profundamente y dio un paso hacia la puerta de la celda, sus ojos fijos en los de él.

—Todo esto no es más que un tremendo malentendido.

Ryan alzó una ceja y se pasó el dedo índice repetidamente por la barbilla. Para Zoe no cabía duda de que aquel hoyito, por no hablar de la pequeña cicatriz recuerdo de un golpe sufrido por una pelota de béisbol, le daban un aspecto imponente. Ryan se balanceó sobre los talones y sonrió.

—Eso es lo que dicen todos.

¡Por todos los cielos! Aquella sonrisa enmarcada por los dulces hoyuelos todavía le ponía la carne de gallina. Aquel hombre llamaba al deseo. Zoe trató de no perder la calma. Ante todo fortaleza. Sobre todo ante un hombre a quien ella había considerado una vez su mejor amigo, el hombre que le había roto el corazón aunque en aquel momento no lo supiera. ¿Y no se había jurado a sí misma que nunca más volvería a dejarse embaucar por aquella sonrisa?

Zoe no quería ni pensar en el aspecto que debía tener su pelo, por no hablar de sus ropas de diseño que tendría que tirar a la basura porque ni la tintorería podría salvarlas. Aquel lugar era muy húmedo y estaba cansada, hambrienta y llegaba tarde a probarse el vestido para la boda de su hermana Kate.

Y, a juzgar por la mirada de policía inflexible de Ryan, además de todo eso, estaba metida en un lío. Aún no podía comprender cómo había sido ella la única a la que habían detenido en la manifestación convocada por los jubilados del pueblo. Ella solo hacía su trabajo entrevistando a los manifestantes con la esperanza de lograr una gran historia para el programa *Buenos días, América*.

—¿No deberías estar deteniendo a los delincuentes de Filadelfia? —preguntó Zoe sorprendida del tono belicoso en su voz.

—Me he dado cuenta de que los delincuentes más... —se detuvo y la miró deliberadamente—, ...interesantes se encuentran en el sur de Ohio.

—Yo no soy ninguna...

—Guárdatelo para el juez. He leído el informe policial. Arresto por resistencia a la autoridad, golpear a un oficial...

—Se tropezó y cayó.

—Y entonces te peleaste con él en el barro.

—Me esposó.

—Antes de que los dos cayerais de bruces en el estanque. Se rumorea que saldréis en portada a todo color en el *Riverbend Tribune* mañana.

Zoe inspiró profundamente tratando de calmarse y de no imaginar el daño que aquella fotografía podría hacer a su carrera televisiva, y volvió a inspirar una vez más porque ver a Ryan no la había dejado indiferente.

–Como siempre tus datos son incorrectos.

–Entonces, ilústrame señorita Estrella Televisiva de Nueva York City.

–Antes comería un montón de caracoles.

–Hay un restaurante francés nuevo en el pueblo –contestó Ryan con sorna–. ¿Quieres que confirme si sirven comida para llevar?

El estómago le dio un vuelco. No podía soportar esos bichitos babosos y él lo sabía.

–No –respondió en un susurro, pero a continuación endureció la voz–. Pero te lo agradezco.

–Supongo que es difícil resultar altanera cuando se está cubierta de barro –dijo Ryan con un inicio de sonrisa.

¡Si al menos, no tuviera aquellas esposas puestas podría quitarle aquella sonrisa estúpida y tan sexy de la cara!, pensó Zoe. La paciencia nunca había sido su fuerte. Cerró los ojos y contó mentalmente hasta diez antes de hablar.

–Si no tienes intención de ayudarme, vete de aquí –dijo Zoe y abrió los ojos al oír la risa profunda de Ryan.

Este se encogió de hombros y se dio la vuelta para marcharse, pero entonces de detuvo, se volvió hacia ella y alzando una ceja la miró.

–No –dijo con un respingo y se marchó sacudiendo la cabeza.

–Conozco mis derechos –gritó Zoe–. Quiero hacer mi llamada, y quiero a mi abogado. ¡Quiero hablar con la persona que esté al cargo aquí!

–Pues resulta que esa persona… soy yo –dijo Ryan volviéndose hacia ella.

Ella lo miró intentando por todos los medios que no se diera cuenta de que la había pillado desprevenida. De nuevo. Pero en su interior sentía que sus cimientos se desmoronaban. ¿Ryan O'Connor era el Jefe de Policía de Riverbend? Lo último que había oído, y no porque ella estuviera interesada en los cotilleos sobre Ryan, era que había conseguido algún tipo de distinción por su valor y lo imaginaba en un puesto alto, en Filadelfia.

Pero entonces, ¿qué estaba haciendo en Riverbend? No era que le importara demasiado… ¿o sí? Tenía que dejarle claro que solo le importaba que la dejara en libertad así es que alzó las manos esposadas.

—No tienes motivos para arrestarme. No he incumplido ninguna ley. Quiero que me quites esto, y lo quiero ahora.

—Pues la verdad es que sí tengo motivos. Alteraste la paz. Algo que, te recuerdo, se te da muy bien. La llave está en el fondo del estanque —dijo él con un tono exageradamente paciente, pero ella no se dejó engañar. Sabía que estaba disfrutando con la situación—. Los oficiales están buscándola.

—¿Y vas a decirme que no tienes una llave maestra?

—Me han dicho que se perdió el día que estrenaron la cárcel. Eso debió ser… déjame pensar… hace unos veinticinco años.

Zoe trató de mantener la calma.

—¿Y no podéis llamar a un cerrajero?

—Está cerrado —contestó él encogiéndose de hombros—. Es viernes y son más de las cinco. Riverbend no es Nueva York. Aquí no abrimos las veinticuatro horas del día todos los días de la semana —añadió Ryan con una sonrisa y sin ningún ánimo de disculparse.

—¡Espera! ¿A dónde crees que vas? —gritó Zoe zarandeando con torpeza los barrotes de la celda con sus manos esposadas—. No hemos terminado. No puedes irte así. ¡Ryan! ¡Vuelve ahora mismo!

Estaba segura de que, por toda respuesta, lo oyó reírse. Su situación no podía ser peor. Era un rehén en la cárcel de su propio pueblo y el carcelero era el último hombre en la tierra a quien le pediría ayuda.

Habían pasado diez largos años desde la última vez que se habían visto, pero nunca había sido capaz de quitárselo de la cabeza. Y, de repente, reaparecía en su vida, ya de por sí complicada, y por un momento, un breve y ridículo momento, se había sentido tentada de hacerle la pregunta cuya respuesta inconclusa la había estado quemando durante diez años.

Afortunadamente no la había oído cuando, minutos antes, le había pedido a gritos que regresara. Solo Dios sabe lo que habría podido decirle y lo que él podría haberle respondido.

Zoe miró alrededor de su celda. Era más o menos igual que su estudio del West Side y casi igual de cálida. Aquel catre con la almohada extraplana y la manta mugrienta parecía muy incómodo. Y el diminuto ventanuco apenas si dejaba entrar la luz, cuanto menos el aire fresco.

—Y no olvidemos los fabulosos barrotes de hierro en puertas y ventanas —murmuró Zoe mientras se paseaba por la celda antes de dejarse caer sobre el catre.

Enterró la cara en la almohada y trató de no pensar que se sentía igual de prisionera en su apartamento de la ciudad, escandalosamente caro, que en aquella celda. No quería pensar en Nueva York en ese momento ni en su trabajo como reportera para el programa *Buenos días, América* que adoraba, pero que estaba empezando a minarle la moral. Aunque ella nunca lo admitiría delante de sus amigos y colegas. Bastante duro le parecía admitirlo para sí.

Todos pensaban que su vida era perfecta. Había celebrado su último éxito el mes pasado con una fiesta en el club de moda. El motivo: su ascenso de su puesto como reportera en la sección de entretenimiento al puesto más codiciado en el espacio vespertino *Buenos días, América*. Había recibido llamadas e e-mails de personas de las que no había tenido noticias durante años, felicitándola tras leer lo de la fiesta en la sección de sociedad del *New York Times*. Se había llevado una tremenda sorpresa cuando su madre le había enviado la página central del artículo que hablaba de su ascenso en el *River-bend Tribune*, con el titular, nada original, de *Chica de pueblo consigue el éxito*.

Había logrado el objetivo que se había marcado cuando se graduara en la universidad seis años atrás. Trabajaba y vivía en Manhattan. Tenía muchos amigos y conocidos, y estaba considerada una celebridad. Pero no lograba quitarse de la cabeza la forma en que la prensa sensacionalista de Nueva York se había referido a ella cuando la cadena había anunciado que presentaría un especial de dos horas por la noche además del programa vespertino: «La señorita cabeza hueca llega a máxima audiencia». Todavía le dolía pensarlo. Quienquiera que la llamara cabeza hueca no había prestado demasiada atención a sus últimos programas.

Ella no se limitaba a mostrar rostros llenos de glamour sino que buscaba historias serias, con gente real y sus complicadas vidas. Sabía más de lo que desearía sobre lo que era tener una vida complicada.

Zoe se sentó e inspiró profundamente. Si sus colegas del programa pudieran verla en ese momento… Nunca reconocerían a la mujer que siempre habían visto perfectamente arreglada, si la veían con las manos esposadas, y cubierta de barro de la cabeza a los pies, tras los barrotes de una celda de la diminuta cárcel en el lugar al que había jurado que nunca volvería.

Bajó la vista y miró con consternación sus carísimas zapatillas deportivas cubiertas de barro. ¿Qué diablos la había empujado a comprarlas en primer lugar? Eran caras, incómodas, pero eso sí, lo último en moda. Eran perfectas para Nueva York, pero terriblemente fuera de lugar en Riverbend. ¿Estaría también ella fuera de lugar allí?

Sacudió la cabeza tratando de aclararse las ideas pensando que daría cualquier cosa por una taza de chocolate y uno de los masajes de Andrés. Necesitaba toda su capacidad inventiva para convencer a cierto policía con un hoyo en la barbilla y unos perfectos hoyuelos al sonreír, de que ella era víctima de un extraño caso de amnesia.

Podría fingir que nunca había tomado parte en la manifestación, que no se había enfrentado a la policía, ni había acabado en el fondo del estanque, ni la habían arrestado ni llevado a presencia de Ryan O'Connor cuya penetrante mirada azul lograba introducirse en su interior. Por mucho que le encantara mostrar ante él sus éxitos profesionales, prefería guardarse para sí sus equivocaciones.

Ocultó el rostro entre las manos. El instinto le decía que aquella visita a su pueblo natal para la boda de su hermana iba a ser la más larga de toda su vida.

Si fuera inteligente habría buceado él mismo en el estanque hasta encontrar la llave o habría convencido al cerrajero para que hiciese otra, incluso habría pagado la fianza él mismo. Después habría abierto la celda y habría sacado rápidamente a la preciosa Zoe Russell de la cárcel de Riverbend y de su vida.

Ryan O'Connor era inteligente, y muy sagaz también. Precisamente por eso había salvado el pellejo más de una vez mientras trabajaba en Filadelfia como detective de homicidios primero y anticorrupción más tarde. Pero entonces, el hecho de que Zoe siguiera en la celda de su cárcel le decía que, tal vez, no fuera tan inteligente ni sagaz como creía.

Físicamente, era tal y como la recordaba: alta, delgada, los ojos verdes centelleantes como las esmeraldas que decoraban sus orejas y su dedo. Y seguía teniendo aquel inolvidable pelo rojo y rizado. Hubo un tiempo en que la había considerado su mejor amiga… y la cruz de su vida adolescente, pero no tenía ni idea de quién era la mujer que estaba en la celda de su cárcel en ese momento.

Recordaba que despreciaba las joyas ostentosas y nunca se había agujereado las orejas porque le daba miedo; tan solo llevaba un anillo con una perla que había pertenecido a su abuela. La mujer que estaba en la celda era mucho más refinada, espabilada y sofisticada; demasiado para su gusto. Tal y como aparecía cada mañana en la televisión aunque, por supuesto, él no se sentaba a ver su programa.

Si fuese la primera vez que la veía, habría sido amable con ella, jamás se le habría ocurrido ir más lejos.

Podía jurar que Zoe era la última persona a la que habría esperado encontrarse en Riverbend a su vuelta, pero sería mentira. Sabía que volvería para la boda de su hermana. Aunque no había esperado verla tan pronto. Su inesperada aparición en la cárcel lo había tomado desprevenido. La pequeña Zoe Russell, mejor dicho, la Zoe Russell adulta, no podía haberse mantenido alejada de los problemas. Esa siempre había sido una de sus habilidades, ciertamente atractiva pero muy exasperante a veces.

«No puedes irte así».

Pero lo había hecho. Las palabras de Zoe aún resonaban en sus entrañas. No era la primera vez que las había escuchado. Y aun así, se había alejado de su amistad con ella, de su vida en Riverbend e, inevitablemente, de un matrimonio juvenil con Kate, algo que había sido un gran error por parte de ambos. Y hacía seis meses que había vuelto a echarse atrás en otra decisión, aunque sin elección esta vez. Había decidido dejar de luchar contra el crimen en Filadelfia después de diez años en los que había perdido más que ganado, y si había algo que Ryan odiase era perder.

Se dejó caer en una silla y puso los pies sobre el destartalado escritorio. Tenía la puerta del despacho abierta y desde allí podía ver que todo estaba tranquilo en aquella comisaría. Los teléfonos no sonaban y el administrativo que se ocupaba de la posible documentación estaba leyendo una revista de cotilleos.

Se echó hacia atrás y cerró los ojos rogando para no volver a recordar aquella terrible noche en Filadelfia. Una redada salió mal. A él lo hirieron en el brazo pero, entre el dolor, pudo ver como su compañero, Sean, caía al suelo con un tiro en la espalda. Todo lo que le importaba cambió para él esa noche. No fue tan fuerte y heroico como debiera haber sido. Aunque todo el mundo le dijera lo contrario. Los médicos le dijeron que las pesadillas acabarían por desaparecer, pero, como siempre, se habían equivocado.

–¿Jefe?

Abrió lentamente los ojos. Jake, su amigo de la niñez, su ayudante en Riverbend y el hombre que había peleado como un valiente con Zoe Russell, estaba ante él, mojado y embarrado, pero con una llave en la mano. Ryan se frotó los agotados ojos.

–¿Te importaría explicarme cómo una manifestación pacífica acabó siendo un completo caos?

Jake se dejó caer en una silla frente a Ryan y puso una mueca al ver cómo estaba poniendo el suelo perdido de agua y barro.

–Zoe empezó a hacer preguntas a la gente y cuando se dieron cuenta de quién era, se pusieron a empujarse los unos a los otros para llamar su atención. Yo intenté llegar hasta ella y entonces fue cuando resbalé y caímos al estanque.

–¿Y eran necesarias las esposas?

–Dios santo, Ryan, me pegó un puñetazo. Yo solo me defendí, igual que ella. No tuve más remedio que arrestarla –contestó Jake mientras limpiaba la llave antes de dársela a Ryan–. No he olvidado lo que es ser el objetivo del puño derecho de Zoe Russell.

–Tenías ocho años y ella seis –le recordó Ryan con acritud–, y le habías metido un renacuajo dentro del bañador y en el mismo estanque, por cierto.

–Bueno, sí, pero lo del renacuajo fue idea tuya –respondió Jake sonriendo–. ¿La saco o qué?

—Deja que yo me ocupe —dijo Ryan lanzando la llave al aire y recogiéndola de nuevo—. ¿Todo bajo control en el parque?

—La manifestación se disolvió pacíficamente en cuanto me llevé a Zoe —dijo Jake con una sonrisa—. Deberías haber visto a Flora Tyler. Le pidió a Zoe que se hiciera una foto con el grupo de jubilados. Apuesto que mañana saldrá en la portada del *Tribune*.

—Eso es lo que pasa cuando alguien famoso llega al pueblo. ¿Has llamado a Kate para que pague la fianza de su hermana?

—Me echó una buena bronca —contestó Jake mientras asentía con la cabeza—. Murmuró algo sobre por qué no la había avisado antes y si podía pedir un segundo favor.

—Esperará que le mande por correo la fianza —dijo Ryan y no quedó sorprendido al ver a Jake que salía de la oficina riéndose. Ryan jugueteó con la llave en el bolsillo. Deseó que fuera una moneda para lanzarla al aire y dejar que el destino decidiese si concedería, o debería concederle a Kate ese segundo favor.

Porque Ryan sabía el favor que Kate quería pedirle. No había dejado de soltarle indirectas desde que fijara la fecha de la boda el mes anterior. Quería que hiciera las paces con Zoe. Al menos durante las siguientes dos semanas hasta que pasara la boda y Zoe volviera a Nueva York. Y al fin y al cabo, no tenía por qué revivir al pasado. Era historia. Y desde el incidente en Filadelfia había adquirido gran habilidad para ignorar el pasado.

Ryan tomó su chequera y se dirigió a la oficina contigua. No quería pararse a considerar si conseguiría ignorar a la mujer en la que se había convertido Zoe Russell.

La paciencia de Zoe se había agotado. No le gustaba que la ignorasen. Ni tampoco le gustaba que la encerraran en una celda diminuta, esposada, durante más de una hora. Le habían parecido días.

Sacudió las manos para desentumecerlas y puso una mueca de dolor porque las esposas le hacían rozadura.

Zoe trató de acomodarse en aquel duro colchón, con aquella almohada que, desde luego, no tenía plumas. Tan solo esperaba que su hermana llegara pronto y la sacara de allí. Cerró los ojos, pero volvió a abrirlos inmediatamente cuando la imagen de Ryan llegó a su mente. Con sus rasgos perfectos: la barbilla cincelada, unos profundos ojos azules, espesa mata de cabello rubio dorado como el sol. Habían pasado diez años desde la última vez que se vieran; las fotos y los vídeos familiares no contaban.

Tenía mejor aspecto del que recordaba, más sexy de lo que se pudiera imaginar. Trató de imaginárselo con sesenta y cinco años, con barriga, el pelo gris, no, mejor calvo, y cojeando por Main Street en una persecución criminal, a pesar de tener una multa por conducción temeraria a causa de su mala vista.

Zoe sonrió ante la imagen. Aunque los hombres duros como Ryan O'Connor solían envejecer como el buen champán en vez de como el vino malo. Se puso de pie y recorrió la minúscula celda. ¿Por qué estaría tardando tanto en encontrar la llave? ¿Y con quién creía Ryan que estaba tratando para decirle que en Riverbend no abrían las veinticuatro horas del día? Sabía perfectamente que los cerrajeros de todas partes estaban preparados para una urgencia en cualquier momento, por muy intempestiva que fuera la hora.

–Me debe una llamada telefónica –murmuró Zoe–. Debería llamar al cerrajero para demostrarle que no tiene razón. ¡Ryan! ¡Quiero un teléfono!

Como Ryan no apareciera, Zoe volvió a gritar su nombre. Oyó entonces pasos que se dirigían hacia la celda y se preparó para lo que pudiera pasar, pero no era Ryan. Era Jake.

–Esto… Zoe –comenzó Jake con un recelo que Zoe comprendió bien. Después de todo, se habían enzarzado en una pelea que había terminado con los dos dentro del estanque. Se arrepentía de haberle pegado un puñetazo–. ¿Ryan no te ha sacado todavía? –preguntó Jake evitando deliberadamente mirarla a los ojos hasta que sus ojos se encontraron finalmente.

–¿No vendrás a decirme que ha encontrado la llave, pero que no ha venido a quitarme las esposas? –preguntó Zoe que se había acercado más.

–¿Puedo… esto… puedo hacer algo más por ti? –preguntó Jake con torpeza.

–Puedes aceptar mis disculpas por golpearte, y dejarme hacer mi llamada.

–Disculpas aceptadas –contestó Jake y le entregó, no sin cierta cautela, su teléfono móvil a través de los barrotes. No pudo evitar enrojecer de vergüenza al ver que Zoe no podía maniobrar con las manos esposadas.

–No puedo marcar con las manos así, Jake. Tal vez –dijo esta con suavidad–, tal vez tú podrías ayudar a Ryan a encontrar la llave.

–Iré a buscarlo –contestó Jake retirándose de los barrotes.

–Gracias –dijo Zoe tratando de mantener la voz alegre.

Miró a Jake que desapareció tras la esquina. Era alto, como Ryan. Tenía un cuerpo atlético, como Ryan. Y sus rasgos eran bastante atractivos, con aquellos ojos azules que también eran como los de Ryan. Pero cuando se encontraba frente a frente con Jake no sentía nada, no saltaban chispas entre ellos. No como las que, inesperadamente, habían saltado entre ella y Ryan cuando se habían encontrado en la misma situación, separados por los barrotes de la celda. Pero lo que más le asustaba era volver a preocuparse por ese hombre, llegar a enamorarse de él sin remedio otra vez, porque, al final, él haría la maleta y se marcharía.

Mientras esperaba a que «su» hombre apareciera, Zoe se entretuvo preguntándose por qué el encuentro con Ryan había sido tan electrizante mientras todas las citas del pasado año en Nueva York habían sido un cúmulo de fracasos. Admitió con acritud que ella había elegido salir con ellos precisamente porque no saltaban chispas, porque no le habían llegado al corazón ni al alma. Tanto había sido así que cuando la historia había terminado entre ellos, ella no se había visto afectada en lo más mínimo. Emocionalmente, no había sufrido, pero se había sentido sola, muy sola.

Aunque eso era preferible, no dejaba de repetirse, a quedarse sola y con el corazón destrozado, como había quedado cuando su padre se había marchado, cuando Kate se había marchado y cuando Ryan se había marchado. Tenía que admitirlo: el sexy Ryan O'Connor todavía la hacía crepitar. No había nada malo en ello, siempre y cuando se mantuviera alejada.

Zoe se tumbó boca arriba en el colchón, y cerró los ojos de nuevo. Esa vez la imagen que llegó a su mente fue la de la noche de su graduación. Sus padres estaban sentados cada uno en un extremo del auditorio del Instituto de Riverbend. Nunca olvidaría aquella noche de junio en la que su mundo se había partido en pedazos. Sus padres habían anunciado que se separaban, y Kate y Ryan se habían fugado para casarse. Ella tenía entonces dieciocho años y había quedado profundamente herida, tanto que había decidido que nunca perdonaría a ninguno de ellos, especialmente a Ryan.

Habían pasado diez años. Hacía mucho tiempo que había perdonado a Kate, y aceptado, aunque sin comprender, las razones del divorcio de sus padres, pero seguía sin entender por qué todavía le quemaba profundamente la traición de Ryan. Tal vez, admitió para sí, fuera porque no quería aceptar que su amistad, que tanto había significado para ella, no había sido igual para él.

El sonido de pasos que se acercaban, aunque muy distintos de los pesados pasos de Jake, la ayudaron a despejar la mente. Esperó hasta que escuchó la puerta de la celda que se abría y entonces levantó la cabeza y lo miró. Tenía que mantenerse calmada, como si no le afectara. Por muy sexy que estuviera, tenía que ignorarlo.

—Qué amable por tu parte venir a visitarme —dijo ella con tono alegre al tiempo que Ryan entraba en la celda—. Avisaré para que nos traigan café o té mientras tú me cuentas qué has estado haciendo en los últimos diez años.

—La señorita Zoe Russell siempre con sus bromas.

—Pues esta situación no me parece divertida para nada —contestó ella sentándose y señalándole con sus manos esposadas.

Ryan se sentó con ella en el colchón. Zoe quedó sorprendida, pero no se dio cuenta hasta que vio el rostro, aún más sorprendido, de Ryan.

—¿No crees que ya es hora de que me sueltes? —añadió Zoe para romper el hielo.

—Jake encontró la llave —dijo Ryan buscándola en el bolsillo—. Te veo todos los días en la tele —añadió después de aclararse la garganta.

—¿Sí? —dijo Zoe poniéndose en pie y estirando los brazos doloridos. Con el rabillo del ojo pudo ver que Ryan ordenaba un poco la celda: doblaba la manta y ahuecaba la almohada—. ¿Ves *Buenos días, América*?

—Bueno, no exactamente. La única forma para tener una buena relación con la comunidad era instalar una televisión para que pudieran ver su programa favorito. Y aunque no hubiera habido televisión, habría sido muy difícil echarte de menos.

—No te comprendo —contestó ella con la voz como un témpano de hielo.

—Los anuncios en las revistas, los anuncios televisivos en franja de máxima audiencia. Esto no es una crítica, solo digo que has conseguido lo que querías. Fama, fortuna —puso su mano en el hombro de Zoe y la hizo girar para mirarlo—. Una oportunidad para actuar delante de millones de personas.

—¿Esa es la opinión que tienes de mí? ¿Que lo único que me importa es ser una celebridad? Soy una periodista seria. Trabajé muy duro para conseguir mi puesto en *Buenos días, América* —Zoe se detuvo y se alzó todo lo que pudo, pero Ryan seguía siendo más alto y por eso tenía que echar la cabeza hacia atrás para poder mirarlo a los ojos.

Miró fascinada los reflejos dorados que despedían aquellos ojos azules y la forma en que los hoyuelos se hacían más profundos al sonreír. Durante un inexplicable momento se sintió tentada de besarlo hasta dejarlo sin sentido y quitar aquella sonrisa. Pero, afortunadamente, Ryan se aclaró la garganta y rompió el hechizo.

—Me estás pisando.

Zoe bajó la vista hasta su pie izquierdo que, lleno de barro, reposaba sobre el reluciente zapato de Ryan. Retrocedió horrorizada al comprobar los pegotes de barro que había dejado en el pie de Ryan. Este sacó un pañuelo de su bolsillo trasero y Zoe se apresuró a intentar agarrarlo. Después de un ligero forcejeo, suspiró y se rindió. Ryan le limpió las mejillas y la nariz manchadas de barro. El breve roce hizo hervir sus entrañas y se le erizó el vello de los brazos. Aquella sonrisa la dejaba sin defensas. No podía mirar sus ojos de un intenso azul y no desear besarlo. Y eso no estaría bien. Sería totalmente inapropiado. Un gigantesco error.

Por todo eso tenía que alejarse de ese hombre antes de que hiciera algo de lo que luego se arrepintiera. Pero cada vez le parecía más difícil ignorar los sentimientos que Ryan O'Connor provocaba en ella.

—La fianza ya está pagada. Puedes irte.

Zoe salió de la celda. Se dirigió hacia la recepción, consciente de que Ryan caminaba justo tras ella, consciente de que solo estaba unos pasos por detrás mientras ella firmaba la orden que le permitía llevarse sus objetos personales. Se colgó el bolso al hombro e hizo un gesto de asentimiento en dirección a él.

—¿Algo más? —preguntó.

—Te acompañaré a casa —se ofreció Ryan.

—No es necesario.

—Considéralo parte de mi trabajo —contestó él poniéndole el brazo sobre los hombros.

¿Acaso no sentía él las chispas?

—Quiero asegurarme de que no te busques más líos —añadió.

Caminaron en silencio las tres manzanas que había hasta llegar a casa de Kate. Zoe miró de reojo a Ryan preguntándose cómo habría sido su vida si Ryan, Kate y ella misma no se hubieran ido de Riverbend nunca. Y al hacerlo, se encontró con que él la estaba mirando atentamente.

—¿Interrumpo algo? —una voz femenina sonó proveniente del otro lado de la puerta mosquitera.

—¡No! —Zoe y Ryan contestaron al unísono, las miradas fijas en el otro.

—Yo creo que sí —continuó Kate Russell al tiempo que abría la puerta y hacía que Zoe entrara en la casa—, pero me alegra ver que la dama de honor y el padrino de mi boda vuelven a hablarse.

RYAN O'Connor es el padrino? –preguntó Zoe dejándose caer en la cama–. Primero, «casualmente» olvidas decirme que ha vuelto al pueblo y a continuación lanzas la bomba de lo del padrino. ¿Alguna otra noticia que no me hayas contado?

–¿Por qué piensas que te oculto las cosas? –preguntó Kate mientras dejada dos vasos de té en la mesilla de noche y se sentaba junto a Zoe envuelta en una manta.

–Porque sabes que odio las sorpresas –contestó Zoe secándose el pelo vigorosamente con una toalla. Veinte minutos en una ducha caliente habían hecho maravillas en su cuerpo aunque no en su humor. Solo olvidarse de Ryan O'Connor lo haría–. Tenías que haberme llamado en cuanto regresó.

–No me habrías escuchado –contestó Kate con dulzura–. Tus palabras exactas fueron: «No quiero que nadie vuelva a mencionar ese nombre nunca más».

–Ese no es el asunto –Zoe frunció el ceño ante la risita burlona de su hermana–. No me creo que yo pudiera decir algo así. Tenía dieciocho años. Nadie con sentido común presta atención a lo que una niña de dieciocho años pueda decir.

–Ryan lo hizo –dijo Kate con tranquilidad–. Y yo también.

Zoe se debatió buscando una respuesta. Cuando miró a su hermana sintió que estaba mirando dentro de su propia alma, aunque eran tan distintas como el día y la noche.

Zoe siempre había odiado la forma en que, por tener

la piel clara y el pelo rojizo, la piel se le quemara con el sol, en vez de adquirir un tono tostado, mientras que su hermana, con los rasgos oscuros y exóticos de su abuela, conseguía mantener un tono dorado incluso en invierno. Pero mientras que Zoe era alta, delgada y podía comer lo que quisiera sin engordar un gramo, Kate era algo más baja y tenía la cintura estrecha pero las caderas anchas, y tenía que medir las calorías de todo lo que comía. En cuanto a su forma de ser, Zoe siempre había sido de naturaleza impulsiva y Kate más prudente.

Sin embargo, ya de adultas, Zoe se había convertido en una mujer más conservadora mientras que Kate parecía haber olvidado toda cautela, lo que podría explicar, pensó Zoe mientras miraba la habitación que un día habían compartido, por qué iba a casarse con un hombre al que apenas conocía.

Se levantó y se dirigió a la ventana. Zoe recordaba claramente el día que había saltado por ella y se había encaramado al árbol pero había perdido el equilibrio. Un desgarbado Ryan O'Connor de doce años que vivía en la casa de al lado la había rescatado y le había curado los arañazos de manos y rodillas. Ella tenía ocho años y desde ese momento desarrolló un amor infantil primero y una adoración hacia su héroe después cuando llegó a la adolescencia. Había olvidado ya cuántas veces se había descolgado por aquel árbol para unirse a Ryan y a Kate en sus aventuras.

Ryan y ella habían trepado juntos al árbol la noche que celebraron su fiesta de cumpleaños al cumplir los dieciséis y él la había besado. Zoe no lo había creído así en aquel momento pero aquel beso no había sido de amor sino de amistad. Mas para una Zoe soñadora, aquel beso había sido una señal. Sus sentimientos hacia Ryan comenzaron a hacerse más profundos, mucho más que un simple amor infantil.

Zoe no tenía que pensar en el pasado. No podía, porque entonces tendría que responder a muchas preguntas que preferiría ignorar. Preguntas que le habían estado rondando la cabeza desde que viera a Ryan al otro lado de la celda esa misma tarde.

Zoe le lanzó la toalla a su hermana. Vio la mirada de preocupación en los ojos de Kate y prefirió no hacerle caso.

—Lo único que digo es que habría estado bien que alguien como tú me hubiera mantenido al tanto.

—¿Bien? –la reprendió Kate.

—Adecuado –concedió Zoe–. Ha sido un trauma verlo de nuevo.

—¿Tan adecuado que habrías encontrado cualquier excusa mala para no ser la dama de honor? Deja de culparlo a él por algo que fue culpa de los dos. Nunca quisimos hacerte daño.

Zoe hizo una mueca de dolor al oír las palabras de Kate. Nunca le había dicho a nadie que siempre había estado loca por Ryan, que había soñado con que un día él la considerara como algo más que su compañera de juegos, que, cuando Kate y Ryan se fugaron ella no lo había considerado como lo que realmente fue: una forma de rebeldía, y que cuando se divorciaron, Zoe no había conseguido perdonar a Ryan y retomar la amistad íntima que una vez compartieron.

Pero Zoe estaba segura de que habría vuelto al pueblo para la boda aunque hubiera sabido que Ryan estaba allí. Diez años atrás, la noche de su graduación, había cargado la culpa de todo su dolor en los anchos hombros de Ryan. Él se lo había permitido. Nunca le había pedido perdón después de la fuga.

Zoe se sentó a los pies de la cama con un vaso en la mano. Bebió y suspiró. Muy dulce, igual que solía hacerlo su madre.

—¿Y cuánto tiempo dices que hace que ha vuelto?

—Unos meses.

—¿Como jefe de policía? ¿Se cansaron de él en Filadelfia y le quitaron la llave de la ciudad?

—Tendrás que preguntarle a él mismo los detalles porque no me ha contado nada, pero tengo la impresión de que fue al contrario. Tal vez deberías molestarte en conocer el hombre que es ahora —dijo Kate y miró a su hermana con picardía—. No sale con nadie.

—No me importa —se apresuró a decir Zoe—. ¿Qué te hace pensar que me importa? ¿Qué pasa con las mujeres cuando están a punto de casarse? ¿Acaso es tu misión en la vida hacer de casamentera con todas las solteras que conoces? ¿Estoy tan sola que me estás ofreciendo a tu ex marido y se supone que tengo que alegrarme?

—Quiero que seas tan feliz como yo lo soy ahora.

—Colgarme del brazo de Ryan no es un paso en la dirección correcta —contestó Zoe con acritud—. Conoces a Alec Carmichael desde hace unas semanas. Os habéis prometido después de tres citas.

—Hace unos meses —corrigió Kate—. El tiempo no tiene importancia cuando estás enamorada. Alec es el hombre perfecto para mí. Ryan es el hombre perfecto para ti.

—Preferiría no tener esta discusión nunca más.

—Hacía tiempo que debíamos haberla tenido —dijo Kate mirándola fijamente—. Ryan y yo nunca estuvimos hechos el uno para el otro.

—Lo que quise decir es que… —Zoe frunció el ceño—. No está nada bien que saques este tema.

—Soy tu hermana mayor —dijo Kate riéndose—. No tiene nada que ver. Solo quiero lo mejor para ti.

—Entonces deja en paz mi vida amorosa.

—Imagina que lo acabas de conocer hoy.

—Estaba cubierta de barro. Y él llevaba unos pantalones perfectamente planchados y una camiseta que marcaban todos sus músculos. Sí, ya me he dado cuenta de lo guapo que está. Me llamó delincuente y yo le insulté.

Lo que Zoe no dijo era que le hubiera gustado que la besara. Al pensarlo se quedó sin respiración y con la boca abierta. Ahí estaba ese pensamiento traicionero de nuevo.

Kate aplaudió con alegría.

–Además, Ryan cumple todos los requisitos imprescindibles para Zoe Russell: está soltero, es hetero, y está aquí.

–Eso es un golpe bajo, Kate, incluso para ti –Zoe tembló decidida a no seguir la lógica de su hermana. ¿Dejar que Ryan O'Connor volviera a entrar en su perfectamente ordenada vida? De ninguna manera. Jamás. No estaba tan desesperada, nunca iba a estar tan desesperada por tener una relación.

–No, el té helado dulce como el de mamá es perfecto para mí, pero sé que el azúcar es mala –añadió Zoe sintiendo que la voz se le quebraba en la garganta, pero quería que Kate comprendiera cuáles eran sus sentimientos para que no hiciera algo de lo que luego Zoe pudiera arrepentirse–. No soy una de esas mujeres que necesitan un hombre para sentirse completas. Soy feliz con mis amigos y mi familia.

–Ryan siempre será parte de nuestra familia. Aunque hayamos estado divorciados más tiempo del que estuvimos casados. Vosotros fuisteis muy buenos amigos una vez. Podéis volver a serlo otra vez –Kate tomó la mano de su hermana y la apretó con suavidad–. Habla con él al menos. Aclarad las cosas.

–En cuanto vuelva a verlo. «Cuando el infierno se congele».

–Prométemelo. Es importante para mí.

Zoe suspiró. Su hermana era demasiado tenaz, y no la dejaría escapar.

–De acuerdo. Una charla pequeña. Solo por ti.

–No lo lamentarás –dijo Kate abrazándola.

«Ya lo estoy lamentando». Zoe sabía que tenía que comportarse como una perfecta dama de honor para su hermana. Tendría que tener cuidado de no encontrarse con Ryan. Y si se encontraba con él, sería amable.

–Y después –dijo Zoe alegremente–, no tendré que volver a verlo durante las próximas dos semanas, hasta que me vea obligada a recorrer con él la alfombra hasta el altar el día de tu boda.

Mientras tanto, no pensaría en lo que sería besar a Ryan, acariciar sus hoyuelos o recibir sus deliciosas sonrisas. Pero le intrigaba la mirada sombría que había visto en su cara cuando le había preguntado por los motivos que le habían hecho abandonar Filadelfia. Pronto llegaría al fondo del asunto.

–Y hay una cosa más que deberías saber… –añadió Kate.

A juzgar por el tono premonitorio de su hermana, Zoe no estaba segura de estar preparada para nada más.

–Que es…

Pero el sonido de voces masculinas hizo que Kate se dirigiera a la escalera. Zoe la siguió, curiosa.

–¿Hay alguien ahí arriba? –preguntó una profunda voz masculina que Zoe no había oído antes.

–¿Alec? –preguntó Kate mientras se pasaba frenéticamente la mano por los cabellos y se miraba en un espejo–. Zoe acaba de llegar, y hay un problema con el catering.

Zoe suspiró, regresó a la habitación y cerró la puerta. Apostaba que esa «otra cosa» que Kate iba a decirle tenía que ver con Ryan. Se quitó la bata y se puso unos vaqueros viejos y una camiseta de *Buenos días, América*. Vio las zapatillas llenas de barro que había puesto encima del armario y, tomándolas por los cordones, las tiró a la papelera que había junto a la cómoda. Nada mejor que ese momento para deshacerse de lujos innecesarios.

Y nada mejor que ese momento para conocer a su futuro cuñado. Una rápida mirada en el espejo del vestíbulo le dijo que estaba tan presentable como era posible, dadas las circunstancias. Tal vez tenía las mejillas demasiado rosadas, y los ojos demasiado brillantes, pero había pasado veinte minutos bajo una ducha caliente.

Bajó las escaleras corriendo y llegó a la sala de estar donde encontró a su hermana en los brazos de un hombre moreno un poco más alto que Kate. La mirada en los ojos de Kate era la de una mujer profundamente enamorada y segura de que sus sentimientos eran correspondidos.

Kate se apresuró a hacer las presentaciones y comenzó a discutir de los planes de boda con Alec. Zoe fue a la cocina. No le sorprendió ver a Ryan sentado cómodamente a la mesa comiéndose una pizza.

–¿Qué haces aquí? –preguntó Zoe enfadada–. Creo que ya hemos pasado bastante tiempo juntos por hoy.

–Algo sobre mi deber de padrino –respondió él alzando una ceja y mirándola de arriba abajo antes de sonreír–. Veo que ya te has lavado.

–Qué amable por tu parte haberlo notado.

–Casi no te reconocía sin el barro –dijo él mirándole las manos–. Y sin las esposas.

–Reservo mi mejor aspecto para la cárcel.

Zoe suspiró y retrocedió un paso. Ryan se puso en pie y avanzó hacia a ella. Estaba demasiado cerca. Zoe pensó en la promesa que le había hecho a su hermana. Hacer las paces. Pero no esa noche–. Vete a casa, Ryan. Estoy demasiado cansada para hacer de dama de honor.

Zoe abrió entonces el frigorífico con más fuerza de la necesaria, y sacó dos cervezas. Parecía que Ryan no iba a marcharse a casa. Le lanzó una botella.

–Pero no hay motivo para no disfrutar de la pizza –añadió.

Ryan cazó la botella antes de que le golpeara la cabeza y la depositó cuidadosamente sobre la mesa. Se sentó entonces en una de las sillas de roble.

–Tu puntería no ha mejorado tanto como el resto de tu cuerpo.

Zoe le habría contestado con un gruñido. No eran las buenas maneras lo que se lo impedía, sino el terrible dolor de cabeza que tenía.

Cerró los ojos y se frotó las sienes tratando de calmar el dolor. «Imagina que lo has conocido hoy». De acuerdo. Si la vida fuera más sencilla, y Zoe más joven, aceptaría el consejo de Kate. Ryan había pasado de ser un adolescente desgarbado pero adorable a un hombre asombrosamente atractivo. Sabía que Kate no la había creído cuando le había dicho que Ryan no le interesaba, y seguiría buscando la manera de hacer que los dos pasaran juntos el mayor tiempo posible en las siguientes dos semanas. Zoe solo se preguntaba si sobreviviría a la experiencia.

Intentó mantener una conversación inocua, pero incluso eso requería todo su ingenio.

—Kate piensa que deberíamos hablar. Aclarar las cosas y dejar atrás el pasado.

«Salir». Pero eso no era una buena opción. No en ese momento. Mejor, nunca.

Pero entonces Ryan sonrió y Zoe temió que el corazón fuera a salírsele del pecho. Pensó en el efecto que había tenido en ella encontrarse con él esa tarde. Desde el primer momento ella había estado a la defensiva. Ya era hora de poner las cartas sobre la mesa y a Ryan O'-Connor en su lugar.

—Juguemos a verdad o atrevimiento —añadió.

—Seguro que tendré que lamentarlo —dijo Ryan con una sonrisa aunque su mirada no era alegre—. Admito que he seguido tu carrera porque me gusta ver que has logrado el éxito. Y ahora dime por qué me has tratado como si no existiera durante los últimos diez años.

Zoe se atragantó mientras intentaba tragar la cerveza que tenía en la boca.

—Sé por qué —añadió Ryan con tono paciente, pero Zoe no se dejó engañar por esa paciencia. Sabía que estaba enfadado y tratando de mantener sus emociones bajo control—. No soy idiota. Solo necesito que tú me lo digas. De hecho, te lo debes a ti misma también.

Zoe tragó la cerveza, pero necesitó unos segundos más para poder hablar.

–No pienso dejar que reduzcas los últimos diez años de mi vida a un anuncio de sesenta segundos…

–No me habrías retado a jugar a verdad o atrevimiento si no tuvieras algo importante que decirme –se adelantó él.

Odiaba que siempre tuviera razón. Cuando eran adolescentes, jugar a verdad o atrevimiento era la forma en que ocuparse de los asuntos más íntimos porque de otra forma nunca habrían hablado de ellos aunque supieran que tenían que hacerlo. Ella no quería que él tuviera razón; no quería que estuviera tan guapo, sexy y disponible.

Quería verlo calvo, con mala cara y con barriga. Y que tuviera una mujer pesada y unos cuantos mocosos que lo volvieran loco. Quería que estuviera a muchos miles de kilómetros de ella y no irrumpiera en su, demasiado complicada, vida. Pero estaba allí, y no tenía más remedio que hablar con él.

¡Parecía sentirse tan cómodo sentado a la mesa de la cocina de los Russell! Era como si siempre hubiera sido ese su lugar y hubiera dejado un hueco imposible de llenar cuando se marchó. Le molestaba que aquel hombre pudiera hacerla sentir cualquier cosa, desde la ira hasta el más absoluto deseo, y no saber qué decirle.

–Siempre me has subestimado. Nunca me has tomado en serio, nunca me has conocido realmente. ¿Qué te parecería si yo irrumpiera de nuevo en tu vida sin dar más explicación?

La expresión de Ryan se endureció. Se puso en pie y se apoyó en la mesa para mirarla cara a cara, separados por unos centímetros.

–No hay nada que explicar.

–Bueno, pues yo no estoy de acuerdo –contestó ella mirándolo a los ojos–. Empieza por decirme por qué eres el jefe de policía de Riverbend cuando lo que siempre has querido hacer es perseguir delincuentes en la gran ciudad.

—Eso no es asunto tuyo —contestó él con una voz desprovista de toda emoción.

—Te marchaste —Zoe cambió drásticamente de tema y contestó a la verdad que le había preguntado Ryan para ver si así lograba sonsacarle—. Éramos amigos, Ryan. Los amigos no se abandonan.

—Me gradué en la universidad —contestó él pacientemente—, y me mudé a Filadelfia para empezar en mi nuevo trabajo.

—No estabas aquí la noche más importante de mi vida.

—Culpable. Nos perdimos tu graduación del instituto, pero Kate y yo teníamos otra cosa en la cabeza.

—¡Os fugasteis! ¿Por qué?

—Te lo diré si me dices por qué nuestro matrimonio te hizo sentir tan mal que decidiste apartarme de tu vida para siempre.

—No puedo responderte.

—No puedes —dijo con suavidad—, o no quieres. El problema no fue que me casara con Kate, ni que nos mudásemos a Filadelfia. El problema siempre fue tu padre.

El corazón le latía desaforadamente. Le dolía respirar. ¡Y ella que había creído que el día no podía empeorar!

—Mantén a mi padre fuera de esto. No tienes ni idea.

—Tus padres se separaron. Sé que lo pasaste mal, pero ellos hicieron lo que creyeron más adecuado. Kate también estaba sufriendo, y mi vida también había quedado deshecha cuando mis padres se mataron en aquel estúpido accidente de coche —explicó Ryan con suavidad, pero con dolor en su voz—. Kate me hizo olvidar el dolor. Éramos jóvenes, impulsivos y nuestras hormonas pensaban por nosotros.

Lo único que Zoe recordaba era la noche que pensaba había perdido a las tres personas que lo habían significado todo para ella. Y ahí estaba con Ryan, diez años después, intentando recordar sus sentimientos de aquella noche, abriendo unas heridas que solo había curado levemente.

Ryan deslizó el plato por la mesa y al hacerlo, sus manos se tocaron. Zoe sintió el familiar chisporroteo y trató de evadirse. Ryan consiguió que, durante unos segundos, ella no se soltara.

—Kate y yo fuimos lo suficientemente inteligentes como para darnos cuenta, casi inmediatamente, de que nos habíamos equivocado. Nos habíamos casado por impulso. Siempre la querré, pero no estoy enamorado de ella. Tus padres se divorciaron porque se dieron cuenta de que faltaba algo en su matrimonio. Tú sufriste mucho y yo te dejé que les echaras la culpa a ellos, pero no permitiré que lo sigas haciendo —añadió Ryan.

El divorcio de sus padres. Zoe no había querido ni escuchar sus explicaciones. Lo único que sabía era que su adorable vida familiar había quedado destrozada. Su padre se había mudado a California, y Kate y Ryan, se habían mudado a Filadelfia, por lo que ella se había quedado sola aquel verano cuidando de su madre, emocionalmente deshecha, y luchando contra su propia sensación de abandono.

Había tardado meses en volver a tener una relación cordial con su padre. Le daba miedo volver a confiar en él, y que la volviera a hacer daño. De vuelta en Riverbend, podía ser que hubieran pasado diez años, pero no se sentía diferente que aquella noche. Y Ryan O'Connor era un vivo recordatorio de lo que había perdido.

—Bueno, creo que se puede considerar que hemos aclarado bastante las cosas.

Con todas sus energías, Zoe consiguió soltarse, salió de la cocina y atravesó la sala de estar donde se encontró a Kate y a Alec acurrucados en el sofá, y salió a la calle por la puerta principal. A medio camino se detuvo y volvió la cabeza. Ryan estaba en la puerta, mirándola. Zoe comenzó a andar de nuevo, esperando que Ryan la llamara, o que saliera tras ella, y admitiera finalmente, después de tantos años, que se había equivocado. Con un gran peso en el corazón, Zoe echó a andar por la calle. El viento silbaba y le pareció oír que la llamaba cobarde.

Se detuvo cuando llegó a la esquina, echó un vistazo alrededor y se dio cuenta de que no tenía ningún sitio adonde ir excepto a casa. No a Nueva York, sino a la confortable casa en la calle División, nombre muy apropiado, llena de recuerdos que habría preferido olvidar.

Ryan apoyó la frente en la puerta cerrada.

—Esta vez sí que lo has echado a perder.

Diez años antes, Ryan había perdido todo derecho a llamarla amiga. Cuando había actuado sin pensar tras la muerte de sus padres, porque su fuga con Kate había sido algo que había hecho sin pensar, él solo pensaba en sí mismo, en la rabia y el dolor que tenía dentro. Los sentimientos de Zoe nunca habían formado parte de su «ecuación».

Se había estado lamentando toda su vida por ello. Y no importaba que Zoe ya no fuera una niña; simplemente no podía tener una relación amorosa con ella. ¡Era como su hermana pequeña! La tentación era enorme, tenía que admitirlo, pero estaba fuera de sus límites.

Varias mujeres habían pasado por su vida. Después de todo, era un hombre sano, con una vida sexual sana también, pero no se había dejado involucrar en una relación seria con ninguna de ellas. No estaba orgulloso de las barreras emocionales que le lanzaban señales de alerta cada vez que una relación tenía visos de ponerse seria.

La excusa era siempre la misma. Era un policía anticorrupción. Su vida era demasiado peligrosa. No podía pedirle a nadie que se preocupara por él y compartiera la incertidumbre con él. El problema era que ya no era un policía anticorrupción, y su vida ya no estaba plagada de peligros e incertidumbres.

Y aun así, no estaba preparado para bucear en las aguas de las emociones. No era que le diera miedo, simplemente se andaba con cautela para no crearle esperanzas a nadie. Aunque, tenían que admitir que era bastante duro vivir sin dejar que nadie se le acercara.

Se dio la vuelta y se encontró con Kate que lo miraba llena de preocupación.

—Tu charla con Zoe ha sido corta.

—¿Cómo pudiste olvidar decirle a Zoe que yo era el padrino?

—Vaya… —contestó Kate encogiéndose de hombros—. No creo que sea para tanto.

—Sí que lo es para Zoe. Lo hiciste deliberadamente.

—Había pensado que podría hacerla comprender —contestó Kate con tristeza—, antes de que tú la metieras en la cárcel.

Ryan decidió sabiamente que era mejor no hacer caso al último comentario.

—¿Pensabas hablar con ella minutos antes de que comenzara la ceremonia y decirle: «Ves a ese hombre con el esmoquin negro? Es el padrino y tú tienes que caminar por la alfombra de su brazo. ¿Lo reconoces? Es Ryan O'Connor, tu ex mejor amigo».

—Sí.

—No tiene gracia, Kate.

—No era mi intención ser graciosa. Todavía estoy esperando que me prometas que arreglarás las cosas con Zoe en las dos semanas que quedan hasta la boda.

Como él no respondiera, ella le dio un golpe en el pecho y lo señaló con el dedo.

—Promételo —añadió Kate.

—Haré lo que pueda —contestó Ryan con tono cortante—. Pero puede que tengas que recordarle a Zoe que son necesarios dos para terminar una guerra.

–Zoe lo comprende –dijo Kate con una paciencia exagerada–. Simplemente no la conoces tan bien como yo. Ella siente las cosas de forma muy distinta a como lo hacemos tú o yo.

–Ni siquiera voy a intentar buscar sentido a lo que acabas de decir –contestó él mirando el reloj–. Tengo que comprobar algo en la comisaría. Y, Kate, recuerda que Zoe y yo somos como el agua y el aceite. No pueden mezclarse, y no tengo ninguna intención de enrollarme con ella. Así es que no hagas de casamentera. Podría reventarnos en la cara a todos.

Ryan oyó que la puerta se cerraba tras él y a Kate hablar con Alec durante unos segundos justo antes de que las luces del porche se encendieran hasta que Zoe regresara. Buscó el móvil en el bolsillo, y marcó los tres dígitos que lo conectaban directamente con la comisaría. Al comprobar que todo estaba tranquilo, echó a andar, giró a la derecha y se detuvo en la acera delante de la casa contigua a la de Kate, la casa que había sido su hogar una vez, y que volvería a serlo.

Miró el cartel de «se vende» y recordó que también lo había visto cuando llegara a Riverbend seis meses atrás. Se dirigió hacia el patio trasero y allí estaba el rosal que su madre había cuidado con tanto mimo. Se sintió tontamente emocionado al ver que estaba en flor.

Un ruido entre los matorrales tras él lo puso en alerta y corrió a la parte delantera. Se sorprendió mucho al ver a Zoe de pie en la acera. A la luz de la luna, podía ver que tenía el rostro muy congestionado.

Ryan se quedó en el escalón del porche y recordó la promesa que le había hecho a Kate.

–Ven aquí –la invitó y vio que Zoe lo hacía aunque con cautela y guardando las distancias cuanto le era posible.

–No quiero hablar contigo –dijo Zoe.

–Bien, entonces simplemente nos quedaremos aquí sentados –respondió él.

–Yo siempre quise vivir en tu casa –dijo ella de pronto.

Ryan era lo suficientemente inteligente como para no preguntar por qué. Recordaba los gritos que salían de la casa de Zoe, los portazos y a su madre llorando.

–Recuerdo la primera vez que nos conocimos –dijo Ryan con una sonrisa en los labios–. Ya entonces me hiciste una gran impresión.

Ryan recordaba que había bajado por la ventana aquel día y se había puesto a mirar el patio de la casa contigua donde una niña pelirroja lo miraba, curiosa desde su escondite en lo alto de un roble.

–Me hacía ilusión porque pensé que tenía a alguien nuevo con quien jugar –dijo Zoe con sequedad–. Y me quedé planchada cuando vi que eras un chico.

Ella había trepado a una de las ramas más gruesas del árbol y cuando sus miradas se encontraron, se miraron en silencio rehuyéndose uno al otro hasta que, repentinamente, Zoe se había reído y acto seguido había desaparecido de la vista.

–Me asusté muchísisimo cuando me di cuenta de que te habías caído del árbol.

–Mi orgullo se llevó la peor parte.

–Pero no soltaste ni una lágrima.

–Me daba miedo llorar –respondió Zoe–. Si mis padres me hubieran escuchado, habrían sabido que me había subido al árbol. Estaba segura de que tarde o temprano vería el roble convertido en leña –Zoe se rio–. A la mañana siguiente tú también hiciste una gran entrada cuando Webster se te escapó y aterrizó en nuestra piscina de plástico.

–Nunca estuvo muy claro quién era el dueño de quién –dijo Ryan al recordar el día que su cachorro de golden retriever se había caído en la piscina y a la pequeña Zoe de ocho años que se puso a gritar bajo el peso del perro, no porque la estuviera haciendo daño, sino porque le preocupaba que pudiera estar herido.

Pero a continuación, la expresión de Ryan se oscureció al recordar otro día, el día en que había enterrado a sus padres en el cementerio y después había tenido que poner la casa a la venta. El ladrido de Webster lo había acompañado hasta que la propia Zoe había llegado en auxilio de ambos y lo había metido a él en la ducha y se había llevado a Webster a dar un merecido paseo.

Ryan los había estado viendo pasear calle abajo desde la puerta deseando quedarse siempre junto a ellos, junto a ella, junto a cualquiera y en cualquier sitio menos solo en aquella casa.

Un largo silencio los envolvió hasta que Zoe se levantó bruscamente.

—Siento haber perdido el control antes en la cocina.

—Sí, bueno —comenzó él restregándose la cara con las manos—, ha sido un día difícil para los dos.

Ryan observó a Zoe que se marchaba corriendo a su casa y él se levantó y se dirigió al cartel de «se vende». Por un momento, por un breve instante, deseó poder dar marcha atrás en el tiempo.

RYAN corría a ritmo fuerte, las suelas de sus zapatillas golpeando el suelo al mismo compás que el latido de su corazón. Rápido. Estaba corriendo demasiado rápido. Aún le quedaban otros cien metros para terminar la carrera, a la vuelta de la esquina. Ryan moderó el paso y para cuando llegó al callejón ya había normalizado bastante su respiración. Sacó la pistola. Era un callejón sin salida. Avanzó un paso, se giró sobre sí mismo y apuntó a la niebla rojiza y sofocante. Tosió. No podía respirar.

Estaba pisando algo húmedo y cuando bajó la vista se encontró con que estaba sobre un charco de sangre. No podía ver a quién estaba apuntando. Tampoco podía ver a Sean, pero vio una débil imagen de Zoe que se acercaba hacia él con las manos ensangrentadas. ¿Qué estaba haciendo ella allí? Su imagen desapareció entre la niebla y escuchó una voz que se burlaba de él. «Llegas tarde, demasiado tarde».

Ryan se despertó al caer de la silla con un sonoro ruido. Había cerrado los ojos solo un momento y había tenido una pesadilla. Atravesó la oficina y salió al vestíbulo de la comisaría. Allí estaba Jake y la secretaria asomados a la puerta y sacudiendo ambos la cabeza.

–¿Qué ha ocurrido? –preguntó Ryan con el tono de policía de ciudad–. ¿Hay algún herido? ¿Por qué estáis aquí los dos? Salid ahora mismo y averiguad qué ha pasado.

–Yo te diré lo que ha pasado –dijo Jake girándose

desde la puerta–. El coche de Henry Larkin tiene mal el tubo de escape otra vez, y no deja de soltar explosiones. Llevo todo el mes poniéndole multas y diciéndole que lo arregle.

–Bien. Dile que la próxima vez que oiga o vea su coche espero que tenga un nuevo tubo de escape que suene como un gatito y no como una ametralladora.

Y diciendo esto volvió a su oficina y miró por la ventana al anciano Henry Larkin de ochenta años que lo saludaba mientras se dirigía a la plaza en su cacharro que soltaba alguna pequeña explosión cada pocos metros, produciendo nubes de gases cada tanto.

Se dejó caer en su silla, exhausto, lo que explicaba por qué había cerrado los ojos y se había quedado dormido. No había dormido nada la noche anterior. Se había levantado al amanecer, había salido a correr y a la vuelta a su apartamento se había puesto a limpiar el polvo de los muebles. Después se había duchado y había salido con el coche, sin rumbo, hasta que había llegado a la comisaría. Una vez allí, decidió que podía ocuparse del papeleo atrasado, algo muy aburrido, y se había quedado dormido.

Cerró los ojos y los recuerdos de la primera parte del sueño regresaron a su cabeza. En el sueño, aparcaba el coche delante de la casa de los Russell minutos antes del amanecer, y esperaba. Zoe lo veía desde la ventana, y, abriendo la puerta de la cocina y salía corriendo para echarse en sus brazos. Se habían besado. Al principio un beso leve pero después cada vez más con más pasión. Ryan la abrazaba contra su cuerpo y había sentido el calor chisporroteante que los abrasaba al ritmo del latido de un único corazón. Por primera vez en muchos meses se había sentido vivo. Pero en ese momento se había despertado y se había sentido tremendamente frustrado, irritado e impaciente.

Ryan se ordenó no volver a pensar en Zoe como algo más que su hermana pequeña. Aquel no era el momento oportuno para un sueño como aquel, ni probablemente lo fuera el futuro inmediato. No iba a ceder a la tentación aunque su cuerpo se tensara con solo pensar en ella. No estaría bien. No sería justo.

Suspiró y se restregó la cara con las manos. Debería irse a casa y tratar de descansar un poco. Sabía que Zoe no se habría movido en toda la noche. Apostaría la paga de una semana a que había dormido como un lirón, igual que cuando eran niños. En aquel tiempo, nada, ni siquiera el despertador pegado a la oreja, podría haberla despertado. Esperaba que siguiera siendo igual.

Y si ella había soñado con él, pensó con tristeza, probablemente habría imaginado que lo metía en la cárcel esposado, adonde debería ir sin duda después de los sueños locos que había tenido con ella.

Abrió el último cajón de su escritorio y sacó la foto que había guardado allí el primer día que llegara. Allí estaban él y Sean cuando comenzaron a trabajar juntos tres años atrás. Dos hombres, muy distintos físicamente; Sean, moreno con unos hermosos rasgos irlandeses, y él, Ryan, rubio y muy apuesto.

–Debería haber estado allí para ayudarte, amigo –murmuró Ryan.

Recordó por un momento lo que el psiquiatra de la policía le había dicho. Tenía que dejar aquella vida tan estresante. Bien. El único problema era que no sabía muy bien qué iba a hacer con su vida si no podía ser policía, ni siquiera temporalmente en Riverbend. Necesitaba trabajar para sentirse vivo, si aquello era vida.

Se levantó y caminó hasta la puerta, sorprendido al ver a Zoe sentada en el borde del estanque donde había hecho la gran reaparición en su vida.

Llevaba puesto un peto vaquero muy gastado y una camiseta naranja que contrastaba con su pelo rojizo, pero ella lo llevaba con mucho estilo, no resultaba chabacano. Parecía muy joven e inocente, y no la mujer sofisticada de la gran ciudad en la que sabía que se había convertido, la mujer que veía todas las mañanas en la televisión dando consejos y compartiendo cotilleos con el público.

Había un sutil halo de sensualidad ella. Sintió que su cuerpo se tensaba, sensación ya familiar en él, consciente de que hacía ya cierto tiempo que no había estado con ninguna mujer.

Si el sexo hubiera sido la respuesta, Ryan podría haberlo solucionado muchos meses atrás, porque había muchas mujeres en Riverbend que habrían ido a la cama con él para pasar una noche de pasión descontrolada aunque exenta de emoción.

Ryan miró cómo Zoe metía la mano en el agua y la acariciaba, sonriendo. Ryan se dio cuenta de que también él estaba sonriendo, aunque con tristeza, porque deseaba que Zoe estuviera sonriendo al pensar en él, pero era consciente de que sería mucho mejor para los dos que no fuera ese el motivo.

Zoe movió la mano por el agua y miró el reflejo de su imagen al tiempo que varios peces enormes subían a la superficie. Uno de ellos tenía unos labios protuberantes, igual que Jeremy. Sintió un poco de asco. Unos labios protuberantes y una actitud de superioridad no eran los mejores atributos para un novio. Estaba contenta de que hubiera desaparecido de su vida. No tenía muchas ganas de conocer a ningún otro hombre como él.

Sacó la mano del agua y el movimiento hizo que los peces volvieran a sumergirse. Sus pensamientos volvieron a Ryan. Y sonrió. Los suyos eran unos labios muy sensuales, no protuberantes, pero él también tenía una actitud de superioridad. Miró hacia la comisaría frente al estanque y habría jurado que sintió la mirada de Ryan fija en ella, de no ser porque no había nadie en la puerta y no se podía ver a nadie mirando tras las rendijas de las persianas bajadas.

Y entonces, como si lo hubiera invocado con el pensamiento, Ryan apareció en la puerta, vestido con unos vaqueros que se ceñían a sus piernas musculosas y camiseta negra. Definitivamente aquel hombre era muy sexy.

Ryan O'Connor representaba el peligro con mayúsculas. Lo había sabido en el momento que lo había visto al otro lado de la celda, con aquella sonrisa, y aquellos hoyuelos, y aquella barbilla tan sexys; y el pelo rubio un poco largo y revuelto. Podía percibir las señales de alarma que le gritaban que estaría perdida si se quedaba mucho tiempo mirando el azul profundo de sus ojos.

Normalmente, Zoe no tenía problemas para dormir pero la noche anterior no había dejado de dar vueltas en la cama. Miró con cautela al otro lado de la calle y vio la expresión resuelta en el rostro de Ryan. Al momento supo que jugar a verdad o atrevimiento no había hecho más que aumentar el distanciamiento entre ellos, ya enorme de por sí. Un distanciamiento que ella misma había provocado. Podían tratarse con cordialidad durante las dos próximas semanas, o podía esforzarse por arreglar el daño que su amistad había sufrido.

Habían sido muy buenos amigos, los mejores, en su niñez y adolescencia, y Ryan había sido su primer amor, aunque este no lo hubiera sabido. Él la había tratado siempre como a una hermana pequeña, aunque se las arreglara para encontrar nuevas formas de irritarlo. Zoe sonrió para sí al pensar que seguía buscando nuevas formas de enfadarlo.

Todavía se sentía atraída por él e impotente por no saber cómo terminaría aquella atracción. Aun así, se obligó a calmarse, y a detener los pies que la llevaban irremisiblemente a cruzar la calle, si no quería hacer un gran ridículo. Era evidente que aquel hombre no estaba interesado en ella de la misma manera.

Pero fue Ryan quien se acercó y se sentó junto a ella.

—Y dime soldado, ¿cómo va la batalla nupcial?

Ryan siempre conseguía hacerla reír

—Necesitaba un descanso. He pasado la última hora con la modista recibiendo empujones, pinchazos y órdenes hasta que estuve a punto de ponerme a gritar.

—¿Así es que la batalla avanza? —el bostezo de Ryan acalló la pregunta.

—Parece que no has dormido mucho —comentó Zoe mirándolo atentamente.

—Estoy bien —contestó él haciendo un gesto para quitar importancia al asunto—. ¿Cómo lo lleva Kate?

—No está muy contenta. Hoy no le gusta ninguna de las opciones de catering que eligió ayer —respondió Zoe con sequedad—. Imagino que ella y Alec continuarán en este momento discutiendo las virtudes de los distintos canapés, patés y sándwiches.

—Sabido es que se han roto matrimonios por decisiones menos importantes —contestó Ryan con seriedad, aunque sus palabras ocultaban una sonrisa—. ¿Y cómo lo lleva tu madre?

—Fue inteligente al salirse de la conversación y se prestó voluntaria para ir a comprar los regalitos que se ofrecerán a las invitadas en la comida en honor de la novia que se va a celebrar el próximo fin de semana en el Café del Río y que yo debo organizar según me he enterado hoy —suspiró Zoe—. Ahora sé el gran esfuerzo que conlleva ser la dama de honor.

—Madrina —señaló Ryan.

—Es lo mismo —contestó ella encogiendo los hombros—. No es que desee que Kate y Alec se fuguen… no quería decir eso —añadió Zoe con malestar al ver cómo se oscurecía la expresión en el rostro de Ryan al recordar la última vez que Kate se había fugado, con él.

–Tal vez tú deberías casarte también y hacerle la misma jugada a Kate.

–No estoy preparada para dar ese paso –contestó Zoe–. En estos momentos estoy siguiendo el «mantra» de las mujeres solteras de Nueva York. Es muy sencillo: «No des tu corazón a nadie si no quieres que lo lastimen».

Tras esa advertencia Zoe se despidió de Ryan y se dirigió a la Casa de las Fiestas al otro lado de la plaza, consciente de que Ryan iba detrás de ella. Este aceleró el paso, y lo mismo hizo ella. De golpe, Zoe se detuvo y él la alcanzó y la adelantó, bloqueándole así el paso.

–¿Por qué me estás siguiendo? –preguntó Zoe al tiempo que intentaba abrirse camino, pero él se mantuvo inmóvil, con los brazos cruzados.

–Solo quiero asegurarme de que cruzas la calle sana y salva. No me gustaría tener que sacarte del estanque por segunda vez en dos días –dijo él poniendo esa sonrisa suya tan endiabladamente sexy, una sonrisa que tenía un efecto devastador sobre ella, la sonrisa que Zoe deseaba borrarle de la cara.

–¿Qué es esto? ¿Te estás preocupando por mí? –preguntó ella con dulzura.

–Especialmente si eso incluye velar por tu seguridad hasta después de la boda –contestó él asintiendo, solemne, con la cabeza.

–No necesito un guardaespaldas ni un hombre que me proteja. No he estado fuera de Riverbend tanto tiempo como para no recordar el camino entre la tienda de regalos y la floristería.

–Kate dijo que… –comenzó Ryan mientras que le abría la puerta.

Zoe gruñó al ver Ryan entraba con ella en la tienda. Esperaba que su madre siguiera allí.

–Puedo imaginar lo que dijo –contestó Zoe que sabía que habría sido algo parecido a que debían dejar atrás el pasado y darse una oportunidad para conocer a las personas en que se habían convertido.

Pero Zoe no podía dejar de preguntarse si no sería doloroso seguir el consejo de Kate, y tomarse la molestia de conocer al hombre en que se había convertido Ryan. Se preguntaba si sería lo suficientemente fuerte como para hacerlo.

Deseaba encontrar la forma de conseguir que Kate dejara de entrometerse en su vida sentimental sin herir los sentimientos de su hermana y sin tener que confesárselo a Ryan. ¿Qué diría este si ella le contara que Kate quería hacer de celestina con ellos? Probablemente las arrestaría a las dos.

—No puedo creer que hagas caso a sus arrebatos —añadió Zoe.

—Tu hermana es una de las mujeres más sensatas que conozco —contestó él alzando una ceja—. Además, se lo prometí.

—¿Qué le prometiste? —preguntó Zoe con cierta cautela.

—Que durante las próximas dos semanas haría todo lo posible para llevarme bien contigo por muy irritante que pudieras llegar a ponerte. Y que... —alzó una mano cuando Zoe se disponía a replicar—, si era lo inteligente que creía ser, olvidaría cualquier intento de hacer de celestina con nosotros antes de que alguien saliera herido.

Zoe pensó que una cosa era enfadarse con su hermana por intentar unirlos, y otra muy distinta oír a Ryan decir que no estaba interesado en ella de esa forma. Le hubiera encantado discutir el asunto largo y tendido, pero era más inteligente por su parte mostrar su acuerdo con él, con la esperanza de que si Ryan estaba jugando a algún estúpido juego con ella, se cansara y la dejara por fin en paz. Zoe podía tomarse unas simples palabras de Ryan como un reto personal y, de querer aceptarlo, era muy capaz de pasarse las siguientes dos semanas utilizando todas sus armas de seducción para demostrarle que estaba equivocado.

Cuando Zoe comprobó que su madre no estaba allí, salió de la tienda. Ryan la siguió en silencio. Se pegó a ella y la acompañó a todos los recados que tenía que hacer y después a su casa. Le abrió la puerta y la ayudó a entrar con suavidad, ofreciéndose a llevarle los paquetes.

—Estaremos en contacto.

—No es necesario —dijo ella mirándolo con recelo.

—Solo estoy cumpliendo una promesa —dijo él con suavidad.

Ella se quedó allí, mirándolo mientras se alejaba calle abajo silbando como si no tuviera preocupación alguna. Zoe se quedó allí de pie mucho después de que Ryan hubiera desaparecido de la vista.

—Tal vez tú consigas que nuestra madre entre en razón.

Zoe se apoyó en el marco de la puerta y miró asombrada la escena que se estaba desarrollando ante sus ojos. Kate, vestida con un pijama de franela y su madre, vestida con un traje de pantalón y chaqueta de seda, y sus perlas, estaban jugando al tira y afloja con un viejo delantal. Pero no era un delantal cualquiera, sino uno que había pertenecido a la familia durante años, cuyo letrero ya desgastado decía: *El portador no es el cocinero*.

—Pensé que esta cocina era una zona libre de madres —susurró Zoe a Kate al oído, lo que hizo que su hermana se distrajera lo suficiente para que su madre, Penélope, le arrebatara el delantal con un fuerte tirón.

—He estado asistiendo a clases —dijo Penélope con aire de superioridad. Sonrió triunfalmente mientras se ataba el delantal a la cintura, todavía estrecha. Después se acercó al fuego y con una espátula le dio la vuelta a algo que recordaba vagamente a una tortita.

Penélope era una madre maravillosa, pensó Zoe con cariño, pero una pésima cocinera. No podía recordar la última vez que la había visto utilizando un aparato de cocina. Tan pronto como ella y su hermana crecieron lo suficiente, se ocuparon de las tareas de la cocina. Así dijeron adiós a los desayunos, comidas y cenas quemados, y al café hirviendo. Apenas si conseguía preparar un té helado que pudiera beberse de lo dulce que estaba. Y parecía que esa mañana no iba a ser distinto.

–No son ni las siete y es la segunda tanda de tortitas que fastidias –dijo Kate dejándose caer, desesperada, en una silla.

Penélope tomó una de ejemplo y se la enseñó a Zoe. Estaba plana, como tiene que estar una tortita, pero quemada y parecía dura como una piedra.

–Mamá, es muy temprano para tomar algo que no sea café –dijo Zoe besando a su madre en la mejilla antes de acercarse al mueble para buscar una taza y servirse café.

–Déjame hacerlo a mí, tesoro. Lo he preparado como a ti te gusta –se ofreció su madre.

Zoe sonrió débilmente y, tan pronto como su madre se dio la vuelta, tiró media taza por el fregadero. Se llevó la taza a la mesa y se sentó junto a su hermana. El café no estaba ni fuerte ni flojo. En cualquier caso, se lo bebería porque su madre lo había preparado. Con los codos apoyados en la mesa, Zoe lanzó un suspiro y apoyó la barbilla en las manos mientras observaba a su madre trajinar junto al fuego.

–¿No es maravilloso? Hacía mucho tiempo que las mujeres Russell no desayunaban juntas –exclamó Penélope dejando sobre la mesa una fuente llena de tortitas-piedra y algo que parecía papel quemado, pero olía a beicon chamuscado. Penélope se sentó y empujó la fuente hacia Kate que se la ofreció a Zoe con cautela y esta tomó una loncha de beicon chamuscado y lo miró fascinada unos segundos antes de depositarlo en su plato.

—Ya no desayuno tanto como antes –dijo Zoe deslizando subrepticiamente el beicon en la servilleta. Después se apoyó en la mesa y sacudió las manos ante la vista de su madre–. ¡Pero qué te pasa, Penélope Russell! No has conducido ochenta kilómetros para hacernos el desayuno.

—No podía dormir –respondió Penélope –, así es que decidí venir aquí y cocinar. Puede que Kate sea la dueña de esta casa ahora, pero todavía considero mía esta cocina.

—Eso lo explica todo –contestó Kate asintiendo con la cabeza sabiamente.

—¿Qué es lo que explica? –preguntó Zoe bebiendo su café lentamente.

—Hazla entrar en razón.

—Me encantaría si supiera por qué estáis discutiendo –Zoe se detuvo un momento para pensar–. Y no tiene nada que ver con lecciones de cocina.

—¿Más café? –preguntó Penélope.

Al ver que Zoe y Kate negaron con la cabeza, Penélope se sirvió otra taza y le puso un poco de leche y azúcar.

Zoe lanzó a su hermana una feroz mirada.

—¿Habéis estado vosotras dos hablando de Ryan y de mí a mis espaldas?

—No todas las conversaciones que tienen lugar en esta casa giran en torno a vosotros dos –la sermoneó Kate dirigiendo a continuación una mirada de preocupación hacia su madre–. Tal vez sean los nervios de la madre de la novia.

—¿Eso crees? –preguntó Penélope reluciente.

—Tú nunca te pones nerviosa –contestó Zoe levantándose y acercándose al cubo de la basura para tirar la servilleta y poner el plato en el fregadero. Al volver a la mesa se detuvo junto a su madre y, abrazándola, le dio un beso en la cabeza–. Eres la persona más tranquila que conozco. Excepto ahora. Veo que has empezado a tomar café otra vez.

–He recuperado antiguos vicios. Todavía soy joven para disfrutarlos –dijo Penélope acicalándose el cabello canoso–. ¿Cómo me quedaría el pelo rubio?

Zoe no tenía ninguna intención de responder a aquella pregunta.

–Tomas café de nuevo, estás aprendiendo a cocinar, te pones perlas por la mañana. ¿Qué es lo que tú y Kate me estáis ocultando?

–He decidido que voy a empezar a salir con alguien –respondió Penélope irguiendo los hombros.

–¿Salir? Mamá, tienes… –Zoe trató frenéticamente de calcular mentalmente la edad de su madre–. Tienes casi sesenta años.

–Tengo cincuenta y siete –replicó Penélope–, y mis amigas dicen que no aparento más de cincuenta. Todavía tengo una buena figura y todas mis facultades están perfectas. ¿Por qué no habría de disfrutar el tiempo que me quede? Vosotras dos tenéis vuestras carreras. ¿Qué tengo yo? Los miércoles por la noche, el bingo. Odio el bingo. Es para la gente que ya no tiene nada en la vida.

–Me dijiste que te encantaba tu nueva casa en Cincinnati –señaló Zoe–. Que habías hecho nuevas amistades.

–Él es un viejo amigo –Penélope sonrió con nostalgia–. Alguien a quien no esperaba volver a ver.

–Eso es lo único que consigo que me cuente. ¿Y quién es ese viejo amigo? –preguntó Kate–. ¿Qué sabes de él?

–Todo lo que necesito saber. Cuando sea el momento, os diré lo que vosotras necesitáis saber –contestó Penélope que parecía ofendida–. ¿Acaso yo te hice tantas preguntas cuando me dijiste que te ibas a casar con Alec? Ryan le conoce más que tú y yo soy la última

persona en Ohio en saber que piensas mantener tu apellido de casada.

Kate intentó responder a todo ello, pero Penélope siguió hablando.

–No quiero oír todo eso de que las jóvenes de ahora
no dependen de nadie para vivir. Y respecto a ti, Zoe,
¿alguna vez te he preguntado por los hombres que, seguro, estás conociendo en Nueva York, o por qué no me
has presentado a ningún futuro yerno? No, no lo he hecho.

Esta vez fue Zoe la que se quedó sin palabras.

–Toda la culpa la tienes tú, Zoe –acusó Kate–, después de decir el mes pasado en tu programa que las mujeres maduras solteras podían quedar también con hombres. Mamá y sus amigas no han dejado de hablar de
ello.

–Adoro tu programa –dijo Penélope dando unas palmaditas a Zoe en la mano–. Nos diste a las jubiladas
algo en lo que pensar aparte de en tejer botitas para los
nietos que nunca tendremos –añadió mirando a Kate.

–Yo voto por que mamá disfrute de su buen momento –dijo Zoe, poniéndose de parte de su madre para
irritar a su hermana. Penélope sonrió por su aprobación,
y de pronto, las tres se echaron a reír–. Y ahora id a discutir sobre los planes de boda. Yo terminaré aquí –y diciendo esto hizo un gesto con la mano para echar a las
dos mujeres de la cocina.

Necesitaba estar sola unos minutos para digerir la
noticia. Zoe sonrió para sí mientras llenaba de agua el
fregadero y vertía lavavajillas en el agua templada. Podía imaginar cómo sería el viejo amigo de su madre:
con el pelo canoso, alto y desgarbado. Probablemente
llevaría pantalones de pinzas y un polo a sus citas en el
bingo donde convencería a Penélope para jugarse carto-
nes de cinco dólares.

En todo el tiempo desde el divorcio de sus padres,
Zoe no recordaba que su madre hubiera mencionado

nunca estar interesada en salir con otros hombres. Nunca había dicho ni una mala palabra de Lawrence Russell tras el divorcio.

Cuando Zoe le había preguntado la razón del divorcio esta le contestó que se habían casado demasiado jóvenes y después se habían distanciado porque resultaron ser muy diferentes. Después, con una sonrisa llena de nostalgia, muy parecida a la de ese mismo día, había cambiado de tema. Zoe se preguntó si su madre había dejado de amar a Lawrence Russell alguna vez.

Durante una de las primeras visitas de Zoe a su padre en su nueva casa de California, había intentado averiguar la razón de la separación. Su padre, que se había negado a entrar en detalles, había dicho lo mismo que Penélope. Y nunca, en todos los años que habían pasado después del divorcio, había tenido una palabra desagradable para ella.

Aun así, Zoe sentía que su madre se había equivocado y que Zoe y Kate habían sufrido mucho por ese error. El divorcio había hecho que Zoe mirara con recelo a los hombres y sus promesas.

No estaba previsto que su padre llegara a Riverbend hasta el día del ensayo y, por lo que Zoe sabía, sus padres no se habían visto desde el divorcio. Solo esperaba que Penélope no se pusiera triste al ver a Lawrence Russell de nuevo. Suponía que era una buena señal ver que su madre estaba interesada en un hombre y que este mostraba interés por ella también. Aunque no estuviera preparada para confesar los detalles a sus hijas.

Zoe había estado deseando pasar esas dos semanas con su hermana y su madre. Su vida en Nueva York era demasiado estresante. Trabajo, trabajo y más trabajo. Apenas si tenía tiempo para sus amigos, para salir con chicos, ir al cine o a algún espectáculo de Broadway.

«Demasiado poco tiempo para disfrutar de la vida»,

era lo que su subconsciente le gritaba desde el fondo de su cabeza, y no era la primera vez. Pero en esa ocasión la voz se parecía a la de Ryan. Llevaba unos días en Riverbend y él había invadido la tranquilidad de su hogar de la infancia, sus pensamientos sobre su trabajo y su vida personal, e incluso daba voz a su subconsciente.

Pero Zoe no dejaba de pensar en lo que habría podido suceder si en vez de levantarse de golpe de la mesa furiosa se hubiera acercado a él y le hubiera besado hasta dejarle sin sentido. Pensaba demasiadas veces en lo que sería besarlo, pero, al menos, había conseguido que perdiera el control, igual que se sentía ella en ese momento.

No había conseguido conciliar bien el sueño la noche anterior. No dejaba de preguntarse por qué habría dejado que su genio y sus emociones se adueñaran de ella, por qué había tenido que salir de la casa como un torbellino después de comprobar que unas cuantas verdades le resultaban demasiado difíciles de aceptar.

No estaba preparada para enfrentarse a las razones que tenía para seguir estando furiosa con Ryan. De no ser por el hecho de que habían sido muy buenos amigos. Los mejores y él había roto la confianza sagrada que había entre los dos.

Lavó cuidadosamente los platos y después los aclaró antes de ponerlos en el escurreplatos. A Kate le resultaba muy fácil enamorarse de un hombre al que había conocido apenas unos meses antes, y a su madre le resultaba fácil contarles que estaba saliendo con alguien.

Para Zoe no era tan fácil escuchar su reloj biológico mientras trataba de ocuparse de su carrera y de su inexistente vida social, y tratar de ignorar lo que Ryan O'Connor pensara de ella. Se enfrentaría a él durante el tiempo que estuvieran obligados a estar juntos como dama de honor y padrino de la boda de Kate, y también flirtearía con él aunque solo fuera para demostrarle que era capaz de romper la barrera de su autocontrol.

El sonido de una carcajada llegó desde la sala de estar. Oyó esa voz masculina, profunda, sonora y muy familiar. Ryan otra vez. No dejaba de aparecer en los sitios y los momentos más inesperados.

—¿Has olvidado cómo se usa un lavavajillas? —preguntó Ryan que se había acercado hasta ella. Metió los dedos en el agua y jugueteó con la espuma invocando todo tipo de imágenes que Zoe sabía era mejor ignorar.

Ella tomó un puñado de espuma, consciente de que lo que estaba a punto de hacer era uno de esos peligros que se permitía el lujo de correr cuando Ryan y ella eran más jóvenes.

Él la tenía acorralada contra el fregadero, pero ella se las arregló para girarse y llenarle de espuma la cara y la camiseta. La mirada de sorpresa de Ryan dejaban bien claro que se iba a vengar.

Se limpió la espuma de la camiseta antes de hablar.

—¿A qué ha venido esto?

—Me apetecía —contestó ella riéndose y tomando otro puñado de espuma.

Solo que esta vez Ryan estaba preparado para actuar. Cuando Zoe se giró él la tomó por las muñecas y la atrajo lentamente hacia él.

—¿Qué estás haciendo?

—Me apetecía —contestó él tan suavemente que Zoe no estaba muy segura de haberle oído bien.

Esta vez fue él quien la sorprendió a ella con un beso… de espuma. Ryan restregó con los dedos un montón de espuma por los labios y la barbilla de Zoe. Pero ella se resistió y se refugió en el pecho de él.

Entonces él se dirigió hacia la puerta que daba al patio trasero y desapareció de la vista.

—De acuerdo —murmuró Zoe.

Quitó el tapón del fregadero y miró el agua jabonosa que se iba por el desagüe. Y sonrió.

ZOE se sentó con las piernas cruzadas delante de la mesa de centro que Kate tenía en la sala de estar y miró la televisión mientras garabateaba furiosamente algo en un papel. El vídeo de prueba del primer programa de su nuevo espacio de entretenimiento había llegado por mensajero poco antes del mediodía, y había pasado la última hora mirándolo con atención y añadiendo sugerencias a las que había recibido esa misma mañana por teléfono en una charla con su productora. Pero le estaba resultando muy difícil concentrarse.

Y no sabría decir qué la distraía más: la presencia de Ryan o su ausencia. Había esperado que se hubiera acercado a casa de Kate a comer después de todo lo que había dicho su hermana sobre que iba a invitarle. Este había aceptado pero obviamente no había estado allí. El domingo por la tarde tampoco había aparecido a su cita semanal con Alec para hacer unas canastas en el patio del instituto quien no había atendido a las muchas preguntas que le había hecho sobre su caprichoso amigo.

No era que ella quisiera saber dónde estaba, pero cuando por casualidad había pasado por la comisaría el día anterior por la tarde, Jake solo le había podido decir que se había tomado unos días libres pero que regresaría.

Había estado a punto de preguntarle dónde podría encontrarlo. «No es asunto tuyo», la reprendió una vocecita dentro de su cabeza. Afortunadamente, la voz ya no sonaba como la de Ryan. Solo era que tenía algunas preguntas, ciertas esperanzas por no mencionar otros pensamientos que sería mucho más inteligente ignorar.

Como el beso de espuma. ¿Qué estaba dispuesta a arriesgar para descubrir qué se traía Ryan entre manos? Su corazón no, por supuesto. Él le había dejado claro lo que sentía por ella, ¿o no?

Por una parte le había dicho que no tenía intención de verse involucrado con ella y lo había reafirmado al rechazar el plan de Kate de unirlos. Además había admitido que estaba orgulloso de ella y de sus logros con su programa *Buenos días, América*.

Estaban ya a martes y seguía sin dar señales de vida. Lo que, probablemente, no fuera tan mala idea dado que casi todas las conversaciones terminaban siendo un combate. ¿Por qué? ¿Y por qué le importaba tanto encontrar respuesta a esas preguntas?

«¡Deja de pensar en él!» volvió a gritar la voz interior. «¡En menos de dos semanas estarás de vuelta en Manhattan y te olvidarás de Ryan O'Connor!» Desafortunadamente, Zoe no estaba tan segura de lo que su voz interior le decía.

Se obligó a pensar en su especial y a olvidar a Ryan. Zoe se dio cuenta con consternación de que el estreno del programa estaba previsto para las nueve de la noche del viernes víspera de la boda de Kate, para lo que quedaban once días.

No le entusiasmaba el horario que le habían asignado, pero con un poco de suerte y un gran esfuerzo promocional en su espacio habitual vespertino que incluía una entrevista con ella vía satélite con la cadena filial de Cincinnati y unas buenas críticas, pensó cruzando los dedos, la gente se sentaría frente al televisor y le gustaría lo que iba a ver.

Había oído que los pesos pesados de las cadenas importantes estarían muy atentos, lo que significaba, pensó con sequedad, que su futuro profesional dependía de lo bien que saliera este especial.

Pasó la cinta hasta una escena que estaba prevista para el cierre de la primera media hora de programa. En el centro de la pantalla de televisión aparecía una joven promesa del cine británico, conocida con el nombre de Mia. En el transcurso de una tarde con ella, Zoe había aprendido más cosas de la vida de esta que de la suya propia.

Mia era una celebridad del momento, y se hablaba mucho de la nueva película que estaba rodando, una comedia romántica sobre una chica de veintitantos años en el Londres del siglo veintiuno a la que transportaban por medio de magia al siglo diecinueve y se enamoraba de un duque.

Zoe había tratado, infructuosamente como se demostraba en el vídeo, de mantener una entrevista jovial pero con sentido. Sus preguntas sobre el cambio de los papeles del hombre y la mujer en las relaciones personales a través de la historia chocaban de frente con las respuestas incoherentes de Mia.

Zoe observó cómo Mia divagaba sin cesar sobre el hecho de enamorarse de hombres inalcanzables como su último novio de quien no diría el nombre pero que todo el público británico reconocería como una importante figura de la política. Zoe era consciente, mientras daba un sorbo de su vaso de té, que no había nada de la entrevista que se salvara.

Al igual que por mucho que lo intentara, sería muy difícil arreglar su amistad con Ryan, pensó Zoe con tristeza. No estaba preparada para confesar a su madre y a su hermana que echaba mucho de menos la amistad que había tenido con Ryan. No podía dejar de pensar en él ni en los pensamientos románticos que seguía teniendo hacia él. Sentimientos que estaban haciéndose más fuertes, pensamientos que le estaban haciendo muy difícil poder mirarlo a la cara sabiendo que él estaba decidido a no permitirse sentir nada por ella que no fuera amistad, y tal vez ni eso.

Le resultaría mucho más sencillo olvidarlo si no sintiera nada por él. Esa delgada línea que se dice existe entre el amor y el odio le estaba costando mucho esfuerzo mantener, un esfuerzo que ella debería estar invirtiendo en su carrera.

Desafortunadamente, no podía ignorarlo, no cuando su propia familia no dejaba de empujarla en dirección a él. No cuando su obligación como dama de honor incluía pasear por la alfombra nupcial del brazo de Ryan.

Si tan solo Ryan no hubiera regresado a Riverbend…

Si tan solo no fuera él el padrino de Kate…

Si no fuera porque le preocupaba el hecho de que todo el mundo que conocía estaba casado, o prometido o al menos saliendo con alguien…

Pero no había nadie especial en su vida. A pesar de lo que le había dicho a Kate, se sentía muy sola y deseaba mucho encontrar a esa persona especial para ella.

Si tan solo…

Pulsó el botón de pausa en el mando a distancia y congeló el rostro de Mia en su divagación. Sacudió la cabeza en un intento por aclarar sus propios pensamientos sobre Ryan, y entonces fue cuando escuchó ruido, como un leve zumbido.

Se levantó siguiendo el sonido poniendo una mueca de extrañeza al notar que se iba haciendo más fuerte según se acercaba a la cocina. Cuando llegó a la puerta mosquitera de la cocina que daba al porche trasero el ruido había pasado de ser un leve zumbido para convertirse en el desagradable sonido de una sierra mecánica.

Miró a través de la mosquitera. ¡Un hombre en la casa de al lado estaba cortando su roble! El árbol en el que había encontrado la paz cuando era niña. El árbol donde Ryan la había besado por primera vez.

Un montón de ramas habían caído al suelo de forma que cubrían el césped entre las dos casas. El rostro del asesino de su árbol estaba oculto por las ramas que aún no había cortado, y que no cortaría mientras ella estuviera allí y tuviera algo que decir al respecto.

Tardó un momento en darse cuenta de que el hombre en cuestión era el propio Ryan. Desde luego era un cuerpo memorable, desnudo de cintura para arriba, vestido tan solo con unos vaqueros viejos y llenos de pintura, con las rodilleras rotas.

Zoe sintió que la sangre se le alteraba dentro de las venas y a continuación se sintió desfallecer. Tanto que tuvo que agarrarse al pomo de la puerta para no caer. Solo se le ocurría una palabra para describir el cuerpo de Ryan: demoledor. Unos brazos fornidos, pecho musculoso no excesivamente cubierto de vello rubio y una estrecha cintura y estrechas caderas donde se sujetaban los vaqueros. Entonces vio su cara. Unos ojos de un azul profundo que serían la envidia del propio cielo. Una barbilla poderosa. Hoyuelos en las mejillas. Cabello rubio revuelto por la brisa y el esfuerzo del trabajo, ponían la guinda a aquel pastel.

«No te acerques» le dijo la voz.

—Ocúpate de tus asuntos —murmuró Zoe tratando de no mirarlo descaradamente. Pero no lo conseguía. Lo miraba temerosa de encontrar un nombre que describiera lo que estaba sintiendo en ese momento. De pronto la sierra se detuvo y Zoe se vio obligada a volver a la realidad. Retrocedió un poco de la mosquitera para ocultarse de la mirada de Ryan.

Músculos que ni sabían que existieran se recortaban en el cuerpo de Ryan mientras trabajaba. Con unos guantes de labor puestos, hizo un haz con las ramas y en dos viajes las llevó a la parte trasera de la casa que estaba despejada.

Zoe abrió la puerta mosquitera y se asomó lo justo para ver cómo metía la leña en el cobertizo y volvía con una escalera y unas tijeras de podar. Cerró la puerta rápidamente justo cuando Ryan pasaba junto a ella. ¿Qué se proponía hacer? Su curiosidad por saber a qué se debía su trabajo de jardinería en su antigua casa era tal que Zoe se deslizó fuera de la cocina y se escurrió sin ser vista hasta que estuvo a escasos metros de Ryan. Este se metió las tijeras en el bolsillo trasero, apoyó la escalera contra la pared cubierta por los rosales y comenzó a trepar.

Zoe abrió los ojos desmesuradamente al ver la imagen completa, lo que también incluía el cartel de «se vende» que la inmobiliaria había plantado allí hacía menos de una semana, pero que en ese momento decía «vendida».

Cuando Ryan vio el cartel de «vendida» clavado en la parte delantera de la casa, se sintió orgulloso de ser el propietario. Y tuvo que admitir que también un poco aterrorizado.

Había tenido mucha suerte de que los anteriores dueños de la casa se hubieran mudado antes de firmar el contrato de venta, lo que le había permitido realizar algunos cambios antes de recibir la escritura de propiedad.

No tenía ninguna prisa en podar los árboles o arreglar los rosales. El trabajo de jardinería podía haber esperado hasta el fin de semana, pero Ryan había regresado después de pasar dos días en Filadelfia, con una misión. Bueno, dos misiones en realidad. Convertir la casa de sus padres en un hogar. Y arreglar las cosas con Zoe. Tenía todo el tiempo del mundo para llevar a cabo la primera, pero menos de dos semanas para la segunda, a la que había bautizado con el nombre de «misión imposible».

Hizo un nuevo haz con las ramas del árbol y las llevó al patio trasero donde había decidido que almacenaría la leña. Aunque aún quedara mucho para que llegara el mal tiempo, nunca estaba de más estar preparado.

Frunció el ceño al pensar en lo desprevenido que lo había pillado el encuentro con Zoe: primero la había esposado y la había metido en una celda; después la había seguido por todas las tiendas a las que había ido el sábado por la tarde, sin importarle si estaba molestándola o no. Estaba decidido a descubrir qué tenía la nueva Zoe Russell que tanto lo intrigaba. Eso era todo. No tenía la más mínima intención de tener una relación amorosa con ella.

Si tan solo lograra averiguar por qué no dejaba de aparecer en sus pensamientos una y otra vez, estaba seguro de que podría encontrar la solución al problema. Lo que no sabía era que Filadelfia se iba a interponer.

Ya era bastante malo tener que enfrentarse a las pesadillas que lo acosaban continuamente, para que, además, tuviera que enfrentarse al departamento de Asuntos Internos de la Policía de Filadelfia. Tendría que soportar más preguntas para las que tampoco tenía ninguna respuesta. Querían cerrar el expediente. Él había argüido que Sean no era un expediente policial.

Las pesadillas eran bastantes malas de por sí, pero mucho peor era revivir la noche en que Sean había muerto delante de un montón de policías que lo miraban con rostros pétreos sin decir ni una palabra. Los últimos dos días había sufrido interminables interrogatorios de los cuales había salido con la sensación de que lo habían juzgado y declarado culpable por no haber hecho lo correcto. Por no haber salvado a Sean. Cada vez que repetía la historia Ryan sentía que moría un poco también.

Sabía que los interrogatorios formaban parte del procedimiento y que finalmente quedaría libre de cualquier cargo, pero eso no hacía que se sintiera menos culpable.

Y por si se sintiera poco, tenía que soportar estoicamente el impulso de tomar a Zoe Russell y verla desnuda en su cama si no fuera porque sabía que por ello ardería en el infierno por toda la eternidad. Solo esperaba no tener que encontrársela ese día porque no sabía lo que le darían ganas de hacer con ella: besarla o estrangularla.

Miró los rosales y trató de recordar cuando sus padres estaban vivos y su madre había enseñado a su padre a podar las rosas con sumo cuidado para mantenerlas sanas y siempre en flor. Aquel había sido un tiempo feliz, sin ninguna preocupación por el futuro.

No como en ese momento. Tanto su vida personal como la profesional eran un verdadero caos. Mantener las distancias con Zoe porque era lo más racional y lo más justo también le estaba resultando cada vez más difícil porque su instinto le decía que aquella mujer era la persona que podría ayudarlo a ver la belleza de las rosas entre el resto de los matorrales.

Ryan subió por la escalera y sacó las tijeras de podar del bolsillo trasero y comenzó a podar las rosas.

—¡Ay!

Miró hacia abajo al escuchar el grito de Zoe, ligeramente irritado al verla debajo de la escalera, con unas cuantas espinas enredadas en su pelo rojo. Llevaba puestos unos pantalones cortos blancos y una camiseta verde chillón que contrastaba con sus ojos. La expresión divertida en el rostro mientras se quitaba las espinas le hicieron hervir la sangre. Ryan sintió que el corazón le latía muy deprisa. No sabía qué había en ella que hacía que aflorara su instinto protector, pero que también lo exasperaba y lo excitaba a la vez.

Bajó de la escalera y se puso una camiseta azul. Se acercó a ella y, sin pedirle permiso, terminó de quitarle las espinas de las rosas que quedaban en su pelo. Ella levantó una mano y lo tomó por la muñeca. Sus miradas quedaron trabadas. Una cosa era pensar en besar a Zoe y otra muy distinta era hacerlo.

Los ojos de Zoe estaban llenos de confusión y a él le pasaba lo mismo. Ryan logró resistir y se refugió en los escalones del porche. Apoyado en una de las columnas, la miró con cautela al tiempo que sacaba un cigarrillo del bolsillo delantero. Le temblaba la mano al encenderlo, y estaba seguro de que Zoe lo había notado a juzgar por su sonrisa. Zoe lo ponía nervioso y no le gustaba la idea.

—Me llevará algún tiempo, pero conseguiré que el jardín tenga otra vez buen aspecto.

—¿Tan mal pagados están los policías en Riverbend que tienes que pluriemplearte?

Ryan se limitó a encoger los hombros.

—La familia que vivía aquí se ha mudado hace poco a Cleveland —dijo Zoe acercándose a él—, pero el cartel dice que está vendida. Me pregunto quién será el nuevo vecino —añadió mirándolo directamente—. Eso va a acabar contigo.

—Es uno de mis vicios —contestó él inhalando profundamente y soltando el humo en círculos—. Yo soy el nuevo dueño de la casa.

Vio el gesto de sorpresa de Zoe y se sintió bien durante unos segundos.

—Pensé que tu estancia en Riverbend iba a ser... a ser... —no pudo continuar la frase. Probablemente estaba buscando la palabra apropiada para ponerle en su sitio. Y aquello también agradó a Ryan. No importaba el humor en el que estuviera Zoe Russell, ella siempre le presentaría guerra. Le gustaba ver que no había cambiado tanto como había creído en un primer momento.

—Prueba a decir temporal —terminó él la frase, con sequedad, al tiempo que exhalaba el humo en forma de círculos de nuevo—. Pronto volveré a Filadelfia, pero cuando vi el cartel sentí que algo se movía en mi interior. Ya había dejado que se escapara la casa una vez porque estaba furioso tras la muerte de mis padres. No podía dejar que pasara otra vez. Así es que viviré en ella durante el tiempo que esté aquí.

Zoe parecía cansada, y pálida. Ryan sintió la necesidad de ayudarla, de reconfortarla, pero apostaría a que él era la última persona de la que Zoe Russell aceptaría ayuda o reconfort.

—Otro día, otro día de trabajo —dijo ella alegremente.

—Uno de esos días dramáticos —contestó él.

—Últimamente todos los días han sido un drama —murmuró Zoe, pero el agudo oído de Ryan oyó sus palabras teñidas de tristeza casi rozando la amargura.

—Creía que te gustaba tu trabajo.

—Y así es —se apresuró a decir Zoe—, la mayoría de las veces —corrigió mientras se acercaba a donde estaba él—. Algunas mañanas mientras voy en el metro, pienso en cómo habría sido mi vida si me hubiera quedado en Riverbend, me hubiera casado con Jake, como amenacé con hacer, y hubiese criado renacuajos. ¿O es que ya no te acuerdas? —preguntó Zoe golpeándolo en el pecho—. Al día siguiente de que Jake me metiera aquel renacuajo por el bañador, volví a meterme en el estanque y pesqué dos renacuajos. Le dije a todo el mundo que eran mi nueva familia y los iba a vigilar para asegurarme de que tendrían bebés renacuajos.

Comenzó a reírse entrecortadamente al principio, pero en pocos segundos la risilla se había vuelto carcajada. La risa hizo que se doblara y empezara a tambalearse.

Ryan le puso el brazo sobre los hombros para evitar que cayera al suelo

—Pero tú me dijiste que eran todos renacuajos chicos —continuó Zoe—, y que se convertirían en sapos y Kate me dijo que si besaba a un sapo se convertiría en un Príncipe Azul y… ¡Qué cosas más ridículas recuerda una! —acertó a decir finalmente, la expresión seria.

—No es ridículo —contestó él con suavidad.

Unos minutos antes él había tenido que vencer el impulso de besarla. Dudaba mucho que ella supiera el poder que tenía sobre él. Con una sola mirada podía hacer que le hirviera la sangre, haciéndole desear…

Haciéndole desearla. Ardía en deseo por ella. Las imágenes de ellos dos juntos, en la cama, acariciándose los cuerpos desnudos, se sucedían borrosos en su mente. Si no la dejaba ir en ese preciso momento, iba a besarla. Y tal vez hiciera más. Y ese sería el mayor error del día bastante dramático ya.

Aún le quedaba aquel asunto que terminar en Filadelfia. No tenía nada que ofrecerle a una mujer, a ninguna mujer, y menos a Zoe que se merecía a un hombre que pudiera comprometerse sin reservas. Había perdido a demasiada gente importante para él y no estaba dispuesto a arriesgar su corazón de nuevo. Quería a Zoe, pero no haría nada con ella sabiendo que, en cualquier momento, el destino podría intervenir haciéndola desaparecer de su vida también.

—No recordaba la última vez que me había reído tanto —dijo Zoe poniéndose en pie tomando aire para relajarse—. Tan descontroladamente.

—No tiene nada de malo —contestó él—, siempre que no pierdas el control del descontrol.

Zoe se rio y eso era lo que él se proponía.

—Me ha hecho sentir bien. Tenía muchas ganas de venir y pasar aquí estas dos semanas. En casa, con Kate y con mamá.

Ryan también se relajó. Zoe solo estaría en Riverbend unos días y después volvería a la Gran Manzana. Comprobó, con alivio, que el momento de locura en que había deseado besarla y hacerle el amor apasionadamente, había pasado.

Zoe tomó aire intentando relajarse. Se había creado una especie de electricidad estática entre ellos, de tensión sexual, tal como ella siempre había esperado y deseado que ocurriera entre ellos. Sacó de su cabeza la idea de que Ryan la estuviera viendo como a una mujer. Le preocupaba tener aquellas ideas y que pudiera tener que irse de Riverbend con el corazón roto. Se obligó a mirar hacia otro lado, hacia la calle que tan familiar era para ella.

Las cosas no habían cambiado mucho y a la vez todo había cambiado mucho. Las casas eran más viejas. Algunas estaban descuidadas, otras necesitaban una mano de pintura y otras mejoras. Los árboles habían crecido. Había nuevos vecinos y la mejor amiga de Penélope, que había enviudado recientemente, había vendido su casa contigua a la de Kate a una joven pareja con dos bebés.

Ya no tenía dieciocho años ni era la chica ingenua e idealista. Por mucho que quisiera poder volver atrás en el tiempo diez años no podía hacerlo. Pero sí podía seguir adelante y arreglar las cosas con Ryan. Eso sería responsable y adulto por su parte. En menos de dos semanas estaría de vuelta en Manhattan, de vuelta en su trabajo y en su vida de la ciudad, la vida con la que siempre había soñado.

No era Ryan lo que la asustaba sino los intensos sentimientos que tenía en su interior. Flirtear con él para darle una lección era una cosa, pero no podía, no debía dejarle entrar de nuevo en su vida y que desbaratase lo que había conseguido, tanto personal como profesionalmente, durante los últimos diez años.

Porque si lo hacía, y empezaban a reconstruir su amistad, o si esa amistad se convertía en algo más, no creía que pudiera sobrevivir cuando desapareciera de su vida de nuevo. No importaba que hubiera comprado la casa de sus padres, ni que se hubiera pasado la tarde talando las ramas muertas de su árbol y podando las rosas del jardín.

Había aprendido a vivir sin él una vez. No podría soportar tener que hacerlo otra vez. Y era que no podía imaginar que el Ryan O'Connor que estaba sentado delante de ella, el hombre que había sorteado muchos peligros como policía, pudiera ser feliz para siempre en el pequeño pueblo de Riverbend. Aunque ella tampoco planeaba quedarse allí para siempre.

–¿Puedo hacerte una pregunta muy personal? –las palabras salieron de su boca antes de que pudiera evitarlo–. No es por qué dejaste Filadelfia. Me gustaría saberlo, pero supongo que no me lo dirás hasta que estés preparado. ¿Por qué Riverbend?

–Era el primer lugar en una larga lista –contestó él después de pensarlo.

Zoe esperaba que continuara, pero como no lo hizo, dijo con falsa alegría:

–Gracias por la aclaración.

–De nada –dijo él con un tono que no se adecuaba a la cordialidad de sus palabras–. ¿Te apetece un vaso de té helado del que prepara tu madre?

Y diciendo esto cruzó el patio, abrió la puerta mosquitera de Kate y desapareció en la cocina dejando a Zoe sin más opción que seguirlo.

Solo que no estaba en la cocina sino que se lo encontró en la sala de estar mirando el vídeo de su programa especial. Tenía el mando a distancia en la mano y pasó la cinta hacia delante unos segundos y lo volvió a parar. Zoe observó cómo Ryan miraba la televisión atentamente y de pronto se volvía hacia ella con expresión sorprendida.

–Esto es bueno –dijo sin más.

–Todavía estoy haciendo pequeños ajustes, no está terminado –respondió Zoe a quien no le gustó nada el tono defensivo de su voz, ni la sensación de que tenía que darle explicaciones a Ryan.

–No seas tan despreciativa –la sermoneó–. Adoras tu trabajo. Te pagan, y muy bien según tengo oído, por hacer algo que te encanta. No todo el mundo tiene esa suerte.

–No lo hago por el dinero –replicó ella–, o la fama.

–Yo nunca he dicho que lo hicieras.

–Hacer un programa de televisión no es fácil. He pa-

sado... –se detuvo a mitad de la frase y miró cómo
Ryan se acercaba a la chimenea y miraba el reloj–.
¿Qué estás haciendo?

–Solo comprobaba cuanto tiempo hemos estado juntos sin discutir.

Zoe miró a Ryan fijamente. Este no se estaba riendo
y la miraba a ella también con atención. A Zoe le pareció ver un esbozo de sonrisa en los labios de él, pero desapareció.

–¿Tomamos ese té? –añadió Ryan con suavidad.

Zoe se fue corriendo a la cocina, deseosa de hacerle
un té, pero todavía deseosa de que se marchara de su
casa. Tomó un vaso limpio del lavavajillas, le puso unos
cubitos de hielo y sirvió el té.

De pronto sintió que algo le tocaba el hombro. Retrocedió bruscamente un paso y su espalda chocó con el
pecho de él. Zoe se giró y le dio el vaso.

Ryan estaba tan cerca de ella que prácticamente se
tocaban, y entonces ella se dio cuenta de la camiseta
azul de Ryan manchada de gotas de té helado aquí y
allí. Se miraron a los ojos. También él recordaba el incidente con la espuma. Ella siguió con el dedo el contorno de una de las manchas y sintió el calor chisporroteante. Lo miró a la cara y vio la misma mezcla de
deseo y confusión que ella sentía.

–Zoe –la voz de Ryan se partió. Ella estaba allí, acariciándole el pecho, y el calor subía por su cuerpo in-
cendiándolo.

«Tócame» parecían implorarle los ojos de ella. Con
la punta de los dedos, Ryan siguió, suavemente, el contorno de los rasgos de Zoe, los ojos, las mejillas, los labios, descendió después hasta el cuello y finalmente le
tomó la barbilla en su mano.

Ryan no pensaba en que tenía la camiseta mojada;
estaba concentrado en Zoe. Podría haber aducido miles
de razones para no besarla y solo una para hacerlo, que
una vez aquella mujer le había importado mucho. Y una

cosa tenía clara: tenía que arreglar el daño que había sufrido su amistad.

Había perdido a Sean, a sus padres y a demasiados amigos en los últimos diez años como para arriesgarse a perder a alguien más. También había perdido a Zoe, pero el destino había intervenido: le daba una segunda oportunidad y si él quería aceptarla.

Acarició todos y cada uno de sus rasgos faciales, como para memorizarlos, y sonrió al ver que ella hacía lo mismo, al principio con timidez y después más descaradamente. Ryan la atrajo hacia sí.

Zoe cerró los ojos esperando que la besara. A su mente llegó de pronto el recuerdo de su primer beso, cuando ella cumplió los dieciséis años. Aquel beso había sellado una amistad eterna que se había roto dos años después. ¿Qué significaría un beso para él? ¿Sería un beso de amistad o de amantes? Y sintió escalofríos al pensarlo.

Justo en ese momento sintió los labios de Ryan ejerciendo una suave presión sobre los suyos. Este siguió con la punta de su lengua el contorno de los labios de Zoe. Ryan la atraía más y más hacia él, tanto que ella podía oír el frenético latir del corazón de él, tan frenético como el suyo.

Todo pensamiento racional se esfumó en el momento en que Ryan penetró con la lengua en su boca, y el ardor de la llama se hizo más intenso. Pero de pronto, se detuvo.

Zoe abrió los ojos y lo vio mirándola con cautela.

—Solo ha sido un beso —dijo ella con suavidad.

—Solo un beso —accedió él.

Y diciéndolo, la atrajo de nuevo hacia él y volvió a besarla.

EL BESO ardía como un fuego. Zoe podría haberse retirado del inesperado y placentero calor si no hubiera sentido que Ryan la empujaba con suavidad hacia él. Entonces se dejó llevar y con la punta de la lengua ella también siguió el contorno de sus labios.

Sentía que la temperatura iba subiendo en el interior de su cuerpo. Quería más… algo que no podía definir, pero fuera lo que fuera era vital para ella. Una promesa que solo Ryan podía hacer realidad. Dejó de pensar con claridad. Era como si llevara toda la vida esperando ese beso.

–Necesito tocarte –dijo Ryan y la oprimió aún más, tanto que ella pudo sentir el cuerpo erguido y caliente de él. Ryan deslizó sus manos hacia arriba por la espalda de Zoe hasta llegar al cuello, lo rodeó, tomó la barbilla y desde allí comenzó a descender hasta llegar al montículo del pecho.

Zoe suspiró y cerró los ojos mientras ponía su mano sobre la de él en su pecho. Durante un momento, pudo sentir el latir de su propio corazón bajo las dos manos. Pero cuando llevó su mano hasta el pecho de él presionando ligeramente, Ryan retrocedió. Abrió los ojos y vio que este la estaba mirando sorprendido.

Zoe lo miró fijamente preguntándose cuál sería su próximo movimiento, lo que diría o no diría. Pero no pudo relajarse hasta que vio una sonrisa enmarcada por aquellos seductores hoyuelos, y Ryan le pasó juguetonamente un dedo desde la frente hasta la punta de la nariz.

Zoe estaba a punto de derretirse.

—¿Qué está pasando? —alcanzó a preguntar sin aliento, intentando no dejar que Ryan notara cómo el contacto con él y también sus hoyuelos afectaban a su equilibrio.

Ryan no dijo nada, tan solo volvió a besarla una vez más.

A Zoe le molestaba realmente estar ociosa, así es que el viernes por la mañana subió a la buhardilla decidida a ordenar todos los recuerdos que habían quedado allí cuando dejara el pueblo seis años atrás. Kate, todo sea dicho, había almacenado todas las posesiones de Zoe en unas cajas marcadas con su nombre y las había puesto en un rincón.

Acercó un taburete a la ventana y comenzó con la primera caja mientras oía a su hermana hablar por teléfono abajo con un tono más agudo de lo habitual. Zoe miró por la ventana y vio el bonito descapotable rojo que le había dado Alec a Kate como regalo de boda, cuya parte trasera estaba llena de regalos que Kate quería devolver o cambiar en varias tiendas de Cincinnati. Por mucho que a Zoe le disgustara la idea de quedarse en casa en una preciosa mañana de otoño como esa, lo prefería a pasar un día de compras con Kate. O pensando en los besos de Ryan.

En vez de ello, pensó en su especial que ya había quedado terminado y listo para salir en antena el viernes siguiente por la noche, y en el anuncio que tenía que grabar a primeros de semana en el que sería ella la entrevistada.

Sus pensamientos volaron inevitablemente hacia Ryan otra vez. Lo había visto varias veces desde el día que su mundo, y su opinión del lugar que Ryan ocupaba en él, se había tambaleado y no había conseguido volver a su sitio. Aunque habían hablado, no habían mencionado los besos ni el fuego que los había incendiado, y tampoco habían quedado para verse.

Zoe comenzó a mirar en la caja y no encontró gran cosa de interés. Una muñeca, una pequeña caja de pinturas de colores, maquillaje y un corpiño probablemente utilizado en el baile de graduación.

–Mi diario –murmuró. Aquello sí que lo recordaba. Abrió la cerradura y leyó por encima las primeras páginas escritas con apenas dieciséis años hasta que llegó a la parte en la que hablaba de sus sentimientos hacia el primer beso que había compartido con Ryan.

–*Me ha besado* –leyó en voz alta–. *¡En la frente! Pero después sus labios rodaron hasta tocar los míos. Se me puso la piel de gallina. Sus labios parecían de goma… nada que ver con lo que había leído en las novelas de amor.* –No recordaba haber escrito algo así –murmuró Zoe–, y desde luego los labios del Ryan adulto no parecen de goma.

Ryan la había incendiado por completo al besarla y la había dejado expectante. Sacudió la cabeza tratando de aclarar sus pensamientos. No podía dejar que volviera a ocurrir.

«¿Por qué no?», preguntó la voz en su interior. «Te gustó y a él también. No estáis comprometidos con otras personas, y sois adultos sanos. ¿Qué hay de malo en vivir el momento?»

–Que cada minuto que paso con él me acabarán costando mucho –murmuró Zoe mientras seguía leyendo el diario. Pasó varias páginas y se detuvo en la parte que había escrito pocos días antes de su fiesta de graduación. Lo había escrito con letras más oscuras, como si estuviera realmente furiosa.

Papá y mamá se están peleando otra vez. Esta vez es peor que nunca. Mamá está llorando y Kate también. Yo intento ser valiente pero no está funcionando. Hace días que no veo a Ryan. No tengo a nadie con quien hablar. Mi siento muy sola.

–Me siento muy sola –repitió Zoe con un susurro de voz. Se había sentido a la deriva emocionalmente en los días siguientes a la noticia de la separación de sus padres, la marcha de su padre y la fuga de Kate y Ryan. No había tenido a nadie con quien hablar, nadie con quien compartir su pena, porque la única persona con la que había pensado que podía contar también se había ido.

–Zoe –la voz de Kate llegó desde la parte inferior de la casa–, tengo que hablar contigo.

–Estoy en la buhardilla –contestó Zoe y escuchó los pasos rápidos de Kate subiendo. Zoe cerró el diario y lo volvió a guardar en el fondo de la caja justo antes de que Kate apareciera en la puerta.

–Hay un problema en la tienda –dijo Kate quitándose distraídamente una telaraña del pelo–. ¿Qué estás haciendo aquí arriba? No podré ir a Cincinnati hoy –añadió antes de que Zoe pudiera contestar.

El corazón de Zoe daba saltos de alegría aunque quiso disimular.

–Vaya, es una pena…

–Pero tú devolverás los regalos por mí, ¿verdad? –preguntó Kate agitando las llaves de su coche nuevo delante de Zoe.

Tal vez un largo y rápido paseo hasta Cincinnati en un descapotable rojo podría hacerla olvidar las dolorosas palabras que había escrito en el diario, palabras que diez años después todavía le hacían daño.

–Apuesto a que podré convencer a mamá para que me ayude –dijo Zoe tomando las llaves y guardándoselas en el bolsillo–, y para que me cuente algo más de su misterioso amigo.

–Sea quien sea, es el secreto mejor guardado de Ohio –respondió Kate riéndose–. Dime ¿qué pasa entre Ryan y tú? Y no me digas que nada porque he visto la forma en que os miráis cuando creéis que nadie os ve.

–Me lo has estado azuzando desde que llegué. Y sabías mi opinión de que hicieras de casamentera. Ryan me dijo que él te dijo lo mismo.

–Bueno sí, pero yo no escuché. ¿Está funcionando? –preguntó Kate al tiempo que acercaba otro taburete a su hermana–. Venga, cuéntamelo. Siempre hemos compartido todos nuestros secretos.

Kate sonrió maliciosamente y Zoe, que no había olvidado un secreto que no había compartido con su hermana, la noche que Kate y Ryan se habían fugado, deseó borrarle de un puñetazo aquella estúpida sonrisa.

–Nos besamos. Fin de la historia. Y eso es todo. Hay algunos secretos –dijo Zoe con un tono mojigato con la intención de hacer reír a su hermana–, que es mejor que no sepas.

Le agradó ver que su hermana efectivamente se rio. Algunos secretos, pensaba Zoe mientras bajaba las escaleras detrás de Kate, no se podían compartir con una hermana que había estado casada una vez, aunque hubiese sido poco tiempo, con el hombre que la hacía derretirse con un simple beso.

Zoe se dio prisa en vestirse para salir con el coche lo antes posible y poner kilómetros de por medio entre ella y Ryan. Marcó el número de su madre, pero frunció el ceño al oír el contestador.

–Mamá, soy Zoe. Estaré todo el día en Cincinnati. Pensé que podríamos comer juntas, charlar. Trataré de localizarte más tarde.

No podría mantener el secreto del fuego que la consumía a su hermana o a su madre mucho más tiempo. Pero por otra parte, si le daba pie a su hermana, conseguiría que ella y Ryan fuesen juntos del brazo por la alfombra roja, pero no como padrinos sino como los novios. Pero con mucha menos oportunidad que le diera a su madre esta se pondría a hojear libros de bebés buscando el nombre perfecto para su futuro nieto.

Mientras buscaba los pendientes de esmeraldas en el joyero, Zoe pensó que, tal vez, podría negociar con su madre la confesión mutua de sus «secretos» amorosos aunque Penélope no había vuelto a decir ni una palabra más sobre su amigo.

Zoe contempló los pendientes de esmeraldas. Habían sido un regalo que se había hecho cuando consiguió el empleo en *Buenos días, América*. Condenadamente caros, para ella eran todo un símbolo de su éxito, pero, por alguna razón, llevarlos ese día no la hacía especialmente feliz así es que los volvió a guardar en el joyero y eligió unos aros de plata en su lugar.

Se miró en el espejo de cuerpo entero mientras se los ponía, y se rio. Con su pelo rojo, los pantalones color avellana y el jersey verde hoja hacía juego con las hojas de su viejo roble.

El árbol le recordó a Ryan, de nuevo. Todo lo que le resultaba familiar en Riverbend le hacía pensar en él, en todo lo que habían significado el uno para el otro, en la amistad que parecía muy lejana, pero que parecía posible… de nuevo. O tal vez podría convertirse en algo más que una amistad si ella realmente estuviera dispuesta a dar el paso, a confiar en Ryan, y lo que era más importante, a confiar en sí misma.

Zoe se dedicó una última ojeada en el espejo. Tenía veintiocho años, era razonablemente atractiva, soltera, vivía en la ciudad de sus sueños, se encontraba al principio de una prometedora carrera y… Frunció el ceño. Observó largo y tendido el reflejo que le devolvía el espejo. Todo lo que había deseado se había cumplido.

–Se supone que eres feliz, maldita sea –le recriminó a la imagen del espejo.

Pero Zoe no lo era. No podría decir el motivo realmente, ni el momento en que descubrió que ser independiente no era muy divertido si se sentía sola.

¿Por qué no iba a encontrar ella lo que Kate tenía con Alec? ¿Por qué no podría conocer a un hombre misterioso como su madre? Pero en vez de encontrar la respuesta, escuchó la voz de su conciencia ordenándole que se mantuviera lejos de Ryan O'Connor porque si la había hecho daño una vez no debería darle la oportunidad de volver a hacerlo.

Zoe había tratado de mantenerse a una prudente distancia, pero aquel hombre tenía la habilidad de estar allí donde ella estaba, y, cuando no lo estaba físicamente, aparecía en su cabeza. El caso era que en su cabeza, sabía perfectamente que hacía mucho tiempo que había resuelto sus conflictos con él, y que su frágil corazón no estaba preparado.

Se retiró del espejo, tomó el bolso y se dirigió a las escaleras donde se paró en seco al ver a Ryan apoyado en la barandilla al final de la escalera. Llevaba unos vaqueros gastados, camiseta y sujetaba una cazadora de piloto de cuero marrón por encima de un hombro.

Llevaba el pelo revuelto y una sonrisa de bienvenida en la cara. Definitivamente era el regalo más sexy que había visto y parecía estar esperando a que alguien lo desenvolviera. La parte de Zoe que deseaba besarlo estaba ocupada librando una ardua batalla con la parte de sí que no quería tener nada que ver con aquel hombre.

–¿No tienes que vigilar a ningún delincuente hoy? –preguntó finalmente arqueando una ceja.

–Turno de noche –contestó él con una gran sonrisa.

–Aun así, eso no explica qué estás haciendo aquí.

–Vamos –dijo él por toda respuesta subiendo unos cuantos escalones.

–Yo voy a Cincinnati. Tú puedes ir… –pero no terminó la frase porque su mirada lo decía todo.

–Bien, seré tu chófer –dijo encogiéndose de hombros–. Estoy seguro de que puedes conducir tú sola, pero cuando Kate llamó… –su voz se debilitó–. Mira, pensé que sería una oportunidad para hablar más profundamente sobre nuestra amistad –hizo una pausa–. Y sobre los besos. También tenemos que hablar de eso.

Aunque no quería creer que Kate hubiera vuelto a hacer un truco para que pasaran tiempo juntos, sabía que Ryan tenía razón. Había pasado toda la mañana, mejor dicho toda la semana, analizando sus pensamientos sobre él y no había encontrado respuestas satisfactorias, tan solo un vago deseo de recuperar lo que en otro tiempo tuvieron. Y eso, no era suficiente para dejar que entrara y cambiara su vida radicalmente, ni tampoco su opinión de él.

Podía ser que hubieran compartido unos besos alucinantes, pero eso no significaba que los sentimientos de Ryan en cuanto a mantener una relación amorosa con ella hubieran cambiado. Aun así, no podía creer que un hombre que la había besado así no sintiera algo muy poderoso hacia ella.

Aunque lo menos que podía hacer era demostrarle a Ryan, y también a sí misma, que podían ser amigos de nuevo. Y tal vez en el futuro algo más que amigos.

Zoe le lanzó las llaves del coche de Kate diciéndose a sí misma que sería ella la que conduciría de vuelta.

—Vale, pero tú llevarás los paquetes más pesados y pagarás la comida.

Ryan sabía que había sido él quien había señalado la necesidad de hablar, pero en el momento no sabía cómo empezar, así es que pasó casi la mitad de los cuarenta y cinco minutos de viaje en silencio.

Sintiéndose evidentemente incómoda, Zoe comenzó a sintonizar la radio en busca de una emisora de jazz, pero todo lo que pudo encontrar fue rock ruidoso.

Dando un suspiro, Ryan rozó levemente la mano de Zoe para apartarla de la radio. Había pasado los últimos días buscando la manera de encontrarse a solas con ella para hablar. La llamada de Kate invitándolo a acompañar a Zoe a Cincinnati había sido la excusa perfecta.

Pero en ese momento, con Zoe dentro del coche, a

ciento veinte kilómetros por hora en la autopista bastante llena de coches, no estaba muy seguro de saber qué decir. Pensó entonces que, a veces, arreglárselas sobre la marcha era la mejor solución.

–¿Nunca te has parado a pensar en lo que estarás haciendo dentro de cinco años? –preguntó Ryan.

Zoe se recostó sobre el reposacabezas y cerró los ojos.

–Siendo un gran detective como eres, estoy segura de que eso tendrá alguna conexión con la boda de Kate y Alec.

–¿O lo que lamentarás? –preguntó él ignorando el sarcasmo en el comentario de ella.

–No temas. No voy a sugerir que juguemos otra ronda de verdad o atrevimiento.

–Entonces ¿escucharás lo que tengo decirte?

Al ver el hosco gesto de asentimiento por parte de Zoe decidió contárselo todo, aunque no fuera ni el momento ni el lugar más apropiado. Inspiró profundamente y exhaló el aire antes de continuar.

–Hace unos seis meses, mi compañero, Sean… murió.

–Oh, Ryan, lo siento muchísimo –dijo ella rápidamente volviéndose para mirarlo.

–Era mi mejor amigo. Éramos como hermanos y era probablemente la única persona a quien me había acercado verdaderamente, después de ti –se detuvo esperando la respuesta de Zoe.

–¿Vas a contarme lo que pasó?

–Lo asesinaron –Ryan volvió a sentir el dolor como si acabara de suceder–. Y fue por mi culpa.

–No puedo creerte.

–No fui yo quien disparó el gatillo, pero le fallé de todos modos –Ryan apretó con fuerza el volante entre sus manos y fijó la vista en la carretera. Se sintió aliviado al comprobar que Zoe seguía comprendiéndole muy bien, tanto como para no sentir lástima por él ni caer en absurdos tópicos. Ambas cosas le habrían puesto, sin duda, furioso.

Salió de la autopista con suavidad y para cuando se detuvieron a la entrada del centro comercial, Ryan ya le había contado todo lo de la operación contra el narcotráfico en la que habían estado trabajando; sobre los gustos de Sean por la comida rápida y las mujeres también «rápidas»; sobre cuánto echaba de menos las llamadas de teléfono de Sean.

Habló todo el tiempo con un tono monótono, palabras escasas y la vista fija en ella.

—Estábamos fuera de servicio y yo había ido a un bar muy frecuentado por los policías de nuestra zona y esperaba verlo allí. Pensé que podríamos echar unas partidas de billar. Pero no estaba allí. Empecé a flirtear con la camarera, solo flirtear —se apresuró a añadir—, una chica que había estado saliendo con Sean durante todo el mes anterior. Parecía que iba bien la cosa. No fue hasta después de haberme bebido varias cervezas cuando me di cuenta de que mi busca estaba sonando. El mensaje era breve. Al grano. La cosa se estaba poniendo fea y no podía esperar más. Se hizo más tarde de medianoche antes de que pudiera alcanzarlo en una de las peores zonas de Filadelfia. Sean estaba con otro tipo al final de un oscuro callejón. Discutían furiosos. No podía oír lo que estaban hablando.

Ryan se detuvo tratando de recordar todos los detalles.

—Había dado dos pasos cuando sentí algo a mi lado que parecía fuego. Debí gritar el nombre de Sean porque él se giró y me gritó que me marchara de allí, y echó a correr en dirección a mí. Un minuto después estaba en el suelo, con un tiro en la espalda. No podía moverse.

Zoe le apretó la mano en actitud reconfortante y él le devolvió el gesto agradecido.

—¿A ti también te dispararon?

–Solo fue un rasguño, pero quemaba como el infierno –contestó al momento sin darse cuenta de lo sencillo que era contárselo a Zoe, consciente sin embargo de que ella lo escucharía sin juzgarlo–. No tengo ni idea de lo que le ocurrió al tipo que me dio.

Tragó con dificultad. Llegaba la peor parte. Se giró para no ver la reacción de Zoe y para que ella no viera las lágrimas que le llenaban los ojos.

–Yo le di al que disparó a Sean. Le di bien, pero no antes de que volviera a disparar a Sean –continuó pero la voz se le rompió–. Una y otra vez.

–Comprendo por qué te culpas –le dijo Zoe muy suavemente tomándole la barbilla para hacer que la mirara–, pero no fue culpa tuya. Sean tomó una decisión. Decidió correr el riesgo y también arriesgó tu vida.

Ryan apartó la mirada de Zoe y se restregó la cara con las manos antes de hablar.

–Si me hubieras preguntado hace seis meses lo que pensaba que estaría haciendo en cinco años, te habría contestado que jugando al billar con mi mejor amigo Sean, flirteando con sus amiguitas y llevando mi placa de policía de Filadelfia.

–¿Y de qué te lamentarás? –preguntó Zoe recordando la segunda pregunta con la que Ryan había comenzado la conversación.

Podía ver que los meses transcurridos desde la muerte de Sean habían dejado más que una carga emocional en Ryan. Tenía el rostro demasiado delgado y arrugas alrededor de los ojos. Se daba cuenta también a juzgar por su tono de voz y su lenguaje corporal que le había resultado muy difícil confesarle lo que había pasado.

–Es una lista demasiado larga. No haber llegado a tiempo para salvarlo –dijo Ryan. A Zoe le dio un brinco el corazón cuando vio que Ryan tomaba su mano y la besaba–. No haber estado contigo hace diez años.

Zoe se inclinó y apoyó su frente contra la de Ryan.

Comprendía por lo que había pasado. Estaba luchando por contener la culpa y parecía que esta le había ganado.

—Me alegra que me lo hayas contado.

—Todavía hay más —añadió él haciendo una pausa y restregándose la cara de nuevo—. No debería haberte besado.

—¿Por qué? —preguntó ella con cautela—. ¿Por qué no deberías haberlo hecho?

—Porque quiero recuperar nuestra amistad —contestó él con calma—. Como era antes. Nuestra amistad era… es importante para mí.

—Incluso las amistades crecen y cambian. Nada en la vida se mantiene igual —suspiró Zoe. Justo cuando pensaba que estaban haciendo progresos Ryan decidía estropearlo.

—Zoe —gruñó—, estoy tratando de ser noble.

—Al cuerno con la nobleza, Ryan. ¿Por qué no eres sincero conmigo? Y lo que es más importante, ¿por qué no lo eres contigo mismo?

Zoe quería avanzar en su relación con Ryan, olvidarse del pasado, aunque justo en ese momento lo que realmente deseaba era darle un buen puñetazo en el estómago. Pero en vez de ello, se inclinó hacia el asiento trasero y tomando los paquetes se los tiró a Ryan.

—Pensé que los novios esperaban hasta después de la boda para devolver y cambiar regalos —dijo Ryan que parecía haber recobrado un poco la alegría, mientras subían por la escalera mecánica.

Zoe sentía mucho lo que Ryan había sufrido, primero con la muerte de sus padres en un accidente, y después con el asesinato de Sean, pero lo que la intrigaba en ese momento era la facilidad con la que Ryan mostraba u ocultaba sus emociones dependiendo del humor en el que estuviera.

Primero la quería. Después ya no la quería. Primero la besaba y después decía que no debería haberlo hecho. Sin duda era la muestra de lo mucho que había cambiado en los últimos diez años y lo mucho que desconocía de él. De momento seguiría su ejemplo y simularía que no había nada entre ellos excepto un deseo intenso de reconstruir su perdida amistad.

—Kate y Alec van a juntar dos casas y supongo que ya tendrán todas estas cosas. Estoy segura de que no necesitan otro tostador ni otra cafetera de plata. Pero no será igual con aquellas parejas que comienzan una vida juntos, ni para aquellas personas que han estado casadas una vez, después se han divorciado o han enviudado y vuelven a intentarlo de nuevo. Sería divertido ver uno de esos ajuares. Un gran reportaje para el programa.

Alzó la vista y se encontró a Ryan que la miraba maravillado.

—¿Nunca descansas?

—No si quiero estar en el juego —respondió Zoe automáticamente.

—Es muy importante para ti —Ryan lo afirmó pero Zoe podía notar que era una pregunta.

—De momento sí.

Zoe entró en el departamento de las listas de bodas y se encontró con el caos. Al fondo de la sala, dos dependientas muy acicaladas adornaban con mano experta un escenario improvisado cubriéndolo aquí y allá con una tela plateada y blanca, mientras una tercera mujer trataba, sin éxito, de hacer que su micrófono funcionara.

A un lado del escenario se habían dispuesto varias mesas con ordenadores que debían contener los nombres, las fechas de las bodas y las listas confeccionadas por los novios. Mientras tanto, otras muchas azafatas se dedicaban a repartir folletos entre las asistentes.

Zoe agarró a Ryan de la manga y lo hizo entrar con ella. Ella se pegó a la pared y una rápida ojeada a la estancia le dijo todo lo que necesitaba saber.

–¿Qué pasa aquí? –preguntó Ryan que parecía confuso.

–Es un desfile de moda íntima para novias –susurró ella señalando a las mujeres de distinta índole que estaban sentadas en hileras de sillas–. Eres el único hombre en la sala con todas esas modelos vestidas únicamente con diminutos picardías y conjuntos de raso que enseñan más de lo que ocultan.

–Yo me voy de aquí –dijo él levantando las manos en señal de rendición y salió de espaldas–. Nos encontraremos dentro de diez minutos en la cafetería que hay al lado de la librería.

–Cobarde –dijo Zoe.

Ryan se detuvo y retrocedió hasta donde ella estaba mirándola desafiante. Se apoyó contra la pared y cruzó los brazos sobre el pecho.

–Antes de que termine el día te tragarás esas palabras.

–Hay una gran historia aquí –contestó ella–, esperando a que alguien la cuente.

–Por favor, tomen asiento –dijo una dependienta de cierta edad llamada Vera según decía su tarjeta identificativa. Se acercó mucho a Zoe y subió los dos escalones que había para subir al centro del escenario del que arrancaba la pasarela. Con un grácil movimiento, Vera corrió las pesadas cortinas mientras el resto de las espectadoras se iba sentando en las sillas. A continuación dio varios golpecitos al micrófono con un dedo de sus perfectamente arregladas manos. El sonido desgarrador hizo que Zoe se tapara los oídos.

–Tranquilas. Estamos a punto de comenzar.

Zoe se colocó al fondo de la sala intentando hacerse una idea de cómo quedaría grabado en cinta y al retroceder de espaldas chocó con una chica que era la versión joven de Vera.

–No llevas ninguna bolsa de regalo –dijo la joven Vera consternada–, ni tampoco número para la rifa. Así no conseguirás ningún premio —y diciendo esto le dio una bolsa de regalo y una tarjeta reluciente antes de desaparecer detrás del escenario.

Zoe tuvo que admitir que, a pesar del estilo un tanto severo de Vera, aquella mujer sabía cómo controlar a una multitud. Durante los siguientes quince minutos, Vera describió las prendas de las modelos de tal forma que a Zoe se le hizo la boca agua. La audiencia respondió a su vez aplaudiendo cuando las modelos desaparecieron detrás del telón y de nuevo cuando salieron a la pasarela.

Vera volvió a colocarse junto al micrófono.

—Y ahora, la última de nuestras rifas especiales. Somos uno de los cuatro únicos centros que ofrecen este premio —anunció Vera mientras metía la mano en una cesta llena de números—. El número agraciado es B3628. Acércate a recoger tu premio: ¡un viaje con todos los gastos pagados a Nueva York City donde el equipo de *Buenos días, América* te ayudará a organizar la boda de tus sueños!

Un murmullo se levantó entre el público, pero nadie se acercó a retirar el premio.

—Es tu número —gritó la joven Vera que había aparecido de la nada. Tomó el cartón que le había dado a Zoe y lo agitó enloquecida en dirección a la Vera del micrófono.

Zoe palideció al ver que todos los ojos estaban fijos en ella.

RYAN se solidarizó instantáneamente con el malestar de Zoe. Esta no había movido ni un músculo y tenía en la cara la mirada de un animal acorralado, la misma mirada que había visto cientos de veces en las caras de las víctimas de innumerables crímenes.

—Vaya desastre —susurró—. ¿Cómo explicaré esto en el programa? —Zoe cuadró los hombros y se obligó a sonreír aunque suspiró al ver que Vera no le devolvía la sonrisa.

Ryan tomó el cartón ganador de las manos de la joven que miraba a Zoe consternada y subió con él hasta el escenario. Sabía que Zoe no agradecería esta intervención suya, pero su forma de ser le obligaba a ocuparse siempre de las cosas. Además, el silencio en la sala se había hecho incómodo.

—Señoras, discúlpennos un momento, por favor —y diciendo eso se llevó a Vera a un lado.

—¿Sabe quién es esa mujer? —le preguntó señalando a Zoe que lo miraba burlonamente.

—¿No es nuestra ganadora? —contestó Vera frunciendo el ceño.

—Es Zoe Russell, la de *Buenos días, América* —se detuvo y esperó a que la información llegase al cerebro de su interlocutora—. ¿Comprende?

—Comprendo que, entonces no es nuestra ganadora —dijo Vera.

—Zoe ha venido a visitar a la familia —murmuró Ryan en tono conspirador—, pero apuesto a que no tendrá nin-

gún problema en subir aquí y ayudarla a buscar a la verdadera ganadora.

Vera se aproximó al micro y pidió disculpas al público por la tardanza. Después habló con una ayudante
y finalmente se volvió hacia Ryan e hizo un gesto de
asentimiento con la cabeza.

Ryan bajó del escenario y cuando llegó hasta Zoe le
puso un brazo reconfortante por encima de los hombros. Ella agradeció tenerlo a su lado.

Por su parte, Ryan trató de no pensar si tenerla a su
lado le hacía sentirse bien. No lamentaba haberle contado su historia y los sentimientos que guardaba de la
noche del asesinato de Sean. No importaba lo atraído
que se sintiera por Zoe, sabía que una relación amorosa
con ella no sería lo mejor para ninguno de los dos. Si
conseguía reunir un poco de la confianza que habían
compartido diez años antes, habría logrado un objetivo
del que estar orgulloso.

Había confiado en su instinto y este le había dicho
que confiara en ella. Deseaba que ella hiciera lo mismo
con él. Además, tanto si se daba cuenta de ello como si
no, si confiaba en él o no, Zoe necesitaba su ayuda.

—¿Sabes lo que tienes que hacer? —le dijo.

—¿Empezar a enviar currículums? —bromeó ella—.
Puedo imaginar ya el titular de mañana en la prensa
rosa: «Zoe Russell gana el primer premio en su propio
concurso». En Nueva York no lo entenderían.

—Lo harán si lo presentas adecuadamente —contestó
él conduciéndola con suavidad hacia el escenario—.
Venga, súbete ahí y haz como si esto estuviera perfectamente planeado.

Zoe se acercó a Vera, intercambió unas cuantas palabras con ella y se volvió hacia el público con una gran
sonrisa.

¿Cómo podía haber olvidado la campaña nupcial
que su programa estaba haciendo a través de todas las
cadenas filiales? Achacaría la pérdida de memoria a la

presión que había sufrido con motivo de su especial, los preparativos de boda de Kate, y por supuesto, el retorno de Ryan a su vida.

Zoe inspiró profundamente y pidió que aquello no repercutiera negativamente en el programa. No habría necesitado la ayuda de Ryan pero reconocía que se lo agradecía. Muchos años atrás habían formado un equipo y había olvidado, mejor dicho, se había obligado a olvidar, lo importante que su apoyo le había parecido siempre. Miró de reojo en dirección a Ryan. Este le sonrió. Ella le devolvió la sonrisa y comenzó a hablar.

—Hola, soy Zoe Russell. Espero que me reconozcáis por el programa *Buenos días, América.*

El público la recibió con un ligero aplauso. De momento, estaba ganándose su confianza.

—Porque vosotras veis el programa, ¿verdad? —preguntó Zoe a una joven de veintitantos años, rubia, sentada en la primera fila, que lucía un espléndido anillo de diamantes.

—Estupendo —continuó Zoe cuando vio que la joven asentía con la cabeza—. Supongo que en el programa pensarían que ganar un premio para organizar la boda de sus sueños sería divertido para alguien como yo, que considera que su carrera es estar soltera.

Se detuvo un poco al oír algún que otro aplauso y entonces miró a Ryan, no muy segura de qué pensar de la mirada risueña en sus ojos.

—De hecho, mi hermana se casa la semana próxima —continuó Zoe—. Yo soy su madrina. Es la tercera vez en lo que va de año que me he visto recorriendo la alfombra nupcial a unos pasos de distancia de la novia.

Los aplausos se hicieron más fuertes y también se oyó alguna risa. Zoe vio que Vera se le acercaba.

—Es un verdadero placer para mí representar a *Buenos días, América,* y espero que sigáis sintonizándonos todas las mañanas —dijo antes de meter la mano en la cesta y sacar un número—. Y la ganadora de una boda inolvidable, cortesía de *Buenos días, América*, es... C56017.

Una mujer joven se acercó al escenario desde el fondo de la sala gritando: «¡Soy yo!» seguida por otras tres mujeres que parecían ser sus damas de honor. Zoe aguantó estoicamente cinco minutos más allí arriba recibiendo abrazos, besos y gritos antes de poder darle la enhorabuena a la ganadora junto con la promesa de que la vería en Manhattan.

En cuanto pudo, Zoe bajó del escenario con la esperanza de que no hubiera por allí ningún videoaficionado entre el público y que si había alguno, solo hubiera grabado la segunda parte de su intervención, o mejor aún, que hubiera olvidado poner cinta en la cámara.

—Creo que no podré olvidarlo jamás, ni tampoco repetirlo —dijo Zoe esperando a que Ryan abriera la puerta del coche. Después le dio un beso en la mejilla antes de sentarse en el asiento del copiloto—. Gracias por salvarme el día. Si no hubieras estado aquí, habría salido del centro comercial dando gritos como una posesa.

—Con Vera y el cámara pisándote los talones —dijo Ryan ocupando el asiento del conductor.

—No estoy acostumbrada a tener a alguien junto a mí para ayudarme en los malos momentos —dijo Zoe mientras se ajustaba el cinturón, y elegía cuidadosamente las palabras que diría a continuación—. Me gustó sentir que trabajábamos en equipo.

—Repítelo —dijo Ryan frenando de golpe.

—Es fácil —dijo Zoe lentamente—, admirar a un hombre que sabe exactamente lo que hay que hacer, que se hace cargo de la situación sin que le cueste trabajo alguno y consigue que todo salga bien.

—¿Es un cumplido? —preguntó él sonriendo mientras se incorporaban a la autopista—. Así es que ahora me admiras. ¿Significa que pagas tú la comida?

Tenía una sonrisa contagiosa, hacía un día otoñal precioso, y por primera vez en muchas semanas, Zoe estaba relajada.

—Un trato es un trato.

—Dado que me admiras, ¿vendrás a verme jugar al béisbol mañana? —preguntó él guiñándole un ojo.

—Sí, Ryan —replicó Zoe de buen grado, recordando cómo se hizo la brecha que le había dejado huella en la barbilla. Y sonriendo para sí misma, no solo se dio cuenta de que admiraba al hombre en que se había convertido Ryan sino que estaba empezando a confiar en él.

Zoe no estaba precisamente ansiosa por contar a todo el mundo su experiencia en el centro comercial. Aunque no le sorprendió que todas aquellas personas con las que habló al día siguiente en el campo de béisbol de la escuela supieran todos los detalles.

—Veo que la fábrica de cotilleos de Riverbend trabaja a toda máquina —le dijo Zoe a Kate con un gruñido. Y tomando la nevera portátil hizo que su hermana la siguiera hasta la última fila de asientos de la grada. En ese momento vio a Ryan haciendo estiramientos en el campo y la vista le pareció espectacular.

—Ayuda bastante el informe retransmitido por el canal 2 —alegó Kate levantándose las gafas de sol.

—La única persona de la que no he tenido noticias es de mamá —Zoe calculó mentalmente los días—. Hace más de una semana. Nunca está en casa. No devuelve las llamadas.

—Estoy segura de que mamá te diría que está por ahí, viviendo una nueva vida —dijo Kate empujando un poco a Zoe para que se sentara.

Zoe se sentó y abrió la nevera buscando un refresco light.

—Yo sería más feliz si compartiera parte de esa vida

con nosotras. Y tú no deberías creer todo lo que ves y oyes en la televisión –dijo Zoe.

–No tendría que creer lo que dicen por ahí si mi hermana me lo hubiera contado personalmente. Seguro que lo próximo que me dirás es que bien está lo que bien acaba.

El rostro de Zoe se iluminó. Sacó otro refresco y se lo dio a Kate.

–Nunca se me habría ocurrido citar a Shakespeare pero si funciona…

–Lo mismo digo de mis esfuerzos «celestinos».

–No conseguirás emparejarnos –dijo Zoe poniéndose las manos como visera para poder estudiarlo mejor. Se había dirigido hacia la zona que les habían designado para su equipo, y estaba allí de pie, los brazos cruzados sobre el pecho y la visera de la gorra baja para protegerlo del sol.

A pesar de su aire despreocupado, no le hacía falta ver sus ojos para saber que estaba observando lo que pasaba a su alrededor. Ningún detalle, grande o pequeño pasaba desapercibido para Ryan O'Connor, pensó Zoe.

–No puede quitarte los ojos de encima –le susurró Kate.

Zoe no podía quitarle los ojos de encima a él mientras se dirigía a la base del lanzador. Cuando, una vez allí, se giró levemente, Zoe pudo ver que llevaba el número diecisiete en la espalda de su camiseta, una espalda verdaderamente espléndida. Junto al número, en azul marino se leía su apellido. Formaba todo un conjunto de lo más sexy del que cualquier mujer lista querría presumir.

Zoe pensó que sería mejor no pensar en ello. Se volvió hacia Kate.

–Pierdes tu talento con nosotros. Creo que vamos camino de recuperar nuestra amistad.

–Vaya, vaya –dijo Kate sin preocuparse por ocultar

la sonrisa–. Mira, ahí está Alec –y Kate lo llamó a gritos.

Alec se había dirigido hacia Ryan que estaba pateando la base del lanzador. Al oír el grito ambos levantaron la cabeza. Alec simplemente saludó con la mano pero Ryan atravesó el campo corriendo y subió los escalones de las gradas hasta donde estaban ellas. Se ladeó la gorra hacia atrás para que pudieran verle la cara. Los ojos azules relucían de buen humor y a continuación se hizo un hueco entre las dos.

–Me alegro de que estés aquí –le dijo a Zoe–. Y tú también, por supuesto –añadió mirando a Kate.

–Por supuesto –dijo Kate con sequedad–. Despejaré un poco esto para que estéis a solas –y diciéndolo tomó su refresco, sacó otro más de la nevera y se dirigió a los escalones.

–Me alegra que hayas venido –repitió Ryan con dulzura al tiempo que tomaba un mechón de pelo de Zoe y se lo sujetaba detrás de la oreja recorriendo de camino la línea de su mejilla.

El contacto con Ryan la dejó inexplicablemente sin palabras. Solo eran amigos, se empeñaba en repetir Zoe.

–No había esperado que viniera tanta gente a ver un partido local de béisbol –acertó a decir Zoe que se retiró de él lo suficiente como para que sus cuerpos no se tocaran. Se obligó a mirar a otro sitio.

–Tan solo es un poco de rivalidad entre profesores y policías –contestó él.

Zoe se volvió hacia él y le sonrió. Le acarició la cicatriz de la barbilla también.

–Este es el recuerdo que tengo de la última vez que te vi lanzar.

–Sí –respondió él un tanto inexpresivo–. Pero al menos esta vez no estás en la base –añadió besándola ligeramente en la frente –para que no olvide hacia dónde tengo que continuar.

Y diciendo esto, le tocó con el dedo índice el lugar donde la había besado y, con una mueca, se levantó y volvió a bajar al campo.

Ella se pasó la mano por el lugar donde los labios de Ryan se habían posado. Seguro que sabía que le hacía perder el equilibrio y disfrutaba con ello. ¿Qué se proponía? Trató sin éxito de no pensar en lo mucho que significaban las palabras de Kate «No puede quitarte los ojos de encima».

A Ryan le estaba resultando casi imposible concentrarse en el juego con Zoe sentada en las gradas. Estaban al final del séptimo juego y él estaba tratando de despistar al bateador, pero el partido estaba siendo un desastre. Entrecerró los ojos y trató de concentrarse, pero veía con el rabillo del ojo que Zoe estaba de pie en la grada animando enardecida.

El resto de la grada se unió al griterío y daban patadas en el suelo con tanta fuerza que podía sentir el temblor desde su puesto. Se aproximó a los dos bateadores siguientes y lanzó con fuerza, tanto que la bola dio a uno de los corredores y lo mandó hacia la primera base.

Jake, el receptor de su equipo, echó a correr. Había pasado ya la base del cuadro. Dos bases más. Ryan miró a Jake con el ceño fruncido y después miró hacia la grada.

—Un poco más.

A continuación empezó a oír a Zoe gritar su nombre. La multitud la siguió. Todos coreaban «Ryan, Ryan, Ryan».

Condujo a Jake hasta la base del cuadro. Alec era el siguiente bateador y Ryan se imaginó que sería fácil ganarlo. Lanzó la primera bola con intención de que fuera baja y con efecto, pero en vez de ello, salió de su mano directa al bate de Alec. El sonido de la bola al golpear lo dejó sorprendido mientras veía cómo la bola surcaba el aire hacia el otro lado del campo y a Alec que echaba a correr hacia las bases. Cuatro cubrió.

El silencio reinó en la parte de la grada que animaba a su equipo mientras los seguidores del profesorado gritaban como salvajes. A partir de ese momento, el juego de Ryan fue de mal en peor. Su mirada no paraba de perderse entre las gradas. Le resultaba más y más difícil dejar de mirar a Zoe a la cara, a las piernas, a toda ella entera.

Había sido un estúpido al pensar que podía dejar el sexo a un lado en su nueva relación. La quería. Sabía que la quería. La pregunta era ¿qué iba a hacer al respecto?

Para Zoe estaba claro que allí se estaba jugando a dos cosas muy diferentes. En el campo se jugaba al béisbol pero fuera de él, estaban jugando a la seducción. Y por lo que a ella concernía no había reglas en esto último.

Por otra parte, adoraba el béisbol. Era difícil no aficionarse a ese juego, especialmente cuando Ryan estaba tratando de despistar al bateador. No podía dejar de pensar que Ryan definitivamente estaba en muy buena forma, todo él.

Tal vez Kate tuviera razón en que no había dejado de mirarla. Así pues, Zoe decidió comprobar la certeza de la teoría. Se levantó y empezó a aplaudir. El resto de la grada la acompañó. Ryan corrió hasta el siguiente bateador. Ella gritó su nombre y la grada empezó a corearlo de nuevo.

La bola que lanzó Ryan golpeó al bateador en el hombro derecho. Zoe no podía ver la cara de Ryan con claridad pero juraría que no debía estar muy contento con el giro de los acontecimientos. Después del punto ganado por Alec que dejaba el marcador cuatro a cero, Ryan salió lentamente del campo.

Zoe permaneció de pie aunque el resto de los seguidores de la policía se sentaron. Ryan se acercó caminando hasta las gradas y se quitó la gorra para que ella pudiera verle la cara. Empezó a bajar los escalones para encontrarse con él pero este pronunció en silencio la palabra «después» y sonrió.

El partido aún no había terminado. Más tarde, en el noveno juego, Ryan consiguió el segundo punto para su equipo lo que dejó el marcador ocho a dos. Entonces Zoe bajó corriendo de las gradas y, abriéndose paso entre la multitud, se lanzó a los brazos abiertos de Ryan.

—Fue una sabia decisión por tu parte la de dedicarte a la policía en vez de al deporte profesional —bromeó Zoe mientras extendía el mantel bajo el arce que había descubierto no muy lejos del campo de béisbol, y se sentó con la espalda apoyada en el tronco. Se rio al ver la expresión atónita de Ryan.

—Eres una distracción muy poderosa —dijo él peinándose las cejas y acariciándose un bigote imaginario.

—Incluso vencido eras el héroe. Kate me dijo que los profesores no habían ganado ni un solo partido en toda la temporada —dijo Zoe abriendo la nevera y pasándole a Ryan, que se había sentado a su lado, un sándwich de pavo preparado de la forma que ella recordaba que le gustaban: pan de centeno, unas gruesas rodajas de pavo asado, mucha mayonesa, dos lonchas de queso suizo, un toque de lechuga y una rodaja fina de tomate.

—Es solo parte de mi deber como buen padrino —contestó él sonriendo y dando un mordisco al sándwich que debió agradarle porque hizo un gesto de aprobación—. Alec se está adaptando a la vida de pueblo. Era el director del instituto de secundaria más grande de Filadelfia hasta que acabó quemado. El Instituto de Riverbend es una cuarta parte del otro pero está descubriendo que los problemas son bastante parecidos.

—Parece feliz aquí —apuntó Zoe abriendo su sándwich de ternera.

–Ama a Kate –dijo simplemente Ryan– Creo que se enamoraron en el mismo momento en que se vieron. Son perfectos el uno para el otro –al decir esto miró a su alrededor–. Creía que venían justo detrás de nosotros.

–Kate ha decidido dar un pequeño rodeo. Dijo que le parecía haber visto a alguien conocido y quería presentarle a Alec –dijo Zoe mordiendo su sándwich: pan de centeno, unas rodajas de ternera en su punto, mucha mayonesa, dos lonchas de queso suizo, un toque de lechuga y una rodaja fina de tomate.

Le habría gustado igual el de pavo, y a Ryan tampoco le habría importado quedarse con el de ternera.

Zoe volvió a pensar en las palabras que Kate le dijera una semana antes: «El tiempo no tiene importancia cuando estás enamorada. Alec es el hombre perfecto para mí. Ryan es el hombre perfecto para ti».

Ni por un momento consideraría Zoe que tener un gusto parecido para los sándwiches los convirtiera en una pareja perfecta. Por experiencia sabía que las relaciones sufrían altibajos y que exigía un trabajo duro por parte de los dos conseguir que la relación funcionara. Desde su punto de vista, el amor incondicional era pura invención publicitaria.

Lo cierto era que esas personas entraban y salían de sus vidas constantemente. ¿Acaso no era su vida un vivo ejemplo? No había una relación perfecta. Y eso era lo que iba a decirle a Ryan cuando se dio cuenta de que no estaban solos.

Ryan se había levantado y estaba hablando con el alcalde de Riverbend, un hombre de aspecto sociable, en la cincuentena que llevaba gobernando el pueblo veinte años.

–Si quieres el puesto, hijo, solo tienes que decirlo –decía el alcalde mientras se daban la mano.

–Acordamos que sería temporal –le recordó Ryan–. Nueve meses, tal vez un año como máximo.

–Has hecho un gran trabajo en estos seis meses

–dijo el alcalde–. El propio jefe Whitney no lo habría hecho mejor. Es una pena que su corazón haya fallado. Pero, al igual que él, tú conoces el pueblo y a su gente.

–Volveré a Filadelfia en unos meses.

–Pero –insistió el alcalde–, el municipio te quiere y el pueblo te necesita –en ese momento vio a Zoe–. No era mi intención interrumpir. Es agradable volver a verte, Zoe. Mi mujer sigue tu programa todos los días. Bueno, piénsatelo y dime lo que decidas, Ryan.

Los dos hombres se dieron la mano de nuevo y cuando el alcalde hubo desaparecido de la vista, Ryan volvió a sentarse.

–¿Aceptarás o volverás a Filadelfia? –preguntó Zoe al notar que Ryan no parecía muy dispuesto a hablar del tema.

–Filadelfia –se apresuró a responder Ryan–. Mi vida me espera allí –añadió mirando su sándwich a medio comer, lo envolvió de nuevo y lo dejó en la nevera. Sacó un refresco y dio un largo sorbo.

–¿Qué te pasa?

–Me pregunto si seré capaz de enfrentarme a los demonios que me esperan allí –respondió Ryan dando el último trago al refresco y lanzándolo a la papelera. Dio en el borde y cayó dentro.

Zoe esperó a que continuara y, al no hacerlo, le presionó impaciente por saber la respuesta a otra pregunta.

–¿Hay alguien más esperándote aparte de tus demonios?

–Parece que soy el único que cuenta cosas –respondió él mirándola con reproche–. No, no hay nadie especial. ¿Y qué me dices de ti?

–Formo parte de una de esas estadísticas que aparecen en las revistas semanales. Estoy soltera, casi en la treintena, nunca he tenido una relación seria. Solo me interesa mi carrera –dijo ella finalmente.

–Alguien te llegó al corazón y después te dejó.

Zoe sonrió con tristeza pensando en Jeremy el de los labios saltones.

–¿Le echas de menos? –preguntó a continuación Ryan.

–¡Santo Dios, no! –contestó ella con un escalofrío–. No era más que un estereotipo: trajes de Armani, trabajaba en Wall Street y vivía en el West Side. Jeremy disfrutaba de un estatus y yo no quería compromisos. Para mí estaba bien hasta que Kate me llamó y me dijo que se iba a casar de nuevo. Miré a Jeremy y pensé en mi trabajo de alto nivel que no me dejaba tiempo para apreciar mi ordenada aunque pequeña vida que tanto trabajo me había costado conseguir. ¿Y sabes lo que descubrí?

–¿Qué descubriste, Zoe? –preguntó Ryan haciendo que Zoe lo mirara.

Quería decirle que había descubierto que el amor a primera vista era un cuento de hadas, pero un cuento en el que quería creer. Que nunca pensó que las relaciones rotas pudieran repararse hasta que él había vuelto a aparecer en su vida. Una semana antes la sola idea de pasar unos minutos con él la aterrorizaba, especialmente si había unos barrotes carcelarios entre ellos. En ese momento, igual que el día anterior, y también el anterior, se lo estaba pasando bien, estaba relajada en su compañía, lo admiraba, le gustaba. Eran amigos otra vez. De acuerdo, él podía incendiarla con solo sonreír y tenía que admitir que nadie la había besado como él.

Solo amigos. No podía permitirse sentir nada más. Él le había dejado claro sus intenciones. Tenía perfectamente claro lo que quería hacer con su vida en un futuro no muy lejano, un futuro que no la incluía a ella. Y aunque Zoe no paraba de repetirse que sería feliz aceptando la parte de Ryan que él quisiera ofrecerle, sabía que si no tenía un lugar preferente en su corazón, nunca sería realmente feliz en su compañía.

–Que mi vida estaba llena de amistades y conocidos,

pero no verdaderos amigos –dijo finalmente–. Objetos, no personas. He pasado los últimos seis años abriéndome camino yo sola por el mundo, llevando el control para no volver a sentirme abandonada.

–Mi trabajo en la policía tampoco me dejaba demasiado tiempo para una vida –dijo Ryan restregándose la cara con las manos–. No me he dedicado a utilizar a las mujeres que han pasado por mi vida y luego dejarlas. Simplemente intentaba que no me llegaran demasiado hondo.

–No puedo imaginarte solo.

–Elegí ser poli –dijo él encogiéndose de hombros–, y esa es una profesión que no lo hace fácil para tener a alguien a tu lado. Tú, Kate y Jake erais mis mejores amigos aquí.

Pensó en Sean y en el dolor que acarreaba desde hacía unos meses. Pensó en sus padres y cómo había sobrellevado el dolor de su muerte también.

–No eres la única que se ha sentido abandonada –añadió–. Un día mis padres estaban a mi lado, y al otro se habían ido.

–Tal vez deberíamos hacer un pacto –dijo Zoe en un impulso–. Dentro de cinco años, si ninguno de los dos se casa o tiene una relación seria con alguien…

–Es una broma ¿verdad? –preguntó él mirándola inquisitivamente, como si quisiera que ella afirmara que efectivamente lo era.

–Sí –dijo ella dando un trago de su refresco–. Solo era una broma.

–Bien –exclamó él aliviado–. Por nada del mundo querría que el amor o el matrimonio interfirieran en nuestra amistad.

Zoe quería preguntarle por qué no podía haber amor, matrimonio y amistad entre ellos. Le importaba Ryan y le importaba todo lo que pudiera pasarle. Y mucho después de que Kate recorriera la alfombra del brazo de Alec, y de que ella regresara a Nueva York y Ryan…

bueno, allá donde este fuera, quería saber que a él también le importaba ella.

A su mente volvieron las dos sillas vacías en la ceremonia de graduación, y descubrió que el dolor había comenzado a remitir. ¿Por qué Ryan no podía dejar atrás su dolor?

—Los últimos meses antes de mi graduación fueron terribles. Papá y mamá no dejaban de pelearse. Kate y tú estabais en la universidad. No tenía a nadie con quien hablar.

Zoe vaciló no muy segura de si debía continuar. Entonces todas las palabras salieron a borbotones de su garganta.

—Papá me abandonó. Kate y tú me abandonasteis. No me sentía capaz de animar a mamá yo sola.

—Supongo que nunca pensamos en lo que estabas pasando —dijo Ryan mirándola con gesto serio—. Y lo siento, pero sobreviviste y saliste adelante con éxito. Ahora pareces feliz, contenta.

—La mayoría de los días. Tengo un pequeño grupo de amigos, conocidos en realidad. Gente con la que ir de compras, a cenar o al cine, pero he aprendido que es mucho más inteligente guardar una distancia emocional.

Ryan le pasó el brazo por los hombros y la acercó a sí.

—¿Y mantienes contacto con tu padre ahora?

—Sí y no —contestó Zoe mientras ordenaba los sándwiches y los refrescos en la nevera—. Nos escribimos por e-mail. Lo veo una vez al año, normalmente cuando tengo que trabajar en California, pero hace ya bastante que no voy. Ha sido culpa mía. Él habría venido a Nueva York más veces si se lo hubiera pedido. Hablamos por teléfono pero casi nunca «hablamos» de verdad.

Nunca le había resultado fácil contradecir a su padre, pero sentía que necesitaba compartir sus sentimientos con Ryan.

–Mamá unas veces estaba absolutamente hundida y otras se mostraba estoica –continuó Zoe–. No dejaba de decirme lo mucho que nos querían los dos, pero si la mirabas con detalle, sus ojos siempre estaban llenos de lágrimas. Ahora parece feliz. Espero que volver a ver a papá no la disguste.

–Yo estaba tan furioso con mis padres por haber muerto en aquel accidente –murmuró Ryan–. Nunca tuve la oportunidad de decirles adiós, de decirles lo mucho que los quería y lo orgulloso que estaba de ser su hijo… Al menos tú sabes que si necesitas a tu padre él estará ahí.

Zoe se levantó y le dio la espalda.

–Pero eso no cambia lo que sucedió hace diez años.

–Eso es verdad, pero al menos tú tienes una oportunidad.

Ryan comprendió que la conversación la había disgustado mucho. Él solo esperaba que Zoe pudiera encontrar algo de alivio, igual que él estaba empezando a hacer, al dejar atrás el pasado. Aun así, no estaba muy seguro de saber qué decirle para reconfortarla, ni si aceptaría su ayuda. Ella se acercó lentamente a él, los ojos al borde de unas lágrimas que Ryan sabía no dejaría salir, especialmente delante de él.

Después de doblar la manta, Ryan se la puso debajo del brazo y metieron la nevera en el maletero del coche de Kate. Zoe ordenó en silencio las cosas que llenaban el asiento trasero y de pronto explotó.

–Mamá está saliendo con alguien.

–Me alegro por ella.

–Kate y yo pensamos que tal vez sería bueno para ella si Alec y tú averiguarais algo más sobre él.

–¿No eso algo presuntuoso por vuestra parte? –preguntó él riéndose–. Me imagino lo que Alec habrá dicho.

–Estoy segura de que él querrá lo mejor para mi madre.

–Todos lo queremos –dijo Ryan pero se interrumpió ante la vibración de su busca. Comprobó el número y suspiró–. La comisaría. ¿Llegarás bien a casa?

–No comprendo –dijo Zoe lastimeramente–, de dónde te viene la vena de caballero de brillante armadura que muestras constantemente.

Ryan la condujo al otro lado de la calle.

–¡Fuera de aquí antes de que traiga a Jake y haga que te escolte hasta casa! Te llamaré más tarde.

En el camino a casa, Zoe no pudo dejar de pensar en su padre. Saludó a Penélope que estaba sentada en el columpio del porche y no estaba sola.

Zoe se quedó petrificada en la acera. ¿Qué estaba haciendo Lawrence Russell sentado en el porche como si nunca se hubiera ido?

CAPÍTULO 7

EL MUNDO de Zoe se derrumbaba y no tenía ni idea de cómo levantarlo. Permaneció al pie del sendero de entrada a la casa y miró, sin saber qué decir, a sus padres, a sus padres divorciados. Estaban sentados en el porche, con las manos entrelazadas y mirándose como dos tortolitos, pero aún no la habían visto.

Pensó en todas las situaciones que había recreado sobre el momento en que Ryan O'Connor reaparecería en su vida, pero nunca había imaginado ninguna en la que sus padres volvieran a su vida y menos juntos, y en ese momento su padre estaba allí y ella no estaba preparada.

En momentos como ese, realmente necesitaba el apoyo emocional de un amigo, y Ryan era la única persona en la que podía pensar, la única persona que quería que la acompañara en ese momento. Pero Ryan no estaba allí, y Zoe tendría que enfrentarse sola a la situación.

Su padre levantó la vista cuando Zoe subía los escalones del porche y esta vio que la miraba con cautela, igual que debía estar haciendo ella. Extendió la mano para saludarla, pero se detuvo a pocos centímetros de ella.

—Tienes buen aspecto, Zoe.

—¿Qué estás haciendo aquí a estas horas? —trató de mantener un tono de voz neutral, y parpadeó asombrada al comprobar el tono hostil. Ella no quería herir a ninguno de los dos, pero quería proteger a su madre a toda costa.

—Zoe —la regañó Penélope—. Esa no es forma de hablarle a tu padre.

—Zoe se merece una respuesta sincera —contestó Lawrence poniendo el brazo alrededor de los hombros de Penélope.

—Y la tendrá —dijo esta al tiempo que se dirigía a su hija—. Espero que tengas una actitud abierta para ello. Tu padre y yo estamos saliendo de nuevo —añadió esto último sin darle tiempo a prepararse.

—¿Saliendo? —preguntó Zoe incrédula, y a continuación se dejó caer en los escalones—. ¿Estáis saliendo? ¿Papá es tu hombre misterioso?

—Llamé a Kate para felicitarla por la boda —dijo Lawrence—. Tu madre respondió al teléfono, y fue muy agradable escuchar su voz.

—No habíamos hablado en muchos años —dijo Penélope.

—Habíamos olvidado lo que era tener una simple conversación —añadió Lawrence sonriendo con dulzura a Penélope—. Cuando colgué, volví a llamar y le dije que me gustaría verla antes de la boda. Para recuperar el tiempo perdido. Así es que tomé un vuelo a finales del mes pasado.

—No teníamos planeado que fuera un secreto. Sabemos lo mucho que el divorcio os afectó a Kate y a ti, pero nos dimos cuenta de que a pesar de nuestras diferencias, todavía seguimos teniendo sentimientos muy fuertes el uno por el otro —explicó Penélope—. Así es que nos estamos tomando un tiempo para ver si podemos estar juntos de nuevo —la mirada optimista en los ojos de Penélope imploraban a Zoe que aceptara su decisión.

—No voy a fingir que lo comprendo —dijo Zoe con sequedad—, pero me estáis diciendo que después de diez años separados habéis decidido intentarlo de nuevo.

Penélope abrió los brazos, pero Zoe sacudió la cabeza, totalmente confundida. Abrió la puerta y subió corriendo las escaleras para ir a su antigua habitación.

Oyó a su madre llamándola, y oyó también sus pasos subiendo las escaleras, y creyó oír a su padre que, sin perder la calma, le decía que le dejara a él hablar con ella.

Zoe miró por la ventana. Allí estaba el roble. Si trepaba a las ramas más altas tal vez encontraría la paz como solía hacer antes. Echaba de menos los días en los que podía contar con que Ryan la encontraría allí, siempre dispuesto a reconfortarla. Pero en su vida ya nada era igual que antes.

—Sé que vernos juntos a tu madre y a mí ha sido un choque tremendo para ti.

—Nunca comprendí por qué os divorciasteis —respondió Zoe cuadrando los hombros y volviéndose a su padre que estaba de pie en la puerta de la habitación. Lo miró largo y tendido. El pelo, una vez color cobre, se había vuelto blanco. Había pasado más de un año desde que lo viera la última vez. Recordaba que le había parecido más viejo y triste, pero en ese momento, igual que Penélope, parecía rejuvenecido y muy feliz.

¿Podrían encontrar sus padres juntos la felicidad después de tantos años separados? Zoe realmente quería saberlo. Era lo suficientemente lista como para comprender que cuando tuviera respuesta a sus preguntas sobre su pasado sería capaz de enfrentarse mejor a las preguntas sobre su futuro.

Se sentó en el alféizar de la ventana y dejó que su padre se le acercara. Durante las siguientes horas, Zoe mantuvo con su padre la conversación que tenía pendiente desde hacía tiempo. Este le dijo que los dos se dieron pronto cuenta de que se habían casado muy jóvenes, y que pronto se distanciaron entre ellos porque no esperaban las mismas cosas en su matrimonio. Y cuando los cimientos del matrimonio comenzaron a quebrarse, fueron demasiado testarudos como para darse el tiempo necesario para arreglar su relación, y dejaron que su matrimonio se derrumbara por completo.

—Estuvimos juntos todo lo que pudimos —dijo Lawrence—. Muchos más años de los que deberíamos. Lamento profundamente que tuviéramos que separarnos, y que Kate se fugara con Ryan al mismo tiempo. Tú estabas sufriendo mucho y todos estábamos demasiado preocupados por nosotros mismos para darnos cuenta.

—Durante años pensé que algo en mí no estaba bien porque todo el mundo a quien quería me abandonaba. Ahora sé —se apresuró a decir Zoe al ver que su padre comenzaba a objetar—, que no era verdad. Pero así era como me sentía.

—Cometí muchos errores —los ojos verdes de Lawrence, muy parecidos a los de Zoe, se llenaron de tristeza donde antes siempre hubo brillo—. Los últimos diez años me han pesado mucho. Estoy seguro de que no te resulta fácil aceptar que aparezca en la vida de tu madre así, sin más.

—No, no lo es —admitió Zoe—, pero es la decisión de mamá.

—Me gustaría que me dieras una oportunidad, Zoe —dijo él asintiendo con la cabeza—, para ser parte de tu vida otra vez, no tener que contentarme con mirar desde la barrera.

La Zoe Russell de dieciocho años le habría contestado a su padre. Tan solo unos días antes, la Zoe de veintiocho habría hecho lo mismo, pero Ryan le había enseñado algo en la última semana sobre el hecho de dar y aceptar segundas oportunidades.

—A mí también me gustaría.

—Veo que Ryan ha vuelto a tu vida —continuó Lawrence como si le hubiera leído los pensamientos—. Y por lo que tu madre me cuenta estáis haciendo las paces. Si quieres saber mi opinión, creo que ya era hora.

Zoe se mordió el labio para evitar sonreír o recordar.

No podía contar las veces cuando era más joven que su padre la sentaba en sus rodillas y terminaba su sermón paternal diciéndole «si quieres saber mi opinión, ya era hora».

—Siempre tolerante y generosa —continuó Lawrence—. No era propio de ti volver la espalda cuando alguien te ofrecía su amistad.

Zoe sabía que su padre estaba hablando tanto de él como de Ryan.

—Estoy redescubriendo algunas de las cualidades únicas de Ryan —dijo Zoe con sequedad.

Oyó el latido de su corazón en el pecho, la vocecita ordenándole que le diera una segunda oportunidad a su padre. Vio la mirada esperanzada en su cara y descubrió que, a pesar del dolor que sintió una vez, quería perdonarle.

—Me has dado mucho en lo que pensar —añadió Zoe.

—Entonces te dejaré a solas con tus pensamientos —contestó su padre levantándose para irse—. ¿Hablaremos mañana otra vez? —y sonrió al ver que Zoe asentía.

Esperó hasta asegurarse de que su padre había llegado abajo y entonces bajó ella también. A través del reflejo en el espejo del vestíbulo, pudo ver a sus padres hablando tranquilamente en la puerta. Su madre descansaba la cabeza en el hombro de su padre, una escena tan familiar que Zoe sintió que los ojos se le llenaban de lágrimas.

Antes de poder decir una palabra, su padre salió por la puerta y su madre se quedó allí, de pie. Zoe se acercó y abrazó a su madre con fuerza.

—Te quiero mucho.

—Y yo a ti —le respondió Penélope devolviéndole el abrazo—. Tu padre también te quiere mucho. A las mujeres Russell les han sido concedidas segundas oportunidades. Ve tú también a buscar la tuya.

—¿Hay algún problema aquí? —Ryan apoyó los brazos en el marco de la puerta de la pequeña tienda de comida preparada que había muy cerca de la comisaría. Sabía perfectamente la respuesta. El mensaje de su secretaria había sido claro y conciso. Su hijo adolescente, Howie, que trabajaba allí como cajero, había visto a un hombre que actuaba de forma sospechosa y había llamado.

El hombre en cuestión era de mediana edad y se encontraba petrificado delante del mostrador. Ryan lo reconoció rápidamente: era Alan Delaney, un hombre habitualmente tranquilo que no tenía historial delictivo, y que, hasta hacía poco, había sido el dueño de la ferretería de la plaza del pueblo. La recesión en la economía y la popularidad de las grandes superficies habían contribuido a que su negocio quebrara.

Iba vestido con ropa limpia aunque gastada, y tenía en el rostro una mirada asustada que Ryan conocía muy bien, mezcla de miedo y resentimiento.

—No quiero hacer daño a nadie —dijo Alan—. Solo quiero todo lo que haya en la caja.

—¿Cuánto dinero hay? —preguntó Ryan con calma, un ojo sobre el atracador y el otro sobre Howie, que no podía dejar de temblar como una hoja. Ryan no iba armado, y solo podía esperar que fuera cual fuera el arma que llevara Alan, este estuviera demasiado asustado para utilizarla. Ryan sabía que podía manejar la situación sin que nadie saliera herido, igual que había hecho montones de veces antes de… antes de lo de Sean.

Sacudió la cabeza para borrar las imágenes que se sucedían en ella. Aquello era Riverbend, no Filadelfia. De pie delante de él había un hombre maltratado por la mala economía, no un traficante de droga al que hubiera que reducir.

—Unos cin...cincuenta dólares —tartamudeó Howie.

—No he encontrado ningún trabajo desde que cerré la tienda, hace de eso ya seis meses —dijo Alan cuadrando los hombros en actitud desafiante—. No quiero caridad y tampoco quiero pedir en la calle.

—Comprendo su situación —contestó Ryan acercándose a él ligeramente con las manos en alto para mostrarle que no llevaba arma y bloqueando la única salida.

Justo entonces, Zoe entró por la puerta. Ryan mantuvo la actitud fría y profesional, aunque sus ojos se mostraron irritados. Le echó una mirada de advertencia. Arreglaría la situación del «atraco» primero y ya hablaría con ella después.

—Y creo que podemos solucionar el problema —continuó Ryan con calma a pesar de la interrupción—. Howie, llama a Jake a la comisaría para que él y tu madre sepan que no estás herido y que todo está bajo control.

Mientras Howie hacía lo que le ordenaban, Ryan se metió la mano en el bolsillo trasero del pantalón, sacó su billetera y algunos billetes de ella. Los metió en el bolsillo del abrigo de Alan y sacó el «arma».

—Tiene que venir conmigo a la comisaría —añadió Ryan sosteniendo en alto un plátano algo magullado.

—No iba a hacerle daño a nadie —dijo Alan tímidamente, su rostro de un tono rosa brillante al ver a Zoe—. ¿No te conozco de la tele?

—Es Zoe Russell de *Buenos días, América* —dijo Howie que parecía haberse recobrado rápidamente del susto—. Solía cuidarme cuando era pequeño.

—¿Eres Howie Zimmer? —preguntó Zoe que no parecía reconocer en aquel adolescente alto y desgarbado al bebé gordito y alegre al que solía mecer sentado en sus rodillas. Tampoco podía creer que hubiera irrumpido allí en pleno atraco… que Ryan había solucionado sin que nadie saliera herido.

Ryan puso una mano tranquilizadora en el hombro de Alan.

—¿Por qué no nos adelantamos usted y yo? Zoe y Howie se unirán a nosotros en unos minutos. Estoy seguro de que estará encantada de responder a todas las preguntas que quiera hacerle sobre la excitante vida de la televisión.

Zoe se deslizó hasta ponerse junto a Ryan y le susurró al oído.

—El alcalde tenía razón.

—¿Sobre qué? —dijo Ryan mientras esposaba a Alan Delaney y le leía sus derechos.

—Has hecho un buen trabajo en el pueblo.

Zoe llegó a la comisaría unos veinte minutos más tarde seguida de Howie. Después de dejarlo con su madre, se dirigió a la oficina de Ryan y lo encontró hablando por teléfono. Trató de no escuchar, pero por lo que oyó casualmente, estaba discutiendo con alguien la situación del señor Delaney.

Leyó las placas que había colgadas en la pared, se miró en el espejo de cuerpo entero que había detrás de la puerta, y leyó cuidadosamente los anuncios que había pegados en el tablón donde incluso se podía ver a los diez criminales más buscados por el FBI. Se sintió aliviada al ver que no reconocía a ninguno de ellos.

Inquieta, se sentó en una silla frente a Ryan, que parecía estar concluyendo la conversación, y tomó nota de la única foto que había en el escritorio: una foto en la que aparecía él y un hombre de pelo oscuro que rápidamente reconoció como Sean, su compañero asesinado.

Examinó la foto con detenimiento y se percató de lo unidos que debían estar a juzgar por su posición en la foto, hombro con hombro, como dos hermanos, los rostros ligeramente vueltos hacia el otro. En sus ojos, en sus rostros, la cámara había captado el fuerte lazo de la amistad que los unía.

Zoe miró entonces a Ryan y se encontró con una mirada afilada fija en ella.

—¿Podrías decirme qué hacías en la tienda? —preguntó Ryan colgando el teléfono e echándose hacia atrás en su silla.

—Eres un buen hombre —dijo Zoe poniendo la foto en

su sitio–, y hoy me he dado cuenta de lo mucho que te admiro.

–Estás evitando mi pregunta –repuso Ryan y a Zoe le resultó evidente que le estaba costando mantener la calma, y se sintió emocionada al notar lo preocupado que estaba por ella, aunque le pareciera un poco exagerado.

–No corría ningún peligro.

Ryan gruñó y se restregó la cara con las manos.

–Podía ser que Alan Delaney no llevara pistola, pero estaba lo suficientemente desesperado para intentar un atraco. Podía haberte hecho daño.

Ella había temido por él a pesar de saber que tenía la situación bajo control y acababa de ver una parte de él que ya había olvidado.

–Sabía que me protegerías –dijo Zoe totalmente en serio–. Además, manejaste la situación perfectamente. No se llevó a cabo el robo, el señor Delaney obtuvo el dinero que necesitaba, y sin perder la dignidad. Tú, sin embargo, has perdido cincuenta dólares. Pero sé que eso no te importa tanto como haber conseguido que nadie sufriera daño.

Ryan cerró los ojos. Cuando un momento antes había visto a Zoe en la tienda le hubiera gustado estrangularla, pero luego ella había seguido sus instrucciones obedientemente y se había mantenido fría.

–¿La lógica confusa de Zoe Russell de nuevo?

Ella dio la vuelta al escritorio y se sentó en el borde. A continuación se inclinó hacia él y lo abrazó.

–¿Y esto a qué ha venido? –preguntó Ryan encogiéndose de hombros ante el abrazo de Zoe. Cuando estaba tan cerca de él, o cuando se rozaban, la mente de Ryan no funcionaba.

Zoe dio unos golpecitos sobre el auricular del teléfono.

–Estabas defendiendo a Alan Delaney hace un momento.

–He hablado con el juez y ha accedido fijar una fianza pendiente de una vista. La familia de Alan me ha prometido que recibirá ayuda profesional. Y hablando de familias y de ayuda –continuó deseando poder ver lo que estaba pasando en la mente de Zoe–, has venido para que investigue al hombre que sale con tu madre.

–Ya no es necesario –contestó ella animada y sonrió.

–¿Y quieres decirme por qué? Porque hace un par de horas era una de las tareas que querías encomendarme.

–El hombre misterioso, a quien encontré sentado en el porche con mi madre agarrándole cariñosamente las manos, es… es mi padre.

–Vaya –dijo Ryan dando un silbido–. ¿Y cómo te lo has tomado?

–Estoy sorprendida. Confusa. Feliz –se inclinó hacia él y unió su cabeza a la de Ryan–. Sobre todo confusa.

Le contó a Ryan cómo había sido el encuentro con sus padres en el porche de la casa de Kate, su decisión de empezar a salir de nuevo, y la charla con su padre.

–Son felices –añadió Zoe finalmente dando un suspiro.

–Me parece que hay un pero… –dijo Ryan.

–Pero creo que esta boda seguirá dándome sorpresas –contestó ella encogiéndose de hombros–. Nunca esperé volver a casa, a Riverbend ni que tú reaparecieras en mi vida. Y además mi padre no deja de darme consejos como si fuera un niña –se detuvo y entrecerró los ojos–. ¿De qué te ríes?

–Veamos –comenzó a decir Ryan contando con los dedos–. Acabamos de reencontrarnos y tenemos que atenernos a las consecuencias. Por otro lado, para tu padre siempre serás su niña. Has llamado «casa» a Riverbend. Detecto ciertos cambios en tu línea de pensamiento.

Zoe musitó para sí misma que quién habría pensado que sus sentimientos hacia su familia, hacia Ryan y en general hacia su pueblo natal cambiarían tan drásticamente en tan poco tiempo.

Antes de dejar Manhattan, Zoe había estado preocupada por su frenético ritmo de vida. Solo trabajo. Nada de diversión. Su carrera estaba en alza, sí, pero su vida personal era prácticamente inexistente. En el momento que consiguió el éxito en *Buenos días, América*, perdió algo muy importante: a Zoe Russell.

Durante la última semana y media que llevaba en Riverbend, había encontrado algo más que el simple contacto con cierta amistad y con su familia. Se estaba encontrando a sí misma y gran parte se lo debía a Ryan.

¿Sería posible que se estuviera enamorando de él? Amor, no simple deseo. Una clase de amor profundo y eterno. Se llevó la mano a la boca para evitar que el pensamiento pudiera escapársele en voz alta. Definitivamente eran amigos, pero no amantes. Aunque hubieran compartido unos besos que habrían podido derretir el polo.

Zoe se acercó a Ryan y lo volvió a abrazar, y en ese momento se sobresaltó al notar el familiar chisporroteo que había sentido desde la primera vez que lo viera, con las manos esposadas y cubierta de barro. Eran amigos de nuevo, y estaban haciendo lo posible para volver a ser muy buenos amigos. Enamorarse sería complicar la situación entre ellos.

Pero en el caso claramente hipotético de que se estuviera enamorando de Ryan, Zoe se tomaría su tiempo para pensar cómo quería manejar la situación.

Ryan estaba ardiente y molesto a la vez. Ardiente porque tener a Zoe entre sus brazos le hacía imaginarse a solas con ella, besándola y haciéndole el amor. Y molesto porque aquel no era ni el momento ni el lugar apropiado. Sus sentimientos seguían siendo los mismos: Zoe le gustaba y le importaba, y había tomado la decisión de que esos fueran sus únicos sentimientos.

No podía evitar recordar que solía considerarla su hermana pequeña, pero Zoe Russell ya no era una niña. Lo más inteligente, prudente y seguro sería apartarse de ella y mandarla a casa. Pero cuando ella suspiró satisfecha con la cabeza apoyada sobre su hombro en un gesto de familiaridad y confianza, Ryan supo que estaba perdido. Simplemente no estaba seguro de lo que iba a hacer con aquella situación. Con ella.

Entonces Zoe comenzó a mordisquearle la oreja. Ryan se puso inmediatamente en pie y apenas si pudo sostenerla para que no cayera al suelo.

–¿A qué ha venido eso?

–Solo quería llamar tu atención.

–La tenías –contestó él retrocediendo lo que consideró una distancia prudente.

La sonrisa pícara de Zoe lo preocupaba porque no sabía muy bien cuál sería su siguiente paso. Buscó frenéticamente en su cabeza un tema inocuo del que hablar, pero no pudo encontrar ninguno. Lo único en lo que podía pensar era en ella tendida desnuda sobre su cama con el pelo revuelto, los ojos verdes relucientes y los labios hinchados de tanto besarse. Solo podía pensar en el sexo con ella, y era muy, muy ardiente.

–Bien. En...entonces –Ryan trató de recuperar la compostura mentalmente. Era un hombre de treinta y dos años y experimentado que no debería tener ningún problema en tratar con aquella, ¿cómo la había llamado Jake?, la tentadora valkiria de pelo rojo que tenía delante. Lo estaba poniendo a prueba, y Ryan se temía que estaba haciéndolo muy mal.

–¿Y no tienes nada que hacer en casa con Kate? –preguntó Ryan tomándola de la mano y sacándola de la oficina y acompañándola, a través del vestíbulo de la comisaría, hasta la puerta.

–¿Estás intentando deshacerte de mí? –acusó Zoe que se las arregló para apoyarse en el marco de la puerta.

—Sí. No —contestó Ryan confuso restregándose la cara con las manos. Cerca de ellos la secretaria emitió un leve ruido que le recordó que no estaban solos—. ¿Y usted no tiene nada que hacer? —increpó a la secretaria.

—Vosotros dos sois mucho más divertidos que los de la tele —dijo ella con una leve sonrisa y señaló a la pantalla de televisión donde una pareja en bañador se besaba tan apasionadamente que se notaba cómo subía la temperatura entre ellos—. Y Ryan —apuntó señalando hacia las celdas— no se te olvide que tienes que tratar bien a tu invitada.

Ryan tomó a Zoe del brazo obligándola a seguirle. Agradecía mucho la diversión.

—Estaremos en el área de celdas si alguien pregunta por mí.

—No irás a arrestarme de nuevo —dijo Zoe temblando al recordar la última vez que había estado «hospedada» en la cárcel de Riverbend dos semanas atrás. También recordó el barro y las esposas, y cómo había tratado de proteger su corazón contra todo lo relacionado con Ryan.

En ese momento, estaba casi lista para entregar ese mismo corazón, curado superficialmente, pero aún frágil, a ese hombre con placa de policía, consciente de que probablemente preferiría rechazarlo a quedarse con él. El Ryan que tenía a su lado, tan hermoso y viril, la afectaba más que ningún otro hombre que hubiera conocido.

Pero en unos días ella estaría de vuelta en Manhattan, y él volvería a Filadelfia para volver a dedicarse a una vida llena de peligros.

—Nada de arrestos —contestó él con una sonrisa—. Confía en mí.

Eran amigos, y la confianza era muy importante en una amistad, pensaba Zoe mientras lo seguía hacia las celdas. Y lo último que ella quería era estropear esa amistad de nuevo. Bromear con él, tentarlo, hacerle admitir que la quería había sido una cosa; enamorarse de él, una muy distinta.

Si podía enamorarse de Ryan tan fácilmente también podría desenamorarse de él con la misma facilidad. Bien. Con las cosas claras le echó una mirada y se encontró con que él también la miraba, pensativo. En esos momentos Zoe deseaba poder leerle la mente.

Pero era muchísimo mejor que no pudiera. Ryan abrió una celda y la metió dentro. Zoe oyó entonces un ladrido muy agudo que provenía de una pequeña caja situada en un rincón y su cara dibujó una amplia sonrisa.

—¡Un cachorro! —dijo acercándose y mirando el golden retriever sentado sobre sus patas traseras, las patas delanteras apoyadas sobre los lados de la caja. Se agachó para verlo mejor–. ¡Es adorable!

Zoe acarició el suave pelaje del cachorro y este le regaló un húmedo beso en la mano.

—¿Otro Webster? —añadió Zoe haciendo referencia al perro que Ryan había tenido de pequeño.

—Son parientes muy lejanos —contestó Ryan desde el suelo donde estaba sentado con las piernas cruzadas y le hizo señas a Zoe para que se acercara–. Este solo tiene dos meses y medio de edad.

—¿Puedo tomarlo en brazos? ¿Es él o ella? —preguntó Zoe al tiempo que sacaba al cachorro de la caja y lo acunaba en sus brazos. El perrito debía estar muy cómodo porque cerró los ojos–. Precioso.

—No tan precioso —dijo Ryan con sequedad. Le hizo cosquillas debajo de la barbilla y el perrito abrió los ojos y saltó de los brazos de Zoe al suelo–. Y no está adiestrado.

El cachorro, que estaba muy ocupado explorando la celda, se volvió en dirección a ellos y ladró lo que a Ryan le pareció una señal de asentimiento con lo que acababa de decir. Después se acercó vacilante a Zoe y volvió a subirse en su regazo.

Ryan buscó debajo del catre y encontró una correa que enganchó en el collar del cachorro. Se puso de pie y ayudó a Zoe a levantarse. El cachorro, feliz de ser objeto de tantas atenciones, corría entre las piernas de los dos. Cuando Ryan consiguió desenredar la correa, el cachorro echó a correr por la celda, yendo y viniendo sin parar de ladrar.

—¿Quieres pasearlo?

—Para ser un cachorro tiene mucha fuerza —dijo Zoe tomando la correa y notando el tirón que la impulsó hacia delante.

—Se parece mucho a Webster cuando tenía su edad. Todo patas.

—Seguimos creyendo que es chico —dijo Zoe—. ¿Cómo se llama?

—Esperaba que tú encontraras un nombre.

—Darle nombre es una gran paso —declaró Zoe mientras se dirigían hacia la casa de Kate—. Un nombre equivocado podría arruinarle la vida para siempre.

—Bien, entonces —dijo Ryan con seriedad—, será mejor que encuentres el nombre adecuado rápido.

—¿Por qué yo?

—Porque me debes un gran favor por salvarte la vida en la tienda —dijo deteniéndose y agachándose hasta la altura del cachorro—. Mujeres —le dijo con una mueca de disgusto—. ¡Qué pronto olvidan!

Zoe se agachó a su vez y le tapó las orejas al perrito.

—No lo escuches, cachorro.

—Y si no ayudas —Ryan se puso de pie y continuaron caminando—, siempre te culpará cuando vaya al psicólogo de perros y aúlle que todos sus problemas de conducta se deben a que tú no quisiste ponerle nombre.

Habían llegado a la antigua casa de Ryan. Aunque Zoe comprendía claramente las razones emocionales de este para haber comprado la casa y querer vivir en ella, aunque solo fuera durante un corto período de tiempo, la confundía bastante pensar en lo que haría con ella una vez regresara a Filadelfia.

Echó una mirada al patio. El cartel de «se vende» había desaparecido. Las rosas volvían a estar en flor. Los arbustos estaban perfectamente recortados. La casa parecía estar lista para recibir a los nuevos residentes: Ryan y el cachorro.

Y entonces vio la pequeña furgoneta aparcada en el sendero que conducía a la casa. Un hombre de su misma edad, a quien reconocía del instituto, salía en ese momento de la casa cerrando la puerta tras de sí. Alzó la vista, los vio y saludó con la mano antes de acercarse a ellos corriendo por el sendero.

—Hemos colocado los muebles como nos indicaste —dijo el hombre dándole la llave a Ryan.

—Pensé que te habías deshecho de todo después de… —pero Zoe se detuvo. Ryan no necesitaba que le recordaran lo que había pasado cuando sus padres murieron.

—Dejé algunas cosas en un guardamuebles —contestó él tomando la correa de las manos de ella y desenredándola de entre sus piernas. Abrió la puerta y el cachorro entró en la casa a trompicones, resbaló sobre el suelo de madera recién encerado, y acabó sobre una pila de almohadones que había en un rincón de la sala de estar.

La habitación recién pintada parecía muy vacía. Miró a Ryan que daba vueltas alrededor de la sala tocando el sofá, la silla de madera, el baúl y la lámpara de suelo como para infundirles su marca de propiedad.

Zoe se preguntó cuándo iba a darse cuenta de que con la casa y el cachorro estaba empezando a echar raíces en Riverbend.

CAPÍTULO 8

EL AGUA estaba caliente como le gustaba a Ryan, y cuando se metió en la ducha apoyó las manos en la pared, agachó la cabeza y dejó que le cayera por el cuello y la espalda. Había sido un día muy largo y él lo había manejado con calma, como un verdadero profesional. Bueno, la mayor parte.

Muchos años atrás, Ryan había jurado mantener la ley, y en el caso de intento de atraco por parte del señor Delaney, había hablado con el juez del distrito para que considerara una fianza en vez de la cárcel porque sabía que era lo que tenía que hacer. Todo eso eran puntos a favor suyo porque Zoe lo consideraba un héroe y su ego estaba en lo más alto.

Pero a eso había que restarle algunos puntos por no haber dejado de tener pensamientos lujuriosos hacia ella desde el mismo momento en que la había visto en la cárcel de Riverbend. Había pasado demasiado tiempo tratando de convencerse de que no había nada malo en que se hubieran besado apasionadamente varias veces.

Volvían a ser amigos y no quería hacer nada que pudiera traicionar la confianza que Zoe había vuelto a depositar en él. Pediría un pizza y cenarían. También le pondrían un nombre al cachorro. Estaba deseando pasar la velada con ella. Casi igual que cuando eran más jóvenes. Excepto que eran más viejos y tal vez más sabios. Ambos habían cometido errores y habían aprendido de ellos, ¿o no? ¿Y acaso no se les había concedido una segunda oportunidad? Esta vez Ryan no iba a cometer ningún error en su amistad con Zoe.

Había perdido a demasiadas personas queridas en su vida, y también había dejado que muchas amistades se rompieran. Pero no lo haría esta vez. Iba a aprovechar su segunda oportunidad con Zoe y sacaría lo mejor de ella.

Frunció el ceño. Había demasiada química flotando entre ellos. No estaba preparado para una relación emocional con ella, ni con ninguna otra mujer, igual que ella no lo estaba para una simple relación física con él. Y esto último, pensó Ryan con una sonrisa alzando la cara para que le diera el agua, era lo único que él podía ofrecerle en ese momento. Aunque él siempre había esperado que algún día encontraría a la mujer perfecta y vivirían felices juntos para siempre.

Pero eso era antes. Antes de la muerte de Sean, y del papel que él había tenido en el asunto, que lo mantenía amordazado y sin esperanzas de poder liberarse algún día. Zoe le importaba, mucho, pero sabía muy bien que el amor no llegaba de la noche a la mañana y que la química y la pasión eran solo parte de la ecuación.

Por un momento, Ryan dejó volar la imaginación. Zoe estaba fuera del cuarto de baño, y a través de la cortina de ducha semitransparente veía girar el pomo lentamente. Zoe había entrado, al principio con paso vacilante, y después con decisión. Él había apartado la cortina hacia un lado. Por y para él, el rostro de Zoe sonreía y los ojos se le iluminaban de amor. Él la tomaba entonces en sus brazos, la besaba, la acariciaba y la hacía suya para siempre.

Ryan sacudió la cabeza para quitarse aquellos pensamientos sexuales que habían empezado a ser demasiado frecuentes. Cerró el grifo, salió de la ducha y se enrolló una toalla alrededor de la cintura. Limpió un poco el espejo con la mano para poder mirarse en él. No sabía lo que esperaba encontrar, aparte de un policía de treinta y dos años que solo buscaba un poco de paz, tranquilidad y estabilidad.

Tenían que hablar, sí. Los pensamientos lujuriosos habían acudido a su mente la última vez que había besado a Zoe, un beso que prometía mucho más de lo que ninguno de ellos estaba preparado para dar ni emocional ni físicamente.

Ryan salió al dormitorio que comunicaba con el baño y, mientras se ponía rápidamente unos vaqueros viejos y una camiseta, seguía siendo consciente de que una inesperada pasión ardía entre ellos, y que aquello era un problema, un gran problema que no parecía tener solución a la vista.

Zoe y el repartidor de pizzas llegaron al mismo tiempo. Ella pagó la pizza familiar completa, le dio al chico una generosa propina y abrió con la llave que Ryan le había dado. El primero en saludarla fue el cachorro que llegó hasta ella con un calcetín en la boca. Danzó entre sus piernas aullando juguetonamente y, a continuación, se dirigió hacia las escaleras. Zoe dejó la pizza en el escalón inferior y lo siguió. Se detuvo cuando vio que el perro se sentaba frente a la puerta cerrada del dormitorio de su dueño.

Oyó el agua de la ducha corriendo y sonrió ante la intimidad que aquella situación implicaba. ¿Qué haría Ryan si ella entrara en su dormitorio, y pasara al cuarto de baño contiguo, retirara la cortina de la ducha y se metiera con él dentro? Zoe se llevó la mano a la boca para ahogar la risa nerviosa que amenazaba con estallar.

Aquello la hizo sentir como la heroína de una novela rosa. Ryan estimulaba sus sentidos como ningún otro hombre lo había hecho antes. La hacía desear… cosas, como un marido a quien amar y mimar, tener hijos con él y criarlos, crear unos lazos familiares, cosas todas ellas en las que le resultaba difícil pensar en la vida que se había construido en Nueva York. Cosas que le habían dado siempre mucho miedo antes de que Ryan O'Connor reapareciera en la que creía ser una vida cuidadosamente ordenada.

Antes, cuando Zoe pensaba en su futuro, pensaba en su carrera, no en su vida personal. Primero *Buenos días, América* y más tarde esa misma semana, su primer especial. Y si tenía suerte, el especial saldría bien y podría tener su propio programa.

Eso era lo que quería o al menos eso era lo que quería antes, pensó Zoe con amargura sentándose en el escalón superior. Miró al cachorro que se estaba comiendo el calcetín mientras pensaba en la carretera con curvas en que se había convertido su vida en las últimas dos semanas.

Y la más peligrosa de todas era Ryan O'Connor. Pensó que a Ryan le divertiría saber que lo consideraba una «curva peligrosa» en la carretera de su vida. También estaba segura de que ella era un bache inesperado en la de él. Él decía que quería que fueran amigos. Ella quería más, mucho más.

A pesar de saber los riesgos que suponía, se estaba enamorando de Ryan. Y sonrió al imaginarse besando de nuevo a aquel hombre tan viril, vestido solo con una toalla alrededor de la cintura, o tal vez nada.

Zoe pensó en su cuerpo, se imaginó acariciando sus músculos tensados por el ejercicio, su ancho pecho y sus caderas estrechas, sus largas piernas de corredor… Trató de imaginarse lo que sería que un hombre como Ryan estuviera perdidamente enamorado de ella. Un escalofrío de placer la recorrió al pensar en ello.

–¿Y me podrías decir qué te hace sonreír como un gato que se ha comido al canario de la historieta?

–¡Ryan! Yo… –Zoe se puso en pie con torpeza y simuló estirar las inexistentes arrugas en su pantalón.

Afortunadamente, Ryan iba vestido. Llevaba una camiseta blanca metida por la cintura de los vaqueros gastados. El pelo estaba mojado aún de la ducha y no se había molestado en afeitarse y eso le daba un aspecto sexy y muy peligroso. Tal vez demasiado. No podía perder la concentración. Ryan tenía una extraña habilidad para desarmar todas sus defensas cuando menos lo esperaba.

—Nada importante —mintió Zoe agachándose para tomar al cachorro que daba vueltas en círculo alrededor de las piernas de los dos—. Creo que necesita salir a la calle. Enseguida volvemos.

«No me sonrojaré». Pero notó el calor subiéndole por el pecho hasta llegar a sus mejillas tiñéndolas de un rojo brillante. Se giró para ocultar el rostro, y se abrazó con fuerza al cachorro, consciente de que Ryan estaba a tan solo un paso detrás de ella.

Apretó el paso y en los minutos que tardó en salir de la casa y llegar al extremo más alejado del patio, había recuperado la calma. Notaba que el rostro se le había enfriado, y el latido del corazón había vuelto a su ritmo habitual. Podía tratar de convencerse de que Ryan solía meterse con ella precisamente por esa capacidad para sonrojarse cuando eran pequeños, pero en ese momento ambos eran conscientes del otro de una manera más adulta.

La idea la estremecía y la asustaba a la vez. Aunque no tenía ningún problema en imaginarse lo que sería pertenecer a Ryan en todos los sentidos, la realidad le resultaba mucho más difícil de soportar.

—Te conozco, Zoe, y no te sonrojas por nada —dijo Ryan llamándola con tono divertido desde la puerta trasera.

Ignorarlo parecía lo más inteligente en ese momento. Zoe siguió al cachorro por todo el patio hasta que este terminó de hacer sus cosas y trotó hacia la puerta donde estaba Ryan esperando.

—No sé cómo lo haces —murmuró Zoe lo suficientemente alto como para que Ryan la oyera—, pero con solo una palabra consigues que me tiemblen las piernas y que solo pueda pensar en ti.

—Eso no es nada de lo que sentirse avergonzada —sonrió él—. Como te dije antes, hay química.

–No estoy avergonzada, solo confusa. Y para dejar las cosas claras, yo… –titubeó–, las mujeres también tenemos fantasías. ¿Algún problema con ello?

–En absoluto. Mi ego agradece que tengas fantasías conmigo –dio un gruñido cuando sintió el puño de Zoe en su estómago–, pero soy realista. Así es que primero la pizza y las fantasías después –dijo, y la dejó ir.

Zoe fue sensata al tomar rápidamente un tema de conversación más inofensivo.

–Parece que no ha habido muchos cambios en esta casa desde que éramos críos.

Lo siguió hasta la cocina deseando poder leerle la mente. Parecía tener dos personalidades, como el doctor Jekyll y Mr. Hyde, una romántica y juguetona, y otra emocionalmente distante.

–Retiro lo dicho –continuó Zoe–. No recordaba que el suelo estuviera tan estropeado, y ¿por qué alguien pintaría los armarios de un color amarillo tan brillante?

–Yo lo definiría como el resultado de una mala noche –respondió Ryan.

Zoe recordó, como si no hubiera pasado el tiempo, el día en que ayudó a la madre de Ryan a colgar unas cortinas llenas de lazos, una sobre la ventana del fregadero desportillado y otra en la diminuta zona del comedor, donde Kate, Ryan y ella solían comer macarrones con queso. Esas ventanas ya no se tapaban con cortinas sino con unas venecianas de plástico. Zoe paseó la mirada por toda la habitación.

–Toda la casa necesita cambios para poder considerarse un hogar –dijo Zoe finalmente.

–Ahora tengo el tiempo y el dinero para hacerlo –respondió Ryan alegremente mientras sacaba un par de triángulos de pizza y los metía en el microondas que había en la encimera. Abrió un armario y sacó unos platos de plástico y cuando el timbre del microondas sonó sacó la pizza y la sirvió en los platos–. Hay tenedores de plástico en ese cajón, y cerveza y refrescos en el frigorífico.

Ryan se dirigió a la sala de estar y dejó la pizza en el baúl que estaba usando como mesa de centro. Zoe se sentó en el sofá, y el cachorro saltó y se puso a su lado con el hocico apoyado sobre las patas delanteras.

–La última vez que compartimos una pizza estuve tentada de tirártela a la cara –dijo Zoe.

–Y jugamos otra vez a ese estúpido juego nuestro de verdad o atrevimiento –contestó él frotándose la mejilla–. Todavía me duelen todos los insultos que me lanzaste.

–Te los merecías –respondió Zoe dando un sorbo a su refresco. No quería tomar cerveza. Tenía que mantenerse serena con Ryan a su lado.

Ryan tomó una silla y se sentó a horcajadas con el pecho apoyado en el respaldo para así poder mirar a Zoe.

–Tenemos que hablar. Sobre ese beso.

–¿Cuál? –preguntó ella descaradamente.

–Ponte seria –la riñó Ryan. Empezó a dar un largo sorbo de cerveza, pero en vez de eso la dejó sobre la mesa y cruzó los brazos sobre el respaldo de la silla.

–Sabes lo que quiero decir. Me refiero al otro día, cuando nos dejamos llevar.

–¿Y piensas quedarte ahí sentado y diseccionar aquel beso? –preguntó ella sin molestarse en ocultar la sorpresa en su voz. Recordaba el beso en cuestión, bueno la serie de besos, que casi habían hecho que se derritiera de placer– ¿Entonces nunca volverás a besarme?

–De esa forma –asintió Ryan.

–¿Y qué forma es esa? –tuvo que preguntar aunque realmente no quería saberlo. Se sintió aliviada al ver que Ryan no le contestaba, pero cuando el silencio se hizo demasiado incómodo, fue ella quien lo rompió–. ¿De qué forma? –preguntó–. ¿De la forma en que un hombre besa a una mujer cuando siente algo por ella? ¿La forma en que me besaste hace un par de días y los dos nos incendiamos?

—Sí —respondió él sin más.

Zoe lo miró fijamente y vio algo en sus ojos que no podría definir, pero que le daba la sensación de que Ryan había tomado la decisión de que solo iban a ser amigos y nada de lo que ella dijera o hiciera podría cambiar esa decisión.

—Ryan, ¿qué está pasando aquí?

—Me pediste que fuera sincero contigo, y estoy intentando serlo —contestó Ryan pero sus palabras sonaron un tanto forzadas, impropias de él, como si las hubiera ensayado.

—No puedo creer que estemos teniendo esta conversación —dijo Zoe poniendo una mueca.

—Zoe, volvemos a ser amigos, estamos arreglando una relación que hace dos semanas habría jurado era imposible de arreglar —contestó Ryan y las palabras salieron de su boca con tanta seriedad que por un momento le hicieron recordar al niño de doce años que la había llevado a su casa para curarla cuando se cayó del roble, el niño que se había convertido entonces en su mejor amigo y, con el tiempo, en el hombre con quien ella soñaba pasar el resto de su vida.

Pero el recuerdo duró solo un momento porque a continuación Ryan dijo:

—Me importas mucho, Zoe. No quiero herirte de ningún modo, pero no hay un final feliz de «comieron perdices» para nosotros.

Se detuvo y la mirada llena de dolor que llenó sus ojos la hizo temblar de pies a cabeza. El instinto le dijo que no quería oír lo que fuera a decir a continuación.

—No voy a enamorarme de ti —finalizó.

Ya estaba. Zoe sintió que el corazón le latía muy deprisa, se paraba y a continuación volvía a empezar a latir lentamente. Le dolía. Tomó aire profundamente y lo dejó salir poco a poco, tratando de que el dolor saliera a la vez. Pero no pudo. Sabía que la batalla por ganar el corazón de Ryan sería ardua, pero nunca podría haberse imaginado que le iba a decir llanamente que nunca iba a enamorarse de ella. Sintió entonces que sus defensas aumentaban.

—No sabía que un simple beso fuera el primer paso para enamorarse de alguien, así es que explícamelo, por favor. ¿No vas a enamorarte de mí porque no puedes o porque no quieres o porque estás enamorado de otra persona? ¿He acertado con alguna?

—¿Es que todas las conversaciones que tengo contigo van a ser siempre una batalla? —preguntó Ryan.

—Claro que no —replicó ella molesta—. Es simplemente que tenemos que arreglar las cosas.

Se puso de pie de golpe con los puños apretados pegados a los costados temerosa de que pudieran salir despedidos para golpearle en el lugar que sabía le haría más daño.

—La última vez que tuvimos esta conversación sobre nuestros besos, poco antes de que me salvaras el trasero en Cincinnati, te preocupaba que lo que estaba ocurriendo entre nosotros, no te preocupes, no lo llamaré amor, pudiera afectar a nuestro papel de padrinos en la boda de Kate y Alec —añadió.

—No finjas que no recuerdas lo que te dije ese día.

—Sí, lo recuerdo. Tus sentimientos por haber perdido a Sean. Tus sentimientos sobre tu trabajo. Tus sentimientos sobre ti mismo. Y tus sentimientos sobre mí. Y yo te dije lo que sentía por ti. Eso es lo que los amigos hacen, y por eso, Ryan, me encanta que por fin estés entrando en contacto con tus sentimientos.

—No tienes que ser tan sarcástica —dijo él ofendido.

Zoe volvió a sentarse en el sofá tan bruscamente que movió al perrito, pero consiguió sujetarlo antes de que cayera al suelo.

—Tienes razón. Siempre que tratamos de enderezar

nuestra relación, siento que lo único que hacemos es discutir como un matrimonio que no se lleva bien. Y que hablamos lenguajes diferentes.

–¿De qué estás hablando?

–Hombre –contestó Zoe señalándolo–, mujer –señalándose a sí misma–. Y creo que a ti –añadió señalando al cachorro–, te llamaré Oportunidad.

–¿Qué clase de nombre es ese para un perro?

Zoe le lanzó una mirada fría como el hielo. Necesitaba tiempo para pensar qué iba a hacer con él, con ellos, porque estaba segura de que no iba a rendirse.

–Piensa en ello.

–Mantente alejado de las chicas hasta que seas mayor y puedas comprenderlas –dijo Ryan tirando de la correa de Oportunidad mientras el cachorro se lanzaba hacia el peluche de color marrón que había detrás de la verja de madera de la casa. El nombre del perro lo había dejado sorprendido porque Ryan sabía perfectamente lo que Zoe había querido decir. Había estado muy cerca de estropear la segunda oportunidad que se les estaba concediendo.

–Lo que significa –siguió hablando con el perro–, que estarás muerto antes de que eso ocurra.

Casi habían terminado su paseo diario alrededor de la manzana, algo que a Ryan le gustaba muchísimo, y le habría gustado mucho más si Zoe hubiera ido con ellos pero hacía varios días que no la había visto. Esa noche la vería en el ensayo de la boda. Sabía que ella estaba esperando una disculpa. Él no comprendía muy bien por qué tenía que pedir disculpas por haber sido sincero, especialmente cuando ella le había pedido que lo fuera.

Aminoró el paso al llegar a la casa de Kate en el momento en que Zoe apareció por la puerta. Ryan nunca había visto a una mujer tan asombrosamente hermosa.

Iba vestida simplemente con unos pantalones verdes y un jersey de un tono más claro que hacía resaltar el color profundo de sus ojos y el radiante brillo de su pelo. La leve brisa le alborotaba ligeramente el cabello rojo y trató de sujetarse un rizo detrás de la oreja.

—Hola, Oportunidad —dijo ella agachándose para juguetear con el perrillo que se puso a ladrar de contento—. Parece muy feliz —dijo mirando a Ryan.

—Te ha echado de menos. Yo también.

—Si tienes cosas que hacer no te entretengas por mí —dijo ella jovialmente—. No me importa pasear a Oportunidad. Tengo algo de tiempo entre hoy y el lunes.

—¿Qué pasa el lunes? —el perro tiraba de la correa con todas sus fuerzas, pero Ryan no se movió. Tenía miedo de echar a andar en una dirección y que Zoe se marchara en la contraria.

—Vuelvo a Nueva York. Vuelvo a mi vida en la gran ciudad —se detuvo para dejar que la noticia calara en Ryan—. ¿Cómo está Oportunidad?

—En menos de una semana ha mordisqueado más prendas de ropa de mi armario de las que puedo contar —contestó Ryan con el mismo aire jovial que empleaba Zoe, aunque en su interior no estaba nada relajado. Aún tenían muchas cosas que decirse y no sabía por dónde ni cómo empezar—. Puede que lo lleve a una escuela de adiestramiento.

—Tendrías que saber ya que no tienes que dejar a la vista nada que se pueda llevar a la boca —Zoe sonrió pero no era una sonrisa sincera—. Me recuerda tanto a Webster con estas pezuñas tan gorditas y las orejas blandas y el rabo que siempre está moviendo.

—También amenacé a Webster con llevarlo a una escuela de adiestramiento —dijo Ryan agachándose delante del perro—. Eres un perrito muy bueno, Oportunidad, aunque te hayas comido mis zapatillas favoritas —dijo mirándolo.

—Tengo que irme —dijo Zoe caminando en dirección

opuesta a ellos–. No quiero llegar tarde al ensayo de la boda.

–Espera –Ryan la sujetó por el codo–. Llevo varios días queriendo llamarte.

Ella no dijo nada pero su afilada mirada preguntaba por qué no lo había hecho entonces.

Ryan empezó a mostrarse impaciente. Zoe podía ser muy testaruda.

–Vi tu anuncio promocional en *Buenos días, América* –Ryan sujetó la correa del cachorro antes de que este pudiera salir a la calle–. Impresionante. Apuesto a que esta noche será todo un éxito.

–Mi padre llegará el último para asegurarse de que ha conectado bien el vídeo para grabar el programa –Zoe miró el reloj y después a Ryan–: Te veré allí.

Ryan la vio doblar la esquina y desaparecer. Trató de meterle prisa a Oportunidad, pero el cachorro tenía otra idea: pararse en cada árbol y olisquear cada hoja que iba encontrando a su paso. A Ryan le costó otros diez minutos acomodarlo para pasar la noche, cambiarse de ropa y salir corriendo hacia el ensayo.

Su pequeña conversación con Zoe le había dejado extrañamente inquieto. No le gustaba sentirse así.

Zoe llegó caminando a la pequeña iglesia donde su hermana iba a casarse al día siguiente. No estaba deseando que llegara el momento. Estaba feliz por los novios, había aceptado la nueva relación de sus padres, pero le inquietaba pensar y decidir cuál sería su próximo movimiento en la confusa relación que tenía con Ryan.

Amaba cada parte de él, incluso esa testarudez suya que le hacía pensar que algo en él no estaba bien y por eso no podía amar a nadie. Comprendía la angustia que había sufrido después de tantas pérdidas: sus padres, Sean, Kate, incluso su amistad con Zoe.

Pero también sabía que Ryan era un hombre inteligente, metódico, un hombre que tenía que aceptar esas pérdidas antes de liberarse completamente para poder amar de nuevo. Decía que ella le importaba y que valoraba mucho su amistad y por eso no quería hacer nada que pudiera estropearla.

Era evidente que ellos dos nunca podrían resolver sus problemas de diez años en dos semanas, pero esa noche, pensó Zoe con una sonrisa, iba a darle un ejemplo de lo que podrían tener juntos si él accediera a darles una oportunidad.

Zoe entró en la iglesia y vio a su padre mirándose en el espejo del vestíbulo tratando de colocarse la corbata. En los últimos días, había sido testigo de cómo el lazo entre sus padres se había ido haciendo más sólido. A pesar de que ninguno de los dos hablaba de su reconciliación, a Zoe no le extrañaría nada que la invitaran a otra boda en pocos meses.

Pero mientras tanto, Lawrence no había dejado de intentar acercarse a ella y Zoe había intentado aceptar ese acercamiento y responder a él.

Llegó hasta su padre y se puso delante de él para ayudarlo con la corbata, igual que había hecho miles de veces… antes.

—Estás muy guapo —dijo.

—Será porque estoy enamorado. Tú tampoco estás mal, Zoe —bromeó su padre—. ¿Cómo te sientes teniendo que recorrer el pasillo dentro de unos minutos?

—Pero solo soy la madrina, no la novia —señaló Zoe—. Aunque Kate sugirió que Ryan y yo ocupásemos sus puestos para el ensayo. No conseguí hacerla desistir.

—Tuve una pequeña conversación con Ryan hace unos días.

—¿De veras? —preguntó Zoe dando un pequeño tirón a la corbata—: regla número uno: nada de interferencias por parte de los padres.

—¿Y qué tal un consejo? —preguntó su padre.

–Lo consideraré siempre y cuando no pronuncies el nombre de Ryan. Estamos peleados en este momento.

–Esa es mi chica –dijo Lawrence haciendo un gesto de aprobación–. Te conozco, Zoe, mejor que tú misma. Eres una mujer muy decidida y osada. Lo has heredado de mí. Afortunadamente, tienes el sentido común de tu madre.

–Todavía estoy esperando tu consejo –dijo dando un nuevo tirón a la corbata.

–Escucha a tu corazón –le dijo sencillamente–. Nunca te fallará.

Desde donde estaban, Zoe podía ver a todos los asistentes reunidos para celebrar el ensayo. Los novios, abrazados en una esquina, aunque los movimientos de Kate mostraban algo de preocupación y malestar, y Alec tenía el ceño fruncido.

Zoe pensó que serían los nervios y miró a sus padres sentados en la primera fila de bancos, las manos entrelazadas y riéndose como unos adolescentes. Se limpió una lágrima que asomaba por el rabillo del ojo.

Unos cuantos bancos más atrás estaban las dos damas de honor de Kate pendientes única y exclusivamente de los dos hermanos pequeños de Alec.

Zoe echó un vistazo a la iglesia y vio a los padres de Alec hablando con el sacerdote. Y por fin vio a Ryan. Estaba al fondo de la sala, con el pelo revuelto lo que le daba un aire desenfadado. Él también estaba mirando a su alrededor y ella supo perfectamente que la había visto cuando se le iluminaron los ojos y le regaló una sonrisa. Pero guardó la distancia. En lugar de acercarse a ella, se dirigió por el pasillo hasta donde estaba Kate. La abrazó, después besó a Penélope en la mejilla y le dio unas palmaditas a Lawrence en el hombro para finalmente ocupar su sitio frente altar en el lugar del novio, durante el ensayo.

Zoe lo miró mientras esperaba a su padre que sería quien la acompañaría a lo largo del pasillo.

Lawrence se acercó a ella mientras empezaban a sonar las primeras notas de la marcha nupcial, y Zoe tomó el brazo que le ofrecía su padre y juntos comenzaron el recorrido lentamente que la llevaba al hombre de sus sueños.

Y escuchó a su corazón.

Mientras el sacerdote explicaba lo que los novios tendrían que hacer a continuación, se imaginó recorriendo el pasillo alfombrado siendo ella la novia, con un traje de seda, y el velo que una vez llevara su madre. Y cuando llegara por fin al altar su padre depositaría su mano en la de Ryan.

Zoe sonrió y pensó cuánto iba a costarle conseguir que Ryan también escuchara a su corazón.

CUANDO Zoe llegó al Café del Río la fiesta estaba en todo su apogeo. Según entraba por la puerta podía escuchar las risas alegres y el murmullo de los asistentes, con una suave música de jazz de fondo, una música que a ella le gustaba especialmente.

–Zoe, ¿dónde te habías metido? –preguntó Penélope tomándola por la cintura e invitándola a entrar en la sala reservada para la cena–. Te he estado buscando por todas partes.

Penélope sostuvo la mano derecha delante de su hija y Zoe no podía hacer otra cosa que mirarla incapaz de encontrar las palabras para describir el fabuloso anillo de diamantes que adornaba el dedo de su madre.

–Es precioso. ¿Te lo ha regalado papá? –preguntó Zoe sintiendo que la cabeza le daba vueltas–. Por supuesto que es de papá. ¿Qué significa? –preguntó a continuación entrecerrando los ojos.

–Un anillo de amistad por una amistad especial –contestó ella riéndose–. Estoy tan emocionada como una colegiala. ¿No es maravilloso tener una segunda oportunidad?

Y antes de que Zoe pudiera decir nada, su padre apareció y se llevó a su madre a la pista de baile. La sonrisa de Penélope estaba tan llena de amor que Zoe no pudo negar que su madre estaba realmente feliz, ni que su padre parecía estar perdidamente enamorado de ella, más de lo que Zoe podía recordar haberle visto cuando estaban casados. Les deseó lo mejor y también deseó poder encontrar la misma felicidad para ella algún día.

Continuó buscando entre la multitud a Ryan. Se había entretenido un poco en la iglesia con la esperanza de poder haber hablado con él, pero para cuando se hubo librado de una discusión repentina con una de las damas de honor de Kate sobre cuáles eran más bonitas, si las rosas de color rosa o las de color amarillo, una cuestión que a Zoe poco le importaba, Ryan se había marchado.

Quería haber tenido una charla sincera con él para hacerle comprender la profundidad de sus sentimientos y que estaría dispuesta a aceptar lo poco que él pudiera ofrecerle de su corazón. Pero durante su paseo desde la iglesia hasta el restaurante se había sentido aliviada de que no hubieran hablado finalmente porque había decidido que no estaba dispuesta a dejarlo todo por un pedazo del corazón de Ryan. Lo quería entero porque lo amaba.

Hacía mucho tiempo que ella tendría que haberle dicho a Ryan lo que ella necesitaba decirle y lo que él necesitaba oír. Mientras tomaba una copa de champán que le ofrecía un camarero, Zoe se prometió a sí misma que lo haría en cuanto lo viera. Incluso le hizo prometer a la camarera, una antigua compañera del instituto, que la avisaría si lo veía. Pensó en llamarle al móvil, pero finalmente decidió que no quería parecer demasiado ansiosa, aunque realmente lo estuviera.

Kate la abrazó cuando se sentó a su lado en la mesa.

—Te has perdido el brindis de papá por los encantos de mamá, mi buena suerte al haber encontrado a Alec y tu brillante carrera. ¿Dónde estabas?

—Buscando a Ryan —contestó Zoe pinchando un trozo del filete de lenguado con patatas paja que el camarero acababa de servirle. La comida tenía un aspecto delicioso, pero no tenía hambre—. ¿Dónde está Alec?

—Estoy segura de que anda por aquí —contestó Kate tan distraídamente que Zoe no estaba segura de si hablaba de Ryan o de su futuro marido—. No me había dado cuenta de la cantidad de invitados que hay que no son del pueblo –suspiró Kate–. Tampoco me había dado cuenta de lo estresada que estoy.

–Solo necesitas un buen descanso esta noche lo que probablemente no conseguirás hasta que regreses de la luna de miel –dijo Zoe que no dejaba de pensar que su hermana parecía inusualmente apagada en vez de lo nerviosa que debería estar la víspera de su boda. Le preocupaba ver a su hermana con el ceño tan fruncido, igual que el día anterior.

–Llevo varios días sin dormir bien –confesó Kate y parecía querer decir algo más, pero se limitó a encogerse de brazos–. Supongo que serán los nervios.

El caso era que aquel no era el mejor momento para tratar de averiguar qué le pasaba a Kate, con toda aquella gente invitada a la cena del ensayo, pero Zoe estaba decidida a encontrar la respuesta esa misma noche.

–Cuando lleguemos a casa, prepararé chocolate caliente y nos quedaremos despiertas toda la noche charlando y cotilleando hasta el amanecer si quieres. Bueno, tal vez no hasta el amanecer –dijo Zoe–. Tengo que hacer un montón de cosas contigo antes de que recorras el pasillo hasta el altar mañana por la tarde.

Y diciendo esto, Zoe alzó su copa de champán y brindó con su hermana.

–Este ha sido mi brindis por ti en tu última noche como mujer soltera.

–Por mí –dijo Kate débilmente, pero antes de que pudiera llevarse el vaso a los labios, un hombre que resultó ser tío de Alec la arrastró hasta la pista de baile.

Kate no había vuelto para cuando los camareros llegaron y comenzaron a retirar los platos para servir el café. En la mesa quedó la ensalada en el sitio vacío de Ryan. ¿Dónde podría estar?

–No está bien que la madrina tenga el ceño fruncido la noche anterior a la boda –dijo una voz y a continuación Zoe notó que alguien le tocaba el hombro. Era su padre–. ¿Qué te pasa? –preguntó Lawrence siguiendo la mirada de su hija hasta la silla vacía de Ryan–. Estoy seguro de que habrá tenido que hacer algo en la comisaría y que llegará lo antes posible. Pero mientras tanto, podrías enseñar a este viejo algunos de esos modernos bailes que habrás aprendido en Nueva York.

Lawrence le ofreció el brazo entonces y Zoe lo aceptó. Juntos llegaron hasta la pista de baile.

–Es precioso el anillo que le has regalado a mamá.

–Es maravilloso que haya sido capaz de perdonar –dijo Lawrence sin dejar de girar sobre la pista de baile.

–Te he echado de menos –dijo Zoe apoyando la cabeza en el hombro de su padre.

–Yo también –respondió su padre besándola en la frente–. Este es un buen comienzo para nosotros. Y ahora, ve a buscar a ese hombre que adoras.

Zoe se animó al ver a su hermana de vuelta en la mesa, pero estaba sola, y parecía aún más desgraciada que antes del baile. Zoe se abrió paso entre la multitud, pero cuando quiso llegar a la mesa, el sitio de Kate estaba vacío de nuevo.

Zoe pensó entonces que lo mejor sería sentarse a esperar a que cualquiera de los dos apareciera y así lo hizo, acompañada de media copia de champán. Bebía poco a poco, dejando que las burbujas le hicieran cosquillas en la nariz, y sintiendo cómo el líquido espumoso le acariciaba la garganta, una sensación que hacía que se le erizara el vello de los brazos.

Aunque esta reacción no se debía al champán únicamente.

Zoe alzó la vista y lo vio. Allí estaba Ryan, sexy y peligroso, entrando por la puerta. El hombre que lo significaba todo para ella. Más que su carrera; más que ser una estrella. Porque sin él, sabía que no podía estar completa.

Zoe sintió que el corazón le latía muy deprisa en el pecho y pensó en lo que su padre acababa de decirle, lo que su corazón le había estado diciendo siempre.

Con una sonrisa, se levantó y se dirigió hacia él. Algunos hombres estaban atractivos con esmoquin, otros lo estaban con vaqueros desteñidos; unos pocos, y aquí Zoe tuvo que hacer un gran esfuerzo para dejar de sonreír con picardía, lo estaban con una simple toalla alrededor de la cintura, y otros lo estaban siempre, llevaran lo que llevaran puesto.

Ryan era uno de «esos» hombres.

—Creo que he bailado con todos los hombres que hay aquí menos contigo —dijo Zoe colocándose delante de él. Lo miraba como retándole a negarle la invitación.

Los labios de Ryan se curvaron en una sonrisa peligrosa.

—Baila conmigo —le ordenó él con mucha suavidad. Y diciéndolo, la tomó de la mano y la estrechó fuertemente, tanto que Zoe podía escuchar el latido de su corazón. Ryan la condujo con fluidez por la pista, atrayendo con su mano la nuca de Zoe para que la apoyara en su pecho.

Zoe se acomodó más, y acercó sus caderas a la pelvis de él. El contacto con una parte del cuerpo de él tan delicada en aquel momento no podría dejarle dudas a Zoe de la forma en que su cercanía lo estaba afectando. Ryan sintió que el corazón le latía muy deprisa y el cuerpo se le puso rígido.

Bien, Zoe lo tenía justo donde quería: ardiendo de deseo por ella y un poco molesto y hasta incómodo por tener esos sentimientos.

—¿Qué crees que estás haciendo? —acertó a decir mientras trataba de separarse de Zoe, pero esta lo retuvo poniendo su mano detrás del cuello de él.

—Bailar —contestó Zoe levantando la vista y mirando a Ryan cuya mirada se había ensombrecido y los labios formaban una línea recta en su cara. Sin embargo, Zoe puso una cara tan inocente que hasta la hizo sentir culpable por lo que estaba a punto de hacerle.

Lo amaba. Iba a luchar por él y estaba segura de que esta iba a ser una de sus batallas más «interesantes».

—En público no.

—¿No quieres que bailemos en público?

—Sabes a lo que me refiero —contestó él con un voz que parecía de acero.

—Entonces sal fuera conmigo —contestó Zoe riendo—. Para hablar.

—Ya te dije…

—Recuerdo exactamente lo que me dijiste. Solo me falta grabarlo en una banderola y colgármela del cuello hasta que sea vieja, tenga canas y tenga en las rodillas al nieto de otro. Sal conmigo —repitió tratando de engatusarlo—, a menos que tengas miedo…

—¿De ti? ¡Nunca!

Pero la mirada de Ryan le decía que no lo había dejado indiferente. La tomó de la mano y la sacó de la pista de baile hasta llegar a un sitio donde estaban solos. Ryan cerró las puertas de dos hojas y se quedó allí, con la espalda pegada a estas.

La luz de la luna iluminaba la terraza en el momento en que tomó a Zoe entre sus brazos.

Sus labios rozaron los de ella con suavidad. Primero solo fue un leve roce, después penetró con la lengua en la boca de Zoe, haciendo que todo su cuerpo se llenara de una intensa y cálida sensación.

Zoe mientras tanto recorrió la espalda de él con sus manos hasta quedarse finalmente en la nuca, acariciándole los suaves cabellos. Ryan volvió a besarla. Labios y lenguas en movimiento. Sintiendo que las rodillas le temblaban, Zoe se abrazó a Ryan y este respondió rodeándola también con más fuerza en actitud protectora.

Sus besos eran dulces y salados. Solo podía pensar en que él era el hombre que ella quería y necesitaba. A pesar de que aquella forma de tocarse era nueva para ella, le parecía familiar. Pensó que simplemente era maravilloso que encajaran a la perfección, mientras se dejaba bañar por el ardor del beso.

Ryan sintió que Zoe se estremecía en respuesta a su beso. Notó la debilidad que la había invadido y el corazón empezó a latirle con más fiereza. Cualquier hombre podría perder la razón mirando aquellos ojos verde esmeralda.

Un rizo resbaló por la mejilla de Zoe y esta se lo retiró con un gesto distraído. Los labios se curvaron entonces en lo que a Ryan le pareció una sonrisa muy femenina.

Se dijo que no debía tocarla, pero no podía dejar de acariciar levemente aquella mejilla con la yema del dedo.

—Zoe, mírame. Dime lo que estás pensando, lo que estás sintiendo.

Zoe abrió los ojos y lo miró.

—Que tus besos son letales —contestó ella tratando de que su voz no sonara alterada—. Yo… yo… tengo que recordar que tengo que respirar si no quiero perder el sentido.

Ryan había tratado con todas sus fuerzas de mantenerse al margen para evitar complicaciones, pero sabía que estaba perdiendo la batalla.

No estaba preparado para enfrentarse a la emoción que evidenciaba la voz y los ojos de Zoe. Desde el día que había reaparecido en su vida solo se había permitido ver en ella a una mujer que era demasiado sofisticada para él; nunca ver en ella a la mujer de su vida.

Pero allí estaba, tan cercana a él y tan vulnerable e insegura de sí misma y de sus encantos. Zoe le importaba demasiado para volver a hacerle daño.

Sabía lo que una mujer como Zoe quería y necesitaba. Necesitaba a un hombre que estuviera dispuesto emocionalmente a comprometerse totalmente, y en ese momento Ryan no era ese hombre.

Había tratado de decírselo, de mostrárselo. Quería que fueran amigos, lo necesitaba, porque hacer las paces con Zoe lo ayudaría a encontrar la paz consigo mismo. Entonces Zoe pronunció las palabras que él no quería oír.

—Te quiero. Quiero que estemos juntos.

Ryan se apartó de ella lo justo para poder mantener una conversación cómodamente.

—Está claro que hay cierta química muy poderosa entre nosotros —contestó él.

Zoe oyó el tono displicente de Ryan. Se estaba echando atrás emocionalmente. Otra vez. Y ella no podía comprender por qué la besaba de la forma que lo hacía y al momento la alejaba de sí.

Si tan solo pudiera convencerlo de que ella nunca iba a abandonarlo. Era consciente de que él no quería oír lo que ella le estaba diciendo, aunque lo hubiera dicho de todo corazón.

—Recuerdo que suspendiste Química un año y tuviste que asistir a la escuela de verano —dijo ella entonces tomando ejemplo del tono ligero que él había empleado.

Ambos se miraron, pero la tensión seguía presente entre los dos.

—Sexo. Pasión. No amor. Y con solo un beso hemos sido capaces de ponernos a cien —dijo él con un brillo de emoción en los ojos que Zoe no pudo leer.

El corazón le dio a Zoe una sacudida dentro del pecho, pero no iba a dejarle ver el daño que acababa de hacerle. De nuevo. Así, plantó la palma de la mano en el pecho de él y con fingida dureza le dijo:

—Estoy segura de que podrás contenerte.

Ryan le tomó la mano y le besó la palma.

—Pones a prueba mis límites. Tengo que admitir que te quiero, en cuerpo y alma. Te llevaré a la cama si es lo que quieres, o si es para lo que estás preparada. Pero no puedo prometerte que no vayas a sufrir. Haremos el amor, pero sin hablar de amor.

—Entiendo.

Pero no era así. En realidad no. Sabía que lo amaba profunda y locamente, y siempre lo haría. Tal vez su corazón estuviera dispuesto a aceptar lo que él estuviera dispuesto a ofrecerle, pero su cabeza no. Aun así, lo amaba tanto que apostaría su futuro a que él sentía lo mismo aunque aún no se hubiera dado cuenta.

—Ojalá sea así —murmuró Ryan mientras la acompañaba de vuelta al restaurante. Parecía querer besarla de nuevo, pero se contuvo—. Hablaremos más tarde. Tenemos ciertas decisiones importantes que tomar.

—Zoe, tienes una llamada. Conferencia —dijo la camarera señalando una puerta que decía «Privado»—. Puedes hablar desde ahí.

Zoe entró en la oficina y cerró la puerta. ¿Quién podía estar llamándola? Descolgó el teléfono y apretó el botón parpadeante.

—¿Sí?

—Zoe, soy Patricia. ¿Es que no escuchas tus mensajes? No he parado de dejar montones de ellos en todo el día.

¿Por qué la estaba llamando su productora desde Nueva York? Zoe consultó el reloj. Menos de cinco minutos para que su programa diera comienzo. El corazón le dio un vuelco. Algo debía ir mal.

—No llevo el móvil —contestó Zoe que sentía cómo el miedo se había apoderado de ella—. ¿Cómo me has encontrado?

—¿Cuántos restaurantes puede haber en un pueblo pequeño como Riverview? —preguntó Patricia.

—Riverbend —corrigió Zoe automáticamente. Patricia era la productora del programa matutino de mayor audiencia en toda la Costa Este del país, pero además era la típica neoyorquina que no podía creer que hubiera vida más allá del río Hudson. Y nada de lo que Zoe pudiera decir parecía poder cambiar esa concepción.

–En cualquier caso –continuó Patricia–, por primera vez en la historia de la cadena, los jefazos de noticias y entretenimiento se ponen de acuerdo en algo.

–¿Y qué es exactamente? –preguntó Zoe. Ya estaba. Trató de mantenerse firme para lo que estaba segura iban a ser malas noticias.

–¿Pero no has oído ni una palabra de lo que acabo de decir? –preguntó Patricia con un tono molesto en la voz–. Les ha encantado tu especial. ¡Lo han visto esta tarde y les ha encantado!

–¿Que les ha encantado? ¿De veras? –preguntó Zoe sintiendo que las rodillas le flaqueaban.

–Cuando vuelvas a Nueva York… vienes el lunes, ¿no?

Zoe sentía que la cabeza le daba vueltas y asentía con el auricular en el oído.

–Sí. El lunes. Claro.

–Han concertado una reunión muy importante –dijo Patricia con la voz llena de excitación–. Tienen planes para ti… para nosotras. Me tengo que ir. Me llaman. Llevo así todo el día.

Y colgó.

Zoe se quedó mirando el auricular unos segundos antes de colgar ella también. Inspiró profundamente para calmarse. A los vicepresidentes de la cadena les había encantado su especial. Tenían grandes planes para ella.

Se dejó caer en una silla. Su caché en la cadena estaba subiendo. Por un momento, dejó volar la imaginación y se vio como uno de los pilares de una cadena importante, un gran talento que viajaba por todo el país haciendo reportajes serios, no mero entretenimiento superficial.

Ryan estaría muy orgulloso de ella. Se apoyó ligeramente en la silla. La sonrisa se convirtió en una mueca. De repente, sintió un frío que le heló los huesos, y se dejó caer pesadamente sobre la silla y se abrazó.

Hacía menos de una hora que le había dicho que lo quería y que quería pasar el resto de su vida con él. Incluso había estado dispuesta a empezar una relación puramente física con él, porque estaba segura de que él también la amaba.

Ryan lo significaba todo para ella. ¿O acaso significaba más su carrera? Por supuesto que no. Estar con él, compartir su vida con él era más importante que convertirse en una estrella de la televisión. Porque sin él, sabía que no podía estar completa.

Tenía que encontrarlo, decirle lo de los planes que la cadena tenía para ella y que necesitaba su consejo. Parecía que realmente iban a tener que tomar algunas decisiones muy importantes esa noche.

Zoe lo vio de pie en la terraza. Pensando que estaba solo, aceleró el paso, pero se detuvo de golpe cuando vio a Kate que se lanzaba a sus brazos. Vio que Kate lo miraba sonriendo y que Ryan le devolvía la sonrisa. Kate apoyaba la cabeza en el pecho de Ryan y este la rodeaba con sus brazos.

Hacían una pareja perfecta, y aunque no dejaba de repetirse que entre ellos solo había ya amistad, su mente comenzó a llenarse de los sentimientos de abandono y dolor de antaño.

Los labios de Zoe temblaron, y se le llenaron de lágrimas los ojos que se limpió bruscamente. No iba a llorar.

–Son amigos –murmuró–. Ryan está preocupado por ella, igual que yo. No significa nada… ¿Entonces por qué siento que tengo un agujero en el corazón del tamaño de Manhattan?

No quería ver signos de intimidad entre Kate y Ryan, pero allí estaban de todas formas. Y a pesar de todas sus esperanzas, sus sueños, finalmente no podría tener ese futuro al lado de Ryan con el que soñaba. Podría tener sexo, pero no significaría nada si no podía tener también su amor. Irguió los hombros y endureció el corazón. Escuchó a la vocecita que le susurraba que así podría concentrarse en su gran carrera. Ella no dependía de Ryan.

Permaneció entre las sombras y observó cómo Kate y Ryan se marchaban juntos y sintió que lo que le quedaba de corazón acababa de romperse en pedazos.

Zoe no estaba preparada para ir a casa así es que paseó por la calle principal tratando de encontrar respuestas a las muchas preguntas que tenía. Amaba a Ryan. Pero ¿sería capaz él de amarla algún día? Sabía que la quería. Y que la necesitaba, pero su corazón seguía siendo prisionero del pasado, igual que le había ocurrido a ella, y en cierto modo seguía ocurriéndole.

Zoe no podía negar que no deseara el éxito profesional. Si no podía contar con que el hombre al que amaba le devolviera ese mismo amor, al menos podía confiar en que millones de personas la seguían cada día.

Pero en el fondo de su alma y de su corazón sabía que eso no era suficiente. Que las amistades, los conocidos, incluso las ocasionales relaciones que había tenido, nunca habían terminado de llenar los huecos vacíos de su vida.

Continuó caminando hasta que llegó a su calle y se detuvo delante de la casa de Ryan. Las luces estaban apagadas. Era más de medianoche, pero Zoe se sentía tentada de llamar a la puerta porque quería tener esa importante conversación que Ryan le había prometido.

O tal vez no.

Había sido Kate a quien había acompañado a casa y a quien había reconfortado. Zoe caminó lentamente hacia el porche y se quedó en el escalón superior, la cabeza apoyada en la barandilla. Oyó a Oportunidad que ladraba y arañaba la puerta.

Pensó en lo que le diría a Ryan si saliera y la viera allí y también en lo que le diría a Kate cuando llegara a casa.

Las luces de la casa de Kate estaban encendidas. Quería contarle a su hermana que siempre había amado a Ryan, que nunca había dejado de hacerlo. Pero lo que la detenía era el recuerdo de la mirada de felicidad de Kate un rato antes mirando a Ryan. La vocecita de la conciencia de Zoe no dejaba de preguntarse maliciosamente si Kate no querría volver con él. Era un pensamiento de lo más absurdo, pero Zoe no podía evitar pensarlo porque se sentía completamente vulnerable.

Aun así, el pensamiento siguió allí flotando hasta que finalmente cruzó el patio y subió los escalones del porche de su hermana, abrió la puerta y entró en casa.

Desde el vestíbulo vio a Kate enroscada en el sofá y la llamó, pero vaciló al ver que tenía el teléfono junto al oído y estaba llorando.

Entre el torbellino de sus propias emociones, Zoe corrió escaleras arriba frotándose con sus brazos para tratar de apartar el frío helado que la había cubierto.

Se quitó la ropa, se dio una ducha y poniéndose la camiseta de dormir se metió en la cama, con el edredón cubriéndole hasta la barbilla.

La suave brisa que se colaba por la ventana debería relajarla, pero no era así. Estaba inquieta. No dejaba de cambiar de postura, y el corazón le latía con tal fuerza que parecía que iba a salírsele del pecho.

El portazo de un coche la hizo incorporarse. Oyó pasos y la puerta principal abriéndose y cerrándose. Una voz profunda y reconfortante llamaba a Kate por su nombre. Zoe reconoció esa voz. Era Ryan.

Ryan había pasado la mayor parte de la tarde escuchando las dudas de Kate y de Alec, cada uno por separado, sobre su inminente boda. Él les había dicho a los dos que solo eran los nervios. Se había sentido incómodo en la cena tras el ensayo tratando, sin éxito de que Kate contuviera las lágrimas, y llevando más tarde a un Alec un tanto ebrio a la cama. Y con todo eso había olvidado el mensaje que tenía para Zoe.

Kate acababa de llamarlo otra vez. Se había metido en el coche de nuevo, había llegado a casa de Kate y mientras subía los escalones del porche se prometió que después de esa boda nunca más aceptaría ser el padrino de ninguna otra. Ryan suspiró y trató de quitarse el cansancio de la cara. Se sentía muy frustrado porque perdida en el caos de la velada había quedado la promesa que le había hecho a Zoe de estar con ella.

Abrió la puerta y se encontró con Kate enroscada en el sofá, dormida, con el teléfono aún en la mano.

Siempre había estado para lo que Kate pudiera necesitar, pero ¿a quién tenía él? Y fue en ese momento cuando lo vio claro. Era Zoe la que había estado junto a él cuando necesitó hablar de la muerte de Sean. A ella había elegido para darle la noticia de la compra de la casa y del cachorro. Era más que su amiga de la niñez. Se había convertido en la mujer perfecta para el hombre que él era.

Y la amaba sin remedio.

Las escaleras crujieron en ese momento y alzó la vista. Allí estaba y el dolor que vio en su mirada verde le heló la sangre.

—Estuve esperándote, pero parece que has tenido tiempo para todos esta noche menos para mí —acusó Zoe y dándose la vuelta subió los escalones que había bajado.

Ryan corrió tras ella y la tomó del brazo, pero consiguió soltarse.

—Te quiero con todo mi corazón.

—Es un poco tarde —contestó Zoe mirándolo desafiante y Ryan retrocedió.

—Estoy aquí —continuó él alargando la mano para

acariciarle la mejilla y tratando de contener el tono de desesperación de su voz–. Venga, vamos a mi casa. Sacaremos al perro y hablaremos todo lo que quieras. Zoe, quiero que estemos juntos.

–Es un poco tarde –repitió ella con tristeza, y zafándose de él se dirigió a su habitación. Su voz había sonado muy fría, pero el temblor de sus labios la traicionaba. No tenía el control que había querido mostrar ante Ryan y esto le dio esperanzas a él.

–Pero tú también me quieres –Ryan trató de apartar el poco familiar tono de pánico que le subía hasta la garganta.

–Te quiero, Ryan, pero no veo un futuro para nosotros. Sigues culpándote de la muerte de Sean, de que no pudieras hacer más por él, ser más. No eres un superhombre, eres solo un hombre.

–No puedo cambiar lo que soy, ni en lo que creo, Zoe, ni siquiera por ti.

–Y yo no puedo fingir que no me duele pensar en Kate y en ti juntos.

–Te estás comportando como una cobarde, escondiéndote en la típica sofisticación neoyorquina. Al primer obstáculo corres a esconderte.

–Bien –dijo ella tranquilamente–. Ahora sé lo que realmente piensas de mí. Así es que ha sido buena idea que hayamos tenido esta pequeña charla al fin y al cabo. Después de la boda no tendremos ninguna razón para volver a vernos nunca más.

Cerró la puerta. Ryan se quedó al otro lado unos minutos y después bajó las escaleras. Se detuvo ya en la puerta principal y girándose, volvió a subir las escaleras, esta vez de dos en dos. Llegó a la habitación de Zoe y dio unos golpes.

–Mañana, después de la boda, hablaremos de nosotros.

CAPÍTULO **10**

EL CAMINO sobre la alfombra parecía más largo de lo que Zoe recordaba de la noche del ensayo. Apretó con fuerza el ramo de rosas con las dos manos y contó para sí mientras caminaba firmemente por el pasillo cubierto de raso blanco. Se miraba los pies en vez de mirar la escena a su alrededor, pero sentía todas las miradas de los asistentes pendientes de cada uno de sus movimientos. Paso y uno, paso y dos, paso y tres…

–Zoe… Zoe… Zoe… –alzó la vista bruscamente y vio a Ryan que la llamaba desde el altar. Aceleró el paso, tropezó, y quedó sorprendida al notar que llegaba como flotando hasta donde estaba él.

Se dio con los pies en uno de los bancos. ¿Qué estaba pasando? Ryan llevaba un esmoquin blanco y una estrella de sheriff en vez de una flor en el ojal. Colgando sobre sus caderas llevaba… una funda de pistola vacía.

Quería creer que aquella escena no era más que una pesadilla, pero parecía tan real… Despierta, despierta, se decía a sí misma.

Zoe oyó a la gente murmurar desde los bancos, y trató de girar la cabeza a derecha e izquierda, pero alguna fuerza desconocida la impedía moverse. El sacerdote, con gafas y un abrigo excesivamente largo, la miraba.

–Zoe Russell –entonó con voz de barítono–, ¿prometes dedicar el resto de tu vida a las necesidades y caprichos de *Buenos días, América*, renunciando a todo lo demás, incluyendo al hombre cuyo amor has despreciado tan cruelmente?

Zoe se estremeció. Trató de retroceder, pero tenía los pies pegados.

–Tú, Zoe Russell, vivirás el resto de tu vida sola –el sacerdote se estremeció de disgusto y toda la capilla se estremeció con él–, completamente sola en un diminuto estudio en Nueva York.

Ryan avanzó un paso y extendió los brazos, pero en vez de rodearla con ellos, fue como si la atravesara con ellos porque Zoe era como un fantasma. Sintió que algo frío y húmedo le baboseaba la cara y empujó con fuerza para alejarlo.

Se incorporó dando un grito y se enfrentó a quien le estaba infligiendo tal tormento.

–¡Oportunidad! –exclamó. Estaba en su cama y solo había sido un sueño. Acarició la piel sedosa del cachorro–. ¿Cómo has entrado aquí?

El corazón seguía latiéndole con fiereza y tuvo que inspirar profundamente varias veces para calmarse. El cachorro había puesto sus patas delanteras sobre el pecho de Zoe, ladrando alegremente, y después se había colocado en su regazo.

Zoe miró el reloj de la mesilla. Eran poco más de las doce y se estaba haciendo tarde.

–Tienes un montón de cosas que hacer hoy, un montón de cosas en las que pensar –murmuró Zoe para sí retirando el edredón y haciendo que se tambaleara el cachorro que mordisqueaba un trozo de papel que colgaba de su collar.

Zoe lo vio y fue a ver qué ponía aunque tuvo que luchar un poco para arrebatárselo al perrito.

Por favor, danos una oportunidad. Suspiró al reconocer la letra de Ryan. Este conocía perfectamente sus puntos débiles y era evidente que había llevado a Oportunidad en un gesto de paz.

Ella quería perdonarlo. Solo esperaba que él la perdonara a ella también.

La noche anterior le había dicho que la quería. Había sufrido un ataque de pánico al decirlo, pero ella creía realmente que las palabras habían salido del corazón. Ella también lo quería.

Pero algo terriblemente malo había ocurrido la noche anterior. Ella había sufrido, y se había comportado como una cría estúpida al atacar a Ryan. En ese momento no estaba muy segura de cómo reparar el daño. Solo sabía que tenía que hacerlo.

Zoe corrió a darse una ducha. Se dio un poco de maquillaje y se puso su traje de madrina. Miró el reflejo infeliz que el espejo le devolvió y sacudió la cabeza para no pensar en ello. Iba a luchar por Ryan. Lo quería. Quería casarse con él.

—Tres veces madrina, y nunca la novia. Eso no se quedará así.

Miró el reloj y gimió. Quedaba menos de una hora para que comenzara la ceremonia, pero si se daba prisa, llegaría a la iglesia con el tiempo suficiente para que Kate no saliera del brazo de su padre sin madrina.

Zoe bajó corriendo las escaleras. Ryan la había llamado cobarde. Pero no lo era. Y antes de que la boda hubiera terminado, le demostraría lo equivocado que estaba.

Ryan volvió a marcar el teléfono de Zoe, pero solo escuchó el contestador. Se preguntaba dónde se habría metido. Solo quedaban unos minutos para que la boda diera comienzo y estaba preocupado por que le hubiera ocurrido algo. Salió de nuevo a la puerta de la iglesia. Ya estaba dispuesto a llamar a Jake para que saliera a patrullar en su búsqueda, cuando Zoe apareció.

Se ahuecó un poco el pelo con los dedos, y se alisó el vestido. El corazón no le cabía a Ryan en el pecho. Zoe parecía sin aliento, pero absolutamente radiante. Nunca se había sentido tan aliviado al ver a alguien, ni tan furioso de que casi se hubiera perdido la boda de su hermana. La quería más de lo que jamás había querido a nadie, y en cuanto terminara de estrangularla, se lo diría. Una y otra vez hasta quedarse ronco de tanto repetirlo.

—¿Dónde has estado? —preguntó abriendo la puerta de la iglesia y entrando detrás de Zoe.

—Tengo algo que decirte.

—Después —contestó empujándola, no tan suavemente, hacia el vestíbulo y llevándola hacia la puerta que ponía «Privado», en el momento justo en que empezaban a sonar en el órgano los primeros acordes de la marcha nupcial.

Ya en la iglesia, Zoe estaba impaciente por que la boda comenzara y terminara. Si hubiera llegado unos minutos antes habría podido hablar con Ryan.

Pero tal vez fuera mejor así. Después de la recepción, podrían excusarse y buscar un lugar en el que hablar a solas para solucionar sus problemas. Aunque se hubieran dicho que se querían, existía un bagaje emocional mucho mayor entre los dos que quizá no encontraría la forma de adaptarse a ellos dos juntos. Y si eso ocurriera, Zoe sabía que por muy infeliz que la hiciera, no se iría de Riverbend hasta haber salvado al menos su amistad.

Entonces ya podría volver a Nueva York, a *Buenos días, América*, y a la vida que ella había creído que deseaba. Una vida que no estaría completa a menos que la compartiera con Ryan.

—Siento haber llegado tarde —Zoe abrazó a Kate—. ¿Estás bien?

—Sí, ahora que estás aquí. Me preguntaba si no habrías decidido largarte a Nueva York —bromeó Kate.

—Prometí que antes te vería felizmente casada —dijo Zoe pellizcándole ligeramente las mejillas a su hermana para darles un poco más de color.

—Estaba muy nerviosa anoche —dijo Kate con una

sonrisa triste–. No dejaba de preguntarme si casarme con Alec no sería un error.

–Pero tú lo quieres –dijo Zoe con calma, pensando en lo mucho que ella quería a Ryan–. Y sabes que él te quiere a ti. Eso es lo importante.

–Lo sé –Kate se detuvo–. ¿Dónde está lo prestado y lo azul? –preguntó llena de nervios.

Zoe tomó la mano de Kate y depositó en ella una liga azul.

–Aquí está lo azul, con todo mi amor.

Y a continuación sacó un pañuelo bordado que había pertenecido a su abuela y lo metió en un pliegue del vestido de Kate.

–Y aquí está lo prestado, de la abuela.

Con una sonrisa, Zoe le secó las lágrimas que amenazaban con correr por las mejillas de su hermana.

–Te quiero, Zoe –dijo Kate abrazando a su hermana–. Y no te preocupes. Ryan no se escapará. Te lo garantizo.

–No puedes evitar tratar de emparejarnos, ¿verdad? –dijo Zoe con sequedad. Abrió la puerta donde estaba su padre esperando para conducirla hasta el altar–. Yo también te quiero. Que seas muy feliz.

Lawrence ofreció una mano a Kate y otra a Zoe. Esta la tomó y la apretó con fuerza. En un impulso, le echó los brazos al cuello y abrazó a su padre. Y después tomó su posición en el pasillo y comenzó el desfile.

Zoe trató de concentrarse en la ceremonia pero no podía quitarle la vista de encima a Ryan. Sonrió ante la forma en que se le arquearon las cejas cuando Alec se volvió hacia él y le pidió lleno de nervios el anillo. Le hubiera gustado recorrer sus labios curvándose en una atractiva sonrisa cuando los novios se dieron el primer beso como marido y mujer.

Y se dio cuenta de que no quería dejarla ir cuando le ofreció su mano para salir de la iglesia tras la recién casada pareja.

Zoe estaba pensando en la mejor manera de pedirle disculpas cuando Kate se paró de pronto en mitad del pasillo y se volvió. Con una mirada de pura felicidad en el rostro, Kate retrocedió unos pasos y lanzó su ramo de novia por encima de la cabeza de Zoe, justo en las manos de Ryan.

Este lo miró sorprendido, y a continuación miró a Kate, antes de volverse finalmente hacia Zoe que lo miraba incrédula.

—¡Por fin! —dijo Kate riendo y dando palmas—. Llevo años esperando para hacerlo.

Los labios de Ryan se curvaron en una sonrisa que incluía también sus ojos.

—Y yo llevo esperando lo que me han parecido años para hacer esto.

Se acercó a Zoe y la levantó en vilo apoyándola en su hombro izquierdo boca abajo como si fuera un saco, toda la sangre bajándole a la cabeza.

—¡Bájame! —ordenó Zoe—. Estás dando el espectáculo.

—¿Qué decís vosotros? ¿La dejo en el suelo? —preguntó Ryan dando vueltas en círculo ante los asistentes.

—¡No! —gritaron al unísono.

—¡Sí! —gritó Zoe, luchando por deshacerse de él.

—El público ha hablado —le susurró Ryan al oído.

Zoe alzó la cabeza y vio a sus padres sonriendo.

—Haced algo. Decidle que me baje.

—Creo que yo no voy a interponerme entre la justicia de Riverbend. Estoy seguro de que vosotros dos sabréis arreglarlo solos —contestó Lawrence con una sonrisa.

Ryan la sujetaba con una mano apoyada ligeramente sobre su trasero.

—Ruego nos perdonéis —les dijo muy educadamente a Kate y a Alec—. Más tarde nos uniremos a vosotros. Tenemos ciertos asuntos personales que tratar.

Se agachó cuidadosamente y tomó el ramo que había dejado caer y se lo puso en las manos a Zoe.

—Sujeta esto.

Con esas palabras, Ryan recorrió lo que quedaba de pasillo y salió de la iglesia. Se detuvo en el camino de entrada.

—Veamos... ¿Adónde? —preguntó en voz alta.

Zoe sujetaba el ramo con una mano y le daba golpes en la espalda a Ryan con la otra.

—Si sabes lo que te conviene, me llevarás a la iglesia y te disculparás... delante de todos.

Ryan sacudió la cabeza y el movimiento hizo que a Zoe le diera vueltas la cabeza. Recolocó el cuerpo de Zoe sobre su hombro.

—Pesas un poco, pero creo que podemos hacerlo.

—¡Haré que te detengan!

Ryan comenzó a caminar, y sintió que Zoe se agarraba a su espalda para no resbalar.

—¿Y qué era eso que tenías que decirme?

—Nada, no tengo nada que decirte que quieras escuchar —dijo ella con un tono helado.

Ryan sonrió para sí. Le gustaba más cuando se mostraba peleona. Y si le dejaba actuar, la tendría así toda la vida.

—Estoy seguro de que tendrás mucho que decirme, y que será lo que quiero oír. Ha sido bastante diabólico por parte de Kate tirarme el ramo, ¿no crees?

—Hablaré con mi hermana cuando te haya hecho picadillo a ti.

Empezó a dar patadas y Ryan apenas si pudo evitar que uno de sus pies chocara con una parte muy «sensible» de su anatomía.

—Ten cuidado —la reprendió—. Podrías dañar a la próxima generación de O'Connor.

—Sé perfectamente lo que estoy haciendo. ¿Adónde me llevas? Ryan, ¡esto es secuestro!

—No lo es —señaló él con suavidad—. Tengo la aprobación de todo el mundo.

—Menos la mía —dijo ella con un tono malhumorado, aunque al menos había dejado de patalear.

Ryan se rio y le dio unos suaves golpecitos en el trasero.

—Tu padre dio su aprobación, y eso es suficiente para mí.

Zoe gruñó. En cuanto la dejara en el suelo le diría lo que pensaba. ¡Cómo se le había ocurrido ponerla en una situación tan embarazosa y llevársela a continuación, y a plena luz del día, delante de todos los invitados!

Podía ser que lo amara más de lo que jamás hubiera imaginado, pero no iba a dejar que la tratara como si fuera una mera maleta. Y así se lo dijo mientras la introducía por la puerta principal de la comisaría de policía de Riverbend, donde no había nadie, y la conducía a continuación hacia la zona de las celdas.

—¡No te atreverás! —exclamó ella poniéndose rígida.

Abrió una celda de una patada y la dejó caer sin ceremonia en el catre. Era tan duro como lo recordaba. Cuando trató de levantarse, Ryan le puso una mano en el hombro para obligarla a quedarse sentada. Después retrocedió y cerró la puerta de una patada.

Zoe parpadeó varias veces al oír que la llave caía al suelo de cemento. El eco amplificó el sonido, pero Ryan no parecía estar preocupado en lo más mínimo.

—Este es el único lugar del pueblo en el que podremos tener algo de intimidad.

—El único lugar en el que a nadie se le ocurriría buscarnos —dijo ella y el ramo se le resbaló de las manos.

—Exactamente —contestó Ryan poniéndole el ramo en el regazo y sentándose junto a ella. Con un movimiento tan rápido que Zoe no tuvo ni tiempo para reaccionar tomó unas esposas y las cerró en torno a las manos de ambos.

—Nos quedaremos aquí encerrados juntos hasta que entres en razón.

—No puedo creer que lo estés haciendo —contestó ella mirando las muñecas esposadas.

—¿No? ¿Y qué te parece esto?

Con la mano libre, Ryan tomó la llave de las esposas que tenía en el bolsillo de los pantalones y mientras ella lo miraba todavía incrédula, se echó hacia atrás y la tiró sobre su cabeza en dirección a la diminuta ventana con los barrotes.

La llave chocó con un barrote y cayó fuera con un sonido metálico.

—Muy inteligente, realmente hábil. No hay nadie ahí. Nadie sabe que estamos aquí. Y te las has arreglado para que, no solo nos hayamos quedado encerrados en esta celda, sino que además estamos aquí juntos —Zoe dio un tirón que hizo que Ryan perdiera el equilibrio y acabara con la cabeza en su regazo.

Con la mano libre, Zoe lo empujó y ambos cayeron al suelo.

—Esa era la idea —dijo Ryan quitando el codo de Zoe de su garganta.

—¿Que nuestra relación quede reducida a esto? —dijo levantando las manos esposadas de los dos.

—No tiene que ser así —respondió Ryan con suavidad. A continuación le tomó la barbilla con la mano y le hizo girar la cabeza para mirarlo.

Y lo que Zoe vio en sus ojos fue realmente esperanzador. Aquellos ojos estaban sonrientes, relucientes de alegría y de amor por ella. Zoe pensó que ya había sido suficientemente descarada con él. Consideró otra ronda de verdad o atrevimiento, pero finalmente decidió que ya habían jugado demasiado en las últimas dos semanas. Aun así, no podía resistirse a meterse un poco más con él.

—He estado investigando un poco.

—Vaya —dijo él acercándose más a ella—, me sorprende que con lo ocupada que has estado acercándote a mí y alejándote después hayas encontrado tiempo.

—Presta atención —dijo ella con fingida dureza—. Un hombre no compra su casa de la infancia, y la llena de recuerdos un poco gastados, pero muy queridos, y añade a eso la compra de un cachorro, a menos que esté planeando quedarse durante bastante tiempo.

—¿Y la conclusión de todo esto es…?

—Que adoras Riverbend y que has decidido aceptar la propuesta del alcalde de seguir como jefe de policía. Y… —Zoe se detuvo.

—Sigue —la urgió Ryan.

—Tanto si te has dado cuenta como si no, estás aceptando la muerte de Sean. Estás continuando con tu vida.

—Apuesto a que ahora me vas a decir que ya sabías antes que yo mismo que me iba a quedar.

—No eres de los que abandonan, nunca has sido un cobarde —dijo ella con una sonrisa, pero a continuación la sonrisa desapareció y se limpió una lágrima de los ojos.

Ryan tomó la mano de Zoe, se la llevó a los labios y después al corazón.

—Siento mucho lo que dije anoche. No eres ninguna cobarde. Eres una de las personas más valientes que conozco. Tuviste que echarle valor para dejar Riverbend y mudarte a Nueva York, tú sola, y conseguir el éxito.

—Tenías razón en lo que dijiste de mí —dijo ella con tristeza—. Malgasté tanta energía tratando de ignorar el pasado que casi dejo que el presente, y el futuro, se me escapen de las manos. Estar en lo más alto no es importante si eso conlleva vivir sola, y ya no quiero estar sola.

—¿Y qué me dices de esa reunión con los peces gordos de la cadena?

—¿Quién te lo dijo? —preguntó ella sorprendida.

—Tu productora fue dejando mensajes por todo el pueblo —dijo Ryan con sequedad—, incluso en la comisaría, anoche. Te lo habría dado antes, pero Kate estaba nerviosa por algo que había dicho Alec, y fui corriendo a su casa para tratar de calmarla. Olvidé darte el mensaje.

—Así es que ya sabes…

–Que la cadena tiene grandes planes para ti. Que eres una mujer con talento. Estoy muy orgulloso de lo que has conseguido, y nunca me interpondría en tu camino. Anoche, cuando me miraste desde lo alto de la escalera con aquella mirada helada, y me dijiste que todo entre nosotros había terminado antes de siquiera empezar, se me desgarró el corazón. No podría soportar la idea de perderte de nuevo.

Zoe acercó su frente a la de él.

–Te quiero, Ryan, más de lo que jamás imaginé podría amar. Si la cadena me necesita tanto como dice, tendrá que hacer ciertas concesiones.

–Sean cuales sean las decisiones que haya que tomar, las tomaremos juntos. Eres la persona más importante de mi vida. Te quiero, Zoe. De alguna manera conseguiste romper las barreras emocionales que me cegaban sin que yo me diera cuenta. Contigo a mi lado, creo que no hay nada que no pueda hacer; que no podamos hacer juntos.

Con esas palabras la atrajo hacia sí todavía más, y la besó. Sus labios rozaron los de ella, y Zoe sintió que toda la tensión y la incertidumbre abandonaban su cuerpo y en su lugar quedaba una sensación de inmenso placer que solo Ryan sabía proporcionarle.

Zoe se dejó llevar por aquel beso, devolviéndoselo con toda el alma y el corazón. Ryan tenía razón. Juntos formaban un equipo imparable. Excepto…

–Aún tenemos ciertos asuntos que solucionar. Por ejemplo, quién sacará a pasear a Oportunidad.

Ryan miró a la mujer que quería más que a su vida. No importaba la edad que tuvieran, nunca se cansaría de mirar aquellos ojos verdes relucientes de amor por él.

–Lo sacaremos los dos juntos. Juntos escribiremos este contrato de por vida –dijo Ryan con una confianza que hizo sonreír a Zoe–. No habrá negociación con el número de hijos, ni los horarios.

—¿Y el sexo? —preguntó Zoe con toda la inocencia de la que fue capaz.

—En cuanto ponga un anillo en tu dedo —dijo Ryan abrazándola con fuerza.

—Quería decir el sexo de nuestros hijos —dijo ella con una sonrisa.

—Niños y niñas —dijo él—. Y los criaremos como nuestros padres hicieron con nosotros: con mucho amor.

Zoe oyó una puerta que se abría.

—¿Zoe? ¿Ryan? —gritó una voz masculina que Zoe no reconoció.

—¿Dónde estarán? —preguntó a continuación otra voz, esta vez femenina.

Zoe empezó a llamar, pero Ryan le tapó la boca con la mano. Zoe hizo que aflojara un poco para poder hablar.

—¿Qué estás haciendo? Quien quiera que esté ahí fuera podría dejarnos salir.

—No dejes que averigüen dónde estamos —rogó él.

—¿Estás loco? Podríamos tener que pasar aquí días.

—¿Y tan malo sería? —Ryan se rio y ella lo miró con los ojos entrecerrados fingiendo estar considerando la respuesta.

—Bueno, tal vez no.

—Bien —contestó él metiéndose la mano en el bolsillo de los pantalones y sacando otra llave—. Estoy locamente enamorado de ti, pero no tan loco como para encerrarnos aquí sin haberme asegurado antes una forma de salir.

Ryan metió la llave en la cerradura de las esposas, pero Zoe le sujetó la mano, sacó la llave y la puso a buen recaudo en el corpiño de su vestido. Ryan sonrió con picardía y extendió la mano hacia ella.

Zoe le devolvió la sonrisa, y retrocedió lo suficiente como para poder ver mejor a su hombre. Seguía siendo él. El único que existía para ella.

Zoe decidió entonces, mientras lo atraía hacia ella y se sumergían en un beso que recordarían siempre, que la vida que los aguardaba juntos iba a ser simplemente… perfecta.

JAZMÍN™

ANNE WEALE
NUEVAS OPORTUNIDADES

Cuando Liz se trasladó a vivir a un tranquilo pueblo en España, no esperaba que su vecino fuera el playboy Cameron Fielding. Por la casa de Cameron no dejaban de desfilar mujeres, por eso a Liz le sorprendió tanto enterarse de que estaba pensando casarse... ¡con ella! Era una proposición práctica, pero la luna de miel les demostró que su matrimonio podía ser muy apasionado.

CARA COLTER
UN AMOR POR NAVIDAD

Beth Cavell no podía darle a su sobrino huérfano los regalos de Navidad que el pequeño quería: nieve... ¡y un papá! Cuando alquiló una cabaña en medio de la hermosa naturaleza de Canadá, conoció a Riley Keenan, a quien no le gustaba nada la Navidad. Pero poco a poco, la encantadora Beth y su sobrino consiguieron ablandarle el corazón. Y entonces empezó a caer la nieve. ¿Se cumpliría también el segundo deseo de Jamie?

N.º 572

CHERYL KUSHNER
SIEMPRE SERÁ ÉL

El jefe de policía Ryan O'Connor llevaba diez años sin ver a Zoe Russell, justo desde que le había roto el corazón a su mejor amiga. Ahora tenían que caminar juntos hacia el altar porque eran los padrinos de la boda de la hermana de Zoe. Pero Ryan no estaba preparado para ver el cambio que había dado aquella muchacha tan poco femenina... ni para enfrentarse a los sentimientos que iba a despertar en él...

BIANCA

INDIA GREY

AL SERVICIO DEL ITALIANO

Aunque Sarah Halliday es muy sencilla, su peligrosamente atractivo nuevo jefe, Lorenzo Cavalleri, no está contento con que se limite a limpiar los suelos de mármol de su *palazzo* de la Toscana…

Un perfecto maquillaje y los preciosos vestidos que perfilan su figura la hacen apta para acompañarlo a diversos actos sociales, pero en el fondo, Sarah sigue siendo la vergonzosa y retraída ama de llaves de Lorenzo… y no la sofisticada mujer que éste parece esperar en la cama.

AQUELLA ÚLTIMA NOCHE

Cristiano Maresca, piloto de Fórmula 1 de fama mundial, siempre pasaba la noche antes de una carrera en brazos de una hermosa mujer...

N.º 473

Cuatro años atrás, esa mujer fue Kate Edwards. La noche que pasó con Cristiano despertó sus sentidos y le hizo experimentar un placer inimaginable. Sin embargo, al día siguiente, el indomable Cristiano tuvo un accidente que estuvo a punto de costarle la vida. Poco después, Kate descubrió que estaba esperando un hijo suyo...

BIANCA.

DESEO

*La noche que él no recordaba era
la noche que ella no podría olvidar jamás*

NUNCA TE OLVIDÉ
CYNTHIA ST. AUBIN

N.º 2182

La historia de la salida de la pobreza de Remy Renaud, el copropietario de una destilería, podía lanzar a la productora de televisión de Cosima Lowell a lo más alto, aunque él no recordara la noche que habían pasado juntos. Cuando la química que había entre ellos volvió a reunirlos en un encuentro apasionado, Cosima se dio cuenta de que estaba jugando con fuego. Sin embargo, Remy también estaba ocultando algo, una terrible traición que podría separar a los hermanos Renaud y destruir aquella segunda oportunidad que tenía con Cosima.

BIANCA™

Una vez esposa de un Ferrara,
siempre esposa de un Ferrara…

SIEMPRE
EL AMOR

SARAH MORGAN

N.º 3079

Laurel Ferrara no tenía suerte en el amor; su matrimonio
había sido un desastre. Y no había bastado con irse sin más.
Desde el momento en que habían reclamado su vuelta a
Sicilia, los escalofríos de aprensión la asolaban…
La orden procedía del famoso millonario Cristiano Ferrara,
el esposo al que no podía olvidar, pero habría dado igual
que proviniera del mismo diablo…

BIANCA™

Multimillonario repudiado busca prometida.
Solo se tendrá en cuenta a ricas herederas

SE BUSCA PROMETIDA

BELLA MASON

N.º 3078

Julian Ford, hombre hecho a sí mismo y empresario implacable procedente de los barrios bajos, necesitaba asegurarse fondos de un grupo de inversores. Su solución: anunciar un compromiso con una mujer perteneciente a una familia importante de San Francisco… ¡y Lily Barnes-Shah cumplía los requisitos!

La propuesta de negocio de Julian le ofrecía a Lily la oportunidad de escapar de un matrimonio concertado no deseado. Pero no podía haberse imaginado ni el ardiente deseo que surgiría entre los dos ni que anhelaría algo fuera de los límites de su acuerdo temporal: entregarse a la pasión bajo las carísimas sábanas de Julian…

¡YA EN TU PUNTO DE VENTA!

BIANCA™

*Si quería formar parte de la vida de su hijo,
¡tenía que renunciar a la venganza!*

CONSECUENCIAS DE LA PASIÓN

ROSIE MAXWELL

N.º 3077

Nada más posar la vista en el multimillonario Damon Meyer, Carrie Miller se había sentido abrumada por el deseo, pero sabía que él no se dignaría ni a mirarla si descubría el terrible nexo de unión que había entre ambos. Carrie quería contárselo… pero en cuanto Damon la tocó, se olvidó de todo menos de su deseo…

Damon había dedicado toda su vida a vengar la muerte de su padre, así que al descubrir que Carrie era la hija del responsable de su fallecimiento, se había jurado borrarla de su memoria. Hasta que Carrie apareció en su oficina… y le anunció que iba a ser padre.

¡YA EN TU PUNTO DE VENTA!

BIANCA™

La novia fue secuestrada...
¡Para ser la esposa del jeque!

REHÉN
DEL JEQUE

CAITLIN CREWS

N.° 3075

Tras ser secuestrada el día de su boda, Hope Cartwright debería haberse sentido furiosa. Pero su captor no era otro que Cyrus Ashkan, el jeque al que estaba prometida desde su nacimiento, y lo que sintió fue algo más peligroso que la furia: ¡deseo!

Cyrus se negaba a ignorar su deber real y estaba decidido a casarse con la virginal Hope, aunque la encontrara inadecuada en todos los sentidos. Recluidos en la opulenta fortaleza del desierto, su indeseada atracción arderá más que el sol, suficiente como para carbonizar las defensas del poderoso rey… si Cyrus lo permite.